해변의
카프카
2

해변의
카프카

2

무라카미
하루키
장편소설

김춘미 옮김

문학사상

2권 차례

제24장

고베를 출발한 버스는 밤 여덟 시가 지나서 도쿠시마역 앞에 도착했다.

"아, 이제 시코쿠에 다 왔어, 나카타 씨."

"네. 아주 훌륭한 다리였습니다. 나카타는 그렇게 큰 다리는 처음 봤습니다."

두 사람은 버스에서 내린 후 역 대합실 벤치에 앉아서, 한동안 무심히 주위의 풍경을 바라봤다.

"그래서 지금부터 어디로 가서 무엇을 할 건지, 하늘에서 무슨 계시 같은 거라도 있었어?" 하고 청년이 물었다.

"없습니다. 나카타는 여전히 아무것도 알 수 없습니다."

"그것 참 난감하군."

나카타 씨는 무엇인가 생각하는 것처럼, 손바닥으로 한참 동안 머리를 쓰다듬었다.

"호시노 씨" 하고 그는 입을 열었다.

"왜, 무슨 일이야?"

"죄송합니다만, 나카타는 잠을 자고 싶습니다. 굉장히 졸립니다. 여기서 이대로 잠이 들어 버릴 것만 같습니다."

"잠깐 기다려" 하고 청년이 당황한 표정을 지으며 말했다. "여기서 잠들어 버리면 나도 곤란해. 어서 잘 만한 곳을 찾아볼 테니까 조금만 참으라고."

"네. 그럼 나카타는 잠을 안 자도록 조금 참아 보겠습니다."

"그런데 밥은 어떻게 할 거야?"

"식사는 필요 없습니다. 자고 싶을 뿐입니다."

호시노 씨는 서둘러 관광 안내서를 펼치고, 조식이 포함된 별로 비싸지 않은 여관을 찾아 빈방이 있는지 전화로 확인했다. 여관은 역에서 조금 떨어진 곳에 있었기 때문에 두 사람은 택시를 타고 갔다. 방에 들어가자마자 여종업원에게 이불을 깔아 달라고 부탁했다. 나카타 씨는 목욕도 하지 않고 옷을 벗자마자 그대로 이불 속으로 기어 들어갔다. 그리고 곧 편안한 얼굴로 코를 골며 잠이 들었다.

"나카타는 상당히 오랫동안 잠을 잘 겁니다만, 신경 쓰지 마십시오. 그냥 잘 뿐이니까요" 하고 눕기 전에 나카타 씨가 말했다.

"알았어. 방해하지 않을 테니까 실컷 자" 하고 청년은 눈 깜짝할 사이에 깊이 잠든 나카타 씨에게 말했다.

호시노 씨는 천천히 목욕을 한 후 혼자 거리로 나갔다. 한동안 산책하며 도시의 분위기를 대충 파악하고 나서, 눈에 띈 초밥집에 들어가 맥주를 한 병 마시고 식사를 했다. 청년은 그다지 술이 센 편이 아니어서, 맥주 한 병에 거나하게 취해 뺨이 불그스레해졌다. 그리고 파친코 가게에 들어가 한 시간 동안 삼천 엔을 잃었다. 그동안 줄곧 드래건스 야구 모자를 쓰고 있었기 때문에, 여러 사람이 신기한 듯이 그의 얼굴을 쳐다봤다. 도쿠시마에서 나고야가 연고지인 드래건스의 야구 모자를 쓰고 돌아다니는 사람은 아마 나밖에 없을 거야, 하고 청년은 생각했다.

여관에 돌아와 보니 나카타 씨는 나갈 때와 똑같은 모습으로 깊이 잠들어 있었다. 방에는 불이 켜져 있었으나, 잠자는 데는 전혀 방해가 되지 않는 것 같았다. 이 사람은 속 편해서 좋군, 하고 청년은 생각했다. 그리고 모자를 벗고, 알로하셔츠를 벗고, 청바지를 벗고, 속옷 차림으로 이불 속으로 들어갔다. 불을 껐지만 장소가 바뀌어 신경이 곤두선 탓인지 좀처럼 잠이 오지 않았다. 에이, 이럴 줄 알았으면 매춘 업소에나 가서 예쁜 여자와 한탕 하고 올 걸 그랬나, 하고 그는 생각했다. 그러나 어둠 속에서 나카타 씨의 편안하고 규칙적인 숨소리를 듣고 있으려니까 성욕을 느끼는 자신이 무척 부끄럽게 느껴지기 시작했다. 왜 그런지는 자신도 잘 알 수 없었지만 청년은 매춘 업소에 갈 걸 그랬다고 생각한 것 자체가 부끄럽게 느껴졌다.

　잠을 이루지 못한 채 어두운 천장을 바라보고 있으려니까, 정체를 알 수 없는 기묘한 노인과 둘이서 도쿠시마 시내의 싸구려 여관에 누워 있는 자기라는 존재에 대해 점점 더 확신이 없어졌다. 예정대로라면 트럭을 운전해서 도쿄로 돌아가고 있어야 할 시간이었다. 지금쯤은 아마 나고야 근처를 달리고 있을 것이다. 그는 자기가 하는 일이 싫지 않았고, 도쿄에는 전화를 걸면 만나 주는 여자 친구도 있었다.

　그러나 그는 백화점에 물품을 납품한 후, 거의 충동적으로 고베에 있는 회사 동료에게 연락해서, 오늘 밤의 도쿄행 운전을 대신 해달라고 부탁했다. 회사에 전화를 걸어 억지로 사흘 정도의 휴가를 얻고, 그 길로 나카타 씨와 시코쿠까지 왔다. 조그만 가방에는 당장 갈아입을 옷가지와 세면도구가 들어 있을 뿐이다.

　애당초 호시노 씨가 나카타 씨에게 관심을 갖게 된 것은, 그의 모습과 말투가 죽은 할아버지를 닮았기 때문이었다. 그러나 얼마 지나지 않아 할아버지와 닮았다는 인상은 점점 흐려지고, 청년은 오히려 나카타 씨라는 인간 자체에 대해 호기심을 갖게 됐다. 나카타 씨의 말투에는 뭔가 꽤 상식에 어긋난 점이 있는 게 분명했고, 그가 말하는 내용은 그 이상으로 황당하기 짝이 없었다. 그러나 그 황당함에는 무언가 사람의 마음을 끌어당기는 것이 있었다. 그는 나카타 씨라는 인간이 이제부터 어디로 가서 무엇을 할지 알고 싶었다.

호시노 씨는 농가에서, 아들 오 형제 중 셋째로 태어났다. 중학교까지는 비교적 착실했지만, 공업고등학교에 진학한 이후부터 나쁜 친구들과 사귀기 시작하며 못된 짓만 골라 하게 됐다. 몇 번인가 경찰서 신세도 졌다. 그럭저럭 졸업은 했지만, 졸업을 해봤자 제대로 된 직장도 얻지 못했고, 여자들과의 복잡한 문제도 있고 해서 할 수 없이 자위대에 들어갔다. 사실은 탱크를 운전하고 싶었지만, 자격시험에 떨어져서 자위대에 있는 동안에는 주로 수송용 대형 트럭을 운전했다. 삼 년 만에 자위대를 그만두고 운송 회사에서 일자리를 얻었다. 그후 육 년간 장거리를 달리는 트럭 운전을 계속해 왔다.

대형 트럭을 운전하는 일은 그의 성격에 잘 맞았다. 본래 기계 만지는 것을 좋아하는 데다, 트럭의 높은 운전석에 앉아서 커다란 핸들을 잡고 있으면 자기만의 성곽에 들어앉아 있는 것 같은 기분을 만끽할 수 있었다. 물론 일은 고되고 노동 시간도 일정하지 않았다. 그러나 매일 아침, 보잘것없는 회사에 출근해서 상사의 감시를 받으며 시시한 사무를 보는 생활 같은 건 도저히 견딜 수 없을 것 같았다.

어릴 때부터 걸핏하면 싸우려 들었다. 몸집이 작고 바싹 말라서 싸움은 잘할 것처럼 보이지 않지만, 힘은 센 편이었다. 게다가 한번 성질이 나면 도무지 자제할 수 없고, 눈에 광기가 어리기 때문에 실제로 싸움을 하게 되면 상대는 대개 주눅이 들었다. 자위대에 있을 때도, 운전사가 되고 나서도 수없이 싸움을 했다. 물론 이긴 적도 있고 진 적도 있었다. 그러나 싸움에 이기든 지든, 무엇이 어떻게 되는 것은 아니었다. 그것을 깨닫게 된 것은 최근이었다. 지금까지 용케 큰 부상도 입지 않고 살아왔다고 스스로도 감탄한다.

마음이 거칠고 피폐해져 마구 날뛰던 고등학생 시절, 경찰서 신세를 지게 되면 언제나 할아버지가 데리러 왔다. 경찰관에게 머리를 숙이고, 다시는 못된 짓을 못 하게 하겠다는 각서 같은 것을 쓰고 풀려나게 해줬다. 집으로 돌아오는 길에는 꼭 식당에 들러서 맛있는 음식을 사줬다. 그럴 때 할아버지는 설교 비슷한 이야기는 절대 하지 않았다. 부모가 그를 위해 경찰서를 찾아온 적은 한 번도 없었다. 가난해서 겨우 입에 풀칠이나 하는 처지에 불량배가 된 셋째 아들까지 신경을 쓸 만한 여유가 없었던 것이다. 만약 할아버지가 없었더라면 나는 도대체 어떻게 됐을까, 하고 그는 때때로 생각한다. 할아버지만은 적어도 그가 세상에 살아 있다는 사실을 늘 마음에 두고, 지켜봐 줬다.

그런데도 그때는 할아버지에게 감사해 본 일이 없었다. 감사할 줄도 몰랐으며, 그보다도 자신의 삶을 이어 가는 문제로 머리가 터질 지경이었다. 자위대에 들어간 지 얼마 후에, 할아버지는 암으로 세상을 떠났다. 죽음이 임박했을 때에는 망령이 들어서 그의 얼굴도 알아보지 못했다. 할아버지가 돌아가시고 나서 그는 한 번도 집에 가지 않았다.

호시노 씨가 이튿날 아침 여덟 시에 눈을 떴을 때, 나카타 씨는 그때까지도 여전히 같은 모습으로 깊이 잠들어 있었다. 커다랗게 코 고는 소리도, 규칙적인 리듬도 어젯밤과 똑같았다. 청년은 아래층으로 내려가 식당에서 다른 손님들과 함께 아침밥을 먹었다. 조촐한 아침 식사였으나 된장국과 밥만은 먹고 싶은 만큼 먹을 수 있었다.

　"함께 오신 분, 아침 식사는요?" 하고 여종업원이 말을 걸었다.

　"아직도 쿨쿨 자고 있어. 아무래도 아침밥은 필요 없을 것 같은데. 미안하지만 이불은 잠시 그대로 놔두었으면 좋겠어" 하고 그는 말했다.

　정오 가까이 돼도 나카타 씨가 여전히 자고 있어서, 청년은 여관방을 하루 더 연장하기로 했다. 그러고는 밖으로 나가 식당에 들어가서 덮밥을 먹었다. 식사를 마친 뒤 한동안 근처를 산책하다가 찻집에 들어가 커피를 마시고, 담배를 피우면서 거기에 놓인 만화 주간지를 몇 권 봤다.

여관에 돌아왔지만 나카타 씨는 여전히 자고 있었다. 시간은 이미 오후 두 시가 다 돼간다. 청년은 조금 걱정이 되어 나카타 씨의 이마에 손을 대봤다. 특별히 이상한 점은 없다. 뜨겁지도, 차지도 않다. 코 고는 소리는 여전히 편안하고 규칙적이며, 뺨에는 홍조를 띠고 있어 건강해 보인다. 어디가 안 좋은 것 같지는 않다. 다만 조용히 수면을 취하고 있을 뿐이다. 몸 한 번 뒤척이지 않는다.

"이렇게 오래 자도 괜찮은 거예요? 몸에 해롭진 않을까요?" 하고 방을 청소하러 온 여종업원이 걱정스러운 듯이 말했다.

"너무 피곤해서 그런가 봐" 하고 호시노 씨는 말했다. "자고 싶은 만큼 자게 내버려 두는 게 좋겠어."

"네. 하지만 이렇게 깊은 잠에 빠진 분은 처음 보네요."

저녁 식사 시간이 돼도 나카타 씨는 여전히 일어나지 않았다. 청년은 밖으로 나가 카레집에 들어가서 비프카레 곱빼기와 샐러드를 시켜 먹었다. 그리고 어제 갔던 파친코 가게에 들어가서 한 시간가량 파친코를 했다. 이번에는 천 엔도 쓰기 전에 말보로 담배를 두 보루나 딸 수 있었다. 그 담뱃갑을 들고 여관에 돌아온 것은 아홉 시 반이었다. 놀랍게도 나카타 씨는 아직도 자고 있었다.

청년은 시간을 계산해 봤다. 나카타 씨는 무려 스물네 시간 이상 자고 있는 셈이 된다. 오래 잘 테니까 신경 쓰지 말라고

는 했지만, 그래도 이건 너무 길다. 청년은 그답지 않게 은근히
걱정이 됐다. 이대로 나카타 씨가 잠에서 깨어나지 않으면 어떻
게 해야 하지? "두 손 다 들었네." 그는 중얼거리며 고개를 흔들
었다.

그러나 다음 날 아침 일곱 시에 청년이 눈을 떴을 때, 나카타 씨
는 이미 일어나서 창밖을 바라보고 있었다.

"아저씨, 이제야 일어났네." 청년은 안심하면서 말했다.

"네. 조금 전에 눈을 떴습니다. 어느 정도인지는 모르지만,
나카타는 굉장히 오랫동안 잠을 잔 것 같은 느낌이 듭니다. 새로
태어난 것 같은 기분이 들 정도입니다."

"굉장히라는 말로는 어림도 없어. 그저께 아홉 시 조금 지
나서부터 자기 시작해서 이제 깼으니까. 서른네 시간쯤 계속 잔
거잖아. 정말이지 백설공주도 아니고."

"나카타는 배가 고픕니다."

"그야 그럴 테지. 만 이틀 동안 아무것도 먹지 않았으니."

두 사람은 아래층 식당에 가서 아침 식사를 했다. 나카타 씨
는 여종업원이 깜짝 놀랄 만큼 밥을 많이 먹었다.

"이분은 잠도 잘 주무시지만 일단 깨어나시니까 밥도 잘 드
시네요. 이틀 치는 드셨을 거예요" 하고 여종업원이 말했다.

"네. 나카타는 든든하게 밥을 먹어야 합니다."

"건강하시군요."

"네. 나카타는 글자는 못 읽지만, 충치도 전혀 없고, 안경도 필요 없습니다. 병원 신세를 진 적도 없습니다. 어깨도 결리지 않고, 매일 아침마다 똥도 잘 나옵니다."

"어머, 대단하네요!" 하고 여종업원이 감탄하며 말했다. "그런데 오늘 하루는 뭘 하실 건데요?"

"서쪽으로 갑니다" 하고 나카타 씨는 단호하게 선언했다.

"서쪽요?" 하고 여종업원이 말했다. "여기서 서쪽이라고 하면 다카마쓰 쪽이 되겠네요."

"나카타는 머리가 나빠서 지리는 잘 모릅니다."

"어쨌든 다카마쓰까지 가보자고, 아저씨" 하고 호시노 씨가 말했다. "그다음 일은 그때 가서 다시 생각하면 되지, 뭐."

"네. 하여간 다카마쓰까지 가보겠습니다. 다음 일은 그때 가서 생각하겠습니다."

"손님들은 꽤 독특한 여행을 하고 있는 것 같네요" 하고 여종업원이 말했다.

"사실 그 말이 맞아" 하고 청년은 말했다.

방으로 돌아오자 나카타 씨는 곧장 화장실에 들어갔다. 그동안 호시노 씨는 유카타목욕 후 또는 여름철에 입는 가운 형식의 홑옷 차림으로 다다미에 엎드려서 텔레비전 뉴스를 보고 있었다. 별로 대단한 뉴스는 없었다. 나카노구에서 유명한 조각가가 칼에 찔려 살해당한 사건의 수사는 아직 진전이 없었다. 목격자도 없고, 유류품도 단서를 제공해 주지 못했다. 경찰은 그 사건이 일어나기 얼마 전부터 행방불명된 열다섯 살짜리 아들의 행방을 찾고 있었다.

저런, 또 열다섯 살인가! 하고 호시노 씨는 생각했다. 어째서 최근에는 이렇게 열다섯 살짜리 아이들이 흉악 범죄를 일으키는 것일까? 그도 열다섯 살 때 주차돼 있던 오토바이를 훔쳐서 면허증도 없이 타고 돌아다녔으니까 다른 사람 일에 이러쿵저러쿵 말할 자격은 없다. 물론 남의 오토바이를 슬쩍하는 것과 아버지를 찔러 죽이는 것은 다른 이야기다. 그렇기는 하지만, 그는 자기가 아버지를 어쩌다 찔러 죽이지 않을 수 있었던 게 행운이었는지도 모른다고 생각한다. 어쨌든 시도 때도 없이 얻어맞았으니까.

뉴스가 끝났을 때, 나카타 씨가 마침 화장실에서 나왔다.

"저어, 호시노 씨, 한 가지 물어봐도 괜찮겠습니까?"

"뭔데?"

"호시노 씨, 혹시 허리가 아프지 않으십니까?"

"아아, 오랫동안 운전을 하고 있으니까, 그야 허리가 아프지. 장거리 운전수치고 허리가 성한 녀석은 거의 없거든. 어깨가 아프지 않은 투수가 없는 것과 마찬가지지" 하고 청년은 말했다. "그런데 갑자기 왜 그런 걸 물어보는 거야?"

"호시노 씨의 등을 보고 있으니까 문득 그런 느낌이 들었습니다."

"그래?"

"잠깐 나카타가 만져 봐도 되겠습니까?"

"좋아, 만져 봐."

나카타 씨는 엎드려 있는 청년의 허리 위에 올라탔다. 두 손을 허리뼈 조금 위에 얹고, 그대로 꼼짝 않고 있었다. 청년은 그동안 텔레비전의 연예가 소식을 보고 있었다. 유명한 여배우가 그다지 유명하지 않은 젊은 소설가와 약혼을 했다. 그런 뉴스에는 흥미가 없었지만, 달리 볼 것도 없었기 때문에 그냥 보고 있었다. 여배우의 수입은 작가 수입의 열 배 이상은 된다고 한다. 소설가는 별로 잘생기지도 않고, 머리가 특별히 좋아 보이지도 않았다. 청년은 고개를 갸웃거렸다.

"저런 결혼은 거의 뒤끝이 좋지 않더라고. 아마 모르기는 해도 뭔가 착각을 하고 있는 거겠지."

"호시노 씨, 호시노 씨의 뼈는 약간 어긋나 있습니다."

"오랫동안 어긋난 인생을 살아왔으니 그럴 수도 있겠지" 하고 청년은 하품을 하면서 말했다.

"이대로 내버려두면 아주 나빠질지도 모릅니다."

"그래?"

"머리도 아플 거고, 똥도 잘 나오지 않게 될 거고, 허리를 삐 끗해서 못 움직이게 될 겁니다."

"음, 그건 좀 곤란한데."

"조금 아프지만, 참을 수 있겠습니까?"

"그럼."

"솔직하게 말씀드리면 상당히 아플 겁니다."

"이봐 아저씨, 난 태어나서 지금까지 집에서든 학교에서든 자위대에서든, 맨날 얻어맞으면서 살아왔어. 자랑은 아니지만, 두들겨 맞지 않은 날을 손으로 헤아릴 수 있을 정도라니까. 지금 와서 아프건 뜨겁건 가렵건 간지럽건 그런 건 아무렇지도 않아. 알아서 해."

나카타 씨는 눈을 가늘게 뜬 채 의식을 집중하고, 호시노 씨의 허리뼈에 갖다 댄 두 엄지손가락의 위치를 주의 깊게 확인했다. 위치를 정하자 처음에는 반응을 보면서 서서히 힘을 더해 갔다. 그러고 나서 훅, 하고 숨을 들이쉬고, 겨울새 같은 짧은 소리를 내며 온몸의 힘을 다해 뼈와 근육 사이로 손가락을 힘껏 밀어넣었다. 그때 청년이 느낀 아픔은 상상을 초월할 정도로 엄청난 것이었다. 머릿속에 거대한 섬광이 번쩍 지나가고, 거의 의식을 잃을 뻔했다. 숨이 턱 멈췄다. 높은 탑 꼭대기에서 지옥의 나락을 향해 단숨에 추락하는 것 같은 기분이었다. 비명을 지를 수조차 없었다. 너무 아파서 아무 생각도 할 수 없었다. 모든 사고가 불타서 튕겨 나가고, 모든 감각은 아픔 속으로 집약됐다. 온몸의 틀이 단번에 조각조각 분해돼 버린 것 같았다. 죽음조차도 이처럼 파괴적이지는 않을 것이다. 눈을 뜰 수도 없었다. 엎드린 채 꼼짝도 못 하고 다다미 위에 침을 질질 흘렸다. 눈물이 뚝뚝 떨어졌다. 그런 끔찍한 상태가 삼십 초쯤 계속됐다.

청년은 가까스로 숨을 들이마시고 팔꿈치로 짚고 비틀비틀 몸을 일으켰다. 방바닥이 폭풍 전의 바다처럼 흔들흔들 불길하게 요동치고 있었다.

"아프셨습니까?"

청년은 아직 자기가 살아 있다는 것을 확인하듯이 머리를 천천히 몇 번 흔들었다. "이건 아픈 정도가 아니야. 껍질을 벗기고, 꼬챙이로 찌르고, 맷돌에 갈고, 그 위를 화난 소 떼가 달려간 것 같은 기분이라고. 도대체 무슨 짓을 한 거야?"

"호시노 씨의 어긋난 뼈를 본래대로 돌려놓았습니다. 이제 당분간은 괜찮을 겁니다. 허리도 아프지 않고 똥도 제대로 잘 나올 겁니다."

썰물이 빠져나가듯 심한 통증이 사라지자, 청년은 분명히 허리 부근이 상당히 가벼워진 것을 느낄 수 있었다. 늘 짓누르는 듯하던 둔탁하고 나른한 느낌이 사라지고 없었다. 관자놀이 근처도 시원해서 숨 쉬기가 편했다. 그러고 보니 대변도 보고 싶었다.

20

"응, 확실히 뭐랄까, 여기저기 컨디션이 좋아진 것 같은 느낌이 드는데."

"네. 모두 다 허리뼈가 문제였습니다" 하고 나카타 씨가 말했다.

"아무리 그래도 너무 아팠어" 하고 호시노 씨는 한숨을 쉬었다.

두 사람은 도쿠시마역에서 특급 열차를 타고 다카마쓰로 향했다. 숙박료도, 열차 요금도 호시노 씨가 지불했다. 나카타 씨가 자기가 내겠다고 우겼지만, 청년은 듣지 않았다.

"우선 내가 내고, 나중에 정산하면 되잖아. 사내대장부가 돈 몇 푼 갖고 쩨쩨하게 구는 건 안 좋아해."

"네. 나카타는 돈 문제는 잘 모르니까, 호시노 씨에게 맡기겠습니다."

"아저씨가 지압을 해준 덕분에 훨씬 몸이 편해졌거든. 조금쯤은 보답을 하게 해줘. 이렇게 개운한 건 참 오래간만이야. 어쩐지 새 사람이 된 것 같아."

"그건 참으로 다행입니다. 지압이라는 것이 어떤 것인지 나카타는 잘 모릅니다만, 아무튼 뼈는 중요한 것입니다."

"지압인지 접골인지 척추지압요법인지 뭔지, 뭐라고 부르는지는 나도 잘 모르지만, 아무래도 아저씨는 이런 방면에 상당히 재능이 있는 것 같아. 어디다 간판 하나 걸고 지압을 하면 돈을 많이 벌 수 있을 거야. 그건 내가 보증해. 내 운전사 동료들만 소개해도 한 재산 모을 수 있을걸."

"호시노 씨의 등을 보고 있으니까 뼈가 어긋나 있는 것이 보였습니다. 나카타는 무언가가 어긋나 있는 것을 보면 제자리로 돌려놓고 싶어집니다. 오랫동안 가구를 만든 탓도 있고 해서 눈앞에 구부러진 것이 있으면 무엇이든 똑바로 펴놓고 싶어집니다. 그것은 나카타가 이전부터 갖고 있는 성격입니다. 하지만 뼈를 똑바로 펴놓은 건 처음입니다."

"재능이란 틀림없이 그런 걸 거야" 하고 청년은 감탄하면서 말했다.

"그전에는 고양이님하고 이야기를 할 수 있었습니다."

"허어, 그래?"

"하지만 얼마 전부터 갑자기 고양이님하고 이야기를 할 수 없게 됐습니다. 그건 아마도 조니 워커 씨 때문일 겁니다."

"아, 그래?"

"아시다시피 나카타는 머리가 좋지 않기 때문에 어려운 것은 잘 모릅니다. 그런데 웬일인지 요즘엔 어려운 일이 자꾸 일어납니다. 예를 들어 물고기나 거머리가 하늘에서 많이 떨어져 내렸습니다."

"아, 그래."

"아무튼 호시노 씨의 허리가 좋아져서 나카타는 매우 기쁩니다. 호시노 씨가 기분이 좋으면 나카타도 기분이 좋습니다."

"나도 아주 기분 좋아."

"다행입니다."

"그런데 말이야, 일전에 후지가와 휴게소의 거머리 말인데……."

"네, 거머리 일은 나카타도 잘 기억하고 있습니다."

"혹시 그 사건에 나카타 씨도 관계가 있어?"

나카타 씨는 잠시 생각에 잠겼다. 본래 사고 능력이 없는 나카타 씨가 생각을 한다는 것은 매우 드문 일이었다. "그건 나카타도 잘 모르겠습니다. 하지만 나카타가 우산을 펴니까, 많은 거머리가 하늘에서 떨어져 내렸습니다."

"흐음."

"누가 뭐래도 사람을 죽이는 건 좋지 않습니다" 하고 나카타 씨는 말했다. 그러고는 단호하게 고개를 끄덕였다.

"그건 그래. 사람을 죽이는 건 좋지 않지" 하고 청년도 동의했다.

"네, 그렇습니다" 하고 나카타 씨는 다시 한번 단호하게 고개를 끄덕였다.

두 사람은 다카마쓰역에서 내렸다. 역 앞에 있는 우동집에 들어가 점심으로 우동을 먹었다. 우동집 창밖으로 항구의 거대한 크레인이 몇 대 보였다. 크레인에는 갈매기가 여러 마리 앉아 있었다. 나카타 씨는 성실하게 한 가닥 한 가닥 음미하면서 우동을 먹었다.

"우동이 굉장히 맛있습니다."

"다행이네" 하고 호시노 씨는 말했다. "어때, 아저씨, 장소는 이 근방이면 될 것 같아?"

"네. 호시노 씨, 아마 여기면 될 것 같습니다. 나카타는 그렇게 생각합니다."

"장소는 결정됐다 치고. 그래, 지금부터 뭘 할 건데?"

"입구의 돌을 찾으려고 합니다."

"입구의 돌?"

"네."

"흠" 하고 청년은 말했다. "틀림없이 거기에는 긴 사연이 있겠지?"

나카타 씨는 그릇을 기울여서 우동 국물을 마지막 한 방울까지 마셨다. "네. 긴 사연이 있습니다. 하지만 너무 길어서 나카타는 뭐가 뭔지 잘 모르겠습니다. 실제로 거기 가면 아마 알 수 있지 않을까 합니다만."

"이번에도 가보면 알 수 있다는 이야기군?"

"네. 그렇습니다."

"거기 갈 때까지는 알 수 없고?"

"네. 거기에 갈 때까지는 나카타도 전혀 알 수 없습니다."

"아무튼 좋아. 나도 솔직히 말해 긴 이야기는 질색이거든. 어쨌든 그 입구의 돌을 찾아내면 되는 거지?"

"네. 그렇습니다."

"그 돌이 어디쯤에 있는데?"

"나카타는 짐작도 할 수 없습니다."

"물어볼 것도 없었군" 하고 청년은 고개를 흔들면서 말했다.

제25장

잠깐 잠들었다가 깨어나고, 또 잠깐 잠들었다가 깨어나기를 몇 번이고 되풀이한다. 내 머릿속은 그녀가 나타나는 순간을 포착하고 싶다는 생각으로 꽉 차 있다. 그런데 정신을 차리고 보니 소녀는 이미 어젯밤의 그 의자에 앉아 있다. 머리맡에 놓인 시계의 야광 바늘은 세 시를 조금 지난 지점을 가리키고 있다. 침대에 들어가기 전에 분명히 쳐놓은 커튼은 어느 틈엔가 걷혀 있다. 어젯밤과 마찬가지다. 그러나 달은 보이지 않는다. 그것만이 다르다. 구름은 두껍고 비도 약간 내리고 있는지 모른다. 방 안은 어젯밤보다 훨씬 어둡고, 멀리 보이는 정원등의 불빛이 정원의 나무들 사이로 새어 나와 희미하게 비치고 있을 뿐이다. 그 어둠에 눈이 익을 때까지 시간이 걸린다.

소녀는 책상 위에 턱을 괴고 벽에 걸린 유화를 보고 있다. 입고 있는 옷도 어젯밤과 똑같다. 방 안이 어둡기 때문에 시선을 집중해도 얼굴을 분간할 수 없다. 그러나 그대신 몸과 얼굴의 윤곽이 이상할 정도로 또렷이, 입체감 있게 어슴푸레한 어둠 가운데 떠올라 있다. 거기에 있는 사람이 소녀 시절의 사에키 씨라는 것에는 의심의 여지가 없다.

소녀는 무엇인가에 대해 깊이 생각하고 있는 것처럼 보인다. 아니면 단순히 길고 깊은 꿈을 꾸고 있는 것일지도 모른다. 아니, 그녀 자신이 사에키 씨의 길고 깊은 꿈 자체인지도 모른다. 어느 쪽이든 간에, 나는 그 장소의 균형을 깨뜨리지 않으려고 꼼짝 않고 숨을 죽인다. 몸 한 번 움직이지 않는다. 이따금 시계에 시선을 보내 시간을 확인할 뿐이다. 시간은 천천히, 그러나 균일하게 확실히 흘러간다.

예고도 없이 갑작스럽게 심장이 격렬히 소리를 내기 시작한다. 누군가가 계속 문을 노크하고 있는 것 같은, 딱딱하고 메마른 소리다. 그 소리는 일종의 강한 의지를 나타내며, 조용한 한밤중의 방 안에 또렷이 울려 퍼진다. 누구보다도 먼저 내가 그 소리에 놀라 하마터면 침대에서 벌떡 일어날 뻔한다.

소녀의 검은 실루엣이 약간 흔들린다. 그녀는 얼굴을 들고 어둠 속에서 귀를 기울인다. 내 심장이 내는 소리가 그녀 귀에 가 닿고 있다. 숲속의 동물이 낯선 소리에 신경을 집중하듯이 소녀는 살짝 고개를 기울인다. 그러고 나서 내가 있는 침대 쪽으로 얼굴을 돌린다. 그러나 그 눈에는 내 모습이 비치지 않는다. 나는 그것을 알 수 있다. 나는 그녀의 꿈속에 포함돼 있지 않은 것이다. 나와 소녀는 눈에 보이지 않는 경계선에 의해 두 개의 다른 세계로 분할돼 있다.

이윽고 내 심장의 격렬한 고동은, 시작됐을 때처럼 급속히 가라앉는다. 호흡도 원래대로 돌아온다. 나는 기척을 죽인 존재로 돌아온다. 그리고 소녀는 귀 기울이기를 그만두고 다시 '해변의 카프카'로 시선을 돌린다. 아까와 마찬가지로 책상 위에 턱을 괴고, 그녀의 마음은 그림 속 여름 바닷가에 있는 소년에게로 돌아간다.

이십 분가량 거기 머문 뒤, 그 아름다운 소녀는 사라진다. 어제와 마찬가지로 의자에서 일어나 맨발로 소리도 없이 문 쪽으로 이동하고, 문도 열지 않은 채 그 너머로 사라진다. 나는 같은 자세로 한참 있다가 일어나 침대에서 나온다. 불을 켜지 않고 밤의 어둠 속에서 소녀가 조금 전까지 앉아 있던 의자에 앉는다. 책상 위에 두 손을 얹고, 그녀가 방 안에 남기고 간 아련한 여운으로 내 몸을 적신다. 눈을 감고 거기에 있는 소녀의 마음속 떨림을 퍼올려 내 마음에 스며들게 한다. 나는 눈을 감는다.

그 소녀와 나 사이에는 적어도 하나의 공통점이 있다. 나는 그것에 생각이 미친다. 그래, 우리는 둘 다 이 세계에서 이미 그 모습을 찾아볼 수 없는 상대를 사랑하고 있는 것이다.

조금 뒤 나는 잠이 든다. 그러나 안정되지 않은 잠이다. 몸은 깊은 잠을 원하지만, 의식은 잠들지 않으려 한다. 나는 그 사이를 시계추처럼 왔다 갔다 한다. 그러나 날이 미처 밝기도 전에 정원의 새들이 수선스럽게 활동을 시작하고, 그 소리에 나는 완전히 잠이 깨버린다.

나는 청바지를 입고, 티셔츠 위에 긴소매 셔츠를 걸치고 밖으로 나간다. 새벽 다섯 시, 부근에는 아직 사람의 왕래가 없다. 오래된 집들이 늘어서 있는 거리를 지나서 소나무 방풍림 사이를 빠져나가, 제방을 건너 해안으로 나간다. 바람은 거의 느껴지지 않는다. 하늘은 온통 잿빛 구름으로 덮여 있지만, 비가 내릴 것 같은 조짐은 아직 없다. 고요한 아침이다. 구름이 흡음재가 되어 지상의 온갖 소리를 빨아들이고 있다.

한동안 해안가 보행자 도로를 걸으면서, 그림 속의 소년도 아마 이 모래밭 어딘가에 덱체어를 들고 나와 앉아 있었을 것이라고 상상한다. 그러나 그곳이 어딘지는 확실하게 알 수 없다. 그림 속에 그려져 있는 배경은 모래밭과 수평선과 하늘과 구름뿐이다. 그리고 섬. 그러나 섬은 여러 개가 있고, 나는 그림 속 섬의 형태를 확실하게 기억해 낼 수 없다. 나는 모래밭에 앉아서 바다를 향해 손가락으로 적당히 그림의 프레임을 만들고, 거기에 의자에 앉은 소년을 놓아 본다. 바람이 없는 하늘을 흰 갈매기가 한 마리, 마음을 정하지 못하겠다는 듯이 가로질러 간다. 작은 파도가 규칙적으로 밀려와서 모래밭에 부드러운 곡선을 그렸다가, 자잘한 거품을 남기고 물러간다.

　　나는 내가 그림 속의 소년을 질투하고 있음을 깨닫는다.

　　"넌 그림 속의 소년을 질투하고 있는 거야." 까마귀라고 불리는 소년이 나에게 그렇게 귀띔한다.

스무 살이 될까 말까 한 나이에 다른 사람으로 오인받아 의미 없이 살해당한—그것도 지금으로부터 벌써 삼십 년쯤 전의 일이야—그 불쌍한 소년을 너는 질투하고 있어. 숨이 막힐 만큼 격렬하게. 네가 누군가에게 질투 비슷한 감정을 느끼다니, 생전 처음 있는 일이지. 너는 질투라는 것이 어떤 건지, 이제 이해하게 될 거야. 그것은 들판의 불길처럼 네 마음을 불태우지.

　　너는 태어나서 지금껏 누군가를 부럽다고 생각한 적이 한 번도 없고, 다른 누군가가 되고 싶다고 생각한 적도 없어. 하지만 너는 지금 그 소년을 마음속 깊이 부러워하고 있어. 할 수만 있다면 그 소년을 대신하고 싶다고 생각하고 있어. 스무 살에 고문당하고 쇠 파이프에 맞아 죽을 것을 미리 알고 있어도 상관없지. 그래도 좋으니까 너는 그 소년이 되어, 열다섯 살부터 스무 살까지의 젊은 날의 사에키 씨를 무조건 사랑하고 싶고, 그녀로부터 무조건 사랑받고 싶은 간절한 열망을 품고 있어. 그녀를 마음껏 끌어안고, 몇 번이고 섹스하고 싶어 하지. 그녀의 몸을 구석구석 만져 보고 싶어 하지. 그리고 죽은 후에도 하나의 이야기로, 영상으로, 그녀의 마음속에 각인되고 싶어 해. 추억

속에서 밤마다 그녀에게 사랑받고 싶다고 생각하고 있어.

　그래, 너는 무척 기묘한 곳에 서게 됐어. 너는 다시는 찾아볼 수 없게 된 소녀의 모습에 사랑을 느끼고, 이미 죽어 버린 소년을 질투하고 있는 거야. 그럼에도 그 상념은 지금까지 네가 현실에서 체험한 어떤 감정보다도 훨씬 더 생생하고 애절한 것이지. 그리고 거기에는 출구가 없어. 출구를 발견할 가능성조차 없어. 너는 시간의 미궁 속에 빠져 버린 거야. 가장 큰 문제는, 네가 그 시간의 미궁 속에서 빠져나오고 싶다는 생각을 전혀 갖고 있지 않다는 점이야. 그렇지?

오시마 씨는 어제보다 늦은 시간에 나온다. 나는 그전에 일 층과 이 층의 바닥을 청소기로 청소하고, 책상과 의자를 물걸레로 닦고, 창문을 열어서 닦고, 화장실을 청소하고, 휴지통을 비우고, 꽃병의 물을 갈아 놓는다. 방의 불을 켜고 검색 컴퓨터 스위치를 켠다. 이제 문만 열면 된다. 오시마 씨는 하나하나 점검하고 나서 만족스러운 듯이 고개를 끄덕인다.

　"넌 꽤 기억력이 좋고, 일솜씨도 보통이 아니네."

　나는 물을 끓여 오시마 씨를 위해 커피를 만든다. 나는 어제와 마찬가지로 얼그레이 홍차를 마신다. 밖에는 비가 내리기 시작한다. 꽤 세차게 내리는 비다. 멀리서 천둥소리도 들린다. 아직 오전인데도 주위는 저녁처럼 어둡다.

　"오시마 씨, 한 가지 부탁이 있는데요."

"뭔데?"

"「해변의 카프카」악보를 어디서 구할 수 없을까요?"

오시마 씨는 잠시 생각한다. "악보 출판사 사이트의 카탈로그에 실려 있으면 약간의 사용료로 다운로드할 수 있을 거야. 나중에 검색해 보지."

"고마워요."

오시마 씨는 카운터 가장자리에 걸터앉아 커피잔에 아주 조그만 각설탕을 한 개 넣고 스푼으로 주의 깊게 젓는다.

"어때, 곡은 마음에 들어?"

"네, 아주 좋던데요."

"나도 그 곡을 좋아해. 아름다우면서 동시에 굉장히 독특하거든. 순수하면서 깊이가 있고, 작곡한 사람의 인품 같은 것이 느껴져."

"가사가 꽤 상징적이긴 하지만요."

"시와 상징성은 본래 떼어 놓을 수 없는 거야, 해적과 럼주처럼."

"사에키 씨가 그 가사의 의미를 이해하고 있었다고 생각해요?"

오시마 씨는 얼굴을 들어 멀리서 들려오는 천둥소리에 귀를 기울이더니, 먼 곳에 떨어진 걸 알고는 내 얼굴을 보면서 말을 잇는다. 그러고는 고개를 흔든다.

"꼭 그렇다고만은 할 수 없어. 상징성과 의미성은 별개의 것이니까. 사에키 씨는 아마 의미나 논리 같은 장황한 절차를 생략하고, 거기 있어야 할 적당한 말을 가려 넣었던 거야. 공중을 날고 있는 나비의 날개를 살짝 붙잡는 것처럼, 꿈속에서 노랫말을 잡은 거지. 예술가란 장황한 걸 회피할 자격이 있는 사람들이라고 하잖아."

"즉 사에키 씨는 그 가사의 말들을 어딘가 다른─예를 들면 꿈의─공간에서 찾아냈을지도 모른다는 이야기인가요?"

"뛰어난 시란 다소의 차이는 있지만 그런 것이니까. 만약 시 속에 있는 말들이, 독자와의 사이를 이어 주는 예언적인 터널을 찾지 못한다면 그건 시로서의 기능을 다하지 못한 것이 되지."

"하지만 그런 흉내만 내고 있을 뿐인 시도 많잖아요."

"맞아. 그런 척하는 건 요령만 터득하면 어려운 일이 아니니까. 그럴듯하게 상징적인 용어를 글 속에 담아 연결하면 일단은 시처럼 보이거든."

"하지만 「해변의 카프카」의 시에서는 무언가 아주 절실한 것이 느껴져요."

"나도 같은 의견이야. 거기에 있는 말은 겉만 그럴싸하게 수식하려고 쓴 건 아니지. 하긴 내 머릿속에서 그 시는 이미 멜로디와 일체화돼 있어서, 순수하게 시의 형태에만 주목해 그 시에 어느 정도 독립된 언어에 의한 설득력이 있는지, 정확하게 판단할 수 없게 돼버렸지만……"하고 오시마 씨가 말한다. 그러고는 고개를 조금 흔들어 보인다. "어쨌든 그녀는 풍부하고 자연스러운 재능을 타고났고, 음악적인 감각도 있었어. 자신에게 다가온 기회를 놓치지 않을 만큼의 현실적 능력도 갖추고 있었지. 불행한 사건이 일어나서 그녀가 인생에서 한 걸음 뒤로 물러나지 않았다면 그 재능은 훨씬 더 자유롭게 발휘됐을 거야. 그건 여러 의미에서 유감스러운 사건이었어."

"그 재능은 대체 어디로 가버린 걸까요?"

오시마 씨는 내 얼굴을 본다. "네가 묻는 건, 연인이 죽은 뒤에 사에키 씨 내부에 있던 재능이 어디로 가버렸을까,라는 말이야?"

나는 고개를 끄덕인다. "만일 재능이 자연스러운 에너지 같은 것이라면 그건 어딘가 출구를 찾아가는 게 아닐까요?"

"나는 모르겠어."오시마 씨가 말한다. "재능이란 그 행선지를 예측할 수 없는 거야. 그냥 사라져 버리는 경우도 있고, 또는 지하수처럼 땅속 깊이 숨어들어서 그대로 어디론가 흘러가버리는 경우도 있지."

"아니면 사에키 씨는 그 능력을 음악이 아닌 다른 일에 집중해서 쓰기로 했는지도 모르죠."

"다른 일?"오시마 씨는 흥미롭다는 듯이 미간을 모은다.

"예를 들면 어떤 것인데?"

나는 말문이 막힌다. "그건 모르겠어요. 그냥 그런 느낌이 들었을 뿐이에요. 예를 들면…… 형태를 이룰 수 없는 것에."

"눈에 보이는 형태로는 나타낼 수 없는 것?"

"그러니까 남의 눈에는 보이지 않는, 자신만을 위해 추구하는 내적인 노력이라고 할까요?"

오시마 씨는 손을 들어 이마에 내려온 앞머리를 뒤로 넘긴다. 머리빗처럼 가는 다섯 손가락 사이로 머리카락이 빠져나간다.

"흥미로운 의견이군. 사에키 씨는 이 도시를 떠난 뒤, 우리가 모르는 곳에서 네가 말하는 형태를 이룰 수 없는 무엇인가에 재능이나 능력을 쏟아 왔는지도 모르지. 하지만 그녀는 어쨌든 이십오 년 동안 자취를 감추었고, 본인에게 물어보기 전에는 어디서 무엇을 했는지 알 길이 없거든."

나는 잠시 망설이다가 큰맘 먹고 입을 연다.

"저어, 터무니없이 바보 같은 걸 물어봐도 될까요?"

"터무니없이 바보 같은 거라니?"

내 얼굴이 빨개진다. "엄청 터무니없이 바보 같은 질문 말이에요."

"괜찮아. 말도 안 되는 바보 같은 건 나도 결코 싫어하진 않으니까."

"저어, 오시마 씨, 이런 말을 누군가에게 한다는 거, 나 스스로도 믿어지지 않을 정도거든요."

오시마 씨가 고개를 가볍게 갸우뚱한다.

"사에키 씨가 내 어머니일 가능성은 없을까요?" 하고 나는 묻는다.

오시마 씨는 침묵한다. 카운터에 기댄 채 시간을 들여 말을 찾는다. 그동안 나는 그저 시계 소리에 귀를 기울인다.

그는 말한다. "네가 말하고 싶은 걸 대충 요약하면 요컨대 사에키 씨는 스무 살 때 절망을 느끼고 다카마쓰를 떠나 어딘가에서 조용히 살고 있었는데, 우연히 네 아버지인 다무라 고이치 씨를 만나 결혼하고, 축복 속에 너를 출산했다. 그러다 사 년 뒤에 어떤 사정 때문에 너를 버려둔 채 집을 나가, 그후 한동안 수수께끼에 찬 공백 기간이 있었고, 그런 뒤에 다시 고향인 시코쿠로 돌아왔다—라는 이야기인가?"

"그렇죠."

"가능성이 없다고는 할 수 없겠지. 일단 지금 단계에서는 네 그 가설을 부정할 만한 근거는 없어. 그녀의 인생은 오랜 기간 수수께끼에 싸여 있거든. 도쿄에서 살았다는 소문은 있어. 그리고 그녀는 네 아버지와 동년배고. 다만 다카마쓰로 돌아왔을 때 혼자였다는 건 확실해. 물론 딸이 있어도 독립해서 다른 곳에 살고 있을 가능성은 있지. 그런데 네 누나는 몇 살이라고 했더라?"

"스물한 살."

"나와 나이가 같군" 하고 오시마 씨가 말한다. "하지만 나는 네 누나는 아닌 것 같은데. 나한테는 엄연히 부모와 형이 있거든. 모두 피를 나눈 사람들이고, 나한테는 과분한 사람들이지."

오시마 씨는 팔짱을 끼고 잠시 내 얼굴을 쳐다본다.

"그런데 너한테 꼭 물어보고 싶은 게 있어" 하고 오시마 씨가 말한다. "넌 지금껏 네 호적을 조사해 본 적 있어? 그럼 어머니 이름과 나이를 쉽게 알 수 있을 텐데?"

"물론 조사해 봤어요."

"어머니 이름이 뭐라고 돼 있었어?"

"이름이 없었어요."

오시마 씨는 그 말을 듣고 놀란 것 같았다. "이름이 없어? 그런 일은 있을 수 없는데."

"없었어요, 정말로. 이유야 나도 모르죠. 하지만 아무튼 호적을 보니 어머니가 없는 거예요. 누나도 없고. 호적부에는 아버지 이름과 내 이름만 실려 있었어요. 그러니까 나는 법률적으로는 본처 소생이 아닌 서자로 돼 있는 거죠. 즉 사생아인 거예요."

"그렇지만 현실적으로는 너한테 분명히 어머니와 누나가

있었다, 그런 말이잖아."

나는 고개를 끄덕인다. "네 살 때까지, 실제로 어머니와 누나가 있었어요. 우리 네 사람은 가족으로 한집에서 살고 있었어요. 난 그 사실을 똑똑히 기억하고 있어요. 단순한 상상 같은 것이 아니에요. 내가 네 살 때 엄마와 누나는 집을 나가 버렸어요."

나는 지갑 속에서 나와 누나가 해변에서 놀고 있는 사진을 꺼낸다. 오시마 씨는 그 사진을 한동안 보고 나서 미소 지으며 나에게 돌려준다.

"해변의 카프카"라고 오시마 씨가 말한다.

나는 고개를 끄덕이고, 그 낡은 사진을 다시 지갑에 넣는다. 바람이 불고 비가 때때로 유리창에 부딪쳐 소리를 낸다. 천장의 불빛이 나와 오시마 씨의 그림자를 바닥에 떨어뜨리고 있다. 그 두 그림자는 뒤집어진 세계에서 불길한 밀담을 나누고 있는 것처럼 보인다.

"어머니 얼굴은 기억 못 해?" 하고 오시마 씨가 묻는다. "네 살 때까지 같이 살았으니까 어머니 얼굴이 어떻게 생겼는지 조금은 기억날 거 아냐?"

나는 고개를 흔든다. "아무리 해도 생각이 나질 않아요. 왜 그런지 몰라도 내 기억 속에서는 어머니의 얼굴 부분만 어둡게, 그림자처럼 칠해져 있거든요."

오시마 씨는 잠시 생각에 잠긴다.

"저기, 사에키 씨가 네 어머니가 아닐까 하고 추측하는 근 거를 좀 더 자세히 이야기해 줄 수 없을까?"

"이제 됐어요, 오시마 씨" 하고 나는 말한다. "그 이야기는 그만해요. 틀림없이 내 생각이 지나친 걸 거예요."

"괜찮으니까 머릿속에 있는 걸 무엇이든 다 이야기해 봐" 하고 오시마 씨가 말한다. "네 생각이 지나친지 아닌지는 그다 음에 둘이서 판단하면 되는 일이니까."

바닥에 깔려 있는 오시마 씨의 그림자가 그의 아주 작은 움 직임을 따라 같이 움직인다. 그 움직임은 실제보다 약간 과장된 것처럼 보인다.

나는 말한다. "나와 사에키 씨 사이에는 서로 부합되는 일 이 깜짝 놀랄 만큼 많아요. 퍼즐 조각처럼 딱 들어맞거든요. 「해 변의 카프카」를 듣다가 그게 확실해졌어요. 우선 난 마치 어떤 운명에 이끌리듯이 이 도서관을 찾아왔어요. 나카노구에서 다 카마쓰까지 거의 일직선으로. 그건 생각해 보면 굉장히 신기한 일이에요."

"그리스 비극의 줄거리 같은걸" 하고 오시마 씨가 말한다.

"그리고 나는 그분을 사랑하고 있어요."

"사에키 씨를?"

"네. 아마도 그렇다고 생각해요."

"아마도라고?" 오시마 씨는 그렇게 말하며 이맛살을 찌푸

39

린다. "그 말은 아마도 사에키 씨를 사랑하고 있다는 말이야? 아니면 사에키 씨를 아마도 사랑하고 있다는 말이야?"

내 얼굴이 다시 붉어진다. "잘 설명할 수 없어요" 하고 나는 말한다. "너무 복잡하게 얽혀서 나도 아직 여러 가지를 잘 모르겠어요."

"하지만 너는 아마도 사에키 씨를 아마도 사랑하고 있다, 그런 말이잖아?"

고개를 끄덕이며 나는 말한다. "그래요. 매우 강렬하게 사랑하고 있어요."

"아마도이긴 하지만, 매우 강렬하게 사랑하고 있다, 이 말이지?"

나는 고개를 끄덕인다.

"동시에 사에키 씨가 네 어머니일지 모른다는 가능성도 마음속에 남아 있다는 건가?"

나는 다시 한번 고개를 끄덕인다.

"넌 아직 수염도 나지 않은 열다섯 살 소년치고는 너무 여러 가지 일을 혼자 짊어지고 있어." 오시마 씨는 조용히 커피를 한 모금 마시고는 컵을 접시 위에 내려놓는다. "그게 나쁘다는 건 아니야. 그러나 모든 건 임계점이라는 게 있지."

나는 잠자코 있는다.

오시마 씨는 관자놀이에 손가락을 갖다 대고 한참 동안 생각에 잠긴다. 그러고 나서 두 손의 가느다란 손가락을 가슴 앞에서 깍지 낀다.

"될 수 있는 대로 빨리 「해변의 카프카」 악보를 구해 볼게. 남은 일은 내가 할 테니까 넌 방에 돌아가는 게 낫겠다."

점심시간에 나는 오시마 씨 대신 카운터에 앉는다. 비가 많이 내리는 탓에, 도서관 이용객은 여느 때보다 적다. 오시마 씨는 휴식 시간이 끝나고 돌아왔을 때, 나에게 악보가 든 대형 봉투를 건네준다. 컴퓨터에서 프린트한 것이다.

"편리한 세상이야" 하고 오시마 씨가 말한다.

나는 악보를 전해 준 오시마 씨에게 고맙다고 머리를 숙인다.

"괜찮다면 이 층에 커피를 좀 갖다 주지 않겠어? 넌 커피를 꽤 잘 끓이니까."

나는 새로 끓인 커피를 쟁반에 얹어 이 층의 사에키 씨 방으로 가져간다. 설탕도 크림도 넣지 않는다. 늘 그렇듯이 문은 열려 있다. 그녀는 책상 앞에 앉아서 글을 쓰고 있다. 내가 커피를 책상에 내려놓자, 그녀는 얼굴을 들고 미소 짓는다. 그런 뒤 만년필 뚜껑을 닫고 종이 위에 놓는다.

"어때, 이곳에 조금은 익숙해졌어?"

"조금씩 익숙해지고 있습니다."

"지금 시간 좀 있을까?"

"네, 있습니다."

"그럼, 거기에 앉아" 하고 사에키 씨가 책상 옆에 있는 나무 의자를 가리킨다. "잠깐 이야기 좀 해."

천둥이 또 울리기 시작한다. 아직은 먼 곳이지만, 조금씩 이쪽으로 가까이 다가오고 있는 것 같다. 나는 시키는 대로 의자에 앉는다.

"다무라 군은 몇 살이었더라, 열여섯 살?"

"사실은 열다섯 살입니다. 얼마 전에 열다섯 살이 됐습니다" 하고 나는 대답한다.

"가출했다면서?"

"그렇습니다."

"가출을 하지 않으면 안 될 만한 뚜렷한 이유 같은 것이 있었나?"

나는 고개를 흔든다. 도대체 뭐라고 대답을 하면 좋단 말인가?

사에키 씨는 컵을 손에 들고, 내 대답을 기다리는 동안 커피를 한 모금 마신다.

"집에 있다가는 제가 나중에 돌이킬 수 없을 만큼 훼손될 것 같은 느낌이 들었습니다" 하고 나는 말한다.

"훼손된다고?" 사에키 씨는 그렇게 말하고 눈을 가늘게 뜬다.

"네."

그녀는 조금 사이를 두었다가 다시 말한다. "다무라 군 나이의 소년이 훼손된다는 말을 쓰는 게 나로서는 어쩐지 이상한 느낌이 드네. 흥미를 느끼게 한다고 표현해도 좋겠지만······. 좀 더 구체적으로 말하면 어떤 걸까? 다무라 군이 말하는 훼손된다는 건?"

나는 적당한 말을 찾는다. 까마귀라고 불리는 소년을 찾는다. 그러나 그는 어디에도 없다. 나는 스스로 말을 찾는다. 그러기 위해서는 시간이 좀 걸린다. 사에키 씨는 가만히 기다린다. 번개가 번쩍이고, 잠시 후 멀리서 천둥소리가 들려온다.

"제가 어떤 바람직하지 않은 상태로 변해 버린다는 말입니다."

사에키 씨는 흥미롭다는 듯이 나를 본다. "하지만 시간이라는 것이 있는 한 누구나 결국에는 훼손되고, 모습이 변하게 되는 게 아닐까? 언젠가는."

"설사 언젠가는 훼손된다 하더라도 되돌아갈 수 있는 장소는 필요하죠."

"되돌아갈 수 있는 장소?"

"돌아갈 가치가 있는 장소 말입니다."

사에키 씨는 정면으로 내 얼굴을 응시하고 있다.

내 얼굴이 빨개진다. 그러나 용기를 내서 얼굴을 든다. 사에키 씨는 네이비블루의 반소매 원피스를 입고 있다. 그녀는 여러 가지 색조의 파란색 원피스를 갖고 있는 것 같다. 가느다란 은 목걸이와 검은 가죽끈으로 된 작은 손목시계, 장신구는 그것뿐이다. 나는 그녀 속에서 열다섯 살 소녀의 모습을 찾는다. 그 모습은 곧 발견된다. 소녀는 그녀 마음의 숲속에서 숨은그림찾기처럼 눈에 잘 띄지 않게 조용히 잠자고 있다. 그러나 자세히 보면 그 모습이 보인다. 내 심장이 다시 메마른 소리를 낸다. 누군가가 망치로 내 마음의 벽에 긴 못을 박고 있다.

"다무라 군은 열다섯 살 소년치고는 무척 논리적으로 말을 하는구나."

나는 어떻게 대답을 해야 할지 알 수 없어서 그냥 잠자코 있는다.

"나도 열다섯 살 때에는 어딘가 다른 세계에 가고 싶어 했지"하고 사에키 씨가 미소 지으며 말한다. "어느 누구의 손도 미치지 않는 곳으로. 시간의 흐름이 없는 곳으로."

"하지만 이 세계에 그런 장소는 없습니다."

"그래, 맞아. 그래서 나는 이렇게 살고 있는 거야. 사물이 계속 훼손되고, 마음이 계속 변하고, 시간이 쉬지 않고 흘러가는 세계에서." 그녀는 시간의 흐름을 암시하듯 한참 입을 다문다. 그러고는 다시 계속한다. "그렇지만 나도 열다섯 살 때에는 그런 장소가 세계의 어딘가에 꼭 있을 거라고 생각했거든. 그런 다른 세계로 들어가기 위한 입구를 어딘가에서 찾을 수 있지 않을까 하고."

"사에키 씨는 고독했습니까, 열다섯 살 때?"

"어떤 의미에서는 그랬지. 나는 고독했어. 외톨이는 아니었지만 그래도 무척 고독했어. 왜냐하면 내가 더 이상 행복해질 수 없다는 것을 알고 있었기 때문이야. 그것만은 확실히 알고 있었어. 그래서 그때의 모습을 간직한 채로 나는 시간의 흐름이 없는 장소로 들어가고 싶었던 거야."

"저는 조금이라도 빨리 나이를 먹고 싶습니다."

사에키 씨는 거리를 조금 두고 내 표정을 읽는다. "다무라 군은 틀림없이 나보다 강하고 독립심이 있는 거야. 그 무렵의 나는 다만 현실도피의 환상을 품고 있을 뿐이었거든. 하지만 다무라 군은 현실에 맞서 싸우고 있어. 거기에는 큰 차이가 있지."

나는 강하지도 않고 독립심이 있지도 않다. 다만 현실에 의해 어쩔 수 없이 앞으로 떠밀리고 있을 뿐이다. 그러나 나는 아무 말도 하지 않는다.

"다무라 군을 보고 있으니까 아주 오래전에 열다섯 살이었던 소년이 생각나."

"그분은 저하고 닮았습니까?" 하고 나는 묻는다.

"다무라 군이 키도 더 크고 몸집도 단단해. 하지만 닮았는

지도 모르겠어. 그는 같은 또래의 소년들과는 이야기가 통하지
않아서, 언제나 혼자 방에 틀어박혀 책을 읽거나 음악을 들었
어. 어려운 이야기를 할 때면 다무라 군과 마찬가지로 미간에 주
름이 잡혔지. 다무라 군도 책을 많이 읽는다면서?"

나는 고개를 끄덕인다.

사에키 씨는 시계를 본다. "커피, 고마웠어."

나는 일어나 방에서 나가려고 한다. 사에키 씨는 검은 만년
필을 손에 쥐고, 천천히 뚜껑을 연 뒤 다시 글을 쓰려고 한다. 창
밖에서 또 번개가 번쩍이며 방 안을 한순간 이상한 색깔로 물들
인다. 잠깐 사이를 두었다가 곧 다시 천둥이 울린다. 아까보다
간격이 짧다.

"저, 다무라 군" 하고 사에키 씨가 다시 말을 건다.

나는 문턱에 멈춰 서서 뒤를 돌아본다.

"문득 생각났는데, 나는 옛날에 벼락에 대한 책을 쓴 적이
있어."

나는 잠자코 있다. 벼락에 대한 책?

"벼락을 맞았지만 죽지 않고 살아난 사람을 찾아서 인터뷰
하며 전국을 돌아다녔지. 여러 해에 걸쳐서. 인터뷰한 기록이
제법 많이 모였고, 모두 꽤 흥미 있는 이야기였어. 책은 작은 출
판사에서 나왔는데 거의 팔리지 않았어. 거기에는 결론이라는
것이 없었거든. 그리고 결론이 없는 책 같은 건 아무도 읽고 싶

어 하지 않으니까. 나한테는 결론이 없는 것이 오히려 자연스럽게 느껴졌는데 말이야."

작은 망치가 내 머릿속에서 어느 서랍을 똑똑 두드린다. 아주 집요하게 두드린다. 나는 무언가 굉장히 중요한 일을 생각해 내려 한다. 그러나 내가 무엇을 생각해 내려 하는지, 그건 알 수 없다. 사에키 씨는 다시 글 쓰는 일로 돌아가고, 나는 단념한 채 내 방으로 돌아온다.

격심한 벼락을 동반한 비가 한 시간가량 계속됐다. 도서관의 유리라는 유리는 모두 산산조각 나버리는 것이 아닐까 걱정될 만큼 대단한 벼락이었다. 번개가 번쩍일 때마다 층계참에 있는 스테인드글라스가 오래된 환영 같은 빛을 흰 벽에 던지곤 했다. 그러나 두 시가 되기 전에 비가 그치고, 산산이 흩어졌던 여러 가지 존재가 가까스로 화해에 도달한 것처럼, 샛노란 햇살이 구름 사이에서 모습을 드러내기 시작한다. 부드러운 빛 속에서 빗방울 떨어지는 소리만이 끊임없이 계속된다. 이윽고 저녁때가 되어 나는 폐관 준비를 한다. 사에키 씨가 나와 오시마 씨에게 먼저 가겠다는 인사를 하고 돌아간다. 그녀의 폭스바겐의 엔진 소리가 들려온다. 나는 그녀가 운전석에 앉아서 키를 돌리는 모습을 머릿속에 떠올린다. 나는 오시마 씨에게 뒷마무리는 혼자 할 수 있으니까 걱정 말라고 말한다. 오시마 씨는 오페라 아리아를 흥얼거리며 세면장에서 손과 얼굴을 씻고는 집으로 돌아간다. 그의 마쓰다 로드스터의 엔진 소리가 들리더니, 차츰 소리가 작아지고 사라져 간다. 마침내 도서관은 나 혼자만의 것이 된다. 여느 때보다 깊은 정적이 흐른다.

내 방으로 돌아와서 오시마 씨가 준「해변의 카프카」악보를 본다. 생각했던 대로 거의 모든 코드는 단순한 편이다. 그리고 브릿지 부분에 무척 까다로운 코드가 두 개 있다. 나는 열람실에 가서 업라이트피아노 앞에 앉아 그 음을 쳐본다. 손가락 사용법이 엄청나게 어렵다. 몇 번이나 연습을 거듭하고, 손의 근육을 유연하게 만든 다음에야 간신히 그 소리를 낼 수 있다. 처음 얼마 동안은 그것이 부적당한 화음으로밖에는 들리지 않는다. 나는 악보가 잘못 인쇄된 건 아닐까 하고 생각한다. 아니면 피아노 조율이 잘못된 게 아닐까 하고. 그러나 그 두 화음의 울림을 교대로 몇 번씩 주의 깊게 듣고 있는 사이에,「해변의 카프카」라는 곡의 근원은 바로 이 두 개의 울림에 있다는 것을 알게 된다. 이 두 개의 화음이 있기 때문에「해변의 카프카」는 흔해 빠진 팝송에는 없는 특별한 깊이 같은 것을 갖게 된 것이다. 도대체 사에키 씨는 어떻게 이런 특수한 화음을 생각해 낸 것일까?

나는 내 방으로 돌아와 전기포트로 물을 끓이고, 차를 우려 마신다. 그러고 난 뒤 창고에서 가지고 온 낡은 레코드를 차례차례 턴테이블 위에 올려놓는다. 밥 딜런의 「블론드 온 블론드Blonde On Blonde」, 비틀스의 「화이트 앨범White Album」, 오티스 레딩의 「독 오브 더 베이The Dock of the Bay」, 스탠 게츠의 「게츠/지우베르투Getz/Gilberto」. 어느 것이나 모두 1960년대 후반에 유행한 음악이다. 이 방에 있던 소년은—그 옆에는 틀림없이 사에키 씨가 있었을 것이다—지금의 나처럼 이 레코드들을 턴테이블에 얹고, 바늘을 내리고 스피커에서 나오는 소리에 귀를 기울였다. 그 소리는 나를 포함해서 방 전체를, 다른 시간 속으로 이끄는 것처럼 느껴진다. 내가 아직 태어나지도 않았던 세계로. 나는 그 음악들을 들으면서 오늘 낮 이 층 서재에서 사에키 씨와 나누었던 대화를 머릿속에 될 수 있는 대로 정확하게 재현해 본다.

"그렇지만 나도 열다섯살 때에는 그런 장소가 세계의 어딘가에 꼭 있을 거라고 생각했거든. 그런 다른 세계로 들어가기 위한 입구를 어딘가에서 찾을 수 있지 않을까 하고."

그녀의 목소리가 귓전에서 들려온다. 무언가가 또 머릿속에 있는 문을 노크한다. 강하게, 집요하게.

"입구?"

나는 「게츠/지우베르투」에서 바늘을 들어 올린다. 그리고 「해변의 카프카」 싱글판을 꺼내 턴테이블에 얹는다. 바늘을 내려놓는다. 그녀가 노래한다.

물에 빠진 소녀의 손가락은

입구의 돌을 찾아 헤매네.

푸른 옷자락을 쳐들고

해변의 카프카를 바라보네.

이 방을 찾아오는 소녀는 아마도 입구의 돌을 찾아냈던 거야, 하고 나는 생각한다. 그녀는 열다섯 살인 채로 다른 세계에 머물며, 밤이 되면 그곳에서 이 방으로 찾아온다. 연한 파란색 원피스를 몸에 걸치고 그녀는 '해변의 카프카'를 응시한다.

그러다가 아무런 계기도 없이 갑자기 나는 생각해 낸다. 아버지가 언젠가 벼락에 맞은 적이 있다고 말한 것을. 직접 그 이야기를 들은 것은 아니다. 어느 잡지에선가 우연히 인터뷰 기사를 봤다. 아버지는 대학생 시절, 골프장에서 캐디로 아르바이트를 하고 있었다. 어느 7월의 오후, 손님 뒤를 따라서 코스를 돌고 있을 때 갑자기 하늘 색이 변하더니 심한 뇌우가 쏟아지기 시작했다. 그리고 우연찮게 비를 피하고 있던 나무에 벼락이 떨어졌다. 커다란 나무가 한가운데부터 두 쪽으로 갈라졌고, 함께 있던 골퍼는 목숨을 잃었으나, 아버지는 그 직전에 무언가 예감 같은 것을 느끼고 나무 밑에서 뛰쳐나와 목숨을 건졌다. 가벼운 화상을 입고, 머리카락이 타고, 충격으로 몸이 튕겨 나갔을 때 돌에 얼굴을 세게 부딪혀서 실신했을 뿐이었다. 그런 이야기였다. 그때의 상처 자국이 아버지 이마에 조그맣게 남아 있었다. 그것이 오늘 오후 사에키 씨 방 문턱에 서서 천둥소리를 들으며 내가 생각해 내려고 애썼던 것이었다. 아버지가 조각가로 본격적인 활동을 시작한 것은 그 부상에서 회복되고 나서부터였다.

어쩌면 사에키 씨는 벼락 맞은 사람들에 대한 책을 쓰기 위해 취재 인터뷰를 하던 중에, 아버지를 만났는지도 모른다. 그랬을 가능성이 있다. 벼락을 맞고도 목숨을 부지한 사람이 이 세상에 그렇게 많이 있을 리는 없으니까.

나는 숨을 죽이고 밤이 깊어지기를 기다린다. 구름이 크게 갈라지고 달빛이 정원의 나무를 비춘다. 나와 사에키 씨는 부합하는 일이 너무 많다. 여러 가지 일이 급속히 한곳에 모이기 시작하고 있다.

제26장

벌써 늦은 오후 시간이 되기도 했으니 일단 잠잘 장소를 확보해야만 했다. 호시노 씨는 다카마쓰역 관광 안내소에 가서 적당한 여관을 예약해 달라고 부탁했다. 장점이라곤 역까지 걸어서 갈 수 있다는 점밖에 없는 신통치 않은 여관이었으나, 청년도 나카타 씨도 딱히 불만은 없었다. 이불 속에서 잘 수만 있다면 어디든지 상관없었다. 전의 여관과 마찬가지로 아침 식사만 제공되고 저녁 식사는 포함되지 않았다. 언제 잠이 들어 버릴지 알 수 없는 나카타 씨에게는 그쪽이 편했다.

방에 들어가자 나카타 씨는 청년을 다시 바닥에 엎드리게 하고는, 그 위에 올라타더니 허리뼈 뒤쪽에 양쪽 엄지손가락을 갖다 댔다. 그리고 허리뼈에서 등뼈에 걸쳐 관절과 근육 상태를 하나하나 세밀하게 점검해 갔다. 이번에는 손끝에 거의 힘을 넣지 않았다. 다만 뼈 모양을 더듬어서 근육이 불거진 정도를 조사할 뿐이었다.

"뭐 문제 있어?" 하고 청년은 불안한 듯이 물었다. 또 느닷없이 혼쭐이 나는 게 아닐까 하고 겁을 집어먹은 것이다.

"아뇨, 괜찮은 것 같습니다. 이제 상태가 나쁜 곳은 한 군데도 보이지 않습니다. 뼈도 꽤 좋은 상태로 회복되었습니다" 하고 나카타 씨가 말했다.

"그것 참 잘됐네. 솔직히 말해서, 두 번 다시 그런 꼴을 당하고 싶지 않거든."

"네. 죄송합니다. 하지만 호시노 씨가 아픈 건 얼마든지 괜찮다고 하셨기 때문에 나카타는 맘껏 세게 눌렀습니다."

"그야 분명히 그렇게 말하긴 했지. 하지만 아저씨, 모든 일에는 정도라는 것이 있잖아. 이 세상에는 상식이라는 게 있다고. 하긴 허리를 고쳐 줬으니 이러쿵저러쿵 불평할 수는 없지만, 그 아픔은 특별했어. 황당했단 말이야. 상상도 할 수도 없는 아픔이었다니까. 온몸이 갈기갈기 찢기는 것 같다고나 할까. 하여간 한 번 죽었다 다시 살아난 느낌이었어."

"나카타는 삼 주쯤 죽어 있던 적이 있습니다."

"그래?" 청년은 놀랐다. 그는 엎드린 채 차를 한 모금 마시고, 편의점에서 사온 과자를 으적으적 씹었다. "아저씨가 삼 주 동안 죽어 있었다고?"

"네."

"그래, 그동안 어디에 있었는데?"

"그게 나카타도 잘 기억이 나지 않습니다. 어딘가 까마득히 먼 곳에 있으면서 다른 일을 하고 있었던 것 같은 느낌이 듭니다. 하지만 머리가 어지러워서 아무것도 생각해 낼 수가 없습니다. 그런데 이쪽으로 돌아온 후부터, 머리가 나빠지고 읽고 쓰기도 전혀 할 수 없게 됐습니다."

"읽고 쓰기 능력을 분명 저쪽에 놓고 온 모양이네."

"그럴지도 모릅니다."

두 사람은 한참 동안 잠자코 있었다. 아무리 엉뚱하고 기괴한 일이라도, 호시노 씨는 이 노인이 말하는 것은 일단 그대로 믿어도 될 것 같다는 생각이 들었다. 그러나 그 '삼 주 동안 죽어 있었다'는 문제를 더 이상 깊이 추궁했다가는 수습할 수 없는 혼란 속으로 발을 들여놓게 되는 것이 아닐까, 하는 불안도 마음 한구석에서 느끼고 있었다. 그래서 화제를 바꿔, 눈앞에 닥친 문제에 대해 이야기를 나누기로 했다.

"그런데 나카타 씨, 다카마쓰에 도착했는데 이제부터 어떻게 할 생각이야?"

"모릅니다" 하고 나카타 씨가 말했다. "무엇을 해야 좋을지 나카타는 잘 모릅니다."

"저기, 우리는 '입구의 돌'이라는 것을 찾아야 하는 것 아니었나?"

"네. 그렇습니다. 맞습니다. 나카타는 그걸 까맣게 잊고 있었습니다. 돌을 찾아야 합니다. 하지만 어디에 가면 그 돌을 찾을 수 있는지, 나카타는 아직 전혀 알 수 없습니다. 머리에 안개 같은 것이 끼어서 맑아지지가 않습니다. 머리가 본래 나쁜 데다 안개 같은 것까지 끼었으니 어떻게 할 도리가 없습니다."

"그것 참 난처하게 됐네."

"네. 정말로 난처합니다."

"그렇다고 둘이 얼굴을 마주 보며 여기에 죽치고 앉아 있어 봐야, 재미도 없을뿐더러 일은 조금도 진전이 안 된단 말이지."

"맞는 말씀입니다."

"그래서 생각해봤는데, 일단 여러 사람에게 물어보고 다니면 어떨까? 이 근처에 이런 돌이 있습니까, 하고 말이야."

"호시노 씨가 그렇게 말씀하신다면 나카타도 그렇게 해볼 생각입니다. 여러 사람에게 물어보고 다니겠습니다. 자랑은 아니지만, 나카타는 머리가 좋지 않아서 물어보는 데는 익숙합니다."

"그렇지. 물어보는 것은 한때의 수치, 물어보지 않는 것은 평생의 수치,라는 말을 우리 할아버지는 입버릇처럼 말했지."

"정말 그렇습니다. 죽어 버리면 알고 있는 것도 전부 없어져 버립니다."

"아니, 그런 의미가 아니고." 청년은 머리를 긁적이면서 말했다. "뭐, 됐어……. 대충이라도 괜찮으니까 그게 어떤 돌인지, 크기나 모양이나 색깔은 어떤지, 아니면 어떤 효능이 있는지, 뭐 그런 이미지 같은 게 머릿속에 없어? 그런 것을 어느 정도는 알고 있어야지, 그렇지 않으면 남에게 물어보고 싶어도 물어볼 수 없잖아. 뜬금없이 '이 근처에 입구의 돌이라는 게 있습니까?' 하고 물으면 무슨 소린지 아무도 모르는 것은 물론이고, 머리가 이상한 것 아니냐고 머리가 이상한 사람 취급만 받을지도 몰라. 안 그래?"

"네. 나카타는 머리가 좋진 않지만, 이상한 건 아닙니다."

"그렇지."

"나카타가 찾고 있는 것은 특별한 돌입니다. 그리 크지 않습니다. 색깔은 하얗고 냄새는 없습니다. 효능에 대해서는 잘 모릅니다. 이런 둥근 떡 같은 모양을 하고 있습니다."

나카타 씨는 두 손으로 레코드판 크기의 원을 만들었다.

"흠. 그걸 나카타 씨가 보면 알 수 있겠어? 아아, 이게 그 돌이구나 하고 말이야."

"네. 일단 보면 나카타는 알 수 있습니다."

"그건 유서가 깊거나 전통이 있거나, 뭐 그런 사연이 있는 돌이야? 유명해서 특별 전시물처럼 신사에 모셔져 있다든가 하는?"

"글쎄요. 나카타는 잘 모릅니다, 어쩌면 그럴지도 모릅니다."

"그렇지 않으면 어떤 집에서 채소 절임 통의 누름돌로 쓰고 있을지도 모르고?"

"아닙니다. 그럴 일은 없습니다."

"어떻게 알아?"

"그것은 아무나 움직일 수 있는 돌이 아니기 때문입니다."

"하지만 나카타 씨는 움직일 수 있단 말이지?"

"네. 아마 나카타는 움직일 수 있을 겁니다."

"움직이면 어떻게 되는데?"

나카타 씨는 보기 드물게 생각에 잠겼다. 혹은 생각에 잠긴 듯한 얼굴이었다. 흰머리가 섞인 짧게 깎은 머리를 손바닥으로 북북 문지르면서.

"그 점은 잘 모르겠습니다. 나카타가 아는 것은 누군가가 이제 슬슬 그 일을 하지 않으면 안 된다는 겁니다."

청년도 생각에 잠겼다.

"그리고 그 누군가라는 것은 나카타 씨를 말하는 거지, 지금으로서는?"

"네, 그렇습니다."

"그 돌은 다카마쓰에만 있는 거야?"

"아닙니다, 그렇지 않습니다. 장소는 어디든 상관없는 것 같습니다. 다만 지금은 우연히 여기에 있는 것뿐입니다. 그곳이 나카노구라면 좀 더 가깝고 편리했겠지만요.”

“그렇지만 말이야, 나카타 씨, 그런 특별한 돌을 멋대로 움직이거나 하면 혹시 위험한 것 아닐까?”

“네, 호시노 씨, 이런 말을 하기는 뭣하지만 상당히 위험합니다.”

“이것 참 두 손 다 들겠네.” 청년은 고개를 젓고는 드래건스 야구 모자를 쓰고 모자 구멍 밖으로 하나로 묶은 머리카락을 빼냈다. “점점 더「인디애나 존스」같아지는걸.”

이튿날 아침, 두 사람은 역의 관광 안내소로 가서, 다카마쓰 시내나 혹은 근교에 무언가 유명한 돌 같은 것이 없느냐고 물었다.

“돌이라고요?” 하고 카운터에 있던 젊은 여성이 얼굴을 약간 찡그리면서 되물었다. 그녀는 그런 전문적인 질문을 받고 무척 곤혹스러운 것 같았다. 판에 박힌 명소나 유적을 안내하는 훈련밖에 받지 않은 그녀로서는 대답하기가 쉽지 않았다.

“돌이라니, 도대체 어떤 돌 말인가요?”

“이 정도 크기의 둥그란 모양의 돌인데요.” 청년은 나카타 씨가 했던 것처럼 두 손으로 레코드판 크기의 원을 만들었다. “입구의 돌이라는 이름으로 불리고 있어요.”

“입구의 돌요?”

"그래요. 그런 이름이 붙어 있어요. 꽤 유명한 돌인 것 같은데."

"입구라니, 어디의 입구인가요?"

"그걸 알면 이런 고생을 할 필요가 없죠."

카운터의 여성은 잠시 생각에 잠겼다. 호시노 씨는 그동안 뚫어져라 그녀의 얼굴을 봤다. 얼굴 생김새는 나쁘지 않은데 눈과 눈 사이가 너무 멀다. 그 때문에 조심스러운 초식동물처럼 보이기도 한다. 그녀는 몇 곳에 전화를 걸어 입구의 돌에 대해 뭔가 아는 사람이 없느냐고 물었지만, 도움이 되는 정보는 얻지 못했다.

"죄송하지만 아무도 그런 이름을 가진 돌에 대해서는 들은 적이 없는 것 같습니다" 하고 그녀가 말했다.

"전혀 없답니까?"

그녀는 고개를 흔들었다. "죄송합니다. 실례지만, 두 분께서는 그 돌을 찾기 위해 일부러 먼 곳에서 오신 건가요?"

"네, 일부러라고 할까, 난 나고야에서 왔고 이 아저씨는 멀리 도쿄의 나카노구에서 왔어요."

"그렇습니다. 나카타는 도쿄도 나카노구에서 왔습니다" 하고 나카타 씨가 말했다. "여러 번 트럭을 얻어 타고 도중에 장어까지 대접받았습니다. 돈은 한 푼도 쓰지 않고 여기까지 왔습니다."

"그러세요?" 하고 그녀가 말했다.

"됐어요. 아무도 그 돌을 모른다면 어쩔 수 없는 일이지, 뭐. 아가씨 탓이 아니니까. 하지만 입구의 돌이라는 이름이 아니더라도, 혹시 이 근처에 뭔가 유명한 돌은 없을까요? 유서 깊은 돌이랄지 전설에 나오는 돌, 또는 신이나 부처의 영험이 있는 돌이거나, 아무거나 상관없어요."

카운터의 여성은 사이가 벌어진 한 쌍의 눈으로, 청년이 쓰고 있는 드래건스 야구 모자와 포니테일과 녹색 선글라스와 귀고리와 레이온 알로하셔츠를 번갈아 조심조심 훑어봤다.

"저어, 죄송합니다만, 괜찮으시다면 길을 가르쳐 드릴 테니까 시립 도서관에 가서 직접 조사해 보시면 어떨까요. 저는 돌에 대해 잘 모르거든요."

도서관에서도 수확은 없었다. 시립 도서관에 다카마쓰시 근처에 있는 돌에 대해 전문적으로 쓴 책은 한 권도 없었다. 참고도서 담당 사서는 "어딘가에 돌에 대한 기록이 있을지도 모르니까, 직접 찾아보세요" 하고 말하고는, 『가가와현의 전승』이라든가 『시코쿠의 홍법대사 전설』, 『다카마쓰의 역사』 같은 책을 한 무더기 주고 갔다. 호시노 씨는 한숨지으면서 그 책들을 저녁때까지 읽었다. 그동안 글자를 읽지 못하는 나카타 씨는 『일본의 명석名石』과 같은 사진집을 한 페이지 한 페이지 주의 깊게 뚫어져라 봤다.

"나카타는 글자를 읽지 못하기 때문에, 도서관에 온 것은 이번이 처음입니다" 하고 나카타 씨가 말했다.

"자랑은 아니지만, 난 글자를 읽을 줄 알아도 도서관에 온 것은 오늘이 처음이야" 하고 청년이 말했다.

"와보니까 꽤 즐거운 곳입니다."

"그거 다행이네."

"나카노구에도 도서관이 있습니다. 앞으로는 자주 가봐야겠습니다. 입장료가 없는 것이 무엇보다 좋습니다. 읽고 쓰기를 못 해도 도서관에 들어갈 수 있다는 것을 나카타는 몰랐습니다."

"내 사촌은 말이야, 태어날 때부터 눈이 보이지 않는데도 영화관에 자주 간다니까. 뭐가 재미있는지 난 도통 알 수 없지만 말이야."

"그렇습니까? 나카타는 눈은 보이지만, 영화관이라는 곳에는 아직 한 번도 가본 적이 없습니다."

"그래? 그럼, 언젠가 한번 데리고 가주지."

사서가 두 사람이 앉아 있는 테이블로 다가오더니, 도서관 안에서는 큰 소리로 이야기하지 말라고 주의를 줬다. 그래서 두 사람은 이야기를 그만두고 각자 독서에 몰두했다. 나카타 씨는 『일본의 명석』을 다 보고 나자 그것을 서가에 갖다 놓고, 이번에는 『세계의 고양이』를 보기 시작했다.

청년은 투덜투덜 불평을 늘어놓으면서 한 무더기의 책을 그럭저럭 대충 다 봤다. 돌에 대한 글은 유감스럽게도 그다지 많지 않았다. 다카마쓰성(城)의 돌담에 대해 쓴 서적은 몇 권 있었지만, 돌담의 돌은 물론 나카타 씨가 손으로 들어 올릴 수 있는 크기가 아니었다. 홍법대사에게는 돌에 관한 전설이 몇 가지 있었다. 홍법대사가 황야의 돌을 치웠더니, 거기에서 물이 콸콸 솟아 나와 비옥한 논이 됐다는 식의 이야기다. 어느 절에 '자식을 점지하는 돌'이라는 유명한 돌이 있었지만, 그것은 높이가 약 일 미터나 되고, 남근 형태를 하고 있어서 나카타 씨가 말하는 '입구의 돌'과는 거리가 멀었다.

청년과 나카타 씨는 단념하고 도서관을 나와 근처에 있는 식당에서 저녁 식사를 했다. 두 사람은 튀김덮밥을 먹었다. 청년은 거기에다 우동 한 그릇을 더 주문해서 먹었다.

"도서관은 재미있었습니다" 하고 나카타 씨가 말했다. "세계에는 참으로 여러 가지 얼굴의 고양이님이 있더군요. 나카타는 몰랐습니다."

"돌에 대해서는 별 수확이 없었지만 어쩔 수 없는 일이지. 이제 막 시작한 거니까" 하고 청년은 말했다. "오늘 밤은 푹 자고 내일을 기대해 보자고."

이튿날도 두 사람은 아침부터 같은 도서관에 갔다. 호시노 씨는 어제와 마찬가지로 돌과 관계가 있을 것 같은 책을 골라 수북이 책상에 쌓아 놓고 닥치는 대로 읽어 나갔다. 그렇게 많은 책을 읽는 것은 난생처음이었다. 덕분에 시코쿠의 역사에 대해서도 상당히 정통해졌고, 옛날부터 많은 돌이 신앙의 대상이 돼왔다는 사실도 알게 됐다. 그러나 정작 중요한 '입구의 돌'에 대한 기술은 전혀 없었다. 글자를 너무 많이 쫓다 보니 오후에는 머리가 아파 오기 시작했다. 두 사람은 도서관을 나와 공원의 잔디밭에서 뒹굴며 한동안 구름이 흘러가는 것을 봤다. 호시노 씨는 담배를 피우고, 나카타 씨는 보온병에서 뜨거운 엽차를 따라 마셨다.

"내일은 벼락이 많이 칠 겁니다" 하고 나카타 씨가 말했다.

"나카타 씨가 일부러 벼락을 부른 건 아니겠지?"

"아닙니다, 나카타는 벼락을 부르거나 하지 않습니다. 나카타에겐 그런 힘이 없습니다. 그냥 벼락이 스스로 찾아오는 겁니다."

"다행이군" 하고 청년은 말했다.

두 사람은 여관으로 돌아왔다. 청년이 목욕을 하러 가자, 나카타 씨는 이불 속으로 들어가 이내 잠들어 버렸다. 청년은 텔레비전 야구 중계를 소리 줄여 봤지만, 요미우리 자이언츠가 히로시마 도요 카프를 큰 점수 차로 이기고 있었기 때문에 기분이 나빠 전원을 껐다. 아직 졸리지도 않고 목도 말라서 맥주를 마시러 밖에 나가기로 했다. 눈에 띄는 맥줏집에 들어가 생맥주를 주문하고, 안주로 어니언링을 시켰다. 근처에 있는 아가씨에게 슬쩍 말을 걸어 볼까 생각했지만, 그런 속 편한 짓을 하고 있을 처지가 아니라는 생각이 들어 그만두었다. 내일도 아침부터 돌을 찾아야만 하기 때문이다.

맥주를 마신 뒤 가게를 나와 드래건스 야구 모자를 쓰고 정처 없이 이곳저곳 돌아다녔다. 별로 재미있어 보이는 도시는 아니었다. 그러나 낯선 도시를 혼자 발길 가는 대로 헤매고 다니는 것도 나쁘지는 않았다. 그는 원래 걷기를 좋아한다. 말보로를 입에 물고 주머니에 두 손을 찔러 넣은 채 큰길에서 큰길로, 골목에서 골목으로 청년은 발걸음을 옮겼다. 담배를 피우지 않을 때는 휘파람을 불었다. 번화한 지역이 있고 쥐 죽은 듯 인기척이 없는 지역이 있었다. 그러나 그것이 어떤 길이든 상관하지 않고 같은 보폭으로 성큼성큼 앞으로 걸어갔다. 그는 젊고 자유롭고 건강했으며, 무서울 것이 없었다.

조그만 가라오케바와 스낵바(한결같이 반년마다 이름이 바뀔 것 같은 가게다)가 몇 개 늘어서 있는 좁은 뒷골목을 빠져나와 인적이 끊기고 조금 어두운 곳에 왔을 때, 누군가가 뒤에서 말을 걸어 왔다. "호시노, 호시노" 하고 상대방이 큰 목소리로 그의 이름을 불렀다.

청년은 처음에 자기를 부르는 거라고는 생각하지 않았다. 다카마쓰에 자신의 이름을 알고 있는 사람이 있을 턱이 없으니, 아마 다른 호시노를 부르는 것이라고 생각했다. 그다지 흔한 이름은 아니지만, 그렇다고 아주 드문 이름도 아니다. 그래서 뒤도 돌아보지 않고 그대로 계속 걸었다.

그러나 그 누군가는 계속 쫓아오며 집요하게 그의 등에 대고 이름을 불러 댔다. "호시노, 호시노."

청년은 걸음을 멈추고 뒤를 돌아봤다. 거기에는 새하얀 양복을 입은 자그마한 노인이 서 있었다. 백발에다 성실해 보이는 안경을 쓰고, 흰 콧수염과 턱수염을 기르고 있다. 그리고 흰 셔츠에다 검은 스트링타이를 매고 있다. 얼굴 생김새는 일본인 같은데, 옷차림은 미국 남부의 시골 신사를 연상시킨다. 키는 백오십 센티미터 정도밖에 안 돼서 전체적인 균형을 보면 자그마하다기보다는 지도처럼 축척해서 만든 미니어처 인간처럼 보였다. 양손은 쟁반이라도 들고 있는 것처럼 가지런히 똑바로 앞으로 내밀고 있었다.

"호시노!" 하고 노인이 불렀다. 맑고 쩌렁쩌렁한 목소리였고, 말투가 약간 독특했다.

호시노 씨는 어리둥절한 표정으로 그 노인의 얼굴을 봤다. "당신은……."

"그래, 샌더스 대령이라네."

"정말 비슷하네" 하고 청년은 감탄하며 말했다.

"비슷한 게 아니야. 내가 바로 커널 샌더스란 말일세."

"그 프라이드치킨 패스트푸드점?"

노인은 정중하게 고개를 끄덕였다. "그렇지."

"그런데 당신이 어떻게 내 이름을 알았지?"

"나는 주니치 드래건스 팬은 모두 호시노라고 부르고 있네. 누가 뭐래도 자이언츠 하면 나가시마 감독, 주니치 하면 호시노 감독 아닌가?"

"하지만 아저씨, 내 이름은 진짜로 호시노거든."

"그건 우연의 일치지. 내 탓이 아니네" 하고 커널 샌더스는 거만하게 말했다.

"그래서 나한테 무슨 볼일이라도?"

"좋은 아가씨가 있네."

"흐응" 하고 호시노 씨는 말했다. "알았다. 아저씨는 호객꾼이군. 그래서 그런 차림을 하고 있는 거야."

"호시노, 몇 번이나 말하지만 나는 분장을 하고 있는 게 아니네. 내가 진짜 커널 샌더스라고. 오해하지 말게나."

"만약 아저씨가 정말 커널 샌더스라면 무엇 때문에 다카마쓰 뒷골목에서 호객꾼 노릇을 하고 있는 거지? 당신만큼 세계적으로 유명해지면 라이선스 비용이 여기저기서 들어와서, 지금쯤 미국 어딘가에 있는 대저택의 풀사이드에서 유유히 노년을 즐기고 있을 텐데."

"여보게, 이 세상에는 뒤틀림이라는 것이 있다네."

"뭐라고?"

"자네는 모를 테지만, 뒤틀림이라는 것이 있기 때문에 비로소 이 세계에 삼차원적인 깊이가 생겨나는 걸세. 모든 것이 똑바로 된 세상을 원한다면 삼각자로 이루어진 세계에 살면 되지 않겠나."

"아저씨도 말하는 게 꽤 괴짜군" 하고 청년은 감탄해서 말했다. "정말 대단해. 요즘 난 아무래도 이색적인 아저씨들을 만날 운인가 봐. 계속 이런 일을 겪다가는 세상을 보는 눈이 완전히 달라질 것 같아."

"그런 건 아무래도 상관없어. 그런데 호시노, 어때? 아가씨가 필요한 거야, 필요하지 않은 거야?"

"그러니까, 거기는 안마방이야?"

"안마방이 뭔데?"

"요컨대 진짜 섹스는 안 해주는 곳 말이야. 빨아 주거나 손으로 만져서 한 발 빼주는 곳. 집어넣기는 안 하는 곳."

"아니지" 하고 샌더스는 짜증스러운 듯이 고개를 흔들었다. "아니야, 아니라니까. 그런 게 아니야. 빨기, 손으로 해주기뿐 아니라 뭐든지 다 할 수 있다네. 집어넣기도 된다고."

"그럼, 터키탕이란 말이야?"

"터키탕이 뭔데?"

"이봐요, 아저씨, 사람 좀 그만 놀려. 난 동행이 있고 내일 아침에는 일찍 일어나야 하거든. 그렇게 속 편히 밤놀이나 할 시간은 없다고."

"그럼, 아가씨는 필요 없단 말인가?"

"오늘 밤은 프라이드치킨도 아가씨도 필요 없어. 이제 슬슬 돌아가서 잠이나 자야겠어."

"그렇게 쉽게 잠이 올까?" 하고 샌더스 대령은 의미심장하게 말했다. "찾는 물건을 제대로 찾을 수 없을 때, 인간은 숙면을 취할 수 없는 법이라네, 호시노."

청년은 입을 딱 벌리고 상대방 얼굴을 봤다.

"찾는 물건이라고? 이봐요, 아저씨, 내가 뭔가 찾고 있단 걸 어떻게 알았지?"

"얼굴에 그렇게 쓰여 있는걸. 호시노는 바탕이 정직한 사람이라서 모든 게 얼굴에 쓰여 있어. 볼 줄 아는 사람이 보면 호시노의 머릿속에 무엇이 들어 있는지 정도는, 배를 갈라놓은 전갱이처럼 환히 다 들여다보인다니까."

호시노 씨는 반사적으로 오른손을 들어 뺨을 문질렀다. 그리고 손바닥을 펼쳐 봤다. 그러나 거기에는 아무것도 없었다. 뭐가 얼굴에 쓰여 있다는 거야?

"그래서 말인데" 하고 샌더스는 손가락을 한 개 공중에 세우고 말했다. "호시노가 지금 찾고 있는 물건은 혹시 딱딱하고 둥근 것 아닌가?"

호시노 씨는 얼굴을 찡그렸다. "아저씨, 댁은 도대체 누구요? 어떻게 그런 것까지 다 알고 있는 거야?"

"그러니까 얼굴에 쓰여 있다고 말했잖은가? 정말 벽창호 군"하고 샌더스는 손가락을 흔들면서 말했다. "내가 오랜 세월 폼으로 이 장사를 하고 있는 줄 아나? 그런데 정말 아가씨는 필요 없는 거야?"

"이봐요, 우리는 어떤 돌을 찾고 있거든. 입구의 돌이라고 하는 돌인데 말이야."

"응, 입구의 돌이라면 내가 잘 알지."

"정말?"

"나는 거짓말은 하지 않아. 농담도 안 하고. 태어나서 지금까지 일관되게 허식 없는, 곧은 성격을 유지하고 있다네."

"그 돌이 어디에 있는지도 아저씨는 알고 있어요?"

"물론이지. 그것이 어디에 있는지 정확히 알고 있지."

"그렇다면 그 장소를 가르쳐 줄래요?"

샌더스는 검은 테 안경을 손가락으로 만지고, 헛기침을 한 번 했다. "그런데 호시노, 사실은 아가씨가 필요한 것 아냐?"

"돌에 대해 가르쳐 준다면 생각해 보지, 뭐"하고 호시노 씨는 반신반의하면서 말했다.

"좋아, 따라오게."

샌더스는 대답도 기다리지 않고 성큼성큼 앞장서서 골목 길을 걷기 시작했다. 호시노 씨는 황급히 그 뒤를 쫓아갔다.

"이것 봐요. 아저씨, 대령님…… 난 지금 지갑에 이만오천 엔밖에 없다고요."

샌더스는 빠른 걸음으로 걸어가면서 혀를 찼다. "그 정도면 충분해. 상대는 싱싱한 열아홉 살짜리 미녀지. 호시노에게 특별 히 천당까지 올라갈 승천 서비스! 핥기, 주무르기, 집어넣기, 무 엇이든지 다 해준다니까. 게다가 돌에 관한 것도 나중에 가르쳐 주고."

"이거 참 곤란하네!" 하고 청년은 말했다.

제27장

소녀가 온 것을 알아차린 것은 두 시 사십칠 분이었다. 머리맡의 시계에 눈길을 보내 시간을 기억해 둔다. 어젯밤보다 조금 빠르다. 오늘 밤 나는 쭉 잠을 자지 않고 그녀가 나타나기를 기다렸다. 눈을 깜빡거리는 것 외에는 한 번도 눈을 감지 않았다. 그런데도 소녀가 나타난 정확한 순간을 포착하지 못했다. 정신을 차렸을 때 그녀는 이미 거기 있다. 내 의식의 사각지대를 빠져나오듯이 그녀는 찾아온다.

　그녀는 여느 때와 같이 연한 파란색 원피스를 입고 있다. 그리고 책상에 턱을 괴고 「해변의 카프카」 그림을 조용히 바라본다. 나는 숨을 죽이고 그 모습을 쳐다본다. 그림, 소녀, 나, 이 세 점이 방 안에 정지된 삼각형을 만들어 낸다. 소녀가 싫증 내지 않고 그림을 보는 것과 마찬가지로, 나도 그녀의 모습을 싫증 내지 않고 바라본다. 삼각형은 거기 고정돼 흔들리는 일이 없다.

그런데 그때 생각지도 않은 일이 일어난다.

"사에키 씨" 하고 나도 모르게 소리를 내고 만다. 그녀 이름을 부를 생각은 없었다. 다만 마음속 상념이 넘쳐흘러, 그대로 목소리가 돼버렸을 뿐이다. 아주 작은 목소리다. 그러나 그 목소리는 소녀의 귀에 가 닿는다. 그리고 부동의 삼각형의 한 각이 무너진다. 그것이 내가 은밀히 원하던 것이든 아니든 간에.

그녀가 이쪽을 본다. 시선을 집중해서 신중히 보는 것은 아니다. 책상에 턱을 괸 채 그저 조용히 얼굴을 돌린다. 무언지는 모르지만, 희미한 공기의 떨림을 느낀 것처럼. 소녀에게 내 모습이 보이는지 어떤지는 모른다. 그러나 나는 그녀가, 내 모습을 봐주기를 원한다. 내가 살아서 여기 존재하고 있다는 사실을 알아주기 바란다.

"사에키 씨" 하고 나는 다시 한번 부른다. 그녀의 이름을 소리 내어 부르고 싶은 강렬한 욕망을 도저히 억누를 수 없다. 소녀는 그 목소리에 겁을 집어먹고, 혹은 경계하고, 방에서 나가 버릴지도 모른다. 그리고 두 번 다시 돌아오지 않을지도 모른다. 그렇게 되면 나는 크게 낙담할 것이다. 아니, 낙담 정도가 아니다. 나는 모든 방향과 모든 의미 있는 정경을 잃어버릴지도 모른다. 그래도 여전히 그녀의 이름을 입에 담지 않을 수 없다. 내 혀와 입술은 무의식적으로 그녀의 이름을 몇 번이고 되뇐다.

소녀는 이미 그림을 보고 있지 않다. 나를 보고 있다. 적어도 그 시선은 내가 있는 공간으로 향해 있다. 이쪽에서는 그녀의 표정을 읽어 낼 수 없다. 구름이 이동하고, 그에 따라 달빛이 흔들린다. 바람이 불고 있을 테지만, 그 소리는 귀에 들리지 않는다.

"사에키 씨" 하고 나는 다시 한번 부른다. 나는 몹시 절박한 무엇인가에 떠밀려 가고 있다.

소녀는 턱을 괴고 있던 손을 내리고, 오른손을 입으로 가져간다. '아무 말도 하지 마' 하고 말하듯이. 그것이 정말 그녀가 하려는 말일까? 그 눈동자를 바로 옆에서 똑바로 들여다볼 수 있었으면 하고 나는 생각한다. 그녀가 지금 무엇을 생각하고, 무엇을 느끼는지 읽을 수 있으면 좋겠다고 생각한다. 그녀가 그 일련의 동작으로 나에게 무엇을 전달하려 하는지, 무엇을 암시하려 하는지, 이해할 수 있으면 좋겠다고 생각한다. 그러나 모든 의미는 새벽 세 시 전의 무거운 어둠에 꽁꽁 묶여 버린 것 같다. 갑자기 가슴이 답답해져서 나는 눈을 감는다. 가슴속에 단단한 공기 덩어리 같은 것이 있다. 마치 비구름을 그대로 삼켜 버린 것처럼. 몇 초 뒤 눈을 떴을 때, 소녀의 모습은 사라지고 없다. 소녀가 떠난 자리에는 아무도 없는 의자가 남아 있을 뿐이다. 구름의 그림자가 숨을 죽이고 책상 위를 가로질러 간다.

나는 침대에서 나와 창가로 가서 밤하늘을 올려다본다. 그리고 돌이킬 수 없는 시간에 대해 생각한다. 강에 대해 생각하고, 조수에 대해 생각한다. 숲에 대해 생각하고, 용솟음치는 물에 대해 생각한다. 비에 대해 생각하고, 벼락에 대해 생각한다. 바위에 대해 생각하고 그림자에 대해 생각한다. 그것들은 모두 내 안에 있다.

이튿날 정오가 조금 지났을 때 사복형사가 도서관에 찾아온다. 나는 내 방에 틀어박혀 있었기 때문에 그 사실을 모르고 있었다. 형사는 이십 분가량 오시마 씨에게 질문을 하고 돌아갔다. 오시마 씨가 나중에 내 방에 와서 그 이야기를 한다.

"이 지역의 형사야. 너에 관한 이야기를 물어보더군." 오시마 씨는 냉장고에서 생수병을 꺼내 뚜껑을 비틀어 열고 컵에 따라 마신다.

"어떻게 이곳을 알아냈을까요?"

"너, 휴대전화 사용한 적 있지? 아버지가 쓰던 휴대전화 말이야."

나는 기억을 더듬는다. 그리고 고개를 끄덕인다. 티셔츠에 피를 묻힌 채 신사 뒤 숲에 쓰러져 있던 그날 밤, 나는 휴대전화로 사쿠라에게 전화했었다.

"딱 한 번" 하고 나는 말한다.

"경찰은 그 통화 기록을 보고 네가 다카마쓰에 와 있다는 것을 알아낸 모양이야. 경찰은 보통 그런 것까지는 일일이 말하지 않는데, 이런저런 세상 돌아가는 이야기 끝에 가르쳐 주더

군. 뭐라고 할까, 나는 처음 보는 사람하고는 붙임성 있게 접근하려고 마음만 먹으면 곧장 가까워질 수 있거든. 그래서 나한테 그런 이야기도 해준 거야. 이야기 내용으로 봐서는 네가 건 상대방 전화번호는 휴대전화 소유주가 분명치 않아서 추적하지 못한 것 같아. 선불제 휴대전화는 추적이 어렵다는데, 아마 그런 전화였나 봐. 어쨌든 네가 다카마쓰시에 있다는 것을 알고, 이곳 경찰이 숙박 시설을 모조리 뒤졌어. 그래서 YMCA와 특약을 맺은 시내의 비즈니스호텔에 다무라 카프카라는 이름의, 너와 비슷한 소년이 얼마 동안 체류했다는 것을 알아낸 거야. 5월 28일, 즉 네 아버지가 누군가에게 살해당한 그날까지."

경찰이 전화번호로 사쿠라의 신원을 알아내지 못한 것이 그나마 다행이다. 그녀에게 더 이상 폐를 끼쳐서는 안 된다.

"호텔 지배인은 네 일로 우리 도서관에 문의했던 것을 기억하고 있었어. 네가 정말 매일 여기 와서 책을 읽고 있는지 어떤지, 호텔에서 전화가 걸려 왔었잖아? 그건 기억나지?"

나는 고개를 끄덕인다.

"그래서 경찰이 여기 오게 된 거야."

오시마 씨는 생수를 한 모금 마신다. "물론 거짓말을 해뒀어. 28일 이후로는 네 모습을 한 번도 본 적이 없다고. 그때까지는 매일 왔지만, 그날 이후 모습을 볼 수 없게 됐다고."

"경찰에게 거짓말을 하면 나중에 곤란해질 텐데요."

"하지만 내가 거짓말하지 않으면 네가 더 곤란해질걸."

"하지만 난 오시마 씨에게 폐를 끼치고 싶진 않은데."

오시마 씨는 눈을 가늘게 뜨고 웃는다. "잘 모르는구나. 넌 이미 나에게 폐를 끼치고 있어."

"물론 그렇기는 하지만."

"그러니 이제 폐를 끼친다느니 하는 이야기는 그만. 그건 이미 존재하는 것이니까. 지금 와서 그런 이야기를 해봤자, 우리는 아무 데도 갈 수 없어."

나는 잠자코 고개를 끄덕인다.

"어쨌든 그 형사는 명함을 놓고 갔어. 네가 다시 모습을 보이거든 즉시 전화를 걸어 달라면서."

"내가 사건의 용의자인 거예요?"

오시마 씨는 천천히 몇 번 고개를 흔든다. "아니, 네가 용의자인 것 같지는 않아. 다만 네가 아버지가 살해된 사건의 중요 참고인인 것만은 틀림없어. 난 그동안 그 사건의 경과를 신문을 통해 좇고 있는데, 수사에 진전이 없어서 경찰이 상당히 초조해하고 있는 것 같더라. 지문도, 유류품도, 목격자도 없어. 지금 남아 있는 단서라고는 너 정도야. 그래서 그들은 무슨 일이 있어도 너를 찾아내려는 거지. 네 아버지는 유명 인사라서 텔레비전이나 주간지에서도 대대적으로 다루고 있거든. 경찰도 이대로 팔짱 끼고 방관하고 있을 수만은 없잖아."

"하지만 만일 오시마 씨가 형사에게 거짓말을 한 사실이 탄로 나서, 그 때문에 증인으로 인정받지 못하게 되면 난 그날의 알리바이가 없어져 버리는 게 아닐까요? 그러면 내가 범인으로 몰리게 될지도 모르잖아요."

오시마 씨는 다시 한번 고개를 흔든다. "다무라 카프카 군, 일본 경찰은 그렇게 어리석지 않아. 그들의 상상력은 사실 그다지 풍부하다고는 할 수 없지만, 최소한 무능하지는 않아. 경찰은 이미 시코쿠와 도쿄 간 비행기의 탑승자 명부를 이 잡듯이 철저히 조사했을 거야. 게다가 넌 잘 모르겠지만, 공항의 출입구에는 비디오카메라가 설치돼 있어서 승객이 드나드는 것을 일일이 기록하거든. 네가 그 전후에 도쿄로 돌아가지 않았다는 것은 이미 확인했을 거야. 일본이라는 나라는 그만큼 세밀하게 정보가 관리되고 있다는 걸 알아야 해. 그러니까 경찰도 네가 범인이라고는 생각하지 않아. 만일 네가 범인이라고 생각했다면 이 지역 형사가 아니라 도쿄 경시청의 형사가 직접 찾아왔을걸. 그러면 경찰도 총력 수사를 시작했을 테고, 나도 찾아온 형사를 쉽게 속여 넘길 수는 없었을 거야. 현재 그들은 단지 너에게서 사건 전후의 사정을 듣고 싶은 것뿐이야."

생각해 보니 오시마 씨가 말한 대로다.

"어쨌든 당분간은 사람들 앞에 나타나지 않는 게 좋겠어" 하고 그가 말한다. "어쩌면 경찰이 이 부근을 순회하면서 감시하고 있을지도 모르니까. 그들은 네 사진을 갖고 있었어. 중학교 학적부에서 복사한 사진인데, 별로 실물과 닮은 것 같지는 않더군. 너는 왠지…… 굉장히 화가 난 것 같은 얼굴이던데."

그것은 내가 남기고 온 유일한 사진이었다. 나는 사진 찍을 기회가 있을 때마다 온갖 수단을 다 동원해서 피해 왔다. 그러나 학급의 단체 사진 촬영만은 도저히 피할 방법이 없었다.

"너는 학교에서 일종의 문제아였다고 경찰이 말하던걸. 동급생과 폭력 사건을 일으켜서 세 번인가 정학 처분을 받았다면서?"

"두 번이에요. 그리고 정학이 아니라 집에서 며칠간 반성하라는 자택 반성 처분을 받았어요." 나는 숨을 크게 들이쉬었다가 천천히 내뱉는다. "난 그렇게 될 때가 있어요."

"자기 힘만으로는 억누를 수 없을 때?" 하고 오시마 씨가 말한다.

나는 고개를 끄덕인다.

"그래서 남을 다치게 한다는 말이지?"

"그럴 의도는 없어요. 그런데 이따금 내 안에 또 다른 누군가가 있는 것 같은 느낌이 들 때가 있어요. 그리고 정신을 차리고 보면 이미 난 누군가를 다치게 한 뒤고……."

"어느 정도나?" 하고 오시마 씨가 묻는다.

나는 한숨을 쉰다. "별로 대단한 상처를 내는 건 아니에요.

뼈가 부러지거나 이가 부러지거나 할 만큼 심한 것은 아니라고요."

오시마 씨는 침대에 걸터앉아 다리를 꼬고 있다. 손을 들어 앞머리를 뒤로 넘긴다. 남색 치노팬츠에 흰 아디다스 운동화. 그리고 검은 폴로셔츠.

"아무래도 넌 극복하지 않으면 안 될 수많은 과제를 안고 있는 것 같군" 하고 그가 말한다.

극복하지 않으면 안 될 과제, 하고 나는 생각한다. 그리고 얼굴을 든다. "오시마 씨에겐 극복하지 않으면 안 될 과제가 없나요?"

오시마 씨는 두 손을 공중으로 쳐든다. "극복이고 뭐고, 내가 해야 할 일은 단 한 가지뿐이야. 나의 육체라는, 다시 말해 다른 무엇보다도 결점투성이인 그릇을 가지고, 어떻게든 하루하루를 살아가는 바로 그것만이 내가 극복해야 할 과제인 거야. 단순하다고 하면 단순하고, 어렵다고 하면 어려운 과제지. 어쨌든 그걸 제대로 잘 해냈다고 해서 위대한 달성이라고 인정해 줄 것도 아니고, 누가 일어서서 따뜻하게 기립 박수를 쳐줄 것도 아니고 말이야."

나는 잠시 동안 입술을 깨문다.

"그 그릇 밖으로 뛰쳐나가야겠다고 생각해 본 적은 없어요?"

"이를테면 내가 내 육체 밖으로 나가는 것?"

나는 고개를 끄덕인다.

"그건 상징적인 의미에서 말이야? 아니면 어디까지나 구체적으로 말이야?"

"어느 쪽이든."

오시마 씨는 손을 들어 앞머리를 계속 뒤쪽으로 넘기고 있다. 하얀 이마가 노출되고, 그 안에서 사고의 톱니바퀴가 전속력으로 움직이고 있는 것이 보인다.

"넌 그렇게 하고 싶은 거야?" 오시마 씨는 내 질문에는 대답하지 않고, 거꾸로 나에게 반문한다.

나는 숨을 한 번 들이쉰다.

"오시마 씨, 정말 있는 그대로 솔직하게 말해서, 난 나라는 현실의 그릇이 전혀 마음에 들지 않아요. 태어나서부터 단 한 번도 좋아한 적이 없어요. 오히려 난 그것을 줄곧 증오해 왔어요. 내 얼굴이나, 내 두 손이나, 내 피나, 내 유전자나……. 어쨌든 내가 부모로부터 물려받은 모든 것이 저주스러웠어요. 할 수만 있다면 이런 것에서 완전히 벗어나고 싶었을 뿐이에요. 집을 나온 것처럼."

오시마 씨는 내 얼굴을 보고 나서 미소 짓는다. "넌 훌륭한, 아주 잘 단련된 육체를 갖고 있어. 누구한테 물려받은 것이든 얼굴도 꽤 잘생겼지. 잘생겼다고 하기에는 약간 개성적일지도 모르지만, 전혀 나쁘지 않아. 난 네가 좋아. 머리도 제대로 돌아가고, 페니스도 근사하잖아. 나한테도 그런 게 하나 있으면 좋겠어. 앞으로 많은 여자들이 너한테 정신없이 빠져들 거야. 그런 현실의 그릇이라고 할 만한 네 몸 어디가 불만인지 나는 알 수 없지만 말이야."

나는 얼굴이 빨개진다.

오시마 씨가 말한다. "하여간 좋아. 틀림없이 그런 문제가 아니겠지. 하지만 나도 나라는 사람의 현실의 그릇이 결코 마음에 드는 건 아니야. 당연한 이야기겠지. 아무리 생각해도 제대로 됐다고는 할 수 없는 물건이니까. 편리한가, 불편한가 하는 두 단어 중 하나로 표현한다면 솔직히 말해 굉장히 불편해. 하지만 그럼에도 불구하고 나는 내심 이렇게 생각하고 있어. 껍데기와 본질을 거꾸로 생각한다면, 즉 껍데기를 본질이라고 생각하고, 본질을 껍데기라고 생각한다면 우리 존재의 의미 같은 것이 좀 더 알기 쉬워지지 않을까 하고 말이야."

나는 다시 한번 내 두 손을 본다. 거기에 묻어 있던 많은 피에 대해 생각한다. 그 끈적끈적하게 들러붙어 있던 피의 감촉을 생생하게 떠올린다. 내 본질과 껍데기에 대해 생각한다. 나라는 껍데기로 둘러싸인 나라는 본질에 대해서. 그러나 내 머리에는 피의 감촉밖에 떠오르지 않는다.

"사에키 씨는 어떨까요?"

"어떻다니?"

"사에키 씨에게도 극복하지 않으면 안 될 과제 같은 것이 있을까요?"

"그건 네가 사에키 씨에게 직접 물어보면 되지" 하고 오시마 씨가 말한다.

두 시에 나는 사에키 씨에게 줄 커피를 가지고 간다. 사에키 씨는 이 층 서재의 책상 앞에 앉아 있다. 문은 열려 있다. 책상에는 여느 때처럼 원고지와 만년필이 놓여 있다. 그러나 만년필 뚜껑은 닫힌 채다. 그녀는 책상에 두 손을 얹고 허공을 바라보고 있다. 무언가를 보고 있는 것은 아니다. 그녀가 보고 있는 것은 아무 데도 아닌 장소다. 그녀는 약간 피곤해 보인다. 그녀 등 뒤의 창문은 활짝 열려 있고, 초여름의 바람이 흰 레이스 커튼을 흔들고 있다. 그 정경은 아름답게 그려진, 어떤 비판적이거나 교훈적인 의미를 암시하는 그림처럼 보이기도 한다.

"고마워." 내가 책상 위에 커피를 올려놓자 그녀가 말한다.

"피곤해 보이십니다."

그녀는 고개를 끄덕인다. "응, 피곤해. 피곤하면 무척 나이 들어 보이지?"

"그렇지 않습니다. 사에키 씨는 늘 아주 멋지십니다" 하고 나는 솔직하게 말한다.

사에키 씨는 웃는다. "다무라 군은 나이에 비해 여자 다루는 솜씨가 보통 아니네."

나는 얼굴이 빨개진다.

사에키 씨는 의자를 가리킨다. 어제와 똑같은 의자가, 똑같은 장소에 놓여 있다. 나는 거기에 앉는다.

"하지만 나는 피곤한 것에는 그런대로 익숙해졌거든. 다무라 군은 아마 익숙하지 않겠지만."

"네. 저는 익숙하지 않습니다."

"나도 물론 열다섯 살 때에는 익숙하지 않았지."

그녀는 커피잔 손잡이를 잡고 조용히 커피를 마신다.

"다무라 군, 창밖에 뭐가 보여?"

나는 그녀 등 뒤의 창밖을 본다. "나무와 하늘과 구름이 보입니다. 나뭇가지에 새가 앉아 있는 것도 보이고요."

"어디서나 흔히 볼 수 있는 풍경이지?"

"그렇습니다."

"그렇지만 만약 그 풍경을 내일부터 더 이상 볼 수 없을지도 모른다고 생각하면 그건 다무라 군에게 무척 특별하고 귀중한 풍경이 되지 않을까?"

"그럴 것 같습니다."

"그런 식으로 사물을 생각해 본 적 있어?"

"있습니다."

그녀는 의외라는 얼굴이다. "어떤 때?"

"누군가를 사랑하고 있을 때 그런 느낌을 가졌습니다" 하고 나는 말한다.

사에키 씨는 살짝 미소 짓는다. 그 미소는 잠시 그녀의 입가에 여운을 남긴다. 그것은 움푹 파인 곳에 남아 있는, 여름날 아침의 더위와 먼지를 가라앉히려고 뜰에 뿌려 놓은 물의 흔적을 연상케 한다.

"다무라 군은 사랑을 하고 있구나" 하고 그녀가 말한다.

"네."

"그러니까 그녀의 얼굴이나 그 모습이 다무라 군에겐 매일 매일 특별하고 귀중한 것이란 말이지?"

"네. 그것은 언제 잃게 될지 모릅니다."

사에키 씨는 잠시 내 얼굴을 본다. 그 얼굴에 더 이상 미소는 없다.

"새 한 마리가 가느다란 나뭇가지에 앉아 있다고 가정해 봐" 하고 사에키 씨가 말한다. "그 가지가 바람에 크게 흔들리면 그 가지의 흔들림에 따라 새의 시야도 크게 흔들리게 되지, 그렇지?"

나는 고개를 끄덕인다.

"그럴 때 새가 어떻게 시각 정보를 안정시키는지 알아?"

나는 고개를 흔든다. "모르겠습니다."

"가지의 흔들림에 맞춰서, 머리를 아래위로 피뜩피뜩 가볍게 올렸다 내렸다 하는 거야. 다음에 바람이 세게 부는 날 새를 잘 관찰해 보면 알 수 있을 거야. 나는 이 창으로 그런 광경을 자주 봤거든. 그런 인생은 굉장히 고달플 것 같지 않아? 자기가 앉아 있는 가지가 흔들리는 데 맞춰서 일일이 고개를 흔들며 살아가는 인생이란."

"그렇다고 생각합니다."

"하지만 새는 그것에 익숙해져 있어. 그건 새에겐 아주 자연스러운 일이야. 의식하지 않고 할 수 있는 일이지. 그러니까 우리가 생각하는 것만큼 고달프지는 않은 거야. 하지만 나는 인간이니까, 경우에 따라서는 몹시 피곤해져."

"사에키 씨는 어딘가의 가지에 앉아 있는 건가요?"

"생각하기에 따라서는" 하고 그녀가 말한다. "그리고 이따금 센 바람이 불곤 하지."

그녀는 컵을 접시에 내려놓고 만년필 뚜껑을 연다. 이제 내 차례다. 나는 의자에서 일어난다.

"사에키 씨, 한 가지 꼭 물어보고 싶은 것이 있습니다" 하고 나는 큰맘 먹고 입을 연다.

"개인적인 일에 대해서?"

"네. 개인적인 일입니다. 그리고 실례가 되는 일일지도 모릅니다."

"그렇지만 중요한 질문이란 말이지?"

"네. 제게는 아주 중요한 일입니다."

그녀는 만년필을 책상 위에 내려놓는다. 그녀 눈에는 어딘지 모르게 무덤덤한 빛이 떠올라 있다. "좋아. 질문해 봐."

"사에키 씨에겐 아이가 있습니까?"

그녀는 숨을 들이쉬고 잠시 사이를 둔다. 그녀의 얼굴에서 표정이 점차 사라져 간다. 그러다가 다시 그윽한 표정으로 돌아온다. 마치 약간의 시간차를 두고 퍼레이드가 거리를 행진했다가 다시 되돌아오는 것처럼.

"어째서 다무라 군이 그걸 알려고 하지?"

"개인적인 문제가 있습니다. 즉흥적으로 물어본 건 아닙니다."

그녀는 굵은 몽블랑 만년필을 손에 들고, 잉크가 얼마나 들어 있는지를 살펴본다. 만년필의 굵기와 촉감이 어떤지를 느껴본다. 만년필을 다시 책상 위에 놓고 얼굴을 든다.

"다무라 군, 미안하지만 그 문제에 대해서는 예스라고도, 노라고도 대답할 수 없어. 최소한 지금은 그래. 나는 피로한 상태고, 바람도 세게 불고 있어서."

나는 고개를 끄덕인다. "죄송합니다. 그런 것은 묻는 게 아니었습니다."

"괜찮아. 다무라 군이 잘못한 건 아니야" 하고 사에키 씨가 부드러운 목소리로 말한다. "커피, 고마웠어. 다무라 군이 만드는 커피는 아주 맛있거든."

나는 사에키 씨 방에서 나와 계단을 통해 내 방으로 돌아온다. 침대에 걸터앉아 책을 펼친다. 그러나 글이 머릿속에 들어오지 않는다. 나는 책에 가득 찬 글자를 그냥 눈으로 쫓고 있을 뿐이다. 난수표를 보는 것과 다를 바 없다. 책을 내려놓고 창가로 가서 정원을 바라본다. 나뭇가지에 앉아 있는 새들의 모습이 보인다. 그러나 주변에 바람은 불지 않는다. 내가 사랑하고 있는 상대가 열다섯 살 소녀로서의 사에키 씨인지, 아니면 현재의 쉰 살이 넘은 사에키 씨인지 점점 알 수 없어진다. 그 둘 사이에 있어야 할 경계선이 흔들리다가 희미해지면서 그 모습이 흐려진다. 그것이 나를 어지럽힌다. 나는 눈을 감고, 마음속에 있는 중심축 같은 것을 찾는다.

하지만, 그렇다. 사에키 씨가 말한 대로다. 그녀의 얼굴과 모습은 나에게 매일매일 매 순간 특별하며 귀중한 것이다.

제28장

샌더스는 나이에 비해 몸이 가볍고 발걸음이 빨랐다. 마치 오랫동안 단련한 경보 선수 같다. 게다가 거리를 구석구석까지 꿰뚫고 있는 듯하다. 지름길로 가기 위해 어둡고 비좁은 계단을 올라가고, 몸을 비스듬히 해서 집 사이를 빠져나간다. 도랑을 뛰어넘고 나무 울타리 안에서 짖어 대는 개를 차분한 목소리로 진정시킨다. 흰 양복을 걸친 자그마한 등이, 갈 곳을 찾아 헤매는 성급한 영혼처럼 도시의 뒷골목을 신속하게 이동한다. 호시노 씨는 그 모습을 놓치지 않고 따라가는 것만도 벅찼다. 그러는 동안에 숨이 턱에 차고 겨드랑이 밑에 땀이 뱄다. 샌더스는 청년이 뒤에서 제대로 따라오는지 단 한 번도 확인하지 않았다.

"이봐요, 아저씨, 아직 멀었어?" 호시노 씨는 더 이상 견딜 수가 없어서 등 뒤에서 소리쳤다.

"아직 젊은 사람이 무슨 소릴 하는 거야? 이 정도는 걷는

축에도 들지 않잖아." 샌더스는 여전히 뒤도 돌아보지 않고 말했다.

"하지만 아저씨, 난 손님이라고. 이렇게 먼 거리를 걸어가면 지쳐서 성욕이고 뭐고 다 없어져 버릴 거야."

"정말 한심한 녀석이군. 그러고도 자네가 남자야? 이 정도로 식어 버릴 시원찮은 성욕이라면 처음부터 없는 게 낫지."

"이런 제기랄!"

샌더스는 골목을 빠져나가 신호를 무시하고 넓은 길을 건너더니, 다시 한참 동안 걸었다. 그러다가 다리를 건너 신사 안으로 들어갔다. 상당히 큰 신사였으나 밤도 늦고 해서 경내에 사람의 모습은 보이지 않았다. 샌더스는 사무소 앞에 있는 벤치를 가리키며 거기에 앉으라고 했다. 벤치 옆에는 커다란 수은등이 있어서 주위가 대낮처럼 밝았다. 청년이 시키는 대로 벤치에 앉자, 샌더스도 그 옆에 걸터앉았다.

"나 좀 봐요, 아저씨. 설마 이 근처 어디서 하라는 건 아니겠지?" 호시노 씨는 불안한 목소리로 말했다.

"바보 같은 소리 작작 하게나. 미야지마의 사슴도 아닌데, 신사 경내에서 집어넣기를 할 리가 없잖은가? 정말 무슨 소리를 하는 거야. 도대체 나를 어떻게 보고 그런 소리를 하는 거냐고!" 샌더스는 주머니에서 은색 휴대전화를 꺼내, 세 자릿수의 단축 번호를 눌렀다.

"그래, 나야." 상대가 전화를 받자 샌더스는 말했다. "어디긴 어디야, 늘 있는 곳이지. 신사 말이야. 옆에 호시노라는 남자가 있어. 그래……. 그렇다니까. 평소와 마찬가지야. 알아. 알았으니까 얼른 오라고."

샌더스는 휴대전화를 흰 윗옷 주머니에 집어넣었다.

"아저씨는 언제나 이런 식으로 신사에서 여자를 부르는 건가?"

"왜, 그게 안 좋은가?"

"아니, 안 좋다는 건 아니지만, 그래도 좀 더 적당한 장소가 있잖아요. 상식적인 장소라고 할까……. 예를 들어 찻집이나, 아니면 호텔방에서 만나든가."

"신사가 조용하고 공기도 깨끗해서 좋잖아."

"그야 그렇지만, 밤중에 신사 사무소 앞 벤치에서 여자를 기다리려니까 뭔가 진정이 안 되잖아. 어쩐지 여우한테 홀릴 것만 같아서."

"무슨 소리를 하는 거야? 시코쿠를 뭘로 보고 하는 소리야. 다카마쓰는 현청 소재지인 어엿한 도시야. 여우 같은 게 나올 리가 있나."

"여우 이야기는 농담이고. 그런데 아저씨도 일단은 서비스업에 종사하는 사람이니 좀 더 분위기 같은 걸 생각하는 게 낫지 않겠어. 고저스하게 좀 기분을 업 시킬 필요도 있다고. 쓸데없는 참견일지 모르지만."

"그래, 쓸데없는 참견이야" 하고 샌더스는 단호한 목소리로 말했다. "참, 돌 이야기 말인데……."

"맞아, 돌 이야기를 들어야지."

"우선 집어넣기부터 하고. 이야기는 그다음에 하자고."

"집어넣기가 중요한 거군?"

샌더스는 엄숙하게 몇 번 고개를 끄덕였다. 그리고 무슨 의미라도 있는 듯이 턱수염을 쓰다듬었다.

"그렇지. 우선 집어넣는 것이 중요하네. 무슨 의식 같은 거지. 우선은 집어넣고 돌 이야기는 그다음에 하자고, 호시노. 이 여자애는 틀림없이 자네 마음에 들 걸세. 단연 우리 넘버원이니까. 가슴은 탱탱, 살갗은 매끈매끈, 허리는 나긋나긋, 거기는 질척질척, 백 퍼센트 보증하는 섹스 머신이지. 자동차에 비유한다면 그야말로 사륜구동 침대차, 액셀을 밟으면 애욕의 터보는 절정을 향하고, 그 손가락이 감싸는 것은 성난 파도같이 요동치는 기어 스틱― 자아, 급커브다. 녹아날 것 같은 기어 체인지. 아, 이번에는 추월차선으로 일직선이다. 자아, 간다, 간다, 호시노가 멋지게 승천한다!"

"아저씨, 꽤 유니크한 캐릭터네!" 청년은 감탄하며 말했다.

"내가 공연히 이 업계에서 밥을 먹고 있는 줄 아나?"

십오 분 후에 여자가 나타났다. 샌더스가 말한 대로 멋진 몸매의 미인이었다. 몸에 착 달라붙는 검은 미니스커트를 입고, 검은 하이힐을 신고, 검은 에나멜 숄더백을 어깨에 메고 있다. 모델을 해도 충분할 정도다. 가슴이 상당히 커서, 깊게 파인 가슴 부위의 목선을 통해 그 크고 탱탱한 가슴의 한 부분을 자세히 볼 수 있었다.

"이 정도면 괜찮은가, 호시노?" 하고 샌더스가 물었다.

호시노 씨는 어리둥절한 얼굴로 말없이 고개를 끄덕였다. 뭐라고 해야 좋을지 적당한 말이 떠오르지 않았다.

"깜짝 놀랄 만한 섹스 머신이지, 호시노. 개봉박두, 기대하시라!" 하고 샌더스가 말했다. 그러고는 처음으로 싱긋 웃더니 호시노 씨의 엉덩이를 꼬집었다.

그 여자는 호시노 씨를 데리고 신사에서 나와, 근처에 있는 러브호텔로 들어갔다. 여자는 욕조에 더운 물을 받아 놓고 자기가 먼저 옷을 벗더니 호시노 씨도 발가벗겼다. 욕조 안에서 그의 몸을 깨끗이 씻기고, 혀로 핥고, 그러고 나서 본 적도 들은 적도 없는 초특급 예술적 펠라티오를 했다. 호시노 씨는 오럴 섹스의 황홀한 절정을 맞아 생각할 틈도 없이 사정해 버리고 말았다.

"아아 정말이지, 이렇게 멋진 경험은 난생처음이야." 호시노 씨는 욕조에 몸을 천천히 담그면서 말했다.

"이건 아직 시작에 지나지 않아" 하고 여자가 말했다. "지금부터 훨씬 굉장한 게 기다리고 있어."

"하지만 기분 최고였어."

"얼마나?"

"과거도 미래도 생각할 수 없을 만큼."

"순수한 현재라는 건 미래를 먹어 가는, 과거의 붙잡기 어려운 진행이다. 사실은, 모든 지각은 이미 기억이다."

청년은 얼굴을 들고 입을 반쯤 벌린 채 여자 얼굴을 봤다. "그게 무슨 말이지?"

"앙리 베르그송이 한 말이야." 그녀가 귀두에 입술을 갖다 대고 남은 정액을 핥으면서 말했다. "무지아 기어."

"뭐라고? 잘 안 들리는데."

"『물질과 기억』이란 책 읽은 적 없어?"

"없을걸" 하고 호시노 씨는 잠시 생각하고 나서 말했다. 군대에 있을 때 『육상자위대 특수차량 조작 교본』을 꼼꼼히 의무적으로 읽은 것을 제외하면(그리고 도서관에서 이틀에 걸쳐 시코쿠의 역사와 풍토에 관한 책을 읽은 것을 제외하면), 만화 주간지 같은 것 말고는 제대로 된 책을 읽은 기억이 없다.

"너는 읽었어?"

여자는 고개를 끄덕였다. "읽어야 해. 대학에서 철학을 전공하고 있는데, 이제 곧 시험이거든."

"아, 그렇군" 하고 청년은 감탄해서 말했다. "이건 아르바이트구나?"

"응, 등록금을 벌어야 하니까."

그러고 나서 그녀는 청년을 침대로 데리고 가서 손가락과 혓바닥으로 온몸을 부드럽게 애무하여, 곧 다시 발기시켰다. 사육제 계절을 맞이한 피사의 사탑처럼 앞쪽으로 기울어진 단단한 발기였다.

"어머나, 호시노 씨, 벌써 기운 차렸네!" 하고 여자가 말했다. 그러고는 천천히 그다음 일련의 동작에 착수했다. "더 어떻게 해줬으면 하는 것 있어? 있으면 말해. 샌더스 씨가 부탁했거든. 최대한 서비스해 주라고."

"글쎄, 특별히 생각나는 건 없지만, 좀 더 뭔가 철학적인 걸 인용해 주지 않겠어? 뭐가 뭔지 잘 모르지만, 어쨌든 사정을 늦출 수 있을지도 모르니까. 이런 식으로 나가다간 또 금방 발사될 것만 같아서 그래."

"글쎄, 좀 오래된 것이지만 헤겔로 하면 어떨까?"

"뭐든 상관없어. 좋아하는 것으로 해."

"헤겔은 추천할 만해. 조금 오래됐지만, 짠짜라짠! 오래된 건 좋은 거 아니겠어."

"좋아, 좋아."

"나는 관련의 내용인 동시에, 관련하는 것 그 자체이기도 하다."

"어어."

"헤겔은 자기의식이라는 걸 이렇게 규정했어. 인간은 단순히 자기와 객체를 따로따로 인식할 뿐만 아니라, 그 중간에서 자기와 객체를 연결해 객체에 자기를 비춤으로써, 행위적으로 자기를 더욱 깊이 있게 이해할 수 있다고 생각했어. 그게 자기의식이야."

"무슨 말인지 전혀 모르겠는걸."

"그건, 즉 지금 내가 당신에게 하고 있는 일이라고, 호시노 씨. 나에겐 내가 자기고 호시노 씨가 객체지만, 호시노 씨 입장에서는 물론 그 반대지. 호시노 씨가 자기고 내가 객체. 우리는 이렇게 서로 자기와 객체를 교환하고 투사해서 자기의식을 확립하고 있는 거야. 행위적으로. 간단히 말하자면."

"아직 잘 모르지만, 뭔가 격려를 받고 있다는 느낌은 드네."

"그게 포인트야"라고 여자가 말했다.

모든 것을 끝내고 여자와 헤어져 혼자 신사로 돌아오니, 샌더스는 아까의 그 벤치에 앉아서 그를 기다리고 있었다.

"아니, 아저씨, 아까부터 쭉 여기에서 기다리고 있었던 거예요?"

샌더스는 화가 난 듯이 고개를 흔들었다. "무슨 헛소리를 늘어놓는 거야. 내가 그렇게 오랜 시간, 이런 곳에서 꼼짝 않고 기다리고 있을 리 없잖아? 내가 그렇게 한가해 보이나? 호시노, 자네가 어딘가의 침대에서 즐겁게 승천하고 있는 동안, 난 무슨 놈의 팔자인지 뒷골목에서 부지런히 일을 하고 있었다네. 조금 전에 자네들이 일을 끝냈다는 연락이 와서 종종걸음으로 이리로 돌아온 거야. 어때, 우리 섹스 머신. 꽤 근사하지?"

"응, 좋았어요. 불만 없어요. 정말 대단하더라고요. 행위적으로 말해서 세 번이나 절정에 도달했다니까. 몸이 이 킬로그램쯤 가벼워진 느낌이에요."

"그거 잘됐군. 그건 그렇고 아까 이야기한 돌 말인데."

"맞아, 그게 중요해요."

"사실 그 돌은 이 신사의 숲속에 있네."

"입구의 돌이 틀림없어요?"

"그래, 입구의 돌 말일세."

"아저씨, 설마 헛소리하고 있는 건 아니겠죠?"

샌더스는 그 말을 듣자 의연하게 얼굴을 쳐들었다. "무슨 소리를 하는 거야? 이 멍청한 친구야, 내가 지금까지 한 번이라도 거짓말한 적 있나? 입에서 나오는 대로 아무렇게나 떠벌리던가? 싱싱한 섹스 머신이라고 하면 진짜로 싱싱한 섹스 머신이었잖은가. 그것도 대출혈 서비스 요금, 이만오천 엔 갖고 뻔뻔스럽게 세 번씩이나 사정하고, 그래도 아직 사람을 의심하는 건가?"

"아니, 물론 신용하지 않는 건 아니에요. 그러니까 그렇게 화낼 것 없잖아요. 그런 게 아니고, 아저씨 이야기가 너무 일사천리로 진행되니까 약간 고개를 갸우뚱했을 뿐이라고. 아저씨 같으면 안 그렇겠어요? 우연히 길을 걷고 있는데 이상한 차림을 한 아저씨가 말을 걸고, 돌에 대해 가르쳐 주겠다고 해서 따라갔더니, 굉장한 여자하고 한탕 하라고…….”

“아니, 세 탕을 뛰고 한탕이라니—”

“알았어요. 세 탕 하고 나니까 바로 저기에 돌이 있다고 하니, 어느 누군들 어리둥절하지 않겠냐고요.”

“자네도 참 답답한 인간이군. 계시란 그런 거란 말일세” 하고 샌더스는 혀를 차면서 말했다. “계시란 일상성의 테두리를 뛰어넘는 거야. 계시 없는 인생이 무슨 인생이란 말인가! 다만 관찰하는 이성에서 행동하는 이성으로 뛰어 옮겨 가는 것, 그것이 중요하지. 내가 말하는 것을 이해할 수 있겠나, 이 얼간이 같은 친구야?”

“자기와 객체의 투사와 교환……” 하고 호시노 씨는 주눅이 들어 말했다.

“그렇지. 그걸 알고 있으면 됐네. 그게 핵심이니까. 따라오게. 그 소중한 돌을 실제로 보여 주겠네. 이건 엄청나게 큰 서비스라고, 호시노.”

제29장

나는 도서관의 공중전화로 사쿠라에게 전화를 건다. 생각해 보니, 아파트에서 하룻밤 신세를 지고 난 뒤 한 번도 연락을 하지 않았다. 간단한 메모를 남겨 놓고 사쿠라의 아파트를 나온 뒤 전혀 소식을 전하지 못했다. 나는 그렇게 무심히 지내 온 걸 부끄럽게 여기지 않을 수 없다. 아파트를 나와 곧장 도서관으로 돌아온 다음, 오시마 씨의 차로 전파가 닿지 않는 산속의 통나무집에서 혼자 며칠을 보냈다. 그런 뒤 다시 도서관으로 돌아와, 계속 여기서 생활하며 일을 하게 됐고, 사에키 씨의 생령(과 같은 것)을 매일 밤 보고 있다. 나는 그 열다섯 살 소녀를 걷잡을 수 없을 정도로 깊이 사랑하게 됐다. 숨 돌릴 사이도 없이 그렇게 여러 가지 일이 잇달아 일어났다. 그러나 물론 그런 것은 변명이 되지 않는다.

전화를 건 것은 밤 아홉 시 조금 전이었다. 여섯 번째 신호음이 울렸을 때 그녀가 전화를 받는다.

"도대체 어디서 뭘 하고 있었어?"하고 사쿠라가 약간 화가 난 듯한 목소리로 말한다.

"아직 다카마쓰에 있어."

그녀는 잠시 아무 말도 하지 않는다. 그냥 잠자코 있는다. 수화기를 통해 텔레비전 음악 프로그램 소리가 들려온다.

"그럭저럭 죽지 않고 살아 있어" 하고 나는 덧붙인다.

다시 잠시 동안 침묵이 흐른 다음, 그녀는 체념한 듯이 한숨을 쉰다.

"그렇지만, 그렇게 허둥지둥 내가 없는 틈을 타서 떠날 것까지는 없었잖아. 나름대로 걱정이 돼서, 그날은 여느 때보다 일찍 돌아왔단 말이야. 먹을거리까지 사가지고."

"아, 정말 미안해. 하지만 그때는 그렇게 떠나지 않을 수 없었어. 무척 혼란스러웠고, 다시 몸을 추스르고 싶었다고 해야 할까, 앞으로 살아갈 일에 대해 천천히 생각하고 싶었거든. 그렇지만 사쿠라 씨하고 함께 있으면 뭐라고 할까…… 잘 표현할 수 없지만."

"지나치게 자극이 강하단 말이지?"

"응. 난 지금껏 여자 옆에 있었던 적이 한 번도 없고."

"그랬겠지."

"여자의 냄새라든가, 뭐 그런 것, 그 밖에도 여러 가지……."

"젊다는 건 여러 가지로 힘든 거야."

"아마 그런 것 같아" 하고 나는 말한다. "사쿠라 씨, 일은 바빠?"

"그래. 굉장히 바빠. 지금은 일해서 돈을 모을 생각이니까 그럴 수밖에 없지만 말이야."

나는 조금 사이를 둔다. 그러고 나서 말한다. "저 말이야, 사실은 이곳 경찰이 내 행방을 찾고 있어."

사쿠라는 잠시 말이 없다가 조심스러운 목소리로 묻는다. "혹시 그 피하고 관계가 있는 거야?"

나는 급한 대로 거짓말을 하기로 한다. "아냐, 그런 건 아니야. 피하고는 관계가 없고, 내가 가출 소년이라서 찾고 있는 거야. 발각되면 경찰의 보호를 받게 돼서 도쿄로 끌려가게 될 거야. 단지 그뿐이야. 어쩌면 경찰이 사쿠라 씨한테도 연락할지 몰라. 거기서 잤던 날 밤에, 내 휴대전화로 사쿠라 씨 휴대전화에 전화를 걸었는데, 그 통화 기록 때문에 내가 다카마쓰에 있다는 게 탄로 나버렸어. 사쿠라 씨 휴대전화 번호도 함께."

"그랬구나" 하고 그녀가 말한다. "하지만 내 번호는 걱정할 것 없어. 선불제 휴대전화라서 소유자를 찾아낼 수 없거든. 게다가 그건 애당초 내 남자 친구 전화를 빌려 온 거니까, 내 이름이나 살고 있는 곳을 알아낼 턱이 없어. 그러니까 안심해도 돼."

"다행이야" 하고 나는 말한다. "사쿠라 씨에게 더 이상 폐를 끼치고 싶지 않으니까."

"자상한 마음 씀씀이에 눈물이 나오려고 하네."

"정말 그렇게 생각하고 있어."

"알아" 하고 그녀가 귀찮다는 듯이 말한다. "그런데 가출 소년은 지금 어디 묵고 계시나?"

"아는 사람 집에 신세를 지고 있어."

"넌 이 도시에 아는 사람이 하나도 없을 텐데?"

나는 그녀의 질문에 제대로 대답할 수 없다. 지난 며칠 동안에 일어난 일을 도대체 어떻게 요약해서 설명하면 좋단 말인가?

"이야기가 길어."

"네 경우는 긴 이야기가 꽤 많은 것 같네."

"응. 왜 그런지 모르겠지만 늘 그렇게 돼버리네."

"그러니까 뭐야, 자기도 모르게 그렇게 되는 경향이 있다는 거야?"

"아마도" 하고 나는 말한다. "언제든 시간이 있을 때 천천히 이야기할게. 그렇다고 특별히 숨기려는 건 아냐. 다만 전화로는 잘 설명하기 어려울 뿐이지."

"굳이 설명해 주지 않아도 난 괜찮아. 그런데 설마 거기가 위험한 곳은 아니겠지?"

"전혀 위험한 곳은 아니야. 걱정하지 마."

그녀는 다시 한숨을 쉰다. "네가 늘 아무에게도 의지하지 않고, 무슨 일이든 자기 나름의 생각대로 해나가는 성격인 줄은 잘 알지만, 될 수 있으면 법률과 싸우는 일만은 그만두는 게 좋아. 무엇보다 승산이 없으니까. 빌리 더 키드미국 서부 시대에 악명을 떨친 세기의 살인마처럼 허무하게 십대에 죽게 된다고."

"빌리 더 키드는 십대에 죽지 않았어" 하고 나는 정정한다. "스물한 명을 살해하고 스물한 살에 죽었어."

"그래?" 하고 그녀가 말한다. "아무려면 어때. 그런데 무슨 볼일이라도 있어 전화한 거야?"

"그냥 고맙다는 인사를 하고 싶었어. 그렇게 신세를 졌는데 제대로 인사도 못 하고 떠난 게 마음에 걸려서."

"그건 잘 알았어. 그러니까 이제 신경 쓰지 않아도 돼."

"그리고 사쿠라 씨 목소리도 듣고 싶었어."

"그렇게 말해 주니까 기쁘긴 한데, 내 목소리가 무슨 도움이 되겠니?"

"뭐라고 하면 좋을까……. 이상한 표현이라는 생각은 들지만, 사쿠라 씨는 현실 세계에 살며 현실의 공기를 마시고, 현실의 언어를 구사하고 있어. 사쿠라 씨와 이야기하고 있으면 내가 현실 세계와 확실하게 연결돼 있다는 걸 느낄 수 있거든. 그건 나에겐 아주 중요한 일이야."

"네 주위에 있는 다른 사람들은 그렇지 않아?"

"그렇지 않을지도 몰라."

"잘은 모르지만, 그러니까 넌 현실과 동떨어진 장소에서, 현실과 동떨어진 사람들과 함께 있다는 이야기야?"

나는 그 물음에 대해 생각해 본다. "표현하기에 따라서는 그렇게 말할 수 있을지도 모르겠어."

"이봐, 다무라 군" 하고 사쿠라가 말한다. "물론 네 인생이니까 일일이 내가 참견할 일은 아니겠지. 하지만 네 이야기를 들은 느낌으로는 넌 거기서 나오는 게 좋을 것 같은데? 어떤 곳인지는 모르지만, 왠지 그런 느낌이 들어. 예감 같은 거지. 그러니까 어서 나한테 와. 내 아파트에 있고 싶은 만큼 있어도 되니까."

"사쿠라 씨, 왜 이렇게 나한테 친절한 거야?"

"너 혹시 바보 아냐?"

"왜?"

"그야 물론 너를 좋아하니까 이러는 게 당연하잖아? 난 확실히 별난 걸 좋아하는 편이긴 하지만, 아무에게나 이러지는 않아. 너를 좋아하고, 네가 마음에 드니까 이렇게까지 하는 거야. 뭐랄까, 잘 표현할 수는 없지만 진짜 내 동생 같은 생각이 들거든."

나는 수화기 앞에서 입을 다물어 버린다. 도대체 어떻게 해야 좋을지, 한순간 어찌할 바를 모른다. 가벼운 현기증 같은 것이 엄습한다. 나는 태어나서 지금까지 단 한 번도 다른 사람에게서 그런 말을 들어 본 경험이 없는 것이다.

"듣고 있어?" 하고 사쿠라가 말한다.

"듣고 있어."

"듣고 있다면 뭔가 말을 해야지."

나는 자세를 가다듬는다. 그리고 심호흡을 한다.

"사쿠라 씨, 그렇게 될 수 있으면 좋겠어. 정말 난 그렇게 생각하고 있어. 마음속으로 그렇게 생각하고 있어. 하지만 지금은 그럴 수 없어. 아까도 말한 것처럼, 난 여기를 떠날 수 없어. 첫째로 난 사랑에 빠졌으니까."

"그다지 현실적이라고는 말할 수 없는, 복잡한 사연을 가진 상대를 사랑하고 있는 거군."

"그렇게 말할 수 있을지도 모르지."

사쿠라는 전화기에 대고 다시 한숨을 쉰다. 아주 깊고 심각한 한숨이다. "저 말이야, 너 정도 나이의 남자아이가 사랑을 하면 대체적으로 상당히 비현실적이 되는 경향이 있는데, 더구나 그 상대가 현실과 동떨어져 있다면 그건 물을 것도 없이 꽤 골치 아픈 일이야. 그건 알고 있어?"

"알고 있어."

"이봐, 다무라 군."

"응?"

"무슨 일 있으면 다시 나한테 전화해. 언제든지 괜찮으니까 어려워하지 말고."

"고마워."

나는 전화를 끊는다. 그리고 방으로 돌아와 「해변의 카프카」 싱글판을 턴테이블에 올려놓고 카트리지의 바늘을 내려놓는다. 나는 어쩔 수 없이 다시 그 장소로 되돌아간다. 그리고 그 시간으로.

인기척을 느끼고 눈을 뜬다. 주위는 어둡다. 머리맡에 있는 시계의 야광 바늘은 세 시가 조금 지난 곳을 가리키고 있다. 나도 모르는 사이에 잠들어 버렸나 보다. 창에서 비쳐 드는 정원등의 희미한 불빛 속에 그녀의 모습이 보인다. 소녀는 여느 때처럼 책상 앞에 앉아서 오늘도 같은 자세로 벽의 그림을 보고 있다. 책상에 턱을 괴고 꼼짝도 하지 않는다. 나도 여전히 침대에 누워 숨을 죽인 채, 눈을 가늘게 뜨고 그 실루엣을 바라본다. 창밖에서는 바다에서 불어오는 바람이 창가의 산딸나무 가지를 조용히 흔들고 있다.

그러나 이윽고 나는 공기 속에 평소와는 다른 무엇인가가 포함돼 있는 것을 느낀다. 이질적인 무엇인가가 완벽해야 할 그 조그만 세계의 조화를 약간, 그러나 결정적으로 흐트러뜨리고 있다. 나는 어슴푸레한 어둠 속에서 꼼짝 않고 시선을 집중한다. 도대체 무엇이 달라진 것일까? 한순간 밤바람이 세게 불고,

내 혈관 속에 흐르는 피가 걸쭉하게 기묘한 무게를 갖기 시작한다. 산딸나무 가지가 유리창에 신경질적인 미로를 그린다. 이윽고 나는 깨닫는다. 거기에 있는 실루엣은 그 소녀의 실루엣이 아니다. 무척 닮았다. 거의 같다고 해도 좋을 정도다. 그러나 완전히 똑같지는 않다. 아주 약간만 다른 두 개의 도형을 겹쳐 놓았을 때처럼, 군데군데 세밀한 부분이 어긋나 있다.

예를 들면 헤어스타일이 다르다. 옷이 다르다. 그리고 무엇보다도 거기 있는 기적 같은 것이 다르다. 나는 그걸 알 수 있다. 나도 모르게 고개를 흔든다. 그 소녀가 아닌 누군가가 거기 있는 것이다. 무슨 일인가가 일어나고 있다. 무엇인가 중요한 일이 일어나고 있다. 나도 모르는 사이에 나는 이불 속에서 두 손을 꽉 쥐고 있다. 이윽고 심장이 더 이상 견딜 수 없다는 듯이 쾅쾅거리며 메마른 소리를 내기 시작한다. 그것은 환상과 현실의 다른 시제時制를 새기기 시작한다.

그 소리를 신호로 의자 위의 모습이 움직인다. 커다란 배가 방향을 바꿀 때처럼 몸이 천천히 각도를 바꾼다. 그녀는 턱을 괴었던 팔을 빼고 내 쪽으로 얼굴을 돌린다. 나는 그것이 사에키 씨라는 사실을 깨닫는다. 나는 숨을 삼킨 채 내쉴 수가 없다. 거기에 있는 것은 현재의 사에키 씨다. 바꿔 말하면 그것은 현실의 사에키 씨인 것이다. 한동안 그녀는 나를 보고 있다. 「해변의 카프카」 그림을 응시할 때와 마찬가지로 조용히 의식을 집중해서.

106

나는 시간의 축에 대해 생각한다. 아마도 내가 알지 못하는 어딘가에서, 시간에 어떤 이변이 일어나고 있는 것이다. 그 때문에 현실과 꿈이 뒤섞여 버린 것이다. 바닷물과 강물이 뒤섞이듯이. 내 머리는 거기에 있을 의미를 찾아 움직인다. 그러나 어디에도 도달하지 못한다.

　이윽고 그녀는 일어나서 천천히 이쪽으로 다가온다. 평소처럼 등을 곧게 편 자세의 우아한 걸음걸이다. 신발은 신고 있지 않다. 맨발이다. 그녀가 걸음을 뗄 때마다 바닥이 희미하게 삐걱거린다. 그녀는 침대 가장자리에 조용히 앉아, 잠시 거기서 꼼짝도 하지 않는다. 그 몸에는 분명한 밀도와 무게가 있다. 사에키 씨는 흰 실크 블라우스에 무릎까지 오는 남색 스커트를 입고 있다. 그녀는 손을 뻗어 내 머리카락을 만진다. 그녀의 손가락이 내 짧은 머리카락을 만지작거린다. 그것은 의심할 바 없이 현실의 손이다. 현실의 손가락이다. 그녀가 일어나더니 밖에서 비쳐 드는 엷은 빛 속에서 지극히 당연한 일인 것처럼 옷을 벗기 시작한다. 서두르지는 않지만 망설임도 없다. 아주 매끄럽고 자연스러운 동작으로 블라우스 단추를 한 개씩 풀고, 스커트를 벗고, 속옷을 벗는다. 옷이 차례차례 소리 없이 바닥에 떨어진다. 부드러운 옷감은 소리도 내지 않는다. 그녀는 자고 있다. 나는 그것을 알 수 있다. 분명히 눈은 뜨고 있지만 사에키 씨는 잠을 자고 있다. 그녀는 모든 동작을 잠 속에서 하고 있다.

그녀는 알몸이 되자 좁은 침대 안으로 들어온다. 흰 팔이 내 몸에 감긴다. 나는 그녀의 따뜻한 숨결을 목덜미에 느낀다. 허벅지에 그녀의 음모가 와 닿는 것을 느낀다. 사에키 씨는 분명 나를 먼 옛날에 죽은, 자신의 연인이었던 소년으로 믿고 있다. 그리고 이 방에서 옛날에 했던 일을 그대로 되풀이하려 하고 있다. 너무나도 자연스럽게, 당연하다는 듯이, 잠이 든 채. 꿈을 꾸듯이.

나는 어떻게든 사에키 씨를 깨워야겠다고 생각한다. 눈을 뜨게 해야만 한다. 그녀는 무엇인가 착각하고 있다. 대단히 큰 어긋남이 있다는 것을 가르쳐 주지 않으면 안 된다. 이것은 꿈이 아니다. 현실 세계다. 그러나 모든 것이 너무나 빠른 속도로 진행돼 간다. 나에게는 그 흐름을 제지할 힘이 없다. 나는 매우 혼란스럽고, 시간의 일그러짐 속으로 빨려 들어간다.

그리고 너는 시간의 일그러짐 속으로 빨려 들어간다.

그녀의 꿈이 네 의식을 눈 깜짝할 사이에 감싼다. 양수처럼 부드럽고 따뜻하게 감싼다. 사에키 씨는 네가 입고 있는 티셔츠를 벗기고, 반바지를 벗긴다. 네 목에 몇 번씩 입을 맞추고, 손을 뻗어 페니스를 잡는다. 그것은 이미 도자기처럼 딱딱하게 발기돼 있다. 그녀는 네 고환을 살며시 손에 쥔다. 그리고 아무 말도 하지 않고 네 손가락을 음모 밑으로 이끈다. 성기는 따뜻하게 젖어 있다. 그녀는 네 가슴에 입술을 갖다 댄다. 네 젖꼭지를 빤다. 네 손가락은 마치 빨려 들어가듯 천천히 그녀 속으로 들어간다.

　도대체 어디서부터 네 책임은 시작되는 것일까? 걷잡을 수 없이 혼탁해진 의식을 추스르기 위해 안간힘 쓰면서, 너는 필사적으로 현재의 위치를 알아내려 한다. 흐름의 방향을 확인하려 한다. 올바른 시간의 축을 잡으려 한다. 그러나 꿈과 현실의 경계선을 찾을 수 없다. 사실과 가능성의 경계선조차 찾을 수 없다. 네가 알 수 있는 것은 자신이 지금 아주 미묘한 장소에 있다는 사실뿐이다. 미묘하고 동시에 위험한 장소다. 너는 예언의 원리나 논리를 규명하지 못한 채, 그 진행 속에 포함돼 일체가 돼버린다. 어딘가 강가에 있는 도시가 홍수에 쓸려 가듯이. 거기 있는 모든 도로 표지는 지금은 수면 아래 가라앉아 있다. 눈에 보이는 것은 집집의 이름 없는 지붕뿐이다.

　이윽고 사에키 씨는 똑바로 누운 네 몸 위에 올라탄다. 다리를 벌리고, 돌처럼 딱딱해진 네 페니스를 자기 안으로 이끈다. 너는 아무것도 선택할 수 없다. 그녀가 선택한다. 어떤 모양의 그림을 그리듯 깊숙이, 그녀는 허리를 비틀어 댄다. 그녀의 곧은 머리카락이 네 어깨 위에서 버들가지처럼 소리 없이 춤춘다. 너는 조금씩 부드러운 진흙탕 속에 삼켜져 간다. 세계의 모든 것이 따뜻하고 촉촉하고 불분명하며, 그 가운데 네 페니스만이 단단하고 윤기 나는 존재다. 너는 눈을 감고 너 자신의 꿈을 꾼다. 시간의 흐름이 심하게 불명확해진다. 조수가 차오르고 달이 뜬다. 얼마 뒤 너는 사정한다. 물론 너는 그것을 저지할 수 없다. 그녀 속에 몇 번씩이고 강하게 사정한다. 그녀는 수축하며, 네 정액을 자상하게 받아들인다. 그래도 그녀는 아직 자고 있다. 눈을 뜬 채 잠들어 있다. 그녀는 다른 세계에 있다. 네 정액이 다른 세계로 삼켜져 간다.

긴 시간이 지나간다. 나는 움직일 수 없다. 옴짝달싹할 수 없는 마비 상태에 있다. 그러나 그것이 진짜 마비인지, 아니면 나에게 몸을 움직이려는 마음이 생기지 않는 것뿐인지, 나 자신도 구별할 수 없다. 이윽고 그녀는 나에게서 떨어져 한동안 내 옆에 조용히 누워 있는다. 그러고 나서 일어나 속옷을 입고, 스커트를 입고, 블라우스 단추를 잠근다. 살며시 손을 뻗어 내 머리카락을 다시 한번 어루만진다. 모든 것은 침묵 속에 진행된다. 생각해 보면 그녀는 이 방에 나타난 뒤 한마디도 말을 하지 않았다. 내 귀에 들리는 것은 어렴풋하게 들리는 바닥의 삐거덕거리는 소리와 쉴 새 없이 불어오는 바람 소리뿐이다. 한숨을 쉬는 방과 조용히 몸을 떠는 유리창. 그것만이 내 등 뒤에서 들려오는 유일한 소리다.

그녀는 잠든 채 마루를 가로질러 방에서 나간다. 문이 아주 조금 열리고, 그 틈새로 꿈을 꾸는 가느다란 물고기처럼 그녀는 스르르 빠져나간다. 소리 없이 문이 닫힌다. 나는 침대 속에서 그녀가 가는 모습을 지켜본다. 나는 여전히 마비 상태다. 손가락 하나 까딱할 수 없다. 입술은 봉인된 것처럼 무겁게 닫혀 있고, 말은 깊은 시간의 웅덩이에서 잠들어 침묵만이 흐른다.

꼼짝도 하지 못한 채 나는 귀를 기울인다. 주차장 쪽에서 사에키 씨의 폭스바겐 엔진 소리가 들려오지 않을까 하고. 그러나 아무리 기다려도 그 소리는 들리지 않는다. 밤의 구름이 바람에 떠밀려 왔다가 사라져 간다. 산딸나무 가지가 잔잔하게 바람에 흔들리고, 수많은 칼날이 어둠 속에서 번뜩인다. 거기에 있는 창은 내 마음의 창이고, 거기에 있는 문은 내 마음의 문이다. 나는 그대로 아침까지 깨어 있는다. 그러면서 그녀가 앉아 있던 의자를 언제까지나 바라본다.

제30장

두 사람은 낮은 울타리를 넘어 신사가 있는 숲속으로 들어갔다. 커널 샌더스가 윗도리 주머니에서 작은 손전등을 꺼내어 발밑을 비추었다. 숲속에는 오솔길이 나 있었다. 그다지 큰 숲은 아니지만, 수목은 모두 오래 자란 거목이고, 그 빽빽하게 뻗은 가지는 머리 위를 어둡게 뒤덮고 있었다. 발밑에서는 강하게 풀 냄새가 났다.

샌더스가 앞장서서 걸었지만, 아까와는 달리 느린 걸음이었다. 그는 손전등 불빛으로 발밑을 확인하면서 조심스럽게 한 걸음 한 걸음 앞으로 나아갔다. 호시노 씨는 그 뒤를 따라갔다.

"아저씨, 어째 담력 시합을 하고 있는 것 같은데" 하고 청년은 샌더스의 하얀 등에 대고 말을 걸었다. "귀신이다!"

"쓸데없는 소리 좀 하지 말게. 조용히 좀 해" 하고 샌더스는 뒤도 돌아보지 않고 말했다.

"알았어요."

지금쯤 나카타 씨는 무엇을 하고 있을까, 하고 청년은 문득 생각했다. 이불 속에서 아직도 깊이 잠들어 있겠지. 한번 잠들어 버리면 무슨 일이 있어도 일어나지 않는 타입이니까, 그 양반은. 정말이지, 숙면이라는 말은 그 양반을 위해 있는 것 같다. 그런데 나카타 씨는 그 길고 긴 잠 속에서 도대체 어떤 꿈을 꿀까? 청년은 상상조차 할 수 없었다.

"아직 멀었어요?"

"이제 조금만 더 가면 되네" 하고 샌더스가 말했다.

"아저씨."

"뭐야?"

"아저씨는 정말로 커널 샌더스야?"

샌더스는 헛기침을 했다. "사실은 아닐세. 일단 커널 샌더스의 모습을 하고 있을 뿐이야."

"그럴 거라고 생각했어" 하고 청년은 말했다. "그럼 아저씨는, 진짜로는 누구야?"

"이름은 없네."

"이름이 없으면 곤란할 텐데?"

"곤란할 것 없어. 애당초 이름도 없고 형태도 없으니까."

"방귀 같은 거군."

"그렇게 말할 수도 있겠지. 다만 형태가 없으니까 무엇이든 될 수 있다네."

"흐음."

"커널 샌더스라는, 자본주의 사회의 아이콘이라고 할 수 있는 알기 쉬운 형태를 취했을 뿐이야. 미키 마우스도 괜찮았는데 디즈니는 초상권에 관해 까다롭거든. 소송당하는 건 딱 질색이야."

"글쎄, 나도 미키 마우스한테 여자를 소개받고 싶지는 않은데."

"그야 그렇겠지."

"그리고 아저씨는 커널 샌더스의 모습과 캐릭터가 잘 맞아떨어지는 것 같아."

"나한테 캐릭터 같은 건 없어. 감정도 없지. 나 지금 잠정적으로 형태를 취하고 이야기한다 해도, 신이 아니고 부처도 아니며, 본래 비정한 생물이니 인간과 다른 마음이 있도다."

"그건 또 무슨 소리야?"

"우에다 아키나리의 『우게쓰 이야기』 가운데 한 구절이야. 자넨 읽은 적 없겠지만."

"자랑은 아니지만 없어요."

"지금 내가 잠정적으로 인간의 형태를 하고 여기 나타났으나 신도 아니고 부처도 아니다, 애당초 감정이 없는 존재니까, 인간과는 다른 마음의 움직임을 갖고 있다, 그런 뜻일세."

"그러니까" 하고 청년은 말했다. "어쨌든 아저씨는 인간도 아니고, 신도 부처도 아니란 말이지?"

"나는 본래 신도 아니고 부처도 아니다. 고로 비정하다. 비정한 존재로서 인간의 선악을 따지고, 그것을 따라야 할 이유가 없도다."

"무슨 말인지 모르겠네."

"신도 부처도 아니니까 인간의 선악을 판단할 필요가 없다, 또한 선악의 기준에 따라 행동할 필요가 없다는 말일세."

"그러니까 아저씨는 선악을 뛰어넘은 존재군."

"호시노, 그건 지나친 칭찬 같네. 딱히 선악을 뛰어넘은 건 아니야. 다만 관계가 없을 뿐이지. 무엇이 악이고 무엇이 선인가, 그건 내 알 바 아니고 내가 원하는 건 단 한 가지, 내가 맡고 있는 역할을 완전히 끝내는 일이지. 나는 매우 실용적인 존재일세. 말하자면 중립적 객체인 게야."

"역할을 완수하다니, 그게 무슨 말이야?"

"자네, 학교 안 다녔나?"

"대충 고등학교까지는 다녔지만 공고였고, 항상 오토바이만 타고 돌아다녔으니까."

"세상일이 본래의 역할을 다할 수 있도록 관리하는 것을 말하네. 내 임무는 세계와 세계 사이를 잇는 상관관계를 관리하는 일일세. 사물의 순서를 정확히 맞추는 거지. 원인 뒤에 결과가

오게 하고, 어떤 의미와 다른 의미가 뒤섞이지 않게 해야 해. 현재 앞에는 과거가 오고, 현재 뒤에는 미래가 오게 하지. 다소 앞과 뒤의 차이가 있을 수 있네. 이 세상에 완벽한 것이란 없으니까 말이야. 호시노, 결과적으로 결과값만 딱딱 맞아떨어지면 나도 까다롭게 따지며 잔소리는 하지 않는다네. 나도 일일이 시끄럽게 따지지는 않아. 대충 넘어간다고 할까, 좀 더 전문적으로 말하면 '계속 정보 감지 처리의 생략'이라는 건데 본격적으로 설명하려면 이야기가 길어질뿐더러, 어차피 자네는 이해하지 못할 테니까 생략하겠네. 아무튼 내가 말하고 싶은 것은, 나는 이것저것 귀찮게 따지지 않는다는 말일세. 그러나 결과값이 정확히 맞아떨어지지 않으면 그건 곤란하네. 책임 문제가 되니까 말이야."

"잘은 모르지만 아저씨는 그렇게 대단한 임무를 맡고 있으면서 왜 다카마쓰 뒷골목에서 호객꾼 노릇을 하는 거지?"

"나는 사람이 아니야. 몇 번 이야기해야 알아듣겠나?"

"아무거면 어때."

"내가 호객꾼 노릇을 한 것은 자네를 여기까지 데려오기 위해서야. 자네에게 도움을 좀 청할 일이 있어서지. 그래서 그 대가로 재미 좀 보게 해주려고 생각한 거네. 일종의 의식으로서 말이야."

"도움을 청한다고?"

116

"내 말 잘 듣게나. 아까도 말했듯이 나에겐 형태라는 것이 없네. 순수한 의미에서 형이상학적인 관념적 객체야. 어떤 형태로도 될 수 있지만 실체는 없어. 하지만 현실적인 작업을 하려면 아무래도 실체라는 것이 필요하게 되지."

"그래서 지금 이 경우에는 내가 실체란 말이군?"

"그렇지"하고 샌더스가 말했다.

어두운 오솔길을 천천히 앞으로 나아가니, 큰 떡갈나무 아래 조그만 사당이 있었다. 다 쓰러져 가는 낡은 사당은 제물도 장식도 없이 그냥 거기 버려진 채 비바람에 시달리고 모든 사람에게 잊힌 것처럼 보였다. 샌더스가 손전등으로 그 사당을 비췄다.

"돌은 저 안에 있네. 문을 열게."

"싫어." 호시노 씨는 고개를 저었다. "사당의 문은 함부로 열면 안 돼. 그런 짓을 했다가는 틀림없이 뒤탈이 난다고. 코가 떨어져 나가거나 귀가 떨어져 나간단 말이야."

"아무 일 없어. 내가 괜찮다고 하지 않는가. 어서 열게. 귀신의 저주 같은 것은 없을 테니까. 코도 멀쩡하게 붙어 있고 귀도 그 자리에 붙어 있을 걸세. 어울리지 않게 케케묵은 미신을 믿는 녀석이로군그래."

"그럼, 아저씨가 직접 열면 되잖아? 난 그런 일에 끼어들고 싶지 않아."

"말귀를 못 알아듣는군. 아까도 말했지만, 나에겐 실체라는 것이 없단 말일세. 나는 추상 개념에 지나지 않아. 나 스스로는 아무것도 할 수 없어. 그러니까 일부러 자네를 여기까지 데리고 온 것 아닌가? 그 때문에 서비스 요금으로 세 번이나 하게 해줬고 말이야."

"하긴 분명히 기분은 최고였지만……. 하지만 아무래도 마음이 내키지 않는데. 무슨 일이 있어도 사당에서만은 나쁜 짓 하지 말라고 어렸을 때부터 줄곧 할아버지한테 귀가 따갑도록 들었거든."

"할아버지 생각은 잊어버리게. 정신없을 때, 기후현의 토착적인 윤리를 들먹이지 말라고. 시간이 없어."

호시노 씨는 투덜투덜 불평을 늘어놓으면서, 마지못해 사당의 문을 열었다. 샌더스가 손전등으로 그 안을 비췄다. 거기에는 분명히 고색창연한 둥근 돌이 있었다. 나카타 씨가 말한 대로, 둥근 떡 같은 모양의 돌이었다. 크기는 레코드판 정도로 하얗고 넓적했다.

"이게 바로 그 돌이란 말이죠?" 하고 청년은 물었다.

"그렇지." 샌더스가 말했다. "꺼내게."

"잠깐만요, 아저씨. 그러면 도둑놈이 된다고."

"상관없어. 이런 돌 한 개 없어져 봐야 아무도 알아차리지 못하고 아무도 신경 쓰지 않을 걸세."

"하지만 이 돌은 신의 소유물이잖아요. 함부로 가져가면 틀림없이 화를 내실 거야."

샌더스가 팔짱을 끼고서 호시노 씨의 얼굴을 물끄러미 바라봤다. "신이 뭔데?"

그런 질문을 받자 청년은 생각에 잠겼다.

"신이란 게 어떻게 생겼고, 어떤 일을 하고 있지?" 하고 샌더스가 계속 추궁했다.

"난 그런 건 잘 모르지만, 아무튼 신은 신이에요. 온갖 곳에 신이 있어서 우리가 하는 짓을 보고 있다가, 옳고 그름을 판단하신다고요."

"그거 축구 심판 아냐?"

"그렇게 말할 수 있을지도 모르지."

"그러니까 뭐냐, 신이라는 건 반바지를 입고 입에 호루라기를 물고 로스타임을 재고 있단 말인가?"

"참 집요하네, 아저씨도."

"일본의 신과 외국의 신은 친척 간인가, 아니면 적인가?"

"내가 그런 걸 어떻게 알아."

"이보게, 호시노. 신이라는 건 인간의 의식 속에서만 존재하는 거라네. 특히 이 일본에서는 좋건 나쁘건 간에 신은 어디까지나 융통무애한 것이네. 그 증거로 제2차 세계대전 전에는 신이었던 천황이, 점령군 사령관 더글러스 맥아더 장군에게서 '이제 신 노릇은 그만두시오'라는 지시를 받자, '네, 이제 나는 보통 인간입니다'라고 하여, 1946년 이후부터는 신이 아니게 됐네. 일본의 신이라는 것은 그 정도로 조정이 가능한 것일세. 싸구려 파이프를 물고 선글라스를 낀 미국 군인의 몇 마디 지시에 존재 방식이 달라져 버리거든. 그만큼 초포스트모던한 존재지. 있다고 생각하면 있고, 없다고 생각하면 없는 걸세. 그런 것에 일일이 신경 쓸 필요 없네."

"알았어요."

"어쨌든 그 돌을 꺼내게. 모든 책임은 내가 질 테니까. 나는 신도 부처도 아니지만, 다소의 연줄이 없는 것도 아니거든. 자네에게 뒤탈이 없도록 보장하겠네."

"정말 책임지는 거죠?"

"두말하면 잔소리지."

호시노 씨는 손을 뻗어 마치 지뢰라도 다루듯 그 돌을 조심조심 들어 올렸다.

"굉장히 무겁네."

"본래 돌은 무거운 법이야. 두부하고는 다르지."

"아니, 이건 돌치고도 꽤 무겁다고요" 하고 호시노 씨는 말했다. "그런데 이걸 어떻게 할 건데요?"

"가지고 돌아가서 머리맡에 놓아두면 되네. 그다음 일은 저절로 어떻게든 되겠지."

"아니, 이걸 여관까지 들고 가란 말이야?"

"무거우면 택시를 타면 될 것 아닌가?"

"하지만 괜찮을까? 함부로 그렇게 멀리까지 가지고 가도."

"호시노, 모든 물체는 이동 중에 있네. 지구도 시간도 개념도 사랑도 생명도 신념도 정의도 악도, 모든 사물은 액상적液狀的이고 과도적인 것일세. 한 장소에 하나의 형태로 영원히 머물러 있는 것은 없다네. 우주 자체가 거대한 구로네코 택배일본의 유명한 택배 회사라네."

"음."

"돌은 지금 임시로 돌로서 거기 있을 뿐일세. 호시노, 자네가 돌을 옮기는 데 조금 힘을 썼다고 해서 무언가 달라지지는 않아."

"그런데 아저씨, 이 돌이 왜 그렇게 중요한 거지? 별로 대단해 보이지도 않는데 말이야."

"정확하게 표현하면 이 돌 자체에는 의미가 없네. 상황에 따라 무엇인가가 필요하고, 그게 우연히 이 돌이었던 것이지. 러시아의 작가 안톤 체호프가 멋진 말을 했네. '만일 이야기 속에 권총이 나온다면 그것은 발사돼야만 한다'고 말이야. 무슨 말인지 알겠나?"

"모르겠는데요."

"물론 모를 테지" 하고 샌더스가 말했다. "알 리가 없다고 생각은 했지만, 예의상 한번 물어본 것뿐일세."

"고맙군요."

"체호프가 말하고 싶은 것은 이런 것일세. 필연성이라는 것은 자립적인 개념이야. 그것은 논리나 모럴이나 의미성과는 다르게 구성된 것이지. 어디까지나 역할로서의 기능이 집약된 거야. 역할로서 필연이 아닌 것은 거기에 존재해서는 안 되지만, 반면 역할로서 필연인 것은 거기에 있어야 하네. 그것이 바로 연극의 대본을 만드는 방법, 좀 더 유식한 말로는 희곡 작법이라고 하지. 논리나 도덕이나 의미는 그것 자체가 아니라 관련성 속에서 생겨나네. 체호프는 희곡 작법을 이해하고 있었던 거야."

"무슨 말인지 전혀 이해할 수 없어요. 이야기가 너무 어려워."

"자네가 안고 있는 돌은 체호프가 말한 권총일세. 그것은 발사돼야만 해. 그런 의미에서 그것은 중요한 돌이지. 특별한 돌이야. 하지만 거기에 신성성 같은 것은 없다네. 그러니까 자네는 뒤탈 같은 것에는 신경 쓸 필요가 없단 말일세."

호시노 씨는 얼굴을 찡그렸다. "이 돌이 권총이란 말이야?"

"어디까지나 은유적인 의미에서 그렇다는 말일세. 정말로 총알이 튀어나오는 것은 아니니까 안심하게."

샌더스는 윗도리 주머니에서 커다란 보자기를 꺼내 호시노 씨에게 건넸다. "이것으로 돌을 싸도록 하게. 가능한 한 사람들 눈에 띄지 않는 것이 좋을 거야."

"그것 봐요, 결국 도둑질이잖아?"

"무슨 소리를 하는 거야? 듣기 거북하게. 도둑질이 아니라
니까. 중요한 목적을 위해 잠깐 빌리는 것뿐이야."

"네네, 알았다고요. 희곡 작법에 따라 물질을 필연적으로
이동시키는 것뿐이란 말이지?"

"맞았어" 하고 샌더스가 고개를 끄덕이며 말했다. "제대로
이해하고 있잖은가."

호시노 씨는 남색 보자기에 싼 돌을 안고 숲속의 오솔길을
되돌아왔다. 샌더스는 손전등으로 청년의 발밑을 비춰 줬다. 돌
은 보기보다 훨씬 무거워서 도중에 몇 번이나 호흡을 가다듬어
야 했다. 두 사람은 숲을 나오자 사람들에게 들키지 않게 밝은
경내를 서둘러 빠져나와 큰 거리로 나갔다. 샌더스는 손을 들어
택시를 잡고 돌을 안고 있는 청년을 태웠다.

"이것을 머리맡에다 놓기만 하면 되는 거죠?"

"그래. 그렇게만 하면 되네. 쓸데없는 것은 생각하지 말게.
돌이 거기 있다는 사실이 중요한 거니까."

"아저씨한테 고맙다는 인사를 해야겠네. 돌이 있는 장소를
가르쳐 줬으니까."

샌더스가 빙긋이 웃었다. "인사 같은 건 필요 없네. 나는 해
야 할 일을 했을 뿐이니까. 기능을 완수하고 있을 뿐이라네. 그

건 그렇고 멋진 여자였지, 호시노?"

"네, 대단한 여자더라고요."

"다행이군."

"하지만 그 여자는 진짜죠? 여우라든가 추상 뭐라든가, 그런 골치 아픈 건 아니죠?"

"여우도 아니고, 추상 뭐도 아닐세. 실물 섹스 머신이야. 문자 그대로 성욕의 화신이라고 할 수 있지. 꽤 고생해서 찾아낸 아가씨니까 안심하게."

"다행이군"하고 청년은 말했다.

호시노 씨가 보자기에 싼 돌을 나카타 씨의 머리맡에 갖다 놓은 것은 새벽 한 시가 지난 시각이었다. 자기 머리맡에 놓기보다는 나카타 씨 머리맡에 놓는 것이 뒤탈이 없을 것 같았다. 나카타 씨는 예상대로 통나무처럼 깊이 잠들어 있었다. 청년은 보자기를 풀어서 돌이 보이도록 했다. 그러고는 잠옷으로 갈아입고 옆에 깔아 놓은 이불 속으로 기어 들어가 순식간에 잠들어 버렸다. 반바지를 입고 털이 많은 정강이를 드러낸 신이 필드를 뛰어다니면서 호루라기를 불고 있는 짧은 꿈을 꾸었다.

나카타 씨는 다음 날 아침, 다섯 시가 되기 전에 잠에서 깨어 머리맡에 있는 그 돌을 봤다.

제31장

한 시가 조금 지나 나는 갓 끓인 커피를 가지고 이 층 서재로 간다. 문은 여전히 열린 채로 있다. 사에키 씨는 창가에 서서 밖을 보고 있다. 한쪽 손이 창틀 위에 놓여 있다. 무언가를 생각하고 있는 모양이다. 다른 한 손은 블라우스 단추를 거의 무의식적으로 만지작거리고 있다. 책상 위에는 만년필도 원고지도 없다. 나는 책상에 커피잔을 올려놓는다. 하늘은 엷은 구름에 뒤덮여 있고, 새들의 소리도 들리지 않는다.

사에키 씨는 내 모습을 보자, 문득 정신을 차린 듯 창가에서 책상 앞에 있는 의자로 돌아와 커피를 한 모금 마신다. 그리고 나에게 어제처럼 의자에 앉기를 권한다. 나는 자리에 앉아 책상을 사이에 두고 사에키 씨가 커피를 마시는 모습을 바라본다. 사에키 씨는 어젯밤의 일을 하나도 기억하지 못하는 것일까? 뭐라고도 말할 수 없다. 그녀는 모든 것을 알고 있는 것 같기도 하고,

전혀 아무것도 모르는 것처럼도 보인다. 나는 그녀의 나체를 떠올린다. 그녀 몸의 여러 부분의 감촉을 생각해 낸다. 그러나 그것이 정말 이 사에키 씨의 몸이었는지 아닌지, 그것조차 분명하지 않다. 그때는 틀림없이 분명하다고 생각했지만.

사에키 씨는 광택이 나는 옅은 초록색 블라우스와 베이지색 타이트스커트를 입고 있다. 옷깃 사이로 가느다란 은목걸이가 보인다. 무척 세련된 모습이다. 그녀의 가느다란 열 손가락은 책상 위에서 세공된 조각처럼 아름답게 깍지 끼워져 있다.

"어때, 이 도시가 마음에 들어?"하고 사에키 씨가 나에게 묻는다.

"다카마쓰 말입니까?"

"그래."

"모르겠습니다. 아직 아무 데도 구경하지 못했으니까요. 제가 이 도시에서 본 것은 우연히 지나가다 본 곳뿐입니다. 이 도서관과 체육관 그리고 전차와 역과 호텔 같은…… 그런 곳뿐입니다."

"따분한 곳이라고 생각지 않아?"

나는 고개를 흔든다. "잘 모르겠습니다. 제 경우에는 솔직히 말해 따분하게 지낼 여유 같은 건 없었고, 도시라는 것은 대개 비슷하게 보이니까요……. 여기는 따분한 곳인가요?"

그녀는 어깨를 움츠리는 듯한 동작을 한다. "적어도 젊었을 때는 그렇게 생각했지. 여기에서 나가고 싶었어. 이곳에서 나가 좀 더 특별한 것이 있고, 좀 더 흥미로운 사람들이 있는 곳으로 가고 싶어 했지."

"흥미로운 사람들이라뇨?"

사에키 씨는 고개를 가볍게 내젓는다. "젊었던 거지" 하고 그녀는 말한다. "젊을 때는 대체로 그렇게 생각하는 법이거든. 다무라 군의 경우는 어때?"

"저는 그렇게 생각한 적은 없습니다. 어디 다른 곳에 가면 무언가 다른 흥미로운 것이 있을 거라곤 생각하지 않았어요. 다만 저는 다른 고장으로 가고 싶었을 뿐입니다. 단지 거기 있고 싶지 않았을 뿐입니다."

"거기라니?"

"나카노구 노가타입니다. 제가 태어나고 자란 곳이죠."

그 지명을 들었을 때, 그녀의 눈동자 속을 무엇인가가 가로 지른 것 같은 기척을 엿볼 수 있었다. 그러나 나는 확신을 가질 수 없다.

"그럼, 거기를 떠나서 어디로 가느냐는 건 별로 큰 문제가 아니었던 거네?"

"그렇습니다" 하고 나는 말한다. "그건 별로 큰 문제가 아니었습니다. 어쨌든 거기를 떠나지 않으면 제가 망가질 거라고 생각했습니다. 그래서 나온 겁니다."

그녀는 책상 위에 놓인 자기 손을 아주 객관적인 시선으로 바라본다. 그리고 조용히 말한다. "나도 다무라 군과 같은 생각을 했었어. 스무 살 무렵, 여기를 떠날 때는 말이야" 하고 그녀는 말한다. "여기를 떠나야 한다고, 그저 목숨을 부지하고 살아 있기만 해서는 안 된다고 생각했어. 그리고 두 번 다시 이 도시를 보게 될 일은 없을 거라고 굳게 믿었지. 돌아온다는 생각은 해보지도 않았어. 하지만 여러 가지 일이 일어났고 결국 여기로 돌아올 수밖에 없었어. 출발점으로 되돌아오는 것처럼."

사에키 씨는 뒤를 돌아보고 열린 창밖으로 눈길을 보낸다. 하늘을 뒤덮고 있는 구름에는 전혀 변화가 없다. 바람도 불지 않는다. 창밖으로 보이는 풍경은 영화 촬영 때 쓰는 배경 그림처럼 조금도 움직이지 않는다.

"인생에는 예상하지 못했던 여러 가지 일이 일어나거든" 하고 사에키 씨가 말한다.

"그러니까 저도 언젠가는 본래의 장소로 돌아갈지도 모른다는 말씀인가요?"

"그야 물론 알 수 없지. 그것은 다무라 군의 일이고, 아마도 훨씬 뒤의 일일 테니까. 하지만 내 생각에는 태어나는 장소와 죽는 장소는 사람에게 아주 중요한 것 같아. 물론 태어나는 장소는 자기가 선택하지 못하지만, 죽는 장소는 어느 정도까지는 선택할 수 있거든."

그녀는 얼굴을 창밖으로 돌린 채 조용히 이야기한다. 마치 밖에 있는 가공의 누군가에게 이야기하는 것처럼. 그리고 나서 생각난 듯이 나를 바라본다.

"왜 내가 다무라 군에게 이런 이야기를 털어놓는 걸까?"

"제가 이 도시와는 관계가 없는 사람이고, 나이 차이도 많이 나서 그런 것 아닐까요."

"맞아, 아마 그럴 거야" 하고 그녀는 인정한다.

잠시 침묵이 흐른다. 이십 초나 삼십 초 정도. 그동안 우리는 어쩌면 서로 다른 것을 생각하고 있는지도 모른다. 그녀는 컵을 들어 커피를 한 모금 마신다.

나는 큰맘 먹고 입을 연다. "사에키 씨, 저도 사에키 씨에게 털어놓지 않으면 안 될 일이 있습니다."

그녀는 내 얼굴을 본다. 그리고 미소 짓는다. "그러니까 우리는 서로의 비밀을 교환하고 있는 셈이네?"

"제 쪽은 특별히 비밀이랄 것도 없습니다. 단순한 가설이니까요."

"가설?" 하고 사에키 씨가 되묻는다. "가설을 털어놓는다는 거야?"

"그렇습니다."

"재미있을 것 같은데."

"조금 전 이야기를 이어 나가는 셈입니다만" 하고 나는 말한다. "그러니까 사에키 씨는 죽기 위해 이 도시에 돌아왔다는 말인가요?"

그녀는 새벽하늘에 떠 있는 흰 달처럼 조용한 미소를 입가에 띤다. "그렇게 될지도 모르지. 하지만 어느 쪽이든 간에, 하루하루의 실제 생활을 생각해 보면 별로 다를 것이 없어. 살기 위해서건 죽기 위해서건 하는 일은 대체로 같으니까."

"사에키 씨는 죽음을 원하십니까?"

"글쎄" 하고 그녀가 말한다. "그건 나도 잘 모르겠어."

"제 아버지는 죽음을 원하고 있었습니다."

"아버지가 돌아가셨어?"

"얼마 전에요" 하고 나는 말한다. "바로 얼마 전입니다."

"다무라 군의 아버지는 왜 죽기를 원하셨을까?"

나는 숨을 크게 들이마신다. "저는 그 이유를 쭉 이해할 수 없었습니다. 하지만 지금은 알 것 같습니다. 여기에 오고 나서 겨우 그 이유를 알게 됐습니다."

"어째서지?"

"아버지는 사에키 씨를 사랑하고 있었다고 생각합니다. 하지만 어떤 방법으로도 사에키 씨를 자기가 있는 곳으로 되돌아오게 할 수 없었습니다. 아니, 사실은 처음부터 사에키 씨를 정말로는 자기 손에 넣지 못했던 겁니다. 아버지는 그것을 알고 있었습니다. 그렇기 때문에 죽음을 원했던 겁니다. 그것도 자기

130

아들이자, 사에키 씨 아들이기도 한 제 손에 죽길 바랐습니다. 또한 아버지는 제가 당신과 누나와도 관계 갖기를 원했습니다. 그게 아버지의 예언이고 저주입니다. 아버지는 그것을 제 몸 안에 프로그램으로 세팅해 두었습니다."

사에키 씨는 손에 들고 있던 커피잔을 책상 위에 내려놓는다. 달그락 소리가 난다. 그녀는 내 얼굴을 정면으로 본다. 그러나 그녀는 나를 보고 있는 것이 아니다. 그녀는 어딘가에 있는 공백을 보고 있다.

"내가 다무라 군의 아버지를 알고 있을까?"

나는 고개를 흔든다. "아까도 말했지만 이것은 어디까지나 가설입니다."

그녀는 책상에 두 손을 포개서 올려놓는다. 미소는 아직도 그녀의 입가에 희미하게 남아 있다.

"그 가설 속에서 나는 다무라 군의 어머니란 말이지?"

"그렇습니다" 하고 나는 말한다. "당신은 제 아버지와 같이 살고, 저를 낳고, 저를 버리고 집을 나갔습니다. 제가 막 네 살이 된 여름에."

"그것이 다무라 군의 가설?"

나는 고개를 끄덕인다.

"그래서 다무라 군이 어제, 나에게 아이가 있냐고 질문한 거로군?"

나는 고개를 끄덕인다.

"그리고 나는 그 질문에는 대답할 수 없다고 했지. 예스도 노도 아니고."

"그렇습니다."

"그래서 가설은 가설로서 아직 기능하고 있다?"

나는 고개를 끄덕인다. "기능하고 있습니다."

"그런데…… 아버지는 어떻게 돌아가셨지?"

"누군가에게 살해당했습니다."

"다무라 군이 죽인 것은 아니잖아?"

"제가 죽인 건 아닙니다. 저는 살인을 하지 않았습니다. 사실만 두고 보자면 저에겐 알리바이가 있습니다."

"그렇지만 다무라 군은 그다지 확신을 가질 수 없다는 말인가?"

나는 고개를 끄덕인다. "저는 확신을 가질 수 없습니다."

사에키 씨는 다시 커피잔을 집어 들고 한 모금 마신다. 그러나 거기에 맛은 존재하지 않는다.

"다무라 군의 아버지는 왜 아들에게 그런 저주를 해야만 했을까?"

"아마 자신의 의지를 저한테 물려주고 싶었기 때문일 겁니다" 하고 나는 말한다.

"즉 나를 원하는 것을?"

"그렇습니다."

사에키 씨는 손에 들고 있는 커피잔 속을 들여다본 후 얼굴을 든다.

"그래서─ 다무라 군은 나를 원해?"

나는 고개를 한 번 확실하게 끄덕인다. 그녀는 눈을 감는다. 나는 계속 그 감긴 눈꺼풀을 본다. 나는 그 눈꺼풀을 통해 그녀가 보고 있는 암흑을 볼 수 있다. 거기에는 여러 가지 기묘한 도형이 떠올라 있다. 떠올랐다가는 사라져 간다. 이윽고 그녀는 천천히 눈을 뜬다.

"가설에 따라서,라는 이야기?"

"가설과는 관계없습니다. 저는 당신을 원하고, 그건 이미 가설을 넘어선 것입니다."

"다무라 군은 나하고 섹스하고 싶어?"

나는 고개를 끄덕인다.

사에키 씨는 눈부신 것을 볼 때처럼 두 눈을 가늘게 뜬다. "다무라 군은 여자랑 섹스를 해본 적이 있어?"

나는 다시 고개를 끄덕인다. 어젯밤에, 당신과, 하고 나는 생각한다. 그러나 그 말을 입에 담을 수는 없다. 그녀는 아무것도 기억하지 못하니까.

사에키 씨는 한숨 같은 것을 쉰다. "다무라 군, 알고 있으리라고 생각하지만, 다무라 군은 열다섯 살이고, 나는 이미 쉰 살이 넘었어."

"그렇게 단순한 문제가 아닙니다. 우리는 지금 그런 시간 이야기를 하고 있는 것이 아닙니다. 저는 사에키 씨가 열다섯 살이었을 때를 알고 있습니다. 저는 열다섯 살 때의 당신을 사랑한 겁니다. 아주 깊이. 그리고 그녀를 통해서 당신을 사랑했습니다. 그 소녀는 지금도 당신 안에 있습니다. 언제나 당신 안에서 잠자고 있습니다. 그렇지만 당신이 잠들면 그녀는 움직이기 시작합니다. 저에겐 그것이 보입니다."

사에키 씨는 다시 눈을 감는다. 나는 그 눈꺼풀이 미세하게 떨리는 것을 본다.

"나는 당신을 사랑하고 있고, 그것은 대단히 중요한 일입니다. 사에키 씨도 그것은 알고 계실 겁니다."

그녀는 바다 밑바닥으로부터 떠오른 사람처럼 커다랗게 심호흡을 한 번 한다. 그리고 할 말을 찾으려 하지만 쉽게 그럴싸한 말이 떠오르지 않는다.

"다무라 군, 미안하지만 그만 나가 주겠어? 잠시 혼자 있고 싶어" 하고 그녀가 말한다. "나갈 때 문을 닫아 줘."

나는 고개를 끄덕이고 의자에서 일어나 방에서 나가려고 한다. 그러나 무엇인가가 나를 뒤로 잡아당긴다. 입구에서 멈춰서서 뒤를 돌아보고, 방을 가로질러 그녀에게 간다. 그리고 사에키 씨의 머리카락에 손을 갖다 댄다. 내 손가락이 그녀의 머리카락 사이 작은 귀에 닿는다. 그렇게 하지 않을 수 없다. 사에키 씨는 놀란 듯이 얼굴을 들고 잠시 망설이더니 내 손에 자기 손을 포갠다.

"어쨌든 다무라 군은, 다무라 군의 가설은 꽤 먼 곳에 떨어져 있는 과녁을 향해 돌을 던지고 있어. 그건 알고 있겠지?"

나는 고개를 끄덕인다. "알고 있습니다. 하지만 메타포를 통하면 그 거리는 훨씬 짧아집니다."

"그렇지만 나도 다무라 군도 메타포는 아니잖아?"

"물론이죠" 하고 나는 말한다. "하지만 메타포를 통해 저와 사에키 씨 사이에 있는 것을 꽤 많이 생략해 갈 수 있습니다."

그녀는 내 얼굴을 올려다본 채, 다시 살짝 미소를 짓는다. "그건 내가 이제까지 들어 본 것 중에 가장 이색적인 구애의 말이네."

"여러 일이 조금씩 이색적입니다. 하지만 저는 진실에 접근해 가고 있습니다."

"은유적인 진실을 향해 실제적으로? 아니면 실제적인 진실을 향해 은유적으로? 그렇지 않으면 그것들은 상호적, 보완적으로 서로에게 작용하는 걸까?"

"어느 쪽이든 간에 저는 더 이상 지금 여기에 있는 슬픈 감정을 견뎌 낼 수 없을 것 같습니다."

"그건 나도 마찬가지야."

"그래서 사에키 씨는 이 도시로 돌아와서 죽으려고 하는 거죠."

그녀는 고개를 흔든다. "특별히 죽으려 하는 건 아니야. 솔직히 말해서, 나는 단지 여기에서 죽음이 찾아오기를 기다리고 있을 뿐이야. 역의 벤치에 앉아 기차를 기다리듯이."

"그 기차가 도착하는 시각은 알고 있습니까?"

그녀는 내 손을 놓고 손가락으로 눈꺼풀을 누른다.

"다무라 군, 나는 지금까지 너무 인생을 부질없이 소모해 왔어. 나 자신을 마모시켜 온 거야. 살기를 그만둬야 했을 때 실행하지 않았어. 무의미하다는 것을 알면서도 왠지 그만둘 수 없었어. 그 결과, 오로지 거기 있는 시간을 흘려보내기 위해 이치에 맞지 않는 일들을 계속해 왔지. 그렇게 해서 스스로를 상처 입히고, 스스로를 상처 입힘으로써 타인을 상처 입혀 왔어. 그래서 나는 지금 그 벌을 받고 있는 거야. 저주라고 해도 좋을지 몰라. 나는 어느 시기에 너무 완벽한 것을 손에 넣고 말았어. 그래서 그 뒤로는 그저 자신을 손상시켜 갈 수밖에 없었어. 그것이 내게 내린 저주야. 살아 있는 한 나는 그 저주로부터 도망칠 수 없어. 그러니까 죽음은 두렵지 않아. 그리고 다무라 군의 질문에 대답한다면 그 시각은 대충 알고 있어."

나는 다시 그녀의 손을 잡는다. 저울은 흔들리고 있다. 힘을 약간만 더하거나 빼면 그 저울은 어느 한쪽으로 흔들리게 된다. 나는 생각하지 않으면 안 된다. 나는 판단하지 않으면 안 된다. 나는 발을 내딛지 않으면 안 된다.

"사에키 씨, 저와 자지 않겠습니까?" 하고 나는 말한다.

"내가 다무라 군의 가설 속에서처럼 다무라 군의 어머니라고 해도?"

"제게는 모든 것이 이동 중이며, 모든 것이 이중의 의미를 갖고 있는 것처럼 보입니다."

그녀는 그에 대해 생각한다. "그렇지만 나에겐 그렇지 않을지도 몰라. 모든 것은 전혀 단계적이지 않고, 영 퍼센트나 백 퍼센트 중 어느 한쪽일지도 몰라."

"어느 쪽인지 사에키 씨는 알고 있잖습니까."

그녀는 고개를 끄덕인다.

"사에키 씨, 한 가지 물어봐도 괜찮겠습니까?"

"어떤 걸 말이지?"

"그 두 개의 코드를 어디서 찾아낸 거죠?"

"두 개의 코드라니?"

"「해변의 카프카」 후렴의 코드."

그녀는 내 얼굴을 본다. "그 코드를 좋아해?"

나는 고개를 끄덕인다.

"나는 그 두 개의 코드를 아주 먼 곳에 있는 낡은 방 안에서 찾아냈어. 그때 그 방문은 열려 있었어" 하고 그녀가 조용히 말한다. "아주 머나먼 곳에 있는 방."

사에키 씨는 눈을 감고 기억 속으로 돌아간다.

"다무라 군, 나갈 때 문을 닫고 가줘."

나는 시키는 대로 한다.

도서관 문을 닫은 뒤, 오시마 씨는 나를 차에 태우고 조금 떨어진 곳에 있는 해산물 전문 레스토랑으로 데리고 간다. 레스토랑의 커다란 창을 통해 밤바다가 보인다. 나는 거기에 있는 생물들에 대해 생각한다.

"가끔은 밖에 나와서 영양가 있는 제대로 된 식사를 하는 게 좋아" 하고 그가 말한다. "경찰이 여기를 감시하고 있는 것 같지도 않으니까. 지금은 그리 신경을 곤두세울 필요는 없겠지. 기분전환 좀 하자고."

우리는 샐러드를 양껏 먹고, 파에야프라이팬에 쌀과 고기, 해산물 등을 함께 볶은 스페인 요리를 주문해서 둘이 나눠 먹는다.

"언젠가는 스페인에 가보고 싶어" 하고 그가 말한다.

"왜 하필 스페인이죠?"

"스페인 전쟁에 참전하는 거지."

"스페인 전쟁은 오래전에 끝났는데요."

"알고 있어. 로르카는 죽고 헤밍웨이는 살아남았지" 하고 오시마 씨가 말한다. "하지만 내게도 스페인에 가서 스페인 전쟁에 참전할 권리 정도는 있어."

"메타포적으로?"

"물론" 하고 그가 얼굴을 찌푸리며 말한다. "거의 시코쿠를 떠나 본 적이 없는, 혈우병을 앓는 성별 불명의 인간이 실제로 스페인까지 전쟁을 하러 갈 수는 없잖아?"

우리는 생수를 마시면서 파에야를 많이 먹는다.

"아버지 사건에 뭔가 진전은 있었나요?"

"이렇다 할 진전은 없는 것 같아. 적어도 요즘 신문에는 거의 사건에 관한 정보가 실리지 않고 있어. 예술란의 점잖을 빼는 추도 기사 같은 것을 빼놓고는 말이야. 아마 수사는 제자리걸음 상태인 모양이야. 유감스럽게도 일본 경찰의 검거율은 최근 들어 형편없이 낮아지고 있거든. 평균 주가처럼 하락하고 있지. 어쨌든 행방불명이 된 아들조차 찾아내지 못할 정도니까."

"열다섯 살 소년."

"열다섯 살의 폭력적 경향이 있는, 강박관념에 사로잡힌 가출 소년" 하고 오시마 씨가 보충한다.

"하늘에서 무엇인가가 떨어져 내린 사건은요?"

오시마 씨는 고개를 흔든다. "그쪽도 아무래도 개점휴업 상태 같아. 그후 기묘한 것은 아무것도 하늘에서 떨어져 내리지 않았으니까. 그저께 엄청난 벼락이 쳤던 일을 빼고는 말이야."

"상황이 일단락된 건가요?"

"그런 것 같기도 해. 아니면 우리는 그저 태풍의 눈 안에 있는 건지도 모르지."

나는 고개를 끄덕이고, 조개를 손에 들고 포크로 알맹이를 꺼내 먹는다. 조개껍질을 껍질용 그릇에 넣는다.

"넌 아직도 사랑을 하고 있어?" 하고 그가 묻는다.

나는 고개를 끄덕인다. "오시마 씨는요?"

"나보고 사랑을 하고 있냐고 묻는 거야?"

나는 고개를 끄덕인다.

"그러니까 너는 성동일性同- 장애자이자 동시에 동성애자로서의 일그러진 내 사생활을 장식하는 반사회적 로맨스에 대해, 굳이 깊숙이 관여하는 질문을 하겠단 말이지?"

나는 고개를 끄덕인다. 그도 고개를 끄덕인다.

"파트너는 있어" 하고 오시마 씨가 말한다. 그러고는 심각한 얼굴로 조개를 먹는다. "푸치니의 오페라에서 다루는 것만큼 열렬한 사랑을 하고 있는 건 아니야. 뭐랄까, 그다지 가깝지도 멀지도 않은 관계라고나 할까. 가끔씩밖에 만나지 않아. 하지만 우리는 기본적으로 서로를 깊이 이해하고 있다고 생각해."

"서로 이해하고 있다고요?"

"하이든은 작곡할 때 언제나 멋진 가발을 쓰고 정장을 했지. 분가루까지 가발에 뿌리고 말이야."

나는 약간 놀라서 오시마 씨의 얼굴을 본다. "하이든이요?"

"그는 그렇게 하지 않고는 제대로 작곡을 할 수 없었던 거야."

"어째서요?"

"어째서인지는 모르지. 그건 하이든과 가발 사이의 문제야. 타인은 알 수 없어. 아마 설명도 할 수 없을 거야."

나는 고개를 끄덕인다.

"저, 오시마 씨. 혼자 있을 때 상대를 생각하며 서글픈 기분이 든 적 있어요?"

"물론" 하고 그가 말한다. "이따금 있지. 특히 달이 창백하게 보이는 계절에는. 특히 새들이 남쪽으로 건너가는 계절에는. 특히⋯⋯."

"어째서 물론이죠?"

"누구나 사랑을 함으로써 자기 자신의 결여된 일부를 찾고 있는 법이니까. 그렇기 때문에 사랑하는 사람을 생각하면 다소의 차이는 있을망정 언제나 서글픈 기분이 드는 거야. 아주 먼 옛날에 상실한 그리운 방에 발을 들여놓은 것 같은 기분이 되는 거지. 당연한 일이야. 그런 기분은 네가 발명한 게 아니야. 그러니까 특허 신청 같은 것은 하지 않는 게 좋을 거야."

나는 포크를 내려놓고 얼굴을 든다.

"멀리 있는 낡고 그리운 방?"

"맞았어" 하고 오시마 씨가 말한다. 그러고는 포크를 공중에 세운다. "물론 메타포지만."

밤 아홉 시가 조금 지나 사에키 씨가 내 방으로 찾아온다. 내가 의자에 앉아 책을 읽고 있는데, 폭스바겐의 엔진 소리가 주차장에서 들려오더니 멈춘다. 자동차 문이 닫히는 소리가 들려온다. 신발의 고무바닥 소리가 천천히 주차장을 가로지른다. 이윽고 문을 노크하는 소리가 들린다. 문을 열자 거기 사에키 씨가 서 있다. 오늘 그녀는 잠들어 있지 않다. 줄무늬 면 셔츠에, 얇은 천의 청바지, 흰 운동화. 그녀가 바지를 입은 모습을 보는 것은 처음이다.

"그리운 방" 하고 그녀가 말한다. 그러고는 벽에 걸린 그림 앞에 서서 그것을 바라본다. "그리운 그림."

"그 그림 속 장소가 이 근처입니까?" 하고 나는 묻는다.

"이 그림 좋아해?"

나는 고개를 끄덕인다. "누가 그린 겁니까?"

"그해 여름 고무라가 묵고 있던 젊은 화가야. 별로 유명한 화가는 아니었어. 적어도 그 당시에는 말이야. 그래서 이름도 잊어버렸지만 좋은 사람이었고, 이 그림은 아주 잘 그린 그림이라고 생각해. 여기에서는 뭔가 힘이 느껴져. 그 사람이 이 그림을 그릴 때 나는 줄곧 옆에서 지켜봤어. 옆에서 농담 삼아 여러 가지 주문을 했어. 나는 그 화가하고 사이가 좋았거든. 까마득히 먼 옛날의 어느 여름의 일이야. 그때 나는 열두 살이었지" 하고 그녀가 말한다. "그리고 그림 속에 있는 소년도 열두 살이었어."

"장소는 이 근처의 해안 같은데요?"

"이리 따라와 봐" 하고 그녀가 말한다. "산책하러 가자. 거기 데려가 줄게."

나는 그녀와 함께 해안까지 걸어간다. 소나무 숲을 빠져나가 밤의 모래사장을 걷는다. 갈라진 구름 사이로 반쯤 나온 달이 파도를 비추고 있다. 조용히 밀려왔다 조용히 부서지는 작은 파도다. 모래사장의 어느 한 곳에 그녀가 앉는다. 나도 그 옆에 앉는다. 모래는 아직 희미하게 온기를 지니고 있다. 그녀는 거기에서부터 각도를 재듯 파도가 밀려드는 어떤 장소를 가리킨다.

"저기야" 하고 그녀가 말한다. "이 각도에서 저곳을 그렸어. 덱체어에 소년을 앉히고, 이 근처에 이젤을 세웠지. 자세히 기억하고 있어. 섬의 위치도 그림의 구도랑 들어맞지?"

나는 그녀의 손가락이 가리키는 곳을 본다. 분명히 섬의 위치는 맞는 것 같다. 그러나 아무리 바라봐도 그것은 그림에 그려진 장소처럼 보이지 않는다. 나는 그렇게 말한다.

"완전히 변해 버렸어" 하고 사에키 씨가 말한다. "하기야 벌써 사십 년 전의 일이니, 당연히 지형도 달라지지. 파도와 바람, 태풍 등 여러 가지가 해안의 모양을 바꿔 버려. 모래를 깎아

내기도 하고 운반해 오기도 하면서. 하지만 여기가 틀림없어. 나는 그때 일을 지금도 똑똑히 기억하고 있어. 그리고 그해 여름 첫 월경이 있었지."

나와 사에키 씨는 아무 말 없이 풍경을 바라본다. 구름이 형태를 바꾸어 달빛을 얼룩지게 한다. 이따금 바람이 소나무 숲을 빠져나가면서, 많은 사람이 빗자루로 땅바닥을 쓰는 것 같은 소리를 낸다. 나는 모래를 쥐었다가 손가락 사이로 천천히 떨어뜨린다. 모래는 밑으로 떨어져, 잃어버린 시간처럼 다른 모래와 하나로 뒤섞인다. 나는 몇 번이고 그 행동을 되풀이한다.

"다무라 군은 지금 뭘 생각하고 있지?" 하고 사에키 씨가 나에게 묻는다.

"스페인에 가는 일" 하고 나는 말한다.

"스페인에 가서 뭘 할 건데?"

"맛있는 파에야를 먹을 겁니다."

"그것뿐이야?"

"스페인 전쟁에도 참전할 겁니다."

"스페인 전쟁은 육십 년도 더 전에 끝났는데?"

"알고 있습니다" 하고 나는 말한다. "로르카가 죽고, 헤밍웨이는 살아남았죠."

"그런데도 참전하고 싶은 거구나?"

나는 고개를 끄덕인다. "다리를 폭파할 겁니다."

"그리고 잉그리드 버그먼과 사랑에 빠지고."

"하지만 실제의 나는 다카마쓰에 있고, 사에키 씨와 사랑에 빠졌죠."

"세상일은 마음대로 되지 않지."

나는 그녀의 어깨를 감싸 안는다.

너는 그녀의 어깨를 감싸 안는다.

그녀는 너에게 몸을 기댄다. 그리고 다시 긴 시간이 흐른다.

"알고 있어? 아주 오래전에 나는 지금과 똑같은 모습으로 있었어. 완전히 똑같은 장소에서."

"알고 있어요" 하고 너는 말한다.

"어떻게 알았어?" 하고 사에키 씨가 묻는다. 그러고는 네 얼굴을 본다.

"나는 그때 거기 있었으니까요."

"거기에서 다리를 폭파하고 있었던 거로군."

"거기에서 다리를 폭파하고 있었어요."

"은유적으로 말이지?"

"물론이죠."

너는 두 손으로 사에키 씨를 끌어안고 입을 맞춘다. 네 품속에 안긴 그녀의 몸에서 힘이 빠져나가는 걸 느낄 수 있다.

"우리는 둘 다 꿈을 꾸고 있는 거야" 하고 사에키 씨가 말한다.

모두 꿈을 꾸고 있다.

"당신은 왜 죽은 거야?"

"죽을 수밖에 없었거든" 하고 너는 말한다.

너와 사에키 씨는 모래사장을 걸어서 도서관으로 돌아온다. 방 안의 불을 끄고, 창의 커튼을 내리고 말없이 침대 속에서 서로를 꼭 끌어안는다. 어젯밤과 거의 같은 일이 거의 비슷하게 반복된다. 그렇지만 어젯밤과 다른 점이 딱 두 가지 있다. 섹스가 끝난 뒤 그녀가 운다. 그것이 한 가지. 베개에 얼굴을 파묻고 오랫동안 소리 내지 않고 운다. 너는 어떻게 해야 좋을지를 모른다. 너는 벌거벗은 채 울고 있는 그녀의 어깨에 살며시 손을 얹는다. 무언가 말을 해야 한다고 생각하지만 무슨 말을 해야 좋을지 너는 알 수 없다. 말은 시간의 웅덩이 속에서 죽어 있다. 어두운 화구호 바닥에 소리 없이 쌓여 있다. 그리고 또 한 가지, 그녀가 돌아갈 때 이번에는 폭스바겐의 엔진 소리가 들린다. 그것이 두 번째다. 그녀는 시동을 걸었다가 멈추고, 무언가 생각하듯이 잠시 사이를 두었다가 다시 시동을 걸고 주차장에서 빠져나간다. 시동을 멈췄다가 다시 걸 때까지의 공백이 너를 몹시 슬프게 만든다. 그 공백이 바다로부터 밀려오는 안개처럼 네 마음속으로 스며든다. 오랫동안 그것은 네 마음에 머물러 있다. 이윽고 너의 일부가 된다.

사에키 씨가 떠난 방에는 눈물에 젖은 베개가 남아 있다.

너는 그 촉촉하게 젖은 베개에 손을 대고, 창밖에서 하늘이 차츰 희끄무레해지며 밝아 오는 것을 본다. 멀리서 까마귀 울음소리가 들려온다. 지구가 느릿느릿 회전을 계속하고 있다. 그리고 그것과는 별도로, 모두가 꿈속에서 살고 있다.

제32장

나카타 씨는 아침 다섯 시가 되기도 전에 일어나, 머리맡에 커다란 돌이 놓여 있는 것을 봤다. 호시노 씨는 옆의 이부자리에서 곤히 자고 있다. 입을 반쯤 벌리고 머리카락은 마구 헝클어져 있다. 머리맡에는 드래건스 야구 모자가 뒹굴고 있다. 청년의 잠든 얼굴에서, '무슨 일이 있어도 눈을 뜨지 않겠다'는 확고한 결의 같은 것이 엿보인다. 나카타 씨는 거기에 돌이 있다는 사실에 놀라지도 않았고, 별로 이상하다고 생각하지도 않았다. 그의 의식은 머리맡에 돌이 있다는 사실에 즉시 순응하고 그대로 받아들였으며, '왜 이 돌이 여기에 있을까?' 하는 점에 대해서는 관심을 갖지 않았다. 사물의 인과관계를 생각하는 것은, 대부분의 경우 나카타 씨에게는 버거운 일이었다.

나카타 씨는 머리맡에 단정하게 바로 앉아 한참 동안 그 돌을 열심히 바라봤다. 이윽고 손을 뻗어 마치 잠자고 있는 커다란 고양이를 만질 때처럼 살며시 돌을 만져 봤다. 처음에는 멈칫멈칫 손가락 끝을 대봤으나, 이내 괜찮다는 것을 알자 대담하게 손바닥으로 표면을 꼼꼼히 어루만졌다. 돌을 어루만지면서 그는 시종 무엇인가를 생각하고 있었다. 혹은 무엇인가를 생각하는 것 같은 표정이었다. 그의 손은 지도를 읽을 때처럼, 꺼끌꺼끌한 돌의 감촉을 구석구석까지 기억하고, 파인 곳이나 튀어나온 곳을 하나하나 구체적으로 기억해 갔다. 그러고는 문득 생각난 것처럼, 머리에 손을 대고 짧은 머리카락을 벅벅 문질렀다. 마치 돌과 자기 머리 사이에 있게 마련인 상관관계를 찾아내려는 듯이.

이윽고 그는 한숨을 한 번 쉬더니 일어나서 창문을 열고 밖으로 얼굴을 내밀었다. 방의 창문에서는 이웃 건물의 뒤쪽 면밖에 보이지 않는다. 무척 낡고 초라한 건물이다. 초라한 사람들이 그 속에서 초라한 일을 하며 초라한 나날을 보내고 있는 초라한 건물이다. 어느 도시의 거리에나 이처럼 도시의 은총으로부터 까마득히 소외당한 건물이 있다. 찰스 디킨스라면 이런 건물에 대해 열 페이지 정도는 묘사할 수 있을 것이다. 건물 위에 떠 있는 구름은 오랫동안 비우지 않아 진공청소기 속에서 딱딱하게 뭉쳐진 먼지 덩어리처럼 보인다. 또는 제3차 산업혁명을 낳게 했던 사회적 모순들을 몇 덩어리의 형태로 응축해서, 그대로 하늘에 띄워 놓은 것 같기도 하다. 어느 쪽이든 당장이라도 비가 쏟아질 것만 같다. 나카타 씨가 내려다보니, 깡마른 검은 고양이 한 마리가 건물과 건물 사이의 좁은 담장 위를 꼬리를 세우고 돌아다니고 있었다.

"오늘은 벼락님이 찾아올 겁니다" 하고 나카타 씨는 고양이를 향해 말을 걸어 봤다. 그러나 그 말은 고양이 귀에 닿지 않은 모양이었다. 고양이는 돌아보지도 않고 걸음을 멈추는 일도 없이, 그대로 우아하게 걸어서 건물 뒤로 사라졌다.

그는 세면도구를 담은 비닐봉지를 들고 복도 끝에 있는 공동 세면장에 가서 비누로 세수하고, 이를 닦고, 안전면도기로 수염을 깎았다. 한 가지 한 가지 할 때마다 시간이 걸렸다. 충분한 시간을 들여 정성껏 세수하고, 충분한 시간을 들여 정성껏 이를 닦고, 충분한 시간을 들여 정성껏 수염을 깎았다. 가위로 코털을 자르고 눈썹을 다듬고 귀 청소를 했다. 원래 무엇을 하든지 시간이 걸리는 성격이지만, 오늘 아침은 유난히 더욱 천천히 했다. 그렇게 아침 일찍부터 세수를 하는 사람은 나카타 씨밖에 없었고, 아침 식사 준비가 될 때까지는 시간이 많이 남아 있었다. 호시노 씨도 당분간 잠이 깰 것 같지 않았다. 나카타 씨는 아무에게도 신경 쓸 필요 없이 거울을 보고 느긋하게 몸단장하면서, 그저께 도서관의 책에서 본 다양한 고양이 얼굴을 떠올렸다. 글자를 읽지 못하니까 고양이의 종류는 알 수 없지만, 그는 거기에 있던 고양이들의 얼굴 하나하나를 다 기억하고 있었다.

'이 세상에는 정말로 다양한 고양이님이 있구나' 하고 귀이개로 귀 청소를 하면서 나카타 씨는 생각했다. 태어나서 처음으로 도서관에 가보고 나카타 씨는 자기가 얼마나 아무것도 모르는가를 절실하게 깨달았다. 이 세상에는 자기가 모르는 것이 그야말로 무한히 있는 것이다. 그러나 무한에 대해 생각하기 시작하자, 나카타 씨는 점점 머리가 아파 오기 시작했다. 당연하다면 당연한 일이지만, 무한이란 말은 한계가 없다거나 끝이 없다는 말이다. 그래서 그는 무한에 대해 생각하는 것을 그만두고, 다시 사진집 『세계의 고양이』에 나와 있던 고양이들을 생각했다. 그는 그 고양이들 한 마리 한 마리와 이야기를 나눌 수 있으면 좋겠다고 생각했다. 세계에는 다양한 사고방식을 가지고 다양한 말투를 쓰는 다양한 고양이가 있을 것이다. 나카타 씨는 문득 '외국 고양이는 역시 외국 말을 할까?' 하고 생각했다. 그러나 그것 또한 어려운 문제여서, 나카타 씨는 다시 머리가 아파오기 시작했다.

몸단장이 끝나자 그는 화장실에 가서 평소와 다름없이 볼일을 봤다. 이 일은 그다지 시간이 걸리지 않는다. 나카타 씨는 세면도구를 넣은 비닐봉지를 들고 방으로 돌아왔다. 호시노 씨는 아까와 같은 모습으로 깊이 잠들어 있었다. 나카타 씨는 호시노 씨가 방바닥에 벗어 던진 알로하셔츠와 청바지를 주워 귀퉁이를 맞춰 잘 갰다. 그리고 그것을 차곡차곡 청년의 머리맡에 쌓아 놓고, 마치 모아진 몇 가지 개념에 하나의 제목을 붙이듯이, 그 위에 드래건스 야구 모자를 얹었다. 그러고 나서 유카타를 벗고 늘 입는 바지와 셔츠로 갈아입었다. 두 손을 싹싹 비비며 크게 심호흡을 했다.

다시 돌 앞에 정좌하고 한동안 바라보다가, 조심스럽게 손을 뻗어 표면을 만졌다. "오늘은 벼락님이 찾아올 겁니다" 하고 나카타 씨는 누구에게라고 할 것도 없이 말했다. 혹은 그 돌을 향해 말했다. 그리고 몇 번 고개를 끄덕였다.

나카타 씨가 창가에서 체조를 하고 있을 때, 청년이 겨우 눈을 떴다. 나카타 씨는 라디오 체조의 멜로디를 작은 소리로 흥얼거리면서 거기에 맞춰 몸을 움직이고 있었다. 호시노 씨는 눈을 가늘게 뜨고 손목시계를 봤다. 여덟 시가 조금 지나 있었다. 그는 고개를 돌려 나카타 씨의 이부자리 머리맡 쪽에 돌이 있는 것을 확인했다. 돌은 어둠 속에서 봤을 때보다 훨씬 크고 꺼칠꺼칠해 보였다.

"꿈이 아니었어" 하고 청년이 말했다.

"무슨 말입니까?" 하고 나카타 씨가 물었다.

"돌 말이야" 하고 청년은 말했다. "돌이 거기 제대로 있는 걸 보니 꿈은 아니었던 거야."

"돌은 있습니다." 나카타 씨는 라디오 체조를 계속하면서 간단하게 말했다. 그 말은 마치 19세기 독일 철학의 중요한 명

제처럼 귓가에 울렸다.

"저 말이야, 아저씨. 그 돌이 어떻게 거기에 있게 됐는가에 대해서는 굉장히 긴 이야기가 있다고."

"네. 나카타도 혹시 그렇지 않을까 하는 생각이 들었습니다."

"하여간 됐어." 청년은 이불 속에서 빠져나와 깊이 한숨을 쉬었다. "아무래도 좋아. 아무튼 돌은 저기 있어. 긴 이야기를 한마디로 하자면."

"돌은 있습니다" 하고 나카타 씨가 말했다. "그게 대단히 중요한 겁니다."

호시노 씨는 거기에 대해 뭔가 말할까 생각했지만 배가 매우 고프다는 것을 깨달았다.

"이봐 아저씨, 아무래도 좋으니까 아침밥이나 먹으러 가자."

"네. 나카타도 배가 고픕니다."

아침 식사를 한 뒤에 청년은 차를 마시면서 나카타 씨에게 물었다.

"저 돌을 이제부터 어떻게 할 건데?"

"어떻게 하면 좋을까요?"

"황당한 이야기 좀 그만해." 호시노 씨는 고개를 절레절레 흔들면서 말했다. "아저씨가 그 돌을 꼭 찾아야만 한다고 해서,

내가 어젯밤에 간신히 찾아왔잖아? 그런데 지금 와서 '어떻게 하면 좋을까요?'라고 나한테 물으면 어떡해?"

"네. 호시노 씨 말씀이 맞습니다만 솔직하게 말씀드리면 나카타도 그 돌을 어떻게 해야 좋을지 아직 잘 모릅니다."

"그것 참 난처하군."

"네, 난처합니다" 하고 나카타 씨는 말했으나, 얼굴 표정은 그다지 난처해 보이지 않았다.

"그것은 시간을 들여 생각하면 차츰 알게 되는 건가?"

"네. 나카타는 그렇지 않을까 하고 생각합니다. 나카타는 무슨 일을 하든 간에 다른 사람보다 시간이 걸리거든요."

"하지만 나카타 씨."

"네, 호시노 씨."

"누가 붙였는지는 모르지만, '입구의 돌'이라는 이름이 붙어 있는 이상 저건 분명히 옛날에 어딘가로 들어가는 입구가 아니었을까? 아니면 그런 종류의 전설이라든가 무슨 약에 관한 효능 같은 게 있다거나."

"네. 나카타도 아마 그럴 것이라고 생각합니다."

"하지만 무슨 입구인지는 모른다는 거지?"

"네. 나카타는 아직 잘 모르겠습니다. 고양이님하고는 자주 이야기를 나누었지만, 돌님하고 이야기를 한 적은 아직 없어서요."

"돌과 이야기하기는 어려운 모양이지?"

"네. 고양이님하고는 많이 다릅니다."

"하지만 어쨌든 간에 그렇게 소중한 것을 신사의 사당에서 멋대로 들고 왔는데도, 정말 뒤탈이 없을까? 난 점점 더 걱정이 돼. 들고 온 것까지는 그렇다 쳐도, 뒤처리가 골치 아파. 커널 샌더스는 뒤탈이 없을 거라고 장담했지만, 그 작자도 좀 신용할 수 없는 구석이 있거든."

"커널 샌더스?"

"그런 이름을 가진 아저씨가 있어. 켄터키프라이드치킨 가게 앞에서 흔히 볼 수 있는 아저씨 말이야. 흰 양복을 입고 턱수염을 기르고, 멋없는 안경을 쓰고…… 몰라?"

"죄송합니다만, 나카타는 그분을 모릅니다."

"그래? 켄터키프라이드치킨을 모른다니, 요즘 사람이 아니군. 어쨌든 좋아. 하긴 샌더스 자체는 추상적인 존재니까. 인간도 아니고 신도 아니고 부처도 아니거든. 추상적인 개념이니까 형태는 없지. 하지만 뭔가 외관이 필요하니까, 그런 묘한 모습을 하고 있는 거야."

나카타 씨는 난처한 얼굴로 백발이 섞인 짧은 머리카락을 손바닥으로 벅벅 문질렀다.

"무슨 소린지 나카타는 잘 모르겠습니다."

"솔직히 말하면, 말하고 있는 나도 뭐가 뭔지 잘 모르겠어"

하고 청년은 말했다. "어쨌든 그런 좀 독특한 아저씨가 어디에
선가 불쑥 나타나더니, 그런 말을 이것저것 나한테 늘어놓는 거
야. 아무튼 긴 이야기를 짧게 줄여서 먼저 결론부터 말하자면 이
런저런 일이 있은 다음에 그 아저씨의 도움으로, 난 어떤 곳에서
그 돌을 발견해 여기까지 낑낑대며 들고 온 거지. 동정을 받으
려는 건 아니지만, 어젯밤에는 나름대로 이만저만 고생을 한 게
아니야. 그러니까 될 수 있으면 이 돌을 나카타 씨에게 인계하
고 '뒷일을 부탁합니다'라며 떠맡겨 버리고 싶다고. 솔직히 말
해서."

"네, 나카타는 돌을 맡겠습니다."

"그래!" 하고 호시노 씨는 말했다. "이야기가 잘 통해서
좋군."

"호시노 씨."

"응?"

"지금부터 벼락님이 많이 찾아올 겁니다. 벼락님을 기다립
시다."

"거 뭐냐, 그러니까 벼락이 돌 문제에 무슨 도움이라도 되
는 건가?"

"자세한 것은 나카타도 잘 모릅니다만, 조금씩 그런 느낌이
듭니다."

"벼락이라…… 뭐 상관없지. 재미있을 것 같네. 벼락을 기

다리자. 그래서 무슨 일이 일어나는지 한번 보기로 하지, 뭐."

　방으로 돌아오자, 호시노 씨는 다다미에 엎드려서 텔레비전 스위치를 켰다. 채널을 이리저리 돌려도 모두 주부 대상 버라이어티 쇼뿐이었다. 호시노 씨는 그런 것은 보고 싶지 않았지만, 달리 시간을 보낼 방법이 없었기 때문에 내용에 대해 이런저런 불평을 늘어놓으며 텔레비전을 봤다.

　그동안 나카타 씨는 돌 앞에 앉아서, 말없이 바라보기도 하고 만져 보기도 했다. 이따금 무엇인가 혼잣말 같은 것을 중얼거리기도 했다. 그러나 무슨 말을 하고 있는지 청년은 도통 알아들을 수 없었다. 아마 돌하고 대화를 하고 있는 것이리라.

　정오쯤 되자 드디어 천둥이 울리기 시작했다.

　호시노 씨는 비가 오기 전에 근처 편의점에 가서 과자와 빵과 우유를 한 보따리 사가지고 왔다. 두 사람은 그것을 점심으로 먹었다. 여관의 종업원이 방 청소를 하러 왔지만 청년은 "이대로 됐어" 하고 거절했다.

　"손님들은 아무 데도 안 나가시나요?" 하고 종업원이 물었다.

　"응, 아무 데도 안 가. 여기서 할 일이 있거든" 하고 청년이 대답했다.

　"벼락님이 찾아올 테니까요" 하고 나카타 씨가 말했다.

"벼락이라고요?" 하고 종업원은 수상쩍다는 얼굴로 나가 버렸다. 이 방에는 가능한 한 상관하지 않는 게 좋겠다고 판단한 것 같았다.

이윽고 멀리서 둔탁하게 천둥소리가 들리더니 그것을 신호로 빗방울이 뚝뚝 떨어지기 시작했다. 큰북 위에서 게으른 난쟁이들이 발버둥치고 있는 듯한 느낌의, 신통치 않은 천둥소리였다. 그러나 빗방울은 눈 깜짝할 사이에 커지더니 억수같이 쏟아지기 시작했다. 세상은 후텁지근한 비 냄새에 싸였다.

천둥이 울리기 시작하자 두 사람은 서로 우호의 표시로 파이프를 교환하는 인디언 같은 모습으로, 돌을 사이에 두고 마주 앉았다. 나카타 씨는 여전히 중얼중얼 혼잣말을 하면서, 돌을 쓰다듬거나 자신의 머리를 비벼 대고 있었다. 청년은 그 모습을 보며 말보로 담배를 피웠다.

"호시노 씨" 하고 나카타 씨가 불렀다.

"왜 그러지?"

"잠시 동안 나카타 옆에 있어 주겠습니까?"

"그러지 뭐. 어디로 가달라고 해도 이런 장대비를 맞으며 갈 수는 없잖아?"

"어쩌면 이상한 일이 일어날지도 모릅니다만."

"내 솔직한 의견을 말하라고 한다면" 하고 청년은 말했다. "이미 이상한 일들만 일어나고 있다고."

"호시노 씨."

"응."

"문득 생각하곤 하는데, 이 나카타라는 인간은 도대체 무엇이었을까요?"

호시노 씨는 생각에 잠겼다. "아저씨, 그건 어려운 문제야. 갑자기 그런 걸 질문하면 대답하기 곤란하잖아. 난 이 호시노라는 인간이 무엇인지도 잘 모르거든. 그런 주제에 남에 대해 알 턱이 없잖아. 난 생각하는 건 딱 질색이야. 하지만 내가 느낀 대로 말하자면 나카타 씨는 제대로 된 사람이야. 상당히 빗나가 있기는 하지만 신뢰할 수 있어. 그러니까 이렇게 시코쿠 구석까지 함께 따라온 거 아니겠어? 난 머리는 별로 좋지 않지만 사람 보는 눈은 있는 편이거든."

"호시노 씨."

"응?"

"나카타는 머리가 나쁠 뿐만 아니라, 속도 텅 비어 있습니다. 그것을 지금에서야 깨달았습니다. 나카타는 책이 한 권도 없는 도서관과 같습니다. 옛날에는 그렇지 않았습니다. 나카타 속에도 책이 있었습니다. 계속 생각해 내지 못했는데 지금 생각났습니다. 네. 나카타는 옛날에는 다른 사람들과 같은 보통 인간이었습니다. 하지만 언젠가 어떤 일이 일어났고, 그 결과 나카타는 텅 빈 그릇이 돼버린 겁니다."

"하지만 나카타 씨, 그렇게 말하자면 사람은 누구나 다소간의 차이는 있지만 모두 속이 텅 비어 있는 것 아닐까? 밥 먹고, 똥 싸고, 시시껄렁한 일을 해서 쥐꼬리만 한 봉급을 받고, 이따금 여자랑 자고 그러는 것뿐이잖아? 그 밖에 뭐가 있어? 하지만 이런 말을 하면서도 나름대로 재미있고 우스꽝스럽게 살고 있잖아? 무슨 이유에서인지는 모르지만……. 우리 할아버지는 자주 이렇게 말하곤 했어. 세상이라는 건 자기 생각대로 되지 않기 때문에 재미있는 거라고. 일리가 있는 말이지, 그렇지 않아? 만일 주니치 드래건스가 모든 시합에서 다 이긴다면 누가 야구 같은 걸 보러 가겠어?"

"호시노 씨는 할아버지를 좋아하는군요?"

"아아, 좋아하지. 할아버지가 아니었다면 나 같은 건 어떻게 됐을지 모르거든. 할아버지가 있었기 때문에 그럭저럭 똑바로 살아야겠다는 마음을 먹게 됐지. 잘 표현할 수는 없지만, 무언가에 단단히 연결돼 매여 있다는 느낌이 들었거든. 그래서 폭주족 노릇을 집어치우고 자위대에 들어간 거야. 나도 모르는 사이에 나쁜 짓도 별로 하지 않게 됐고."

"하지만 호시노 씨, 나카타에겐 아무도 없습니다. 아무것도 없습니다. 무언가에 연결돼 있지도 않습니다. 글자도 읽을 줄 모릅니다. 그림자도 보통 사람의 반밖에 안 됩니다."

"누구나 결점은 있는 거야."

"호시노 씨."

"왜?"

"만일 나카타가 보통 인간이었다면 나카타는 전혀 다른 인생을 살고 있었을 거라고 생각합니다. 나카타의 두 동생들처럼 아마 대학을 나와 회사에 다니고, 결혼해서 아이를 낳고, 커다란 승용차를 타고, 휴일에는 골프를 치고 있지 않을까요? 하지만 나카타는 보통 사람이 아니기 때문에 지금과 같은 나카타로 살아왔습니다. 다시 시작하기에는 이미 너무 늦었습니다. 그건 잘 알고 있습니다. 그렇지만 아주 짧은 동안만이라도 좋으니까, 나카타는 보통 사람인 나카타가 되고 싶습니다. 나카타는 솔직하게 말씀드려서, 지금까지 무언가를 하고 싶다고 생각한 적이 없습니다. 그저 주위에서 하라고 시키는 일을 열심히 해왔을 뿐입니다. 어쩌면 우연히 그렇게 된 일을, 그렇게 돼 있는 것처럼 해왔을 뿐입니다. 하지만 지금은 다릅니다. 나카타는 확실하게 보통의 나카타로 돌아가기를 원합니다. 자신의 생각과 자신의 의미를 가진 나카타가 되고 싶습니다."

호시노 씨는 한숨을 쉬었다. "그게 나카타 씨의 소원이라면 그렇게 하면 되지, 뭘. 보통 사람으로 돌아가면 되잖아. 하긴 보통 사람이 된 나카타 씨가 도대체 어떤 나카타 씨일지, 난 전혀 짐작도 할 수 없지만 말이야."

"네. 나카타도 짐작이 가지 않습니다."

"하지만 잘됐으면 좋겠어. 나도 작은 힘이나마 나카타 씨가 보통 사람이 될 수 있도록 기도할게."

"하지만 보통의 나카타로 돌아가기 전에, 나카타는 여러 가지 일을 처리해야만 합니다."

"예를 들면 어떤 일을?"

"예를 들면 조니 워커 씨와 관련된 일입니다."

"조니 워커?" 하고 청년은 물었다. "그러고 보니까 아저씨, 전에도 그런 말을 한 적이 있었지? 조니 워커라면 그 조니 워커 위스키 말인가?"

"네. 나카타는 그때 바로 파출소에 가서 조니 워커 씨에 관한 이야기를 했습니다. 지사님께 보고해야만 한다고 생각했기 때문입니다. 하지만 경찰관은 상대를 해주지 않았습니다. 그래서 제 힘으로 해결할 수밖에 없습니다. 그런 문제를 해결한 다음에 가능하다면 나카타는 보통의 나카타가 되려고 합니다."

"무슨 이야기인지 모르겠지만, 아무튼 그렇게 하려면 이 돌이 필요하단 말이지?"

"네, 그렇습니다. 나카타는 나머지 절반의 그림자를 되찾아야만 합니다."

천둥소리는 이제 귀청이 떨어져 나갈 정도로 커졌다. 번개가 갖가지 형태로 하늘을 가르고, 간발의 사이도 두지 않고 그것을 덮치듯이 천둥소리가 울려 퍼졌다. 공기가 떨리고 느슨해진 유리창이 덜컹덜컹 신경질적인 소리를 냈다. 검은 구름이 뚜껑처럼 하늘을 뒤덮어 방 안은 상대의 표정조차 알아볼 수 없을 정도로 어두워졌다. 그러나 두 사람은 불을 켜지 않았다. 그들은 여전히 돌을 사이에 둔 채 마주 보고 앉아 있었다. 창밖에서는 보고 있기만 해도 숨이 막힐 정도로 비가 억수같이 쏟아지고 있었다. 번개가 번뜩이면 방 안이 잠시 환하게 밝아졌다. 한참 동안 두 사람은 아무 말도 할 수 없었다.

"그런데 어째서 나카타 씨가 이 돌을 책임져야 하는 거야? 왜 나카타 씨가 아니면 안 되는 거지?" 청년은 천둥소리가 잦아들었을 때 물었다.

"나카타는 나갔다 돌아온 인간이기 때문입니다."

"나갔다 돌아오다니?"

"네. 나카타는 일단 이곳에서 나갔다가 다시 돌아왔습니다. 일본이 큰 전쟁을 하고 있었을 무렵의 일입니다. 그때 어떤 계기로 뚜껑이 열려, 나카타는 여기서 나갔습니다. 그리고 또 어떤 계기로, 다시 여기로 돌아왔습니다. 그 때문에 나카타는 보통의 나카타가 아니게 돼버렸습니다. 그림자도 반밖에 없습니다. 그 대신 지금은 잘 못하지만, 고양이님하고 이야기를 할 수도 있었습니다. 하늘에서 물건을 떨어지게 할 수도 있었습니다."

"지난번의 거머린가 뭔가 하는 이야기?"

"네, 그렇습니다."

"누구나 할 수 있는 일은 아니지?"

"네. 누구나 할 수 있는 일은 아닙니다."

"그건 나카타 씨가 아주 옛날에 나갔다 돌아왔기 때문에 할 수 있게 된 일이란 말이지. 그런 의미에서 아저씨는 보통 사람은 아니야."

"네, 맞습니다. 나카타는 보통의 나카타가 아니게 됐습니다. 그 때문에 나카타는 글자를 읽지 못하게 됐습니다. 여자에게 손을 대본 적도 없습니다."

"놀랄 노 자군."

"호시노 씨."

"말해 봐."

"나카타는 무섭습니다. 아까도 말씀드린 것처럼, 나카타는 완전히 텅 비었습니다. 완전히 텅 비었다는 것이 어떤 것인지 호시노 씨는 아십니까?"

청년은 고개를 흔들었다. "아니, 잘 모르겠는데."

"텅 비었다는 것은 빈집과 똑같습니다. 자물쇠가 잠겨 있지 않은 빈집과 똑같습니다. 들어갈 생각만 있으면 누구나 마음대로 거기에 들어갈 수 있습니다. 나카타는 그것이 몹시 두렵습니다. 예를 들면 나카타는 하늘에서 무언가를 떨어뜨릴 수 있습니다. 하지만 다음에 무엇을 하늘에서 떨어뜨릴지, 대개의 경우 나카타도 전혀 모릅니다. 만일 다음에 하늘에서 떨어져 내릴 것이 만 자루의 부엌칼이라면, 커다란 폭탄이라면, 혹은 독가스라면 나카타는 도대체 어떻게 하면 좋을까요? 나카타가 다른 분들께 사과하는 것으로 끝날 일이 아니지 않습니까."

"응. 듣고 보니 그 말도 일리가 있군. 간단히 사과한다고 끝날 일이 아니지" 하고 호시노 씨도 동의했다. "거머리도 나름대로 큰일이었지만, 좀 더 무시무시한 것이 하늘에서 떨어져 내린다면 큰일 정도가 아니지."

"조니 워커 씨는 나카타 안에 들어왔습니다. 나카타가 원하지 않는 일을 나카타에게 시켰습니다. 조니 워커 씨는 나카타를 이용한 겁니다. 하지만 나카타는 그것을 거역할 수 없었습니다. 나카타에겐 거역할 힘이 없었습니다. 왜냐하면 나카타에겐 알맹이라는 것이 없기 때문입니다."

"그래서 보통의 나카타 씨로 돌아가고 싶단 거군. 알맹이가 제대로 있는 자신으로 말이지."

"네, 그렇습니다. 나카타는 분명히 머리는 좋지 않지만, 가구를 만드는 일만은 할 수 있기 때문에 날이면 날마다 가구를 만들었습니다. 책상이나 의자나 옷장 만드는 일을 나카타는 좋아했습니다. 형태가 있는 것을 만드는 일은 좋은 일입니다. 그 일을 하던 수십 년 동안에는 보통의 나카타로 돌아가고 싶다는 생각을 전혀 하지 않았습니다. 그리고 일부러 나카타 안으로 들어오려는 사람도 아무도 없었습니다. 무언가가 두렵다고 느낀 적도 없었습니다. 그런데 조니 워커 씨가 나타난 뒤부터 나카타는 무서워서 견딜 수 없게 된 겁니다."

"조니 워커가 나카타 씨 안에 들어와서 도대체 무슨 일을 저질렀는데?"

엄청나게 큰 소리가 느닷없이 공기를 찢으며 울려왔다. 어딘가 근처에 벼락이 떨어진 것 같았다. 호시노 씨는 고막이 찌르르 아팠다. 나카타 씨는 고개를 약간 갸우뚱한 채 천둥소리에 귀를 기울이면서, 여전히 두 손으로 돌의 표면을 천천히 쓰다듬고 있었다.

"흘러서는 안 될 피를 흐르게 했습니다."

"피를 흐르게 했다고?"

"네. 하지만 그 피는 나카타의 손에는 묻지 않았습니다."

청년은 그 말에 대해 잠시 생각해 봤다. 그러나 나카타 씨가 무슨 말을 하는지 그 의미를 이해할 수 없었다.

"하지만 어쨌든 간에 일단 그 입구의 돌만 열고 나면 여러 가지 것이 있어야 할 장소에 자연스럽게 있게 된다는 말인가? 물이 높은 곳에서 낮은 곳으로 흐르는 것처럼?"

나카타 씨는 잠시 생각했다. 혹은 생각을 하는 듯한 얼굴을 했다. "그렇게 쉽게는 되지 않을지도 모릅니다. 나카타가 해야 할 일은 입구의 돌을 찾아내서 그것을 여는 것입니다. 솔직히 말씀드려서 그다음 일은 나카타도 잘 모릅니다."

"그런데 그 돌은 어째서 시코쿠 같은 곳에 있는 걸까?"

"돌은 어디에나 있습니다. 시코쿠에만 있는 것은 아닙니다. 또 반드시 돌이 아니면 안 되는 것도 아닙니다."

"무슨 말인지 모르겠네. 어디에나 있는 것이라면 나카노구에서 찾아도 됐잖아? 그러면 이렇게 사서 고생하지 않아도 됐을 텐데?"

나카타 씨는 한참 동안 손바닥으로 짧은 머리카락을 쓰다듬고 있었다. "어려운 문제입니다. 나카타는 아까부터 줄곧 돌 님의 이야기를 듣고 있었지만, 아직도 무슨 말인지 잘 알아들을 수 없습니다. 나카타는 생각합니다만, 나카타와 호시노 씨는 역시 여기까지 와야만 했던 것이 아닐까요? 커다란 다리를 건너야 했던 것입니다. 나카노구에서는 아마 일이 제대로 풀리지 않았을 것이라고 생각합니다."

"또 한 가지 물어봐도 될까?"

"네. 무엇입니까?"

"만일 나카타 씨가 여기서 그 입구의 돌을 열면 그것을 신호로 무언가 굉장한 일이 갑자기 꽝 하고 벌어지는 건가? 「알라딘의 요술램프」에서처럼 괴상한 어떤 요정 같은 것이 나타난다든가, 개구리 왕자가 펄쩍 뛰쳐나와서 우리한테 강렬한 키스를 한다든가, 화성인의 먹이가 돼버린다든가 말이야."

"무슨 일이 일어날지도 모르고, 어쩌면 아무 일도 일어나지 않을지도 모릅니다. 나카타도 아직 그런 것을 열어 본 적이 없기 때문에 잘 모릅니다. 열어 보지 않고서는 알 수 없습니다."

"그리고 그건 위험한 일인지도 모른다?"

"네. 그렇습니다."

"아이고, 맙소사!" 호시노 씨는 주머니에서 말보로를 꺼내 라이터로 불을 붙였다. "할아버지가 자주 말하곤 했지. '잘 생각 하지도 않고 모르는 사람을 따라가는 것이 네 단점이야' 하고. 틀림없이 어렸을 때부터 그런 성격이었던 거야. 세 살 버릇이 여 든까지 간다고 하잖아. 까짓것 좋아. 어쩔 수 없지, 뭐. 모처럼 시 코쿠까지 와서 어렵게 돌을 손에 넣었는데, 아무것도 하지 않고 이대로 그냥 돌아갈 수는 없지. 위험을 각오하고 큰맘 먹고 어디 한번 열어 보자고. 무슨 일이 일어나는지 이 눈으로 똑똑히 봐두 겠어. 먼 훗날 손주들에게 유쾌한 추억담으로 들려줄 수 있을지 도 모르니까."

"네. 그래서 호시노 씨에게 부탁이 있습니다."

"무슨 부탁인데?"

"이 돌을 들어 올려 주시겠습니까?"

"좋고말고."

"처음 가져왔을 때보다 상당히 무거워졌습니다."

"아널드 슈워제네거 정도는 안 되지만, 이래 봬도 팔 힘은 꽤 있는 편이거든. 자위대에 있을 때 부대 팔씨름 대회에서 준우

승을 했을 정도니까. 게다가 지난번에 나카타 씨가 허리도 고쳐
줬고 말이야."

　호시노 씨는 일어나서 두 손으로 돌을 꽉 잡고 그대로 들어
올리려고 했다. 그러나 돌은 꼼짝도 하지 않았다.

　"음, 이 녀석 정말 굉장히 무거워졌네" 하고 청년은 한숨을
섞어 말했다. "아까는 쉽게 쓱 들어 올릴 수 있었는데. 마치 못으
로 바닥에 박아 놓은 것 같아."

　"네. 어쨌든 이것은 중요한 입구의 돌이라서, 간단히 움직
일 수는 없습니다. 쉽게 움직이면 곤란합니다."

　"그건 뭐 그렇겠지."

　그때 몇 줄기의 사방으로 뻗치는 하얀 섬광이 연거푸 하늘
을 갈랐다. 이어서 천둥소리가 대지를 심지에서부터 흔들어 댔
다. 마치 누가 지옥의 뚜껑을 연 것 같군, 하고 호시노 씨는 생각
했다. 마지막으로 바로 가까이에 벼락이 하나 떨어지더니, 그
후 정적이 찾아왔다. 숨이 막힐 정도로 농밀한 정적이었다. 공
기는 습기를 머금어 무겁게 가라앉고, 거기에는 희미한 의심과
음모의 기척이 있었다. 갖가지 크기의 무수한 귀들이 주변의 공
중에 떠서 꼼짝도 하지 않고 두 사람의 기척을 엿듣고 있는 것처
럼 느껴졌다. 두 사람은 한낮의 어둠에 싸인 채 말없이 그대로
얼어붙어 있었다. 이윽고 불현듯 생각났다는 듯이 돌풍이 불어
와 커다란 빗방울이 다시금 유리창을 때리고 천둥이 울리기 시

작했다. 그러나 조금 전과 같은 격렬함은 없었다. 번개 구름의 중심이 시내를 빠져나간 것이다.

호시노 씨는 고개를 들고 방 안을 둘러봤다. 방은 묘하게 생소하고, 사방의 벽은 아까보다 훨씬 더 무표정해진 것 같았다. 재떨이 안에는 피우다 만 말보로가 그대로 형태를 남긴 채 재가 돼 있었다. 청년은 침을 꿀꺽 삼켜서 침묵의 무게를 귀에서 털어냈다.

"저 말이야, 나카타 씨."

"왜 그러십니까, 호시노 씨?"

"어쩐지 나쁜 꿈을 꾸고 있는 것 같은 느낌이야."

"네. 하지만 만일 그렇다면 적어도 우리는 같은 꿈을 꾸고 있는 셈입니다."

"그렇군" 하고 호시노 씨는 말했다. 그러고는 체념한 듯이 귓불을 긁었다. "쳇, 정말이지 마음 든든하네."

청년은 다시 한번 돌을 움직이기 위해 일어났다. 숨을 크게 들이쉬었다가 멈추고 두 손에 힘을 집중했다. 그리고 낮은 구령 소리와 함께 돌을 들어 올렸다. 이번에는 돌이 몇 센티미터쯤 움직였다.

"약간 움직였습니다" 하고 나카타 씨가 말했다.

"못으로 고정해 놓지 않은 것만은 분명하군. 하지만 약간 움직인 것 갖고는 안 되겠지?"

"네. 완전히 뒤집어야 합니다."

"핫케이크를 뒤집는 것처럼?"

"그렇습니다" 하고 나카타 씨가 고개를 끄덕이며 말했다. "핫케이크는 나카타가 좋아하는 음식입니다."

"그것 참 잘됐네. 지옥에서 핫케이크*라는 말도 있잖아. 다시 한번 힘을 내서 해보자. 어떻게든 이 녀석을 보기 좋게 홀랑 뒤집어 보자고."

호시노 씨는 눈을 감고 의식을 한곳으로 집중했다. 온몸의 기력을 몽땅 긁어모으고 분출할 지점을 한곳으로 정했다. 이번 한 번뿐이다, 하고 그는 생각했다. 어떻게든 이번 한 번으로 결판을 내지 않으면 안 된다. 이번에 확실히 해두지 않으면 더 이상 기회는 없다.

그는 돌의 적당한 데에 두 손을 대고, 주의 깊게 꼭 잡고 호흡을 가다듬었다. 마지막으로 한 번 커다랗게 숨을 들이쉬고, 배 속에서부터 쥐어짜 내는 듯한 고함 소리와 함께 단숨에 돌을 들어 올렸다. 사십오 도 각도로 돌이 공중에 들어 올려졌다. 그것이 한계였다. 그러나 그는 죽을힘을 다해 돌을 그 높이에서 들고 있었다. 그 상태로 숨을 크게 내쉬자 온몸이 욱신욱신 쑤셨

---

* 지옥에서 부처님을 만나는 것처럼 큰 곤경에서 구원받는 것을 일컬어 '지옥에서 부처님'이라 한다. 부처님의 일본어 발음 '호토케'가 '핫케이크'와 비슷해서 생겨난 말장난이다.

171

다. 모든 뼈와 근육과 신경이 비명을 지르는 것 같았다. 여기서 포기할 수는 없다. 다시 한번 크게 숨을 들이마시고 고함을 지른다. 그러나 그 소리는 자기 귀에는 와 닿지 않는다. 무슨 말을 하고 있는지도 모른다. 그는 눈을 감은 채 자신의 한계를 넘은 힘을 어딘가로부터 끌어냈다. 그것은 본래 그에게 있을 리 없는 힘이었다. 머릿속이 산소 결핍 상태가 되어 새하얘졌다. 퓨즈가 끊어지듯이 몇 개의 신경이 잇달아 용해돼 갔다. 아무것도 보이지 않는다. 아무 소리도 들리지 않는다. 아무것도 생각할 수 없다. 공기가 부족하다. 그래도 청년은 그럭저럭 돌을 조금씩 위로 들어 올리고, 다시 커다란 고함 소리와 함께 반대쪽으로 뒤집었다. 돌은 어떤 한계점을 넘자, 갑자기 손바닥을 떠나 돌 자체의 무게에 의해 반대쪽으로 넘어갔다. 쿵 소리가 나고 방이 크게 흔들렸다. 건물 전체가 흔들린 것 같았다.

그 반동으로 청년은 뒤로 벌렁 넘어졌다. 바닥에 대자로 누워 격하게 숨을 헐떡거렸다. 머릿속에서 부드러운 진흙 같은 것이 빙글빙글 소용돌이쳤다. 앞으로 두 번 다시 이런 무거운 것을 들어 올릴 일은 없겠지, 하고 청년은 생각했다(그때의 청년으로서는 알 도리가 없는 일이었지만, 그의 예측이 지나치게 낙관적이었다는 사실이 나중에 판명된다).

"호시노 씨."

"응?"

"덕분에 입구가 열렸습니다!"

"아, 아저씨, 나카타 씨."

"왜 그러십니까?"

호시노 씨는 대자로 드러누워서 눈을 감은 채 다시 한번 커다랗게 숨을 들이마셨다가 뱉어 냈다. "이렇게까지 했는데도 만약 열리지 않았으면 내 체면이 뭐가 됐겠어?"

제33장

나는 오시마 씨가 출근하기 전에 도서관의 개관 준비를 전부 끝내 놓는다. 도서관 바닥을 청소기로 밀고, 유리창을 닦고, 세면장을 정돈하고, 테이블과 의자 하나하나에 걸레질을 한다. 광을 내는 스프레이를 사용해서 계단 난간을 닦는다. 층계참에 있는 스테인드글라스를 조심스럽게 먼지떨이로 턴다. 정원을 빗자루로 쓸고 열람실의 에어컨과 서고의 제습기 스위치를 켠다. 커피를 끓이고 연필을 깎아 놓는다. 아무도 없는 아침의 도서관에는 무언가 감동적인 것이 있다. 모든 말과 사상이 거기서 조용히 쉬고 있다. 나는 될 수 있는 한 그 장소를 아름답고 청결하고 조용하게 보존하고 싶다. 가끔 멈춰 서서 서고에 말없이 꽂혀 있는 책들을 바라본다. 몇 권의 책등에 손을 대본다. 열 시 반이 되자, 평소와 다름없이 주차장에서 마쓰다 로드스터의 엔진 소리가 들리고, 조금은 졸린 얼굴의 오시마 씨가 나타난다. 개관 시간이 될 때까지 우리는 가벼운 이야기를 나눈다.

"괜찮다면 지금부터 잠시 밖에 나갔다 왔으면 하는데요."

도서관 문을 열고 나서 나는 오시마 씨에게 말한다.

"어디 가려고?"

"체육관에 가서 운동을 좀 하고 싶어요. 한동안 제대로 운동을 못 했거든요."

물론 그 이유 때문만은 아니다. 나는 정오가 되기 조금 전에 출근하는 사에키 씨와 가능한 한 마주치고 싶지 않다. 한동안 거리를 두고 마음을 가라앉힌 후 만나고 싶다.

오시마 씨는 내 얼굴을 보고 한 호흡 정도의 간격을 두었다가 고개를 끄덕인다. "하지만 주의를 게을리해서는 안 돼. 나는 엄마 닭이 아니니까 잔소리는 별로 하고 싶지 않지만, 너는 아무리 주의를 해도 지나치지 않은 입장에 놓여 있어."

"걱정 마세요, 조심할게요."

나는 배낭을 짊어지고 전철에 올라탄다. 다카마쓰역으로 가서 버스를 타고 익숙한 체육관으로 간다. 탈의실에서 운동복으로 갈아입고 엠디 워크맨으로 프린스를 들으면서 서킷트레이닝을 시작한다. 오래간만이라 처음 얼마 동안은 몸이 비명을 지를 만큼 힘이 든다. 그러나 나는 그럭저럭 극복해 간다. 비명을 지르고, 부하負荷를 거부함으로써 몸은 정상적으로 반응하고 있다. 나는 그 반응을 어르고 달래서 굴복시키지 않으면 안 된

175

다. 「리틀 레드 콜벳」을 들으면서 숨을 들이마시고 멈추고 내뱉는다. 숨을 들이마시고 멈추고 내뱉는다. 그것을 규칙적으로 반복한다. 근육에 차례로 한계 직전까지 고통을 가한다. 땀이 흐르고 티셔츠가 젖어서 무거워진다. 몇 번씩 정수기가 있는 곳으로 가서 수분을 보충해야 한다.

여느 때와 같은 순서로 이것저것 기구를 번갈아 가며 운동하는 동안 사에키 씨를 생각한다. 그녀와의 섹스에 대해 생각한다. 아무것도 생각하지 않겠다고 마음먹는다. 그러나 그것은 쉬운 일이 아니다. 근육에 의식을 집중한다. 규칙성에 자신을 내맡긴다. 늘 있는 그대로의 기구, 한결같은 부하, 늘 같은 횟수. 귓속에서 프린스가 외설적인 「섹시 마더퍼커Sexy M.F.」를 노래하고 있다. 페니스 끝에는 어렴풋하게 통증이 남아 있다. 소변을 보자 요도가 쑤신다. 귀두는 빨개져 있다. 포피가 갓 벗겨진 내 페니스는 아직 젊어서 쉽게 느낄 수 있다. 내 머리는 섹스에 대한 농밀한 망상과 알쏭달쏭한 프린스의 목소리와 여기저기의 책에서 읽은 인용구들로 가득 차서 터질 것만 같다.

샤워실에 가서 땀을 씻어 내고 새 속옷으로 갈아입은 뒤 버스를 타고 역으로 돌아온다. 배가 고파서 눈에 띄는 역 앞 식당에 들어가 간단한 식사를 한다. 먹는 도중에 그곳이 다카마쓰에 도착한 첫날 들어갔던 식당임을 깨닫는다. 그러고 보니 여기에 온 지

도대체 며칠이나 됐을까? 도서관에서 지내게 된 후로 대충 일주일이 경과했다. 시코쿠에 도착한 날부터 치자면 아마 삼 주 정도 될 것이다. 배낭에서 일지를 꺼내 읽어 보면 금방 알 수 있지만, 머릿속에서는 날짜가 제대로 계산되지 않는다.

나는 식사를 끝낸 후 차를 마시며, 역 안을 분주하게 왔다 갔다 하는 사람들의 모습을 바라본다. 모두들 어디론가 떠나려고 하는 사람들이다. 만일 하려고 마음만 먹는다면 나도 그 가운데 한 사람이 될 수 있다. 지금 바로 아무 열차나 잡아타고 다른 장소로 향할 수도 있다. 여기 있는 모든 것을 내동댕이치고, 어딘가 모르는 도시로 가서 다시 처음부터 시작할 수도 있다. 노트의 새하얀 페이지를 열듯이. 예를 들어 히로시마에 가도 되고, 후쿠오카에 가도 상관없다. 나는 어디에도 속박돼 있지 않다. 나는 백 퍼센트 자유다. 짊어진 배낭에는 당장 살아 나가는 데 필요한 것들이 들어 있다. 갈아입을 옷과 세면도구와 침낭이 들어 있다. 아버지 서재에서 들고 온 현금에는 아직 거의 손도 대지 않았다.

그렇지만 나는 아무 곳으로도 갈 수 없다는 것을 잘 알고 있다.

"그렇지만 네가 아무 곳으로도 갈 수 없다는 것을 너는 잘 알고 있어" 하고 까마귀라고 불리는 소년이 말한다.

너는 사에키 씨를 끌어안고 그녀 안에서 사정했어. 그것도 몇 번씩이나. 그녀는 그때마다 받아들여 줬지. 네 페니스는 아직도 얼얼해. 그건 아직도 그녀의 질의 감촉을 기억하고 있어. 거기도 너를 위한 장소 가운데 하나야. 그리고 너는 도서관에 관한 생각을 해. 아침의 은밀한 서가에 늘어선 언제나 말이 없는 책들에 대한 생각을 하지. 그리고 오시마 씨에 관한 생각을 해. 네 방 벽에 걸린 「해변의 카프카」와 그 그림을 보러 오는 열다섯 살 소녀. 너는 고개를 흔들어. 너는 여기에서 나갈 수 없어. 너는 자유가 아니야. 그런데 너는 정말로 자유로워지기를 바라고 있는 것일까?

역 구내에서 몇 번 순찰 중인 경찰관과 스쳐 지나간다. 그러나 그들은 나에게 눈길도 주지 않는다. 배낭을 짊어진, 햇볕에 그을린 젊은이는 도처에 있다. 아마 나도 그들 중 한 사람으로 풍경 속에 녹아 들어가 있을 것이다. 겁먹을 필요 없다. 아주 자연스럽게 행동하면 된다. 그러면 아무도 내 존재 같은 것에는 신경을 쓰지 않을 테니까.

나는 차량 두 개가 연결된 전차를 타고 고무라 도서관으로 돌아온다.

"어서 와" 하고 오시마 씨가 말한다. 그러고는 내 배낭을 보더니, 어처구니없다는 듯이 말한다. "저런, 저런, 넌 언제나 그렇게 커다란 짐을 짊어지고 다니는 거야? 그래 가지고서는 마치 찰리 브라운 만화 속 사내아이가 항상 몸에 지니고 다니는 담요 같잖아?"

나는 물을 끓이고 차를 타서 마신다. 오시마 씨는 여느 때처럼 막 깎은 기다란 연필을 손안에서 빙글빙글 돌리고 있다(짧아진 연필은 모두 어디로 가는 걸까?).

"그 배낭은 네게는 틀림없이 자유의 상징 같은 것이겠군?" 하고 오시마 씨가 말한다.

"아마도" 하고 나는 말한다.

"자유의 상징을 손에 넣고 있는 것은 자유로움 그 자체를 손에 넣은 것보다 행복한 일일지도 몰라."

"때로는" 하고 나는 말한다.

"때로는" 하고 그가 반복한다. "이 세계 어딘가에 짧게 대답하기 대회 같은 것이 있으면 넌 틀림없이 우승할 거야."

"어쩌면."

"어쩌면" 하고 오시마 씨가 황당하다는 듯이 말한다. "다무라 카프카 군, 이 세상의 대부분의 사람들은 자유 같은 건 원하지 않아. 원하고 있다고 믿을 뿐이지. 모든 것은 환상이야. 만약 정말로 자유가 주어진다면 사람들은 대부분 무척 난감해할걸. 잘 기억해 둬. 사람들은 실제로는 부자유를 좋아한다는 것을 말이야."

"오시마 씨도요?"

"응. 나도 부자유를 좋아하지. 물론 정도껏이긴 하지만" 하고 오시마 씨가 말한다. "장 자크 루소는 인류가 울타리를 만들었을 때 문명이 태어났다고 정의했지. 그야말로 예리한 관찰력이라고 할 수 있어. 그의 말대로 모든 문명은 울타리로 구획된 부자유의 산물이야. 하지만 오스트레일리아 대륙의 원주민만은 별개지. 그들은 울타리가 없는 문명을 17세기까지 유지하고 있었거든. 그들은 나면서부터 자유인이었어. 마음 내킬 때 마음 내키는 곳에 가서 마음 내키는 일을 할 수 있었어. 그들의 인생은 문자 그대로 돌아다니는 것이었어. 걸어서 돌아다니는 것은 그들 삶의 깊은 메타포였지. 영국인이 건너와서 가축을 가두기 위한 울타리를 만들었을 때, 그들은 그것이 무엇을 의미하는지 전혀 이해하지 못했어. 그 원리를 이해하지 못한 채 반사회적이고 위험한 존재로서 황야로 추방됐지. 그러니까 너도 가능한 한 주의하는 게 좋아, 다무라 카프카 군. 결국 이 세계에서는 높고 튼튼한 울타리를 만드는 인간이 유효하게 살아남는 거야. 그것을 부정하면 넌 황야로 추방당하게 돼."

나는 방으로 돌아와서 배낭을 내려놓는다. 부엌에서 새로 커피를 만들어 오늘도 사에키 씨 방으로 가지고 간다. 금속 쟁반을 두 손으로 들고 한 계단 한 계단 조심하며 올라간다. 오래된 계단이 희미하게 삐걱거린다. 층계참의 스테인드글라스가 몇 가지의 선명한 색을 바닥에 떨구고 있다. 나는 그 색의 웅덩이 속에 발을 들여놓는다.

사에키 씨는 책상 앞에 앉아 글을 쓰고 있다. 나는 커피잔을 내려놓는다. 그녀는 얼굴을 들고 나에게 의자에 앉으라고 한다. 그녀는 검은 티셔츠 위에 카페오레 같은 색상의 셔츠를 걸치고 있다. 머리핀으로 앞머리를 뒤로 넘겨 고정하고 귀에는 작은 진주 귀고리를 달았다.

그녀는 한참 동안 아무 말도 하지 않는다. 자기가 방금 쓴 글을 가만히 보고 있다. 얼굴 표정에 평소와 다른 점은 없다. 그녀가 만년필 뚜껑을 덮고 원고지 위에 올려놓는다. 손을 펼쳐서 손가락에 잉크가 묻어 있지 않은 것을 확인한다. 일요일 오후의 햇살이 창문으로 비쳐 들고 있다. 누군가가 정원에 서서 이야기하고 있다.

"오시마 씨가 그러던데, 체육관에 갔었다면서?" 그녀가 내 얼굴을 보고 말한다.

"그렇습니다" 하고 나는 말한다.

"체육관에서는 어떤 운동을 하는데?"

"기구 운동과 근력 운동을 합니다."

"그 밖에는?"

나는 고개를 흔든다.

"고독한 운동이군."

나는 고개를 끄덕인다.

"다무라 군은 강해지고 싶은가 보지?"

"강해야만 살아남을 수 있습니다. 특히 제 경우에는."

"다무라 군은 외톨이니까."

"도와주는 사람이 아무도 없습니다. 적어도 지금까지는 아무도 도와주지 않았습니다. 그래서 제 힘으로 살아 나갈 수밖에 없었어요. 그러기 위해선 강해져야 합니다. 무리에서 외따로 떨어진 까마귀나 같죠. 그래서 카프카라는 이름을 저에게 붙였습니다. 카프카란 체코 말로 까마귀라는 뜻입니다."

"흐응"하고 그녀가 조금 감탄한 듯이 말한다. "그래서 다무라 군은 까마귀구나?"

"그렇습니다"하고 나는 말한다.

그렇습니다, 하고 까마귀라고 불리는 소년이 말한다.

"하지만 그런 삶의 방식에도 역시 한계가 있지 않을까? 강함을 벽 삼아 그걸로 자기를 둘러쌀 수는 없지. 강함은 더욱 강한 것에 의해 깨지는 법이거든. 원리적으로."

"강함 자체가 모럴이 돼버리기 때문이죠."

사에키 씨가 미소를 짓는다. "다무라 군은 무척 이해가 빠르군."

나는 말한다. "제가 추구하는 것은, 제가 추구하는 강함은, 이기거나 지거나 하는 강함이 아닙니다. 외부에서 가해지는 힘

182

을 받아치기 위한 벽이 필요한 것이 아닙니다. 제가 원하는 것은 외부에서 가해지는 힘을 받아 거기에 견뎌 내기 위한 강함입니다. 불공평함이나 불운, 슬픔이나 오해, 몰이해― 그런 것에 조용히 견뎌 나가기 위한 강함입니다."

"그것은 아마 손에 넣기 제일 어려운 종류의 강함이겠지."

"알고 있습니다."

그녀의 미소가 한층 깊어진다. "다무라 군은 틀림없이 무엇이든지 다 알고 있을 거야."

나는 고개를 흔든다. "그렇지는 않습니다. 저는 이제 겨우 열다섯 살이고 모르는 것이 너무나도 많습니다. 알고 있어야 하는데도 모르는 것들요. 예를 들어, 저는 사에키 씨에 대해 아무것도 모릅니다."

그녀는 잔을 들어 커피를 마신다. "나에 대해 알아야 할 것은 실제로는 아무것도 없어. 즉 다무라 군이 알아야 할 것은 내 안에는 아무것도 없다는 말이지."

"가설에 대해서는 아직 기억하고 있습니까?"

"물론이지" 하고 그녀가 말한다. "하지만 그것은 다무라 군의 가설이지, 내가 제시한 가설은 아니잖아. 그러니까 나는 그 가설에 대해 책임을 지지 않아도 돼. 그렇지?"

"그렇습니다. 가설이 옳다는 증명은 가설을 제시한 쪽이 해야 하죠" 하고 나는 말한다. "그런데 한 가지 질문이 있습니다."

"어떤 건데?"

"사에키 씨는 예전에 벼락을 맞은 사람들에 대한 책을 출판한 적이 있다고 하셨죠?"

"그래."

"그 책은 지금도 구할 수 있습니까?"

그녀는 고개를 흔든다. "애당초 그다지 많은 부수를 찍지 않은 데다 오래전에 절판돼서 재고는 이미 폐기됐을 거야. 나도 한 권도 갖고 있지 않은걸. 전에도 말했지만 벼락 맞은 사람들의 인터뷰를 모아 놓은 책 따위에는 아무도 흥미를 갖지 않으니까."

"사에키 씨는 왜 흥미를 갖게 됐습니까?"

"글쎄, 어째서일까? 거기에서 무언가 상징적인 것을 느꼈기 때문일지도 몰라. 아니면 그냥 나 자신을 바쁘게 하려고, 적당한 목적을 만들어 머리와 몸을 움직이게 하고 싶었는지도 몰라. 직접적인 계기가 무엇이었는지 이제는 잊어버렸어. 어쨌든 언젠가 문득 생각이 들어 조사하기 시작했거든. 나는 그때 글 쓰는 일을 했지만 돈은 궁하지 않았고, 시간도 얼마든지 있었으니까 어느 정도 내가 좋아하는 일을 할 수 있었지. 하지만 작업 자체는 매우 흥미 있었어. 여러 부류의 사람들을 만날 수 있었고, 여러 이야기를 들을 수 있었거든. 만일 그 일을 하지 않았더라면 나는 현실로부터 점점 멀어져서 내 내부에 틀어박혀 버렸을지도 몰라."

"제 아버지도 젊었을 때, 골프장에서 캐디로 아르바이트를 하다가 벼락을 맞았다고 합니다. 하마터면 죽을 뻔했는데 운 좋게 살아남았죠. 함께 있던 사람은 목숨을 잃었거든요."

"골프장에서 벼락을 맞아 죽는 사람은 꽤 많아. 넓고 평평한 장소라서 벼락을 피할 만한 곳이 거의 없고, 골프채는 벼락 맞기에 딱 좋은 물건이니까. 다무라 군 아버지니까, 다무라 씨라고 해야겠지?"

"그렇습니다. 나이는 아마 사에키 씨와 비슷할 겁니다."

그녀는 고개를 젓는다. "다무라 씨라는 분은 기억이 없는데. 내가 인터뷰한 사람 가운데 다무라 씨라는 분은 없었어."

나는 잠자코 있는다.

"그것도 가설의 일부였구나. 벼락에 관한 책을 쓰는 과정에서 나와 다무라 군의 아버지가 알게 되고, 그 결과 다무라 군이 태어났다는."

"그렇습니다."

"그럼, 이제 이야기는 끝났네. 그런 사실은 없었으니까, 다무라 군의 가설은 성립하지 않는 거야."

"그렇지도 않습니다."

"그렇지도 않다고?"

"저는 사에키 씨의 말을 그대로 믿을 수 없으니까요."

"어째서지?"

"예를 들면— 제가 다무라라는 이름을 꺼내자, 사에키 씨는 즉시 그런 이름을 가진 사람은 없었다고 했습니다. 제대로 생각도 하지 않고요. 이십 년도 더 지난 옛날에 사에키 씨는 많은 사람들과 인터뷰를 했습니다. 그 가운데 다무라라는 성을 가진 사람이 있었는지 없었는지, 그렇게 금방 생각날 수는 없지 않을까요?"

사에키 씨는 고개를 흔든다. 그리고 다시 커피를 한 모금 마신다. 입가에 아주 엷은 미소가 떠오른다. "아아, 다무라 군, 나는……." 그렇게 말하려다 말고 그녀는 입을 다문다. 그녀는 말을 찾는다.

나는 그녀가 말을 찾아내기를 기다린다.

"내 주위에서 무언가가 변하기 시작하는 것 같은 느낌이 들어" 하고 사에키 씨가 말한다.

"어떤 것이요?"

"잘 표현하지 못하겠어. 하지만 나는 그것을 알 수 있거든. 기압이나 소리의 울림이나 빛의 반영이나 몸의 움직임이나 시간의 움직이는 방식이 조금씩 변하고 있어. 작은 변화의 물방울이 조금씩 모여서 하나의 흐름이 되는 것처럼."

사에키 씨는 검은 몽블랑 만년필을 손에 들고 그것을 바라보다가 다시 제자리에 놓는다. 그리고 내 얼굴을 똑바로 본다.

"어젯밤 다무라 군 방에서 우리 사이에 일어났던 일도 아마 그런 움직임 중 하나였을 거라고 생각해. 어젯밤 우리가 한 일이 옳은 일이었는지 아닌지 나로서는 알 수 없어. 하지만 그때 나는 이제 억지로 무언가를 판단하는 일은 그만두기로 결심했어. 만일 거기에 흐름이 있다면 그 흐름이 이끄는 대로 계속 떠내려가자고 생각했지."

"사에키 씨에 대해 제가 생각하고 있는 것을 말해도 괜찮겠습니까?"

"물론 괜찮아."

"사에키 씨가 하려는 것은 아마도 잃어버린 시간을 메우는 일일 겁니다."

그녀는 그 말에 대해 잠시 생각한다. "그럴지도 모르지" 하고 그녀가 말한다. "하지만 다무라 군이 어떻게 그걸 알지?"

"어쩌면 저도 같은 일을 하고 있으니까요."

"잃어버린 시간을 메우는 일?"

"그렇습니다" 하고 나는 말한다. "저는 어렸을 때부터 꽤 많은 것을 빼앗겨 왔습니다. 수많은 소중한 것들을 말입니다. 저는 지금 조금이나마 그것을 되찾아야 합니다."

"계속 살아가기 위해."

나는 고개를 끄덕인다. "그렇게 하는 것이 저에겐 필요합니다. 사람에게는 되돌아갈 수 있는 장소가 필요합니다. 지금이라면 아직 늦지 않은 것 같습니다. 저에게나 사에키 씨에게나요."

그녀는 눈을 감고 책상 위에서 두 손을 깍지 낀다. 그리고 체념한 듯이 다시 눈을 뜬다. "너는 누구지?" 하고 사에키 씨가 묻는다. "어떻게 여러 가지 일에 대해 그렇게 잘 알고 있지?"

내가 누군지 사에키 씨는 틀림없이 알고 있을 겁니다, 하고 너는 말한다. 나는 「해변의 카프카」입니다. 당신의 연인이며, 당신의 아들입니다. 까마귀라고 불리는 소년입니다. 그리고 우리는 둘 다 자유로워질 수 없습니다. 우리는 커다란 소용돌이 속에 있습니다. 때로는 시간의 바깥쪽에 있습니다. 우리는 어딘가에서 벼락을 맞은 겁니다. 소리도 없고 모습도 보이지 않는 벼락에.

그날 밤, 두 사람은 다시 한번 서로를 끌어안는다. 너는 그녀 속에 있는 공백이 메워져 가는 소리를 듣는다. 그것은 해안의 고운 모래가 달빛 속에서 무너질 때와 같은 조용한 소리다. 너는 숨을 죽이고 그 소리에 귀를 기울인다. 너는 가설 속에 있다. 가설 바깥에 있다. 가설 속에 있다. 가설 바깥에 있다. 숨을 들이마시고 멈추고 내뱉는다. 숨을 들이마시고 멈추고 내뱉는다. 프린스가 네 머릿속에서 연체동물처럼 쉴 새 없이 노래를 부르고 있다. 달이 뜨고 조수가 차오른다. 바닷물이 강으로 흘러 들어간다. 창가의 산딸나무 가지가 신경질적으로 흔들린다. 너는 그녀를 꼭 껴안는다. 그녀는 네 가슴에 얼굴을 묻는다. 너는 벌거벗은 가슴에 그녀의 숨결을 느낀다. 그녀는 너의 근육을 하나하나 더듬는다. 그리고 그녀는 너의 붉어진 페니스를 치유하듯이 부드럽게 핥아 준다. 너는 그녀의 입 속에 다시 한번 사정한다. 그녀는 그것을 소중한 것인 양 삼킨다. 너는 그녀의 성기에 키스한다. 혀끝으로 그녀의 전신을 핥는다. 너는 거기에서 다른 누군가가 되고 다른 무엇인가가 된다. 너는 다른 어딘가에 있다.

"내 안에 다무라 군이 알아야만 할 것은 아무것도 없어" 하고 그녀는 말한다. 월요일 아침이 찾아올 때까지 두 사람은 서로 끌어안은 채 시간이 지나가는 소리에 귀를 기울인다.

제34장

시커멓고 거대한 소나기구름은 완만한 속도로 시내를 가로지르며, 마치 상실된 도의道義를 구석구석까지 뒤져서 찾아내려는 듯이 떨어뜨릴 수 있을 만큼의 번개를 잇달아 떨어뜨리고는, 곧 동쪽 하늘에서 희미하게 들려오는 분노의 울림 속으로 길게 꼬리를 끌며 사라져 갔다. 그와 동시에 거세게 내리던 비도 갑자기 그쳤다. 그러자 기묘한 정적이 찾아왔다. 호시노 씨는 방바닥에서 일어나 창문을 열어 신선한 공기가 방 안에 가득 차게 했다. 이미 검은 구름은 물러가고, 하늘은 비가 오기 전처럼 얇은 막 같은 옅은 색조의 구름에 덮여 있었다. 눈에 비치는 모든 건물이 비에 젖어 있고, 벽 군데군데 금이 간 곳은 노인의 정맥처럼 거무스름해져 있었다. 전선은 물방울을 떨어뜨리고, 땅바닥 곳곳에 새로운 물웅덩이가 생겨났다. 어딘가에서 뇌우를 피해 있던 새들이 밖으로 나와, 비가 그친 뒤에 나오는 벌레들을 사냥하며 지저귀기 시작했다.

호시노 씨는 몇 번씩 목을 돌려 뼈 상태를 확인했다. 그러고 나서 커다랗게 기지개를 켰다. 창가에 앉아서 비가 그친 바깥 풍경을 한 번 바라보고, 주머니에서 말보로를 꺼내 라이터로 불을 붙였다.

"하지만 나카타 씨, 고생한 끝에 무거운 돌을 뒤집어 입구를 열었는데도, 결국 특별한 일은 아무것도 일어나지 않았어. 개구리나 대마신大魔神처럼 이상한 것도 나타나지 않았고. 하긴 그보다 다행스러운 일은 없지만 말이야. 천둥이 꽝꽝 치고 그렇게 갖출 것 다 갖춰 놓고 요란을 떨던 소동치고는 어딘지 모르게 허전한 느낌이 드네."

대답이 없었다. 돌아보니 나카타 씨는 단정하게 바로 앉은 자세로 몸을 앞으로 숙이고, 두 손으로 방바닥을 짚은 채 눈을 감고 있었다. 그는 쇠약한 벌레처럼 보였다.

"왜 그래? 괜찮은 거야?"

"죄송합니다만, 나카타는 좀 지친 것 같습니다. 몸 상태가 별로 좋지 않습니다. 괜찮다면 나카타는 잠시 누워서 잠을 자고 싶은데요."

분명히 나카타 씨의 얼굴은 핏기가 가신 것처럼 창백했다. 눈은 움푹 들어가고 손가락 끝이 잔잔하게 떨리고 있었다. 불과 몇 시간 사이에 폭삭 늙어 버린 것처럼 보였다.

"알았어. 당장 요를 깔아 줄 테니까 드러누우라고. 자고 싶은 만큼 실컷 자요"하고 호시노 씨는 말했다. "하지만 괜찮겠어? 배가 아프다든가, 구역질이 난다든가, 귀가 울린다든가, 대변이 보고 싶다든가, 그런 건 괜찮아? 의사라도 불러다 줄까? 보험증은 갖고 있어?"

"네. 보험증은 지사님께 받아서 가방 속에 소중하게 모셔 두었습니다."

"그거 다행이군. 그런데 말이야 나카타 씨, 중요한 건 아니지만 한마디 하자면 보험증을 주는 것은 지사가 아니야. 잘은 모르지만 국민건강보험이니까 일본 정부가 주는 게 아닐까? 뭐든지 지사가 뒷바라지를 해주는 건 아니야. 지사에 대해서는 당분간 잊어버려." 청년은 벽장에서 요를 꺼내 깔면서 말했다.

"네. 알았습니다. 보험증은 지사님이 주신 것이 아닙니다. 지사님은 당분간 잊어버리도록 하겠습니다. 그런데 호시노 씨, 보험증을 누가 주건 간에 나카타는 지금 의사는 필요 없습니다. 잠을 푹 자고 나면 괜찮아질 겁니다."

"이봐, 나카타 씨. 혹시 또 지난번처럼 그렇게 오래 자는 건 아니겠지? 서른네 시간이나 말이야."

"죄송하지만, 그것은 나카타로서는 뭐라고 말할 수 없습니다. 이만큼만 자야겠다고 미리 정해 놓고, 계획을 세워 자는 것이 아니라서요."

"그야 그렇겠지" 하고 청년은 말했다. "계획을 세워 잠을 자는 건 아니지. 좋아요, 좋아. 자고 싶은 만큼 자라고. 무척 힘든 하루였어. 천둥도 엄청나게 울려 댔고, 돌하고도 이야기를 나누었고, 어딘가의 입구도 열렸으니까 말이야. 이런 건 늘 있는 일이 아니지. 머리도 썼으니 틀림없이 피곤할 거야. 신경 쓰지 말고 마음 놓고 실컷 자. 나머지 일은 모두 이 호시노가 어떻게든 해줄 테니까. 걱정 말고 푹 자."

"감사합니다. 호시노 씨에겐 여러 가지로 폐를 끼칩니다. 나카타는 아무리 감사해도 모자랍니다. 호시노 씨가 없었더라면 나카타는 틀림없이 어찌할 바를 몰랐을 겁니다. 호시노 씨도 자기 일이 있을 텐데 공연히 저 때문에—"

"아 참, 그렇지." 호시노 씨는 약간 우울한 목소리로 말했다. 너무 연거푸 여러 가지 일이 일어난 탓에 자기 일은 까맣게 잊고 있었던 것이다.

"그 말을 듣고 보니 그러네. 나도 이제 슬슬 하던 일로 돌아가지 않으면 안 되겠지. 사장은 틀림없이 화가 나 있을 거야. 볼일이 있어서 이삼 일 쉬겠다고 전화한 뒤로 전혀 연락을 안 했으니 말이야. 돌아가면 엄청 혼나겠군."

그는 새 말보로에 불을 붙이고 천천히 연기를 내뿜었다. 그리고 전봇대 꼭대기에 앉아 있는 까마귀한테 인상을 썼다.

"하지만 괜찮아. 사장이 뭐라고 지껄이든, 머리에서 김을

뿜으면서 화를 내든, 내 알 바 아니야. 이래 봬도 난 지난 몇 년 동안 다른 사람 몫까지 떠맡아서 개미처럼 부지런히 일해 왔어. 어이, 호시노, 사람이 없어서 그래, 오늘 밤 이대로 히로시마까지 가주지 않겠나? 좋습니다, 사장님, 제가 가겠습니다. 이런 식으로 불평 한마디 하지 않고 시키는 대로 해왔거든. 그 탓에 보시다시피 허리도 나빠졌잖아. 나카타 씨가 지난번에 고쳐 줬으니까 망정이지, 그렇지 않았으면 큰일 날 뻔했지 뭐야. 아직 이십대 중반밖에 안 됐는데, 별로 대단치도 않은 일을 하느라 몸을 망가뜨려서야 말이 되나? 어쩌다 며칠 쉬었다고 천벌을 받지는 않을 거야, 안 그래?"

그렇게 말하다 말고 청년은 나카타 씨가 벌써 깊이 잠이 든 것을 봤다. 나카타 씨는 눈을 꼭 감고, 얼굴은 똑바로 천장을 향하고, 입술은 꽉 다물고, 기분 좋은 듯이 코로 숨을 쉬고 있었다. 머리맡에는 돌이 뒤집어진 모습 그대로 뒹굴고 있었다.

"정말이지 눈 깜짝할 사이에 잠들어 버린다니까!" 하고 청년은 감탄하면서 말했다.

시간을 주체하지 못해 한동안 누워서 텔레비전을 봤지만, 오후의 텔레비전 방송은 모두 참을 수 없을 만큼 따분했다. 그래서 일단 밖으로 나가 보기로 했다. 갈아입을 속옷도 바닥이 나서 이제는 슬슬 새것을 사야 했다. 호시노 씨는 빨래라면 질색이었다. 팬티를 일일이 빨아 입느니 차라리 싸구려라도 새것을 사는 편이 낫다고 생각했다. 프런트에 가서 이튿날의 숙박비를 현금으로 지불하고, 동행은 피곤해서 깊이 잠들었으니까 깨우지 말고 그대로 내버려두라고 부탁했다.

"하긴 깨워봤자 일어날 리 없겠지만."

호시노 씨는 비가 그친 뒤의 상큼한 냄새를 맡으면서 한동안 정처 없이 거리를 걸었다. 드래건스 모자에 녹색 레이밴 선글라스, 그리고 늘 입는 알로하셔츠 차림이었다. 그는 역으로 가서 매점에서 신문을 샀다. 스포츠면에서 드래건스의 승패를 체크하고(히로시마 구장에서 패했다), 영화 광고란을 봤다. 마침 성룡이 주연인 새 영화를 상영하고 있어서 그것을 보기로 했다. 시간도 딱 좋을 것 같았다. 파출소에 가서 영화관의 위치를 묻고 그곳까지 걸어갔다. 표를 사서 안으로 들어가 버터 피넛을 먹으며 영화를 봤다.

영화를 보고 밖으로 나오니 벌써 저녁때가 돼 있었다. 그다지 배가 고프지는 않았지만 달리 할 일이 생각나지 않아서 식사를 하기로 했다. 눈에 띈 초밥집에 들어가 초밥 일 인분과 맥주를 시켰다. 생각했던 것보다 피로가 쌓인 탓인지, 맥주를 반밖에 마시지 못했다.

'그럴 만도 하지. 이러니저러니 해도 그렇게 무거운 돌을 들어 올렸으니까, 피곤한 게 당연해' 하고 청년은 생각했다. '새끼 돼지 세 마리 가운데, 맏형이 지은 엉성한 집이 된 것 같은 기

분이야. 못된 늑대가 한 번 훅하고 불면 오카야마 부근까지 휙 날아가 버릴 것 같아.'

초밥집을 나온 뒤 눈에 띈 파친코 가게에 들어갔다. 그곳에서 눈 깜짝할 사이에 이천 엔이나 날렸다. 아무래도 컨디션이 좋지 않았다. 단념하고 파친코 가게에서 나와 한참 동안 거리를 쏘다녔다. 걷는 동안 아직 속옷을 사지 않았다는 사실을 생각해 냈다. 안 되지, 안 돼. 그게 본래 외출한 목적이었잖아? 상점가에 있는 할인점에 들어가 팬티와 흰 티셔츠와 양말을 샀다. 이제야 더러워진 속옷을 버릴 수 있게 됐다. 알로하셔츠도 갈아입을 때가 됐으나, 가게를 몇 군데 둘러본 결과, 취향에 맞는 새로운 셔츠를 다카마쓰 시내에서 발견하기란 불가능하다는 결론에 도달했다. 그는 여름이든 겨울이든 알로하셔츠밖에 입지 않지만, 알로하셔츠라고 무조건 다 좋아하는 것은 아니었다.

상점가에 있는 빵집에 들어가, 나카타 씨가 밤중에 잠이 깨서 배가 고플 경우에 대비해 빵을 몇 개 샀다. 작은 오렌지 주스 팩도 샀다. 그러고 나서 은행에 들어가 현금지급기에서 오만 엔을 인출해 지갑에 넣었다. 잔금을 체크해 보고 아직도 저금이 꽤 남아 있는 것을 확인했다. 지난 몇 년 동안 워낙 일이 바빠서 봉급을 쓸 시간도 제대로 없었던 것이다.

주위는 완전히 어두워져 있었다. 그는 갑자기 커피가 마시고 싶어졌다. 주위를 둘러보니 상점가에서 조금 들어간 곳에 찻집 간판이 보였다. 요즘에는 거의 볼 수 없는 고풍스러운 찻집이었다. 그는 안으로 들어가 푹신푹신하고 부드러운 소파에 앉아 커피를 주문했다. 단단한 월넛 목재 박스에 든 영국제 스피커에서 실내악이 흘러나오고 있었다. 다른 손님은 아무도 없었다. 소파에 몸을 깊숙이 파묻자 청년은 오래간만에 홀가분한 마음이 됐다. 거기 있는 모든 것이 평온하고 자연스러워서, 친숙한 느낌이 들었다. 커피는 진하고 맛있었으며 커피잔도 아주 고상했다. 그는 눈을 감고 조용히 숨을 쉬면서 현과 피아노의 역사적인 조화에 귀를 기울였다. 클래식 음악을 들은 적은 거의 없지만, 그 음악은 왠지 마음을 가라앉혀 줬다. 자기 자신을 돌아보게 해준다고 해도 좋을 것 같다.

청년은 푹신한 소파에서 눈을 감고 음악을 들으며 여러 가지를 생각했다. 주로 자신이라는 존재에 대해 생각했다. 그러나 생각하면 할수록 실체가 없는 것 같았다. 있는 것은 단지 의미 없는 부속물에 지나지 않는다는 느낌이 들었다.

예를 들어, 나는 지금까지 드래건스를 열심히 응원해 왔다. 그러나 나한테 드래건스라는 것이 도대체 무엇이란 말인가? 드래건스가 자이언츠를 이기면 나라는 인간이 조금이라도 향상된단 말인가? 향상될 리 없지, 하고 청년은 생각했다. 그럼 무엇 때문에 그런 것을 마치 내 분신인 것처럼 지금까지 열심히 응원해 온 걸까?

나카타 씨는 자신이 텅 비었다고 했다. 그럴지도 모른다. 그렇다면 나는 도대체 무엇인가? 나카타 씨는 어렸을 때 당한 사고 때문에 텅 비게 됐다고 한다. 그러나 나는 사고도 당하지 않았다. 만일 나카타 씨가 텅 빈 것이라면 나 따위는 아무리 생각해도 텅 빈 것 이하가 아닐까? 아무리 생각해도― 나카타 씨에게는 적어도, 일부러 시코쿠까지 따라와야겠다고 생각하게 만든 무엇인가가 있다. 무언가 특별한 것이 말이다. 그것이 어떤 것인지, 사실 나는 잘 모르겠지만.

청년은 커피를 한 잔 더 주문했다.

"저희 가게 커피 맛이 괜찮으신지요?" 하고 백발의 주인이 와서 물었다(물론 청년은 알 리 없지만 그는 전에 문부성 관리였는데, 퇴직 후 고향인 다카마쓰시로 돌아와 클래식 음악이 흐르는 찻집을 시작했다).

"네, 굉장히 맛있네요. 향이 정말 좋아요."

"커피콩을 제가 직접 볶습니다. 한 알 한 알 손으로 좋은 콩을 골라서 커피 맛을 냅니다."

"어쩐지 맛이 있더라고요."

"음악은 귀에 거슬리지 않으신지요?"

"음악요?" 하고 호시노 씨는 말했다. "아뇨, 참 좋은 음악입니다. 전혀 귀에 거슬리지 않아요. 누가 연주하는 거죠?"

"루빈스타인과 하이페츠, 포이어만의 트리오입니다. 당시

198

에는 '백만 달러 트리오'라고 불렸답니다. 그야말로 거장들의 예술입니다. 1941년에 제작돼 오래된 음반이지만, 아직까지도 그 빛을 잃지 않고 있습니다."

"무슨 느낌인지 알겠어요. 좋은 것은 시간이 흘러도 변함이 없죠."

"더러는 조금 구축적이고 고전적이며 강직한 「대공 트리오」를 좋아하는 분도 있습니다. 가령 오이스트라흐 트리오의 연주 같은 것을 말입니다."

"아니, 나는 이게 좋아요" 하고 청년은 말했다. "뭐라고 할까— 부드러운 느낌이 드네요."

"감사합니다" 하고 주인은 백만 달러 트리오를 대신해 정중하게 감사의 말을 했다. 주인이 물러가자 호시노 씨는 두 잔째 커피 맛을 음미하며 성찰을 계속했다.

그러나 나는 현재 조금은 나카타 씨에게 도움이 되고 있다. 나카타 씨를 대신해서 글자를 읽어 주고, 그 돌도 내가 찾아왔다. 남에게 도움을 주는 것은 썩 괜찮은 기분이다. 이런 기분은 난생처음 느낀다. 일을 팽개쳐 두고 이런 곳까지 흘러와서, 잇따라 영문을 알 수 없는 일에 말려들고 있지만, 이렇게 된 것을 후회하지는 않는다.

뭐라고 할까, 내가 올바른 장소에 있다는 느낌이 든다. 나는 도대체 무엇인가라는 문제가 나카타 씨 옆에 있으면 아무래도 상관없게 여겨지는 것이다. 이렇게 비교하는 것은 약간 과장일지 모르지만, 석가나 예수그리스도의 제자들도 어쩌면 이런 기분이었는지 모른다. 석가와 함께 있으면 나는 이렇게 기분이 좋거든, 하는 식으로. 교리라든가 진리 같은 어려운 문제를 말하기 이전에, 그런 기분이었는지도 모른다.

어렸을 때, 할아버지가 부처님의 제자 이야기를 들려준 적이 있었다. 제자들 가운데 명하라는 사람이 있었다. 머리가 나쁘고 아둔해서, 간단한 경전의 문구 하나도 만족스럽게 외우지 못했다. 그래서 다른 제자들에게 바보 취급을 당했다. 어느 날 석가가 그에게 말했다. "명하야, 너는 머리가 나쁘니까 경전은 더 이상 외우지 않아도 된다. 그대신 앞으로는 현관 토방에 앉아서, 여기 있는 신발을 닦도록 해라." 명하는 순진했기 때문에, "무슨 소리를 하는 거야. 네 엉덩이나 핥아" 하고 반발하지는 않았다. 그는 그로부터 십 년이고 이십 년이고 석가가 시킨 대로 다른 사람의 신발을 부지런히 닦았다. 그러던 어느 날 문득 깨달음을 얻어 석가 제자들 가운데 가장 훌륭한 인물 중 한 분이 됐다—는 이야기였던 걸로 호시노 씨는 기억하고 있다. 청년이 그런 이야기를 기억하고 있는 이유는, 십 년이고 이십 년이고 계속 남의 신발이나 닦는 인생 따위는 아무리 생각해도 하찮은 것이라고 생각했기 때문이다. 그런 건 농담거리도 안 된다고 코웃음 쳤다. 그러나 지금 와서 생각해 보니, 그 이야기는 그의 마음에 다른 감흥을 안겨 줬다. 인생 같은 건 어느 쪽으로 굴러 봤자 개똥 같은 거야, 하고 청년은 생각했다. 어렸을 때는 그걸 몰랐을 뿐이다.

그는 「대공 트리오」가 끝날 때까지 그 생각을 계속했다. 음악이 그의 사색을 도와줬다.

"아저씨" 하고 그는 찻집을 나올 때 주인에게 말을 걸었다. "지금 저 음악이 뭐라고 하는 음악이었죠? 아까 들었는데 금방 까먹었어요."

"베토벤의 「대공 트리오」입니다."

"대포 트리오요?"

"아니, 대포 트리오가 아니라 「대공 트리오」입니다. 베토벤이 오스트리아의 루돌프 대공에게 헌정한 곡입니다. 그래서 정식으로 붙여진 이름은 아니지만, 흔히 「대공 트리오」라고 부릅니다. 루돌프 대공은 황제 레오폴트 2세의 아드님으로 요컨대 황족입니다. 음악적 자질을 타고나서 열여섯 살 때부터 베토벤의 제자가 되어, 피아노와 음악이론을 배웠습니다. 그리고 베토벤을 깊이 존경하게 됐습니다. 루돌프 대공은 피아니스트나 작곡가로 크게 성공하진 못했지만, 현실적인 면에서는 세상살이에 어두운 베토벤에게 여러모로 도움의 손길을 뻗어 음으로 양으로 도와줬습니다. 만일 그가 없었다면 베토벤은 더욱 험난한 길을 걸었을 겁니다."

"세상에는 그런 사람도 필요한 거군요."

"그렇습니다."

"모두가 위인이나 천재라면 이 세상이 정말 제대로 돌아가겠어요? 누군가가 여기저기 살피면서 여러 가지 현실적인 문제를 처리해야 하니까요."

"맞는 말입니다. 모두가 위인이나 천재라면 이 세상은 엉망이 되겠지요."

"꽤 괜찮은 곡이네요."

"훌륭한 곡입니다. 아무리 들어도 싫증이 나지 않습니다. 베토벤이 작곡한 피아노 트리오 가운데서도 가장 위대하고 기품이 있는 작품입니다. 베토벤은 마흔 살 때 이 작품을 완성했는데, 이 곡을 끝으로 피아노 트리오에는 두 번 다시 손대지 않았습니다. 그는 아마도 이 작품을 통해 자신이 이 양식의 음악으로는 정점에 이른 것이라고 느꼈던 것이겠지요."

"알 것 같은 느낌이 드네요. 어떤 일이든 정점은 필요하니까요." 하고 호시노 씨는 말했다.

"또 찾아 주십시오."

"네, 또 올게요."

방으로 돌아와 보니 예상대로 나카타 씨는 계속 자고 있었다. 두 번째 겪는 일이라서 청년은 이상하게 생각하지 않았다. 자고 싶은 만큼 자게 내버려두면 되는 것이다. 머리맡에는 돌이 아까와 같은 모습으로 뒹굴고 있었다. 청년은 돌 옆에 빵 봉지를 내려놓았다. 그러고 나서 목욕을 하고 새 속옷으로 갈아입었다. 지금까지 입고 있던 속옷은 종이 봉지에 넣어서 쓰레기통에 버렸다. 그는 이불 속에 들어가 곧장 잠들어 버렸다.

이튿날 아침, 청년은 아홉 시 조금 전에 눈을 떴다. 나카타 씨는 아직도 옆 이부자리에서 어제와 같은 모습으로 자고 있었다. 숨소리는 조용하면서도 안정돼 있었다. 깊이 잠들어 있는 것 같았다. 호시노 씨는 혼자 아침밥을 먹고, 여관 종업원에게 동행은 아직 자고 있으니까 깨우지 말라고 부탁했다.

"이부자리는 치우지 않아도 돼."

"그렇게 오랫동안 잠을 자도 괜찮을까요?" 하고 종업원이 물었다.

"괜찮아. 죽지는 않을 테니까 안심하라고. 잠을 자는 것으로 체력을 회복하고 있는 거야. 난 저 사람에 대해서는 환하게 꿰고 있거든."

그는 역에서 신문을 사가지고 벤치에 앉아서 영화 광고란을 훑어봤다. 역 근처 영화관에서 프랑수아 트뤼포 회고전을 하고 있었다. 프랑수아 트뤼포가 어떤 사람인지 전혀 몰랐지만(도대체 남자인지 여자인지도 몰랐다), 두 편 동시 상영이고 저녁때까지 시간을 보낼 수 있을 것 같아서 관람하기로 했다. 상영 중인 영화는 「400번의 구타」와 「피아니스트를 쏴라」였다. 관객은 셀 수 있을 정도로 적었다. 호시노 씨는 결코 열렬한 영화 팬이라고는 할 수 없었다. 이따금 영화관에 가기는 하지만, 쿵후 영화나 액션 영화가 아니면 쳐다보지도 않았다. 프랑수아 트뤼포의 초기 작품은 조금 이해하기 어려운 부분이나 국면이 많았고, 옛날 영화라서 템포도 꽤 느렸다. 그러나 그 독특한 분위기와 화면의 톤, 그리고 암시적인 심리 묘사는 즐길 수 있었다. 적어도 따분해서 시간을 주체하지 못할 정도는 아니었다. 영화가 끝났을 때, 이 감독이 만든 다른 영화를 봐도 괜찮겠다고 생각했을 정도였다.

영화관을 나온 뒤 상점가로 걸어가서 어젯밤에 갔던 찻집에 들어갔다. 주인은 그의 얼굴을 기억하고 있었다. 청년은 같은 자리에 앉아서 커피를 주문했다. 어젯밤과 같이 다른 손님은 없었다. 스피커에서는 첼로 협주곡이 흘러나오고 있었다.

"하이든의 협주곡 제1번, 피에르 푸르니에의 첼로 연주입니다." 커피를 가져왔을 때 주인이 말했다.

"굉장히 자연스러운 소리가 나는군요" 하고 호시노 씨는 말했다.

"예, 그렇습니다" 하고 주인도 동의했다. "피에르 푸르니에는 제가 가장 존경하는 음악가 중 한 사람입니다. 고상한 와인과 같습니다. 향기가 있고, 실체가 있고, 피를 덥혀 주고, 조용히 심중을 다독거려 줍니다. 저는 늘 '푸르니에 선생님'이라고 부르고 있습니다. 물론 개인적인 교류가 있었던 것은 아니지만, 제 인생의 스승 같은 존재가 됐습니다."

푸르니에의 유려하고 기품 있는 첼로 연주에 귀를 기울이면서, 청년은 어렸을 때의 일을 떠올렸다. 매일 근처의 강에 가서 물고기나 미꾸라지를 잡던 시절의 일을. 그때는 아무것도 생각하지 않아도 됐는데, 하고 그는 생각했다. 그냥 살아가면 됐다. 살아 있는 날까지, 내가 어떤 존재라는 사실은 분명했다. 자연히 그렇게 돼 있었다. 그러나 어느새 그렇지 않게 됐다. 살아가면서 점점 나는 아무 존재도 아닌 것이 되고 말았다. 그것 참 이상한 이야기로군. 인간이란 살기 위해 태어나는 것 아닌가? 그렇잖아? 그런데도 살아가면 살아갈수록 나는 알맹이를 잃어간다. 그저 텅 빈 인간이 돼가는 것 같다. 게다가 앞으로 살아가면 살아갈수록 나는 더욱더 텅 비고 무가치한 인간이 될지도 모른다. 그건 잘못된 것이다. 그건 말도 안 되는 이야기다. 그런 사고의 흐름을 어디에선가 바꿔 놓을 수는 없을까?

"아저씨" 하고 청년은 계산대 앞의 주인에게 말을 걸었다.

"무슨 일이십니까?"

"혹시 시간이 있으면, 그러니까 민폐가 아니라면, 여기 와서 이야기 좀 해주지 않을래요? 이 곡을 만든 하이든이라는 사람에 대해 조금 알고 싶어서요."

주인은 청년의 자리로 와서 하이든과 그의 음악에 대해 열심히 이야기했다. 주인은 내성적인 성격이지만 클래식 음악이 화제가 되면 실로 능변가였다. 하이든이 고용 음악가가 되어 긴 일생을 통해 여러 명의 군주를 섬기며, 명령하는 대로, 주문하는 대로 얼마나 많은 곡을 만들었는지, 그가 얼마나 현실적이고 상냥하고 겸허하고 동시에 활달한 인간이었는지, 그리고 고요한 어둠을 자기 안으로 끌어안은 얼마나 복잡한 인간이었는지에 대해 자세히 설명해 줬다.

"하이든은 어떤 의미에서는 수수께끼의 인물입니다. 그가 마음속에 얼마나 격렬한 파토스를 지니고 있었는지, 그것은 솔직히 말해 아무도 모릅니다. 그러나 그가 태어난 봉건적인 시대에서 그는 자아를 교묘히 복종의 옷으로 감싼 채 명랑하고 약삭빠르게 살아 나갈 수밖에 없었습니다. 그렇게 하지 않았다면 그는 틀림없이 짓밟혔을 겁니다. 많은 사람들이 바흐나 모차르트에 비해 하이든을 가볍게 봅니다. 음악에서나 생활 방식에서나. 분명히 그는 긴 인생을 통해 적당히 혁신적이기는 했지만, 결코 전위적이지는 않았습니다. 하지만 마음을 집중해서 주의 깊게 듣는다면 근대적 자아에 대한 숨겨진 동경을 읽을 수 있을 겁니다. 그것은 모순을 품은 먼 산울림으로, 하이든의 음악 속에서 묵묵히 맥박이 뛰고 있습니다. 예를 들어 이 화음을 들어 보세요. 조용하지만, 소년과 같은 유연한 호기심으로 가득한, 그리고 중심을 향해 가까이 가려는 구심적이면서도 집요한 정신이 담겨 있습니다."

"프랑수아 트뤼포의 영화처럼요?"

"그렇습니다" 하고 주인은 자기도 모르게 호시노 씨의 어깨를 쳤다. "바로 그대로입니다. 그것은 프랑수아 트뤼포의 작품과도 통하는 것입니다. 유연한 호기심에 가득 찬, 구심적이면서도 집요한 정신."

하이든의 음악이 끝나자 청년은 다시 한번 루빈스타인, 하이페츠, 포이어만의 트리오가 연주하는 「대공 트리오」를 들려달라고 했다. 그리고 그 음악에 귀를 기울이면서 혼자 다시금 자기 자신을 진지하게 돌아보는 긴 성찰에 잠겼다.

'어쨌든 갈 수 있는 데까지 나카타 씨를 따라가자. 직장 따위 알 게 뭐야!' 하고 호시노 씨는 마음을 정했다.

제35장

아침 일곱 시에 전화벨이 울렸을 때 나는 깊이 잠들어 있었다. 꿈속에서 나는 동굴 안쪽에서, 손전등을 손에 들고 몸을 웅크린 채 어둠 속 무엇인가를 찾고 있다. 그때 동굴 입구 쪽에서 누군가 이름을 부르는 소리가 들려온다. 내 이름이다. 멀리서 희미하게. 큰 소리로 그쪽을 향해 대답한다. 그러나 그 누군가에게 내 목소리는 들리지 않는 것 같다. 끊임없이 집요하게 내 이름을 부른다. 하는 수 없이 나는 몸을 일으켜 동굴 입구 쪽을 향해 걷기 시작한다. '조금만 더 있으면 찾을 수 있었는데' 하고 생각한다. 그러나 동시에 찾지 못한 것에 내심 안도하기도 한다. 그러다 잠이 깬다. 나는 주위를 둘러보고 뿔뿔이 흩어진 의식을 천천히 회수한다. 전화벨이 울리고 있음을 알게 된다. 도서관의 책상에 있는 전화가 울리고 있다. 창문의 커튼 너머로 선명한 아침 햇살이 방 안으로 비쳐 들고, 사에키 씨의 모습은 이미 곁에 없다. 나는 혼자 침대에 있다.

티셔츠와 반바지 차림으로 침대에서 나와 전화가 있는 곳으로 간다. 꽤 시간을 들여 걸어갔는데도, 전화벨은 포기하지 않고 계속 울려 댄다.

"여보세요?"

"자고 있었어?" 하고 오시마 씨가 묻는다.

"네. 자고 있었어요."

"쉬는 날 아침 일찍부터 깨워서 미안하지만, 일이 조금 골치 아프게 됐어."

"골치 아프게 됐다니요?"

"자세한 이야기는 나중에 할게. 당분간 거기를 떠나 있는 게 좋겠어. 지금 그리로 갈 테니까 서둘러 짐을 챙겨. 내가 도착하면 넌 곧장 주차장으로 나와서 아무 말 말고 차에 올라타는 거야, 알았지?"

"알겠어요."

나는 방으로 돌아와 시키는 대로 짐을 챙긴다. 특별히 서둘 필요도 없다. 오 분 정도면 모든 것이 끝난다. 세면장에서 빨아 널어 둔 옷을 걷고, 세면도구와 책과 일지를 배낭에 집어넣는 것만으로 짐 싸는 일은 끝난다. 옷을 입고 흐트러진 침대를 정돈한다. 시트의 주름을 펴고 베개의 움푹 들어간 부분을 두드려서 본래대로 해놓고, 이불을 단정하게 덮어 둔다. 모든 흔적을 없애

버린다. 그리고 의자에 앉아서 바로 몇 시간 전까지 거기에 있었던 사에키 씨를 생각한다.

이십 분 후 녹색 마쓰다 로드스터가 주차장으로 들어오기 전에, 나는 우유와 콘플레이크로 간단한 아침 식사를 마치고, 사용한 식기를 씻어서 치운다. 이를 닦고 세수를 한 후 거울을 보며 얼굴을 점검한다. 그때 마침 주차장에서 엔진 소리가 들려온다.

차의 지붕을 열기에 안성맞춤인 날씨지만, 붉은색 덮개는 단단히 덮여 있다. 나는 배낭을 짊어지고 빠른 걸음으로 자동차로 가서 조수석에 올라탄다. 오시마 씨는 내 배낭을 지난번과 마찬가지로 뒤 트렁크에 능숙한 솜씨로 붙잡아 맨다. 그는 아르마니의 진한 색깔 선글라스를 쓰고, 브이넥의 흰 티셔츠 위에 격자무늬의 리넨 셔츠를 걸치고 있다. 진 소재의 흰 바지에 남색의 컨버스 로우를 신은 캐주얼한 휴일 옷차림이다. 그는 나에게 남색 모자를 건네준다. 노스페이스의 마크가 붙어 있다.

"모자를 잃어버렸다고 했지? 이걸 쓰면 될 거야. 얼굴을 감추는 데 조금은 도움이 될 테니까."

"고마워요" 하고 나는 말한다. 그러고는 모자를 써본다. 오시마 씨는 모자를 쓴 내 얼굴을 살펴보더니 그만하면 들킬 염려가 없다는 듯이 고개를 끄덕인다.

"선글라스는 갖고 있겠지?"

나는 고개를 끄덕이고 주머니에서 짙은 하늘색의 레보 선글라스를 꺼내 쓴다.

"쿨하네!" 오시마 씨가 내 얼굴을 보고 말한다. "그래, 맞아. 잠깐, 모자를 반대로 써봐."

나는 시키는 대로 모자챙을 뒤쪽으로 돌린다.

오시마 씨는 다시 한번 고개를 끄덕인다. "좋아. 가정교육을 잘 받고 자란 랩 가수 같아."

그는 기어를 2단에 놓은 뒤, 천천히 액셀을 밟고 클러치를 연결한다.

"어디로 가는 거예요?"

"전에 갔던 곳."

"고치의 산속?"

오시마 씨는 고개를 끄덕인다. "응. 또 장거리 드라이브가 되겠지" 하고 말한다. 그러고는 카스테레오의 스위치를 켠다. 모차르트의 밝은 관현악곡이 흐른다. 들어 본 기억이 있다. 「포스트호른 세레나데」였던가?

"산속은 이제 질렸어?"

"거기는 좋아요. 조용하고 책 읽기에 좋거든요."

"잘됐네."

"그런데 골치 아픈 일이 뭐죠?"

오시마 씨는 백미러에 복잡한 시선을 던진다. 내 얼굴을 힐끔 보고 다시 시선을 정면으로 돌린다.

"우선 첫째, 경찰서에서 또 연락이 왔어. 어젯밤 우리 집으로 전화가 왔는데, 이번에는 꽤 진지하게 네 행방을 찾고 있는 것 같았어. 전과는 분위기가 전혀 달라."

"하지만 나한테는 알리바이가 있어요. 그렇죠?"

"물론 너한테는 확실한 알리바이가 있지. 사건이 일어난 날, 너는 줄곧 시코쿠에 있었으니까. 그들이 그 사실을 의심하는 건 아니야. 하지만 네가 누군가와 공모했을 가능성은 남아 있거든."

"공모했다고요?"

"너한테 공범이 있을지도 모른다, 그런 이야기야."

공범? 나는 고개를 흔든다. "어디서 그런 이야기가 나오는 걸까요?"

"경찰은 이번에도 중요한 정보는 가르쳐 주지 않더군. 그들은 타인에게 무엇을 물어보는 데는 탐욕스럽지만, 가르쳐 주는 데는 아주 인색하지. 그래서 밤새도록 인터넷으로 정보를 수집해 봤어. 이 사건에 관한 전문 사이트가 몇 개 생겼던데. 알고 있어? 거기서 너는 꽤 유명 인사가 돼 있더라. 사건의 열쇠를 쥔 방랑의 왕자인 셈이지."

나는 어깨를 약간 움츠려 보인다. 방랑의 왕자라고?

"하긴 유감스럽게도 그런 종류의 정보는 대개 어디까지가 진실이고, 어디부터가 억측인지를 정확히 가늠할 수 없지. 하지만 여러 정보를 종합하면 대강 이야기가 이렇게 돼. 경찰은 지금 한 남자의 행방을 쫓고 있어. 육십대 중반의 남자야. 그 남자가 사건이 일어난 날 밤, 노가타의 상점가 근처 파출소에 찾아와서, 자기가 방금 그 근방에서 사람을 죽였다고 자백했다는 거야. 나이프로 찔러 죽였다고. 하지만 그는 이해할 수 없는 말들을 이것저것 지껄여 댔대. 그래서 파출소에 근무하던 젊은 경찰은 머리가 이상한 노인이라고 생각해 상대도 하지 않고, 제대로 이야기도 들어 보지 않은 채 돌려보냈어. 사건이 발각됐을 때, 그 경찰은 노인을 떠올렸고 자기가 큰 실수를 저질렀다는 사실을 깨달았지. 상대방의 이름도 주소도 묻지 않았던 거야. 그런 일을 상사가 알게 되면 난리가 날 게 뻔했기 때문에 그는 입을 다물고 있었어. 하지만 어떤 사정으로—그 사정까지는 알 수 없지만—사실이 밝혀지고 말았지. 그 경찰은 물론 징계 처분을 받았어. 불쌍하게도 평생 출세하기는 어려울 거야."

오시마 씨는 속력을 내서, 앞에 달리고 있던 흰색 도요타 터셀을 추월한 후 재빨리 원래 차선으로 돌아온다.

"경찰은 전력을 다해 그 노인의 신원을 밝혀냈어. 이력은 잘 모르지만 지적 장애가 있는 것 같아. 그다지 심한 장애는 아니지만, 약간 평범하진 않은가 봐. 친척의 도움과 생활보조금으로 혼자 살고 있었대. 그렇지만 얼마 전까지 살고 있던 아파트에서 나와 지금은 어딘가로 사라졌어. 경찰이 행적을 뒤쫓은 결과 아무래도 히치하이킹을 해서 시코쿠로 향한 것 같다는 거야. 장거리 버스 운전사가 고베에서 그런 노인을 태웠던 것을 기억하고 있었데. 특징 있는 말투로 묘한 말을 해서 기억에 남았던 거지. 이십대 중반의 젊은이하고 함께 있었다는 제보도 들어왔어. 두 사람이 도쿠시마역 앞에서 버스를 내렸다는 것과 그들이 숙박한 도쿠시마의 여관도 알아냈어. 여관 종업원의 이야기에 따르면 두 사람은 전차로 다카마쓰에 온 것 같아. 그래서 노인의 향방과 네가 현재 머물고 있는 주소가 딱 들어맞게 된 거지. 너도 그 노인도 나카노구 노가타에서 곧장 다카마쓰로 향했어. 어느 모로 보나 우연의 일치라고는 생각할 수 없겠지? 당연히 경찰은 무언가 있다고 생각할 수밖에. 가령 두 사람이 공모해서 이번 사건을 짠 것이 아닐까 하고 말이지. 이번에는 경시청이 일선에 나서서 시내를 샅샅이 뒤지고 다니고 있어. 네가 우리 도서관에서 지내고 있다는 것을 더 이상 숨길 수 없을지 몰라. 그래서 산에 데리고 가기로 한 거야."

"나카노구에 사는 지적 장애가 있는 노인?"

"뭐 생각나는 게 있어?"

나는 고개를 흔든다. "전혀."

"주소를 보니까 네 집에서 가까운 곳에 살고 있었어. 걸어서 십오 분 정도 되는 곳이래."

"오시마 씨, 나카노구에는 엄청나게 많은 사람들이 살고 있어요. 난 우리 옆집에 누가 살고 있는지도 몰라요."

"그리고 이 이야기에는 아직 속편이 남아 있어, 잘 들어봐" 하고 오시마 씨가 내 쪽을 힐끔 본다. "그가 노가타의 상점가에 정어리와 전갱이를 하늘에서 떨어지게 했다는 거야. 많은 물고기가 하늘에서 떨어질 거라고 그 전날 경찰한테 예고했대."

"굉장한데요!"

"그러게 말이야" 하고 오시마 씨가 말한다. "같은 날 밤, 수많은 거머리가 도메이 고속도로의 후지가와 휴게소에 떨어졌지. 그건 기억하고 있어?"

"그럼요."

"경찰도 물론 그 일련의 사건을 알고 있지. 그 이상한 사건과 수수께끼의 노인 사이에 어떤 관련이 있는 게 아닐까 하고 추측하고 있어. 행적이 거의 일치하거든."

모차르트의 곡이 끝나고, 계속해서 또 다른 모차르트의 곡이 시작된다.

오시마 씨는 핸들을 잡고 운전하면서 몇 번 고개를 흔든다. "정말 일이 이상하게 돼가네. 출발부터도 꽤 기묘했지만 이야기가 점점 더 기묘해지고 있어. 앞을 예측할 수 없을 정도로. 하지만 한 가지 확실한 것은 이야기의 흐름이 점점 더 이 부근으로 집중되기 시작하고 있다는 사실이야. 너를 조사하는 수사망과 그 수수께끼 노인에 대한 수사망이 이 부근 어딘가에서 만나려 하고 있단 말이지."

나는 눈을 감고 엔진 소리에 귀를 기울인다.

"오시마 씨, 내가 이대로 어딘가 다른 도시로 가버리는 게 좋지 않을까요?" 하고 나는 말한다. "무슨 일이 일어나든 간에, 더 이상 오시마 씨와 사에키 씨에게 폐를 끼칠 수는 없어요."

"다른 도시라니 어디로 가려고?"

"몰라요. 역까지 데려다주면 거기서 생각하죠, 뭐. 아무 데라도 괜찮으니까요."

오시마 씨는 한숨을 쉰다. "그건 그다지 좋은 생각이라고 할 수 없어. 역에는 틀림없이 경찰들이 서성거리며 키가 큰 열다섯 살가량의, 배낭과 강박관념을 짊어진 쿨한 소년을 찾고 있을 테니까 말이야."

"그럼, 경찰이 없는 먼 역에 데려다주면 되잖아요?"

"결국 마찬가지야. 어차피 넌 어디선가 발각되고 말 거야."

나는 입을 다문다.

"내 말 잘 들어. 넌 체포영장이 발부된 것도 아니고, 지명수배 된 것도 아니야. 안 그래?"

나는 고개를 끄덕인다.

"그렇다면 넌 지금 현재로는 자유의 몸이야. 내가 너를 어디로 데리고 가든 그건 내 마음이지. 법에 어긋나는 게 아니야.

애당초 난 너의 본명조차 모르고 있어, 다무라 카프카 군. 그러니까 나한테는 신경 쓰지 않아도 돼. 난 이래 봬도 조심성이 많은 인간이거든. 꼬리가 잡히지는 않는단 말이지."

"오시마 씨."

"왜?"

"난 아무하고도 공모 같은 것은 하지 않았어요. 만약 실제로 아버지를 죽이게 된다고 해도, 나는 누군가에게 부탁하지는 않아요."

"그건 잘 알고 있어."

오시마 씨는 신호 때문에 차를 세우고 백미러를 조정한다. 레몬 사탕을 입 안에 던져 넣고 나에게도 권한다. 나는 한 개 받아서 입에 넣는다.

"그리고."

"그리고라니?" 하고 오시마 씨가 되묻는다.

"우선 첫째, 하고 오시마 씨가 아까 말했잖아요? 내가 산속에 숨지 않으면 안 되는 이유에 대해서요. 첫 번째 이유가 있다면 두 번째 이유도 있을 것 아니에요."

오시마 씨는 쭉 신호를 보고 있다. 그러나 신호는 좀처럼 초록색으로 바뀌지 않는다.

"두 번째 이유는 별것 아니야. 첫 번째에 비하면."

"하지만 듣고 싶어요."

"사에키 씨에 관한 거야" 하고 오시마 씨가 말한다. 겨우 신호가 바뀌고 그는 액셀을 꽉 밟는다. "너, 사에키 씨하고 잤지, 그렇지?"

나는 제대로 대답하지 못한다.

"아무래도 상관없어. 신경 쓰지 않아도 돼. 난 눈치가 빠른 편이라서 알 수 있었어. 그뿐이야. 그녀는 멋진 사람이고, 여성으로서도 매력적이지. 그녀는— 특별한 사람이야. 여러 가지 의미에서. 너와는 나이 차이가 꽤 나지만, 그런 건 문제될 게 없지. 네가 사에키 씨에게 끌리는 기분은 잘 알아. 너는 그녀와 섹스하고 싶어 해. 하면 되는 거야. 그녀는 너와 섹스하고 싶다고 생각해. 역시 하면 되는 거지. 간단한 일이야. 난 전혀 이상하게 생각하지 않아. 그것이 너와 사에키 씨에게 좋은 일이라면 나에게도 좋은 일이거든."

오시마 씨는 입 안에서 레몬 사탕을 살살 굴린다.

"하지만 지금은 너와 사에키 씨가 조금 떨어져 있는 것이 좋겠어. 나카노구 노가타의 피비린내 나는 사건과는 관계없이 말이야."

"어째서요?"

"그녀는 지금 굉장히 미묘한 곳에 있거든."

"미묘한 곳?"

"사에키 씨는……" 하고 말하고 나서 오시마 씨는 그 뒷말을 찾는다. "쉽게 말하면 그녀는 죽어 가고 있어. 난 그걸 알 수 있거든. 요즘 줄곧 그런 기색을 느껴 왔어."

나는 선글라스를 들어 올리고 오시마 씨 옆얼굴을 본다. 그는 똑바로 앞을 보고 운전하고 있다. 고치로 향하는 고속도로에 막 들어선 참이다. 자동차는 신기하게도 규정 속도로 주행차선을 달리고 있다. 검은 도요타 수프라가 바람을 가르는 소리를 내며 우리가 타고 있는 로드스터를 추월해 간다.

"죽어 가고 있다니요……?" 하고 나는 묻는다. "그건 불치병 같은 걸 말하는 거예요? 예를 들어, 암이나 백혈병 같은?"

오시마 씨는 고개를 흔든다. "그럴지도 모르고, 그렇지 않을지도 몰라. 난 그녀의 건강 상태에 대해서는 아무 지식도 없어. 어쩌면 그런 병을 앓고 있는지도 모르지. 그럴 가능성도 있을 수 있겠지. 하지만 난 정신적인 영역에 속하는 것이 아닐까 생각하고 있어. 살려는 의지 ─ 그런 것과 관계된 게 아닐까?"

"살려는 의지를 잃어버렸다는 말인가요?"

"그렇지. 계속해서 살아 나가려는 의지가 사라지고 있어."

"사에키 씨가 자살할 거라고 생각해요?"

"아마 그렇지는 않을 거야" 하고 오시마 씨가 말한다. "그녀는 그냥 솔직하고 조용하게 죽음을 향해 가고 있어. 아니면 죽음이 그녀에게 다가오고 있거나."

"열차가 역을 향해 가듯이?"

"아마도." 오시마 씨는 말을 끊고, 입술을 꽉 다문다.

"그러던 중에 다무라 카프카 군, 네가 나타난 거야. 차분하고 냉정하게, 카프카처럼 신비하게. 그리고 너와 그녀는 서로에게 이끌리고, 마침내―고전적인 표현을 사용한다면―관계를 갖게 됐어."

"그래서요?"

오시마 씨는 핸들에서 잠시 두 손을 뗀다. "그뿐이야."

나는 천천히 고개를 흔든다. "혹시 오시마 씨는 이렇게 생각하고 있는 것 아니에요? 내가 그 열차라고."

오시마 씨는 한동안 말없이 잠자코 있다가 입을 연다. "맞아. 네 말대로 난 그렇게 생각하고 있어."

"내가 사에키 씨에게 죽음을 가져다주려고 한단 말이죠?"

"하지만" 하고 그가 말한다. "난 그 일로 너를 책망하는 게 아니야. 아니, 오히려 좋은 일이라고 생각하고 있어."

"어째서요?"

오시마 씨는 그 물음에 대해서는 대답하지 않는다. 그건 네가 생각할 일이야,라고 그의 침묵은 이야기하고 있다. 어쩌면 그건 생각할 것까지도 없는 일이다.

나는 좌석에 몸을 파묻고 눈을 감는다. 그리고 몸에서 힘을 뺀다.

"저, 오시마 씨."

"왜?"

"내가 어떻게 해야 좋을지 전혀 모르겠어요. 내가 어느 쪽으로 향하고 있는지조차 모르겠어요. 무엇이 옳고, 무엇이 잘 못됐는지, 앞으로 나아가야 할지, 뒤로 돌아가야 할지 모르겠어요."

오시마 씨는 여전히 대답이 없다.

"내가 도대체 어떻게 하면 좋을까요?"

"아무것도 하지 않으면 돼" 하고 그가 간결하게 대답한다.

"아무것도 하지 말라고요?"

오시마 씨는 고개를 끄덕인다. "그러니까 이렇게 너를 산으로 데려가는 게 아니겠어?"

"하지만 산속에서 난 무엇을 해야 하죠?"

"바람 소리를 듣고 있으면 돼" 하고 그가 말한다. "난 늘 그렇게 해."

나는 그 말을 곰곰이 생각해 본다.

오시마 씨는 손을 뻗어 내 손을 다정하게 잡는다.

"여러 가지 이상한 일은 네 탓이 아니야. 내 탓도 아니고. 예언 탓도 아니고, 저주 탓도 아니지. DNA 탓도 아니고, 부조리 탓도 아니고, 구조주의 탓도 아니고, 제3차 산업혁명 탓도 아니야. 우리가 모두 멸망하고 상실돼 가는 것은 세계의 구조 자체가 멸망과 상실의 터전 위에 성립돼 있기 때문이지. 우리의 존재는 그

원리의 그림자놀이 같은 것에 지나지 않아. 바람은 불지. 미친 듯이 불어 대는 강한 바람이 있고, 기분 좋은 산들바람이 있어. 하지만 모든 바람은 언젠가는 없어지고 사라져. 바람은 물체가 아니야. 그것은 이동하는 공기의 총칭에 지나지 않아. 너는 귀를 기울이고 그 메타포를 이해해야 하는 거야."

나는 오시마 씨의 손을 잡는다. 부드럽고 따뜻한 손이다. 매끄럽고 성별을 느낄 수 없이 가냘프고 우아하다.

"오시마 씨" 하고 나는 말한다. "난 지금은 사에키 씨와 떨어져 있는 게 좋겠죠?"

"그래, 다무라 카프카 군. 넌 당분간 사에키 씨하고 떨어져 있는 게 좋겠어. 난 그렇게 생각해. 그녀를 혼자 있게 해주는 거야. 머리가 좋고 강한 사람이거든. 오랫동안 참기 어려운 고독을 견뎌 왔고 무거운 기억을 짊어지고 살아왔어. 그녀는 여러 가지 일을 혼자서 조용히 결정할 수 있을 거야."

"즉 나는 어린애이고 방해가 된다는 거죠?"

"그게 아니야" 하고 오시마 씨가 부드러운 목소리로 말한다. "그렇게 말하지 마. 넌 해야 할 일을 했고, 의미 있는 일을 했어. 너에게도 의미 있는 일이고 사에키 씨에게도 의미 있는 일이지. 그러니까 그다음은 그녀에게 맡기자는 거야. 이런 말은 냉정하게 들릴지 모르지만, 지금 현재 사에키 씨와 관련해서 네가 할 수 있는 일은 아무것도 없어. 넌 지금부터 혼자 산속에 들어

가서 너 자신의 일을 하면 돼. 너에게도 마침 그런 시기가 찾아
온 거야."

　"나 자신의 일?"

　"조용히 귀를 기울이면 돼, 다무라 카프카 군" 하고 오시마
씨가 말한다. "귀를 기울이는 거야. 대합조개처럼 주의 깊게."

제36장

여관에 돌아와 보니 예상대로 나카타 씨는 아직도 자고 있었다. 머리맡에 놓아두었던 빵과 오렌지 주스가 든 봉지는 그대로 남아 있다. 나카타 씨는 몸 한 번 뒤척이지 않았다. 아마 한 번도 잠에서 깨지 않은 모양이다. 호시노 씨는 시간을 계산해 봤다. 잠든 것이 어제 오후 두 시경이었으니까 벌써 서른 시간을 내리 자고 있는 셈이다. 그건 그렇고 오늘이 도대체 무슨 요일이더라, 하고 청년은 생각했다. 요즘은 날짜 감각을 완전히 잃어버렸다. 그는 보스턴백에서 수첩을 꺼내 살펴봤다. 그러니까 고베에서 버스를 타고 도쿠시마에 도착한 것은 토요일이었고, 나카타 씨는 도착하자마자 그대로 잠이 들어 월요일까지 죽은 듯이 잤다. 그리고 월요일에 도쿠시마를 떠나 다카마쓰로 와서 목요일에 돌과 벼락 소동이 있었고, 그날 오후에 잠이 들었다. 그리고 하룻밤이 지났으니까…… 맞다, 오늘은 금요일이다. 그런데 이런 생각을 하다 보니, 이 사람은 어쩐지 자기 위해 시코쿠까지 온 것만 같다.

청년은 어젯밤과 마찬가지로 목욕을 한 후 한참 동안 텔레비전을 보다가, 이불 속으로 기어 들어갔다. 나카타 씨는 그때까지도 여전히 편안하게 자고 있었다. 아무려면 어때, 될 대로 되라지, 하고 청년은 생각했다. 자고 싶은 만큼 자게 두면 되지, 뭘. 이것저것 생각하면 생각하는 만큼 오히려 손해다. 그러다가 잠이 들었다. 그때가 열 시 반이었다.

새벽 다섯 시에 가방 속의 휴대전화가 울리기 시작했다. 호시노 씨는 곧 잠에서 깨어 휴대전화를 집어 들었다. 나카타 씨는 여전히 옆에서 곤하게 잠들어 있다.

"여보세요?"

"호시노인가?" 하고 남자 목소리가 말했다.

"커널 샌더스예요?"

"맞았어. 잘 있었나?"

"그럭저럭 탈 없이 지내고 있지만……" 하고 청년은 말했다. "그런데 아저씨, 어떻게 이 번호를 알았지? 아저씨한테 번호를 가르쳐 준 기억이 없는데. 게다가 난 요즘 쭉 휴대전화 전원을 꺼놓고 있었다고. 직장에서 연락이 오는 게 귀찮아서 말이야. 그런데 어떻게 여기로 전화를 건 거지? 정말 이상하네. 아무래도 앞뒤가 맞지 않아."

"내가 말했지 않나, 호시노? 나는 신도 아니고, 부처도 아니고, 인간도 아니라고 말이야. 나는 특별한 존재라네. 나란 존재는 관념만으로 이루어진 특별한 존재야. 그러니까 호시노의 휴대전화를 따르릉 하고 울리는 것쯤은 식은 죽 먹기지. 누워서 떡 먹기야. 전원이 켜져 있든 꺼져 있든 그런 것은 관계가 없어. 이 정도 일 가지고 일일이 놀라지 말게. 그쪽으로 직접 찾아갈 수도 있지만, 자네가 자다가 눈을 떴을 때 느닷없이 내가 머리맡에 앉아 있어 봐. 깜짝 놀라지 않겠나?"

"그야 물론 놀라겠지."

"그래서 이렇게 휴대전화로 말하고 있는 거라네. 나도 그 정도의 예절은 알고 있으니까."

"그것 참 고맙군" 하고 청년은 말했다. "그건 그렇고 아저씨, 이 돌을 어떻게 하라는 거야? 나카타 씨와 내가 돌을 뒤집어서 그럭저럭 입구는 열었어. 천둥, 번개가 엄청나게 치고 돌은 죽을 지경으로 무거웠지만 말이야. 아 참, 나카타 씨에 대한 이야기는 아직 안 했던가? 나카타 씨는 나랑 같이 여행하고 있는 사람인데……."

"나카타 씨에 대해서는 나도 알고 있네" 하고 샌더스가 말했다. "그러니까 굳이 설명하지 않아도 돼."

"흐음" 하고 호시노 씨는 말했다. "하여간 좋아요. 그런데 그 뒤로 나카타 씨는 동면에 들어간 것처럼 정신없이 잠만 자고 있다고요. 돌은 아직 여기 있고 말이야. 슬슬 신사에 돌려주는 것이 좋지 않을까? 멋대로 들고 와서 뒤탈이 걱정돼."

"정말 끈질긴 녀석이군. 뒤탈 같은 것은 없다고 몇 번을 말해야 알아든겠나?" 하고 샌더스가 어처구니없다는 듯이 말했다. "돌은 그대로 당분간 자네가 갖고 있게. 자네들은 그걸 열었어. 한 번 연 것은 다시 닫아야만 해. 닫고 난 다음에는 본래의 장소에 돌려놓도록 하게. 하지만 지금은 아직 돌려줄 시기가 아니야. 알았나? 오케이?"

"오케이" 하고 청년은 말했다. "열었던 것은 다시 닫는다, 가져온 것은 본래 있던 곳으로 돌려놓는다, 알았어요. 한번 해봅시다. 나도 이제 이것저것 생각하는 건 그만두기로 했거든. 뭐가 뭔지 영문은 알 수 없지만 아저씨 말대로 하겠어. 난 어젯밤에 절실히 깨달았어. 정상이 아닌 일을 정상적으로 생각해 봤자 헛수고라는 걸 말이야."

"현명한 결론이로군그래. '하수가 아무리 오래 생각한다고 뾰족한 수가 나오겠나'라는 말도 있지."

"좋은 말이네."

"함축적인 말이지."

"'양띠 해의 집사는 수술의 필수품'이라는 말도 있지."

"그건 또 뭐야, 도대체?"

"빨리 말하기 놀이야. 내가 만들었어."

"그 말을 지금 여기서 해야 할 이유라도 있나?"

"있을 리 없지. 그냥 장난삼아 해본 것뿐이야."

"호시노, 제발 부탁이니까 그런 시시한 소리는 이제 그만하게. 머리가 점점 이상해지니까 말이야. 나는 그런 종류의 밑도 끝도 없는 말장난엔 흥미가 없다네."

"그것 참 미안하게 됐네요" 하고 청년은 말했다. "그런데 아저씨, 나한테 무슨 볼일이 있는 것 아냐? 볼일이 있으니까 일부러 이런 꼭두새벽부터 전화를 한 거잖아."

"그렇지, 그렇지. 그걸 깜박 잊고 있었군" 하고 샌더스가 말했다. "핵심을 빼놓으면 안 되지. 호시노, 그 여관에서 지금 당장 나오게. 시간이 없으니까 아침밥은 먹지 않는 게 좋아. 얼른 나카타 씨를 깨워서 돌을 가지고 그곳을 나와 택시를 타. 택시는 여관까지 불러서 타지 말고, 큰길에 나가서 잡아야 하네. 그리고 내가 불러 주는 주소를 운전기사에게 말하게. 종이와 연필은 있나?"

"네, 있어요." 청년은 가방에서 수첩과 볼펜을 꺼냈다. "빗자루와 쓰레받기, 준비됐어."

"쓸데없는 농담은 하지 말라고 했잖아!" 샌더스가 전화기에 대고 고함을 쳤다. "이쪽은 진지하단 말일세. 일분일초를 다투는 일이야."

"네, 네, 수첩과 볼펜, 준비 완료."

청년은 샌더스가 일러 준 주소를 받아쓴 다음, 전화기에 대고 확인을 위해 복창했다. "○○3가 16-15, 다카마쓰 파크 하이츠 308호실. 됐지?"

"됐어" 하고 샌더스가 말했다. "문 앞에 검은 우산꽂이가 있고, 그 밑에 열쇠가 있네. 그 열쇠로 문을 열고 안으로 들어가게. 있고 싶은 만큼 거기 있으라고. 당분간은 외출하지 않아도 괜찮을 만큼 필요한 물건을 대충 준비해 놓았네."

"그건 아저씨의 맨션인가 보지?"

"그래, 내 맨션이지. 내 맨션이라고는 해도 셋집이지만. 아무튼 마음대로 써도 되네. 자네들을 위해 마련해 둔 거니까."

"이봐요, 아저씨."

"왜?"

"아저씨는 신도 아니고, 부처도 아니고, 인간도 아니다, 본래는 형태가 없다. 분명히 그렇게 말했죠?"

"맞아, 그랬지."

"이 세상 것이 아니다 이거죠?"

"맞았어."

"그런 것이 어떻게 맨션을 빌릴 수 있지? 안 그래요? 아저씨는 인간이 아니니까 호적도, 신분증도, 소득증명서도, 인감도장도, 인감증명도 안 갖고 있잖아? 그런 것도 없이 어떻게 방을 빌려요. 뭔가 사기 친 것 아니야? 나뭇잎을 인감증명으로 바꿔

서 복덕방 영감을 속여 넘겼다든가. 난 더 이상 골치 아픈 일에 말려드는 건 싫어."

"대체 무슨 생각을 하는 건지" 하고 샌더스가 혀를 차면서 말했다. "멍청하기 짝이 없는 녀석 같으니. 혹시 네 뇌는 두부로 돼 있는 거냐? 이 얼빠진 자식아, 나뭇잎으로 뭐를 어떻게 한다고? 나는 너구리가 아니란 말이야. 나는 관념이야. 관념과 너구리는 근본이 전혀 달라. 정말이지, 무슨 시시껄렁한 소리를 하는 거야? 내가 일부러 복덕방에 찾아가서 일일이 그런 시시껄렁한 짓을 할 것 같아? '집세를 조금만 더 깎아 주면 안 될까요?' 하고 흥정할 것 같아? 바보 같은 소리 집어치워. 그런 현실적인 일은 전부 비서한테 시키지. 필요한 서류는 전부 비서가 준비한단 말이야. 당연한 일이잖은가?"

"그렇군. 아저씨도 비서가 있구나."

"당연하지. 도대체 사람을 어떻게 보는 거야? 우습게 봐도 분수가 있지. 나같이 바쁜 몸이 비서 하나쯤 두는 게 뭐가 이상한가?"

"알았어요. 알았으니까, 그렇게 흥분하지 말라고요. 조금 놀린 것뿐이니까. 그보다도 아저씨, 그렇게 서둘러 여기를 나가야만 하는 이유가 뭐예요? 아침밥 정도는 천천히 먹고 나가도 되잖아? 배가 엄청 고파. 게다가 나카타 씨도 정신없이 자고 있어서 깨워 봤자 금방 일어날 리 없고……."

"내 말 잘 듣게, 호시노. 이건 농담으로 하는 이야기가 아니야. 경찰이 자네들을 필사적으로 찾고 있네. 그들은 오늘 아침 일찍부터 시내의 호텔과 여관을 검문하기 시작했단 말일세. 나카타 씨와 호시노의 인상착의는 벌써 오래전부터 경찰에 알려져 있네. 그러니까 조사하면 단번에 탄로가 나게 돼 있단 말이야. 아무튼 두 사람 다 겉으로 보기에 상당히 특징적이니까. 이것은 분초를 다투는 일로⋯⋯."

"경찰?" 하고 청년은 목소리 톤을 높였다. "그런 말 말아요, 아저씨. 난 나쁜 짓은 아무것도 하지 않았다고. 고등학생 때 오토바이를 몇 번 훔친 적은 있지만, 다 내가 타고 즐기기 위해서였지, 팔아먹지는 않았어요. 잠깐 타고 다니다가 모두 제자리에 갖다 두었고. 그 이후 범죄에는 손댄 적이 없다니까. 굳이 말하자면 요전에 신사에서 돌을 가지고 온 정도지. 그것도 아저씨가 하라고 해서⋯⋯."

"돌은 관계가 없어" 하고 샌더스가 단호하게 말했다. "정말 답답한 녀석이군. 돌에 대해서는 잊어버리라고 했잖은가? 경찰은 돌 같은 것은 알지도 못하고, 알아도 신경 쓰지 않아. 적어도 그런 정도의 일로 새벽부터 시내를 일제히 검색하지는 않는단 말일세. 그보다 훨씬 더 중대한 일이야."

"훨씬 더 중대한 일?"

"그 일로 나카타 씨가 경찰에 쫓기고 있네."

"뭐가 뭔지, 도통 모르겠네. 나카타 씨라는 사람은 이 세상에서 범죄와 가장 거리가 먼 사람이잖아. 훨씬 중대한 일이라니 그게 도대체 뭐지? 어떤 범죄인데? 어째서 나카타 씨가 거기 관련돼 있는 거야?"

"지금 전화로 자세한 이야기를 하고 있을 시간이 없네. 중요한 것은 자네가 나카타 씨를 지켜 주기 위해 같이 도망쳐야 한다는 사실이야. 모든 것은 자네의 두 어깨에 달려 있네. 알겠나?"

"모르겠는데요" 하고 청년은 휴대전화를 향해 고개를 절레절레 흔들면서 말했다. "무슨 말인지 전혀 알 수가 없어. 그런 짓을 했다가는 나도 공범이 돼버리잖아?"

"공범이 되지는 않겠지만 취조 정도는 받겠지. 어쨌든 시간이 없네, 호시노. 어려운 이야기는 꾹 삼켜 버리고, 지금은 잠자코 내가 시키는 대로 해주게."

"이봐요, 아저씨, 그러지 말라니까. 난 말이야, 이런 말까지는 하고 싶지 않지만, 경찰이 싫어, 딱 질색이야. 그 녀석들은 야쿠자보다도, 자위대보다도 질이 나빠. 하는 짓이 지저분하고 괜히 으스대고 약자를 괴롭히는 것을 세 끼 밥보다도 더 좋아하는 놈들이라니까. 고등학생 때에도, 트럭 운전사가 되고 나서도 그 녀석들에게 지금까지 여러 번 당했다고요. 그래서 난 경찰하고만은 싸우고 싶지 않아. 승산도 없고 한 번 앙심을 품으면 두고

두고 골탕을 먹이려 드니까. 알겠어요? 그런데 내가 어쩌다 이
런 일에 말려들었는지…… 도대체…….”

전화가 끊겼다.

“아이고 맙소사!” 하고 청년은 한탄했다. 깊은 한숨을 내쉬
고 휴대전화를 가방에 집어넣었다. 그러고 나서 나카타 씨를 깨
우기 시작했다.

“이봐요, 나카타 씨. 아저씨, 불이야! 홍수야! 지진이야! 혁
명이라고! 고질라가 쳐들어왔다니까. 제발 좀 일어나요, 부탁
이야.”

나카타 씨가 일어나기까지는 상당한 시간이 걸렸다. “나카
타는 조금 전에 목귀질등이나 가구의 모서리를 둥그스름하게 다듬는 일을
끝냈습니다. 나머지는 불쏘시개로 썼습니다. 아닙니다, 고양이
님은 목욕은 하지 않습니다. 목욕한 것은 나카타입니다” 하고
나카타 씨가 말했다. 그는 어딘가 다른 시간의 다른 세계에 있는
것 같았다. 청년은 나카타 씨의 어깨를 흔들고, 코를 비틀고, 귀
를 잡아당겼다. 그러고 나서야 겨우 나카타 씨는 그럭저럭 의식
을 되찾았다.

“호시노 씨 아닙니까?” 하고 나카타 씨가 말했다.

“그래, 맞아” 하고 청년은 말했다. “깨워서 미안해.”

“아니요, 괜찮습니다. 나카타도 이제 슬슬 일어날 시간입니
다. 신경 쓰지 마십시오. 불은 붙여 두었으니까요.”

"그것 참 잘됐군. 하지만 조금 난처한 일이 생겨서 우리는 여기를 서둘러 나가야만 하거든."

"그건 조니 워커 씨와 관련된 일입니까?"

"나도 자세한 사정은 잘 몰라. 어떤 소식통한테서 특별 정보가 들어왔어. 여기를 얼른 뜨라고 말이야. 경찰이 우리 두 사람을 찾고 있대."

"그렇습니까?"

"그런 이야기였어. 그런데 조니 워커 씨와는 도대체 무슨 일이 있었는데 그래?"

"글쎄요, 호시노 씨에게 그 일을 말씀드리지 않았던가요?"

"아니, 못 들었는데."

"말씀드린 것 같은 느낌이 듭니다만."

"아니, 진짜 알맹이는 못 들었다니까."

"사실을 말씀드리자면 나카타가 조니 워커 씨를 죽였습니다."

"농담이 아니고?"

"네. 농담이 아니라 정말로 죽였습니다."

"저런! 큰일 났군!"

청년은 가방에 짐을 챙겨 넣고, 돌을 보자기에 쌌다. 돌은 다시 원래의 무게로 돌아가 있었다. 가볍지는 않았지만 들지 못할 정도는 아니었다. 나카타 씨도 즈크 가방에 짐을 챙겨 넣었다. 청년은 프런트에 가서 급한 일이 생겨 지금 떠나겠다고 말했다. 숙박비는 미리 선불로 냈기 때문에 정산에는 시간이 걸리지 않았다. 나카타 씨는 아직도 다리를 약간 휘청거리고 있었으나 그럭저럭 걸을 수는 있었다.

"나카타는 얼마나 잤습니까?"

"글쎄." 청년은 머릿속으로 시간을 계산했다. "대략 마흔 시간 정도야."

"잘 잔 것 같습니다."

"그야 그럴 테지. 그렇게 자고도 잘 잔 것 같지 않다면 잠의 체면이 말이 아닐 테니까. 아저씨, 배고프지 않아?"

"상당히 고픈 것 같은 느낌이 듭니다."

"조금 더 참을 수 있겠어? 우리는 어쨌든 서둘러 여기를 떠나야만 하거든. 먹는 것은 그 뒤에 해결하자고."

"알겠습니다. 나카타는 아직 참을 수 있습니다."

호시노 씨는 나카타 씨를 부축하듯이 해서 큰길로 나가, 마침 지나가던 택시를 잡았다. 그리고 샌더스가 가르쳐 준 주소를 운전사에게 보여 줬다. 운전사는 고개를 끄덕이더니 그곳으로 두 사람을 데려다줬다. 도착하는 데 이십오 분가량 걸렸다. 택시는 시내를 빠져나가 국도를 달려서 이윽고 교외의 주택지에 들어섰다. 지금까지 묵었던 역 근처의 여관 주변과는 전혀 다른, 고상하고 조용한 환경이었다.

샌더스가 가라고 한 곳은 어디서나 볼 수 있는 극히 평범한 오 층짜리 맨션이었다. 이 맨션은 '다카마쓰 파크 하이츠'라는 이름이 붙어 있었지만 평지에 있었고 근처에 공원이 있는 것도 아니었다. 두 사람은 엘리베이터로 삼 층까지 올라갔다. 청년은 우산꽂이 밑에서 열쇠를 찾아냈다. 맨션은 방 두 개와 거실, 부엌이 있는 구조였고, 세면대와 욕조는 일체형이었다. 모든 것이 깨끗하고 새것이다. 가구는 사용한 흔적이 거의 없다. 대형 텔레비전과 조그만 스테레오, 응접세트, 각 방에 있는 침대. 침대에는 이부자리가 완벽하게 준비돼 있다. 주방에는 조리 도구가 갖춰져 있고, 찬장에는 온갖 종류의 식기가 구비돼 있다. 벽에는 세련된 판화가 몇 개 걸려 있다. 그곳은 고급 분양 맨션의 개발업자가 꾸며 둔 모델하우스 같아 보였다.

"별로 나쁘지 않은데" 하고 호시노 씨는 말했다. "개성이 있다고는 할 수 없지만, 깨끗하긴 하군."

"매우 깨끗한 곳입니다" 하고 나카타 씨가 말했다.

커다란 냉장고를 열어 보니 안에 식료품이 가득 들어 있었다. 나카타 씨가 뭐라고 중얼거리면서 식품을 하나하나 점검하더니 이윽고 달걀과 피망과 버터를 꺼냈다. 그리고 피망을 씻어서 잘게 썰어 볶았다. 달걀은 그릇에 깨 넣고 젓가락으로 저었다. 적당한 크기의 프라이팬을 골라 익숙한 솜씨로 피망이 든

오믈렛을 두 개 만들었다. 그런 뒤 식빵을 구워서 두 사람분의
아침 식사를 만들어 테이블로 날랐다. 물을 끓여 홍차도 만들
었다.

"솜씨가 좋은데!" 하고 호시노 씨는 감탄했다. "대단하네."

"줄곧 혼자 살았기 때문에 이런 일에는 익숙합니다."

"나도 혼자 살고 있지만 요리 같은 건 전혀 못 하거든."

"나카타는 원래 한가해서 달리 할 일이 없거든요."

두 사람은 빵과 오믈렛을 먹었다. 그래도 아직 두 사람 다
양이 덜 찼기 때문에, 나카타 씨는 베이컨과 유채 볶음을 만들고
거기다 또 토스트를 두 개씩 구워 먹었다. 그러고 나자 겨우 살
것 같았다.

두 사람은 소파에 앉아서 두 잔째 홍차를 마셨다.

"아저씨" 하고 호시노 씨는 말했다. "아저씨가 정말 사람을
죽였어?"

"네. 나카타는 사람을 죽였습니다" 하고 나카타 씨가 말했
다. 그러고는 그가 조니 워커 씨를 칼로 찔러 죽인 사건의 전말
을 설명했다.

"기절초풍할 일이네!" 하고 호시노 씨는 말했다. "말도 안
되는 이야기야. 하지만 그런 이야기를 아무리 솔직하게 있는 그
대로 이야기해 봤자, 경찰은 절대로 믿지 않아. 나도 지금이니
까 그냥저냥 믿지만, 얼마 전까지였으면 아마 상대도 하지 않았

을 거야."

"나카타도 도통 영문을 알 수 없습니다."

"하지만 어쨌든, 사람이 한 명 살해됐고, 누군가가 살해됐다는 건 기절초풍하는 것으로 끝날 일이 아니지. 경찰은 필사적으로 조사할 테고, 그들은 벌써 아저씨 뒤를 쫓고 있어. 시코쿠까지 와 있단 말이야."

"호시노 씨에게도 폐를 끼치게 되겠네요."

"자수할 생각은 없어?"

"없습니다" 하고 나카타 씨로서는 드물게 단호한 목소리로 말했다. "그 당시에는 자수할 생각이었지만 지금은 그렇지 않습니다. 나카타에겐 달리 해야 할 일이 있기 때문입니다. 나카타가 지금 경찰에 자수하면 그 일을 완수할 수 없습니다. 그렇게 되면 나카타가 시코쿠까지 온 의미가 없어지고 맙니다."

"열어 놓은 입구를 다시 닫아야 한단 말이지?"

"네, 호시노 씨. 맞습니다. 열어 놓은 것은 닫아야만 합니다. 그런 다음에 나카타는 보통의 나카타로 돌아갑니다. 하지만 그 전에 몇 가지 일을 하지 않으면 안 됩니다."

"샌더스가 우리를 돕고 있어" 하고 청년은 말했다. "그 영감이 돌이 있는 곳을 가르쳐 줬고, 이렇게 우리를 숨겨 주고 있어. 도대체 무엇 때문에 우리를 도와주는 걸까? 샌더스와 조니 워커 사이에 뭔가 관계가 있는 건 아닐까?"

그러나 생각하면 할수록 청년의 머릿속은 실타래가 엉킨 듯이 복잡해져 갔다. 앞뒤가 맞지 않는 것을 억지로 맞추려고 해 봤자 헛일이라는 생각이 들었다.

"하수가 아무리 오래 생각해 봤자 무슨 뾰족한 수가 나올 리 있겠어?"

"호시노 씨."

"말해 봐요."

"바다 냄새가 납니다."

청년은 창가로 가서 유리창을 열고, 좁은 베란다에 나가서 공기를 마셔 봤다. 그러나 바다 냄새는 나지 않았다. 멀리 소나무 숲이 보일 뿐이었다. 소나무 숲 위에는 초여름의 하얀 구름이 떠 있었다.

"바다 냄새 같은 건 안 나는데" 하고 청년은 말했다.

나카타 씨가 옆으로 다가와서 강아지처럼 쿵쿵 냄새를 맡았다. "바다 냄새가 납니다. 저쪽에 바다가 있습니다." 그는 소나무 숲 쪽을 가리켰다.

"아저씨, 코가 예민하네" 하고 청년은 말했다. "난 축농증이 있어서 냄새를 잘 못 맡는데."

"호시노 씨, 바다까지 걸어가 보지 않겠습니까?"

청년은 잠시 생각해 봤다. 바다를 산책하는 것쯤은 괜찮을 것 같았다. "좋아, 가보자고."

"그전에 나카타는 똥을 누고 싶은데 괜찮겠습니까?"

"특별히 서둘 건 없으니까 천천히 볼일 보고 와."

나카타 씨가 화장실에 들어가 있는 동안, 청년은 방을 돌아다니면서 거기에 있는 것들을 대충 점검해 봤다. 샌더스가 말했듯이 당분간 생활하는 데 필요한 물건들은 모두 갖춰져 있었다. 세면장에는 면도 크림에서부터 새 칫솔, 면봉, 반창고, 손톱깎이에 이르기까지 기본적인 것이 전부 갖춰져 있었다. 다리미와 다리미판도 있었다.

"어차피 이런 자질구레한 일은 전부 비서에게 시켰겠지만, 그래도 꽤 신경을 썼는걸. 빠진 것이 없네" 하고 청년은 혼잣말을 했다.

벽장을 여니 갈아입을 속옷과 옷까지 준비돼 있었다. 그런데 알로하셔츠는 없고, 아주 평범한 체크무늬의 오픈 셔츠와 폴로셔츠가 있을 뿐이었다. 모두 타미힐피거 제품으로 새것이었다. "샌더스는 눈치가 있는 것 같으면서도 의외로 둔하군" 하고 청년은 불평을 했다. "내가 알로하셔츠 팬이라는 것쯤은 한눈에 알아봤을 텐데. 겨울에도 알로하셔츠로 버틸 정도인데 말이야. 이렇게까지 준비할 거면 알로하셔츠 한 벌쯤은 마련해 뒀어야지, 이게 뭐야."

그러나 지금까지 입고 있던 셔츠는 워낙 땀 냄새가 풀풀 나서 할 수 없이 폴로셔츠를 머리부터 뒤집어썼다. 사이즈는 그에게 딱 맞았다.

두 사람은 해안까지 걸었다. 소나무 숲을 빠져나가 방파제를 넘어 모래사장에 내려섰다. 조용한 세토나이카이의 바다였다. 두 사람은 모래사장에 앉아서 오랫동안 아무 말도 하지 않고, 작은 파도가 마치 넓은 시트를 들어 올리듯이 위로 솟았다가 작은 소리를 내며 부서지는 광경을 바라봤다. 먼 바다에는 몇 개의 작은 섬도 보였다. 두 사람 모두 평소에는 바다라는 것을 보지 못했기 때문에, 아무리 바라봐도 질리지 않았다.

"호시노 씨" 하고 나카타 씨가 말했다.

"응?"

"바다라는 것은 좋은 거군요."

"그래. 보고 있으면 마음이 편안해지니까."

"왜 바다를 보고 있으면 마음이 편안해지는 것일까요?"

"아마 넓고 아무것도 없기 때문이겠지." 청년은 그렇게 말하고 망망대해를 가리켰다. "만일 저쪽에 세븐일레븐이 있고, 저쪽에 세이유 쇼핑센터가 있고, 저쪽에 파친코 가게가 있고, 또 저쪽에 요시카와 전당포 광고판이 있다면 이렇게 편안한 마음이 될 수는 없지 않겠어? 망망대해에 아무것도 눈에 보이는 게 없다는 건 참 좋은 거야."

"네. 그럴지도 모릅니다" 하고 나카타 씨는 잠시 생각에 잠겼다. "호시노 씨?"

"응?"

"바보 같은 것을 여쭙겠습니다."

"말해 봐."

"바다 밑바닥에는 도대체 무엇이 있을까요?"

"바다 밑바닥에는 바다 밑의 세계가 있고, 거기에는 물고기라든가 조개라든가 해초 같은 여러 가지 생물들이 살고 있지. 수족관에 가본 적 없어?"

"나카타는 태어나서 수족관이라는 곳에 가본 적이 한 번도 없습니다. 나카타가 줄곧 살았던 마쓰모토에는 수족관이 없었습니다."

"그야 그렇겠지. 마쓰모토는 산속이니까, 기껏해야 버섯 박물관 정도밖에 없을 거야" 하고 청년은 말했다. "어쨌든 바다 밑바닥에는 여러 가지 것이 살고 있어. 대개는 물속에서 산소를 얻어 호흡하지. 그래서 공기가 없어도 살아갈 수 있어. 우리하고는 달라. 예쁜 것도 있고, 맛있게 생긴 것도 있고, 위험한 것, 기분 나쁘게 생긴 것도 꽤 많아. 실제로 본 적이 없는 사람에게 바다 밑바닥이 어떤 곳인지 말로 설명하기는 어렵지만, 어쨌든 여기하고는 완전히 다른 세계야. 깊은 곳에 들어가면 햇빛도 거의 비치지 않아. 거기에는 특별히 기분 나쁜 녀석들이 살고 있어. 나카타 씨, 이번 문제가 무사히 마무리되면 둘이서 수족관에 가보자고. 나도 오랫동안 가보지 못했지만, 꽤 재미있는 곳이거든. 바다 근처니까 다카마쓰에도 하나쯤은 수족관이 있을지도 몰라."

"네. 나카타도 수족관이라는 곳에 꼭 가보고 싶습니다."

"그런데 말이야, 나카타 씨?"

"네, 호시노 씨."

"우리가 그저께 낮에 돌을 들어 올려서 입구를 열었잖아?"

"네, 나카타와 호시노 씨 둘이서 입구의 돌을 열었습니다. 맞습니다. 그 뒤에 나카타는 깊이 잠들어 버렸습니다."

"내가 알고 싶은 건 말이야, 입구를 열어 놓은 후에 무슨 일이 실제로 일어났을까, 하는 거야."

나카타 씨는 고개를 끄덕였다. "네. 무슨 일이 일어났다고 생각합니다."

"하지만 그것이 무엇인지는 아직 모른단 말이지?"

나카타 씨는 단호히 고개를 흔들었다. "네. 아직 모릅니다."

"그것은 아마…… 어딘가에서 지금 일어나고 있는 중이 겠지?"

"네. 그럴 것이라고 생각합니다. 호시노 씨의 말처럼, 일어나고 있는 중인 것 같습니다. 그리고 나카타는 그것이 일어났다가 끝나기를 기다리고 있습니다."

"그렇다면 그것이 일어났다가 끝나면 여러 가지 일들이 모두 무사히 해결되는 거야?"

나카타 씨는 다시 한번 단호하게 고개를 흔들었다. "아닙니다, 호시노 씨. 그것은 나카타로서는 알 수가 없습니다. 나카타가 하고 있는 일은, 한마디로 해야만 하는 일입니다. 그 일을 함으로써 어떤 일이 일어날지 나카타는 모릅니다. 나카타는 머리가 나쁘기 때문에, 그런 어려운 일에는 생각이 미치지를 않습니다. 앞날의 일은 전혀 모릅니다."

"어쨌든 일이 일어났다가 끝나고 결론이 나올 때까지는 시간이 좀 더 걸린다는 말인가?"

"네. 그런 말입니다."

"그리고 그동안 우리는 경찰에 붙잡히면 안 되겠지? 아직 해야 할 일이 남아 있으니까?"

"네, 호시노 씨. 그렇습니다. 나카타는 경찰에 가는 것은 상관없습니다. 무엇이든 지사님이 말씀하시는 대로 하겠습니다. 하지만 지금은 좀 곤란합니다."

"이봐요, 아저씨" 하고 청년은 말했다. "그 녀석들은 나카타 씨가 그런 영문을 알 수 없는 이야기를 하면 그 내용은 다 빼버리고 적당히 진술서를 날조한다고. 즉 자기들이 적당히 이야기를 만들어 낸단 말이야. 예를 들면 도둑질을 하러 집에 들어갔더니, 사람이 있어서 부엌칼을 집어 들고 찔러 죽였다느니 뭐니 하고 말이야. 그렇게 누구나 알아듣기 쉬운 이야기로 만들어 버려. 진실이 무엇인지, 정의가 무엇인지, 그 녀석들에겐 아무래도 좋은 거지. 자기들의 검거율을 높이기 위해 범인을 날조해 내는 일쯤은 식은 죽 먹기야. 그리고 나카타 씨는 교도소나 경비가 엄한 정신병원에 갇히게 될 거야. 둘 다 끔찍한 곳이지. 아마 거기서 평생 나올 수 없을걸. 어차피 제대로 된 변호사를 고용할 돈도 없을 테니, 형식적으로 별 볼 일 없는 삼류 국선 변호사가 붙을 뿐이야. 그렇게 될 게 뻔해."

"나카타는 그런 어려운 일은 잘 모릅니다."

"어쨌든 그게 경찰이 하는 짓이야. 난 잘 알지" 하고 청년은 말했다. "그러니까 말이야, 나카타 씨, 난 경찰을 상대로는 말썽을 일으키고 싶지 않아. 경찰과는 도통 잘 맞지가 않거든."

"네. 호시노 씨께는 폐를 끼치고 있습니다."

호시노 씨는 깊은 한숨을 쉬었다. "저 말이야, 아저씨, 세상에는 '독을 먹으려면 접시까지'라는 말이 있어."

"무슨 뜻입니까?"

"독을 먹어 버렸으면 내친김에 접시까지 먹어 치우라는 이야기야."

"하지만 호시노 씨, 접시 같은 걸 먹으면 사람은 죽습니다. 이빨에도 좋지 않고, 목도 아픕니다."

"그야 그렇지" 하고 청년은 고개를 갸웃거렸다. "무엇 때문에 접시 같은 걸 먹어야 한다는 건지 모르겠어?"

"나카타는 머리가 나빠서 잘 모릅니다만, 독은 둘째치고 접시는 먹기엔 너무 딱딱합니다."

　"맞아, 그건 그래. 어째 나도 점점 뭐가 뭔지 알 수가 없는 걸. 사실은 나도 꽤 머리가 나쁘거든. 하지만 내가 말하고 싶은 건 기왕 여기까지 왔으니 내친김에 앞으로도 나카타 씨를 호위해서 도망치겠단 거지. 나카타 씨가 나쁜 짓을 했다고는 도저히 생각할 수 없으니까. 여기서 아저씨를 버리고 갈 수는 없단 말이야. 그러면 호시노의 신의는 땅에 떨어지게 되는 거라고."

　"고맙습니다. 호시노 씨에겐 정말이지 뭐라고 감사의 말씀을 드려야 할지 모르겠습니다" 하고 나카타 씨가 말했다. "그런 호의를 받고도 염치없는 말씀 같습니다만, 나카타는 또 한 가지 부탁이 있습니다."

　"뭔지 말해 봐."

　"아무래도 자동차가 필요할 것 같습니다."

　"자동차라니, 렌터카라도 괜찮겠어?"

　"나카타는 렌터카라는 것을 잘 모릅니다만, 어떤 것이든 상관없습니다. 크건 작건, 아무튼 자동차만 한 대 있으면 됩니다."

　"그거야 쉬운 일이지. 자동차라면 내 전문이니까. 나중에 한 대 빌려 오지 뭐. 그런데 그걸 타고 어딘가로 가는 거야?"

　"네. 아마 어딘가로 가게 될 겁니다."

　"이봐요, 나카타 아저씨."

　"네, 호시노 씨."

"아저씨하고 있으면 지겹지가 않다니까. 영문을 알 수 없는 일이 많이 생기지만, 적어도 지겹지 않은 것만은 확실해."

"감사합니다. 그렇게 말씀해 주시니 나카타도 안심입니다. 그런데 호시노 씨?"

"응."

"지겹지 않다는 게 어떤 건지, 솔직히 나카타는 잘 모르겠습니다."

"아저씨는 무언가에 싫증을 느낀 적이 없었나 보네?"

"네. 나카타는 그런 일이 한 번도 없었습니다."

"그렇구나. 그렇지 않을까 하고 전부터 생각했었어."

제37장

도중에 조금 큰 도시에서 차를 세우고, 간단하게 식사를 한다. 그런 다음 슈퍼마켓에 들어가 지난번과 마찬가지로 식료품과 생수를 구입한 후, 산속의 비포장도로를 달려서 통나무집에 도착한다. 통나무집 안은 일주일 전에 내가 떠났을 때 그대로다. 나는 창문을 열어 실내에 갇혀 있던 공기를 환기한다. 그리고 사 가지고 온 식료품을 정리한다.

"여기서 좀 자야겠어" 하고 오시마 씨가 말한다. 그러고는 두 손으로 얼굴을 감싸듯이 하며 하품을 한다. "어젯밤에는 별로 못 잤거든."

어지간히 졸렸던지 오시마 씨는 침대에 간단히 이불을 펴더니, 옷을 입은 채로 기어 들어가 벽 쪽을 향해 누워 금방 잠들어 버린다. 나는 생수로 커피를 끓여서 그를 위해 휴대용 보온병에 넣어 둔다. 그리고 빈 물통을 두 개 들고 숲속 시냇가로 물을 길러 간다. 숲의 풍경도 지난번에 왔을 때와 마찬가지다. 풀 냄새, 새소리, 시냇물이 흐르는 소리, 나무들 사이로 빠져나가는 바람, 이따금 팔랑팔랑 흔들리는 나뭇잎 그림자. 그리고 머리 위를 흘러가는 구름은 아주 가깝게 보인다. 나는 그런 풍경들을 그리운 것으로, 나 자신의 자연스러운 일부분으로 느낀다.

오시마 씨가 침대에서 자고 있는 동안 나는 현관 앞 의자에 앉아, 차를 마시면서 책을 읽는다. 1812년에 시작된 나폴레옹의 러시아 원정에 관한 책이다. 실질적인 의미라고는 거의 없는 이 대규모 전쟁 때문에, 약 사십만 명의 프랑스 병사가 낯설고 광대한 땅에서 목숨을 잃었다. 전투는 물론 잔혹하고 무시무시한 것이었다. 의사 수가 충분하지 않고 의약품도 부족했기 때문에, 부상을 당한 병사들 대부분은 고통 속에 죽어 갔다. 비참한 죽음이었다. 그리고 그보다 더 많은 사람들이 굶주림과 추위 때문에 목숨을 잃었다. 그것 역시 처참한 죽음이었다. 나는 산속의 통나무집 앞에서 새가 지저귀는 소리를 듣고 따뜻한 허브차를 마시면서 눈보라가 휘몰아치는 러시아의 전장을 머릿속에 떠올린다.

삼분의 일쯤 읽은 뒤 걱정이 되어 책을 덮고 오시마 씨를 보러 간다. 아무리 깊이 잠들어 있다 하더라도 너무 조용하다. 기척이 전혀 느껴지지 않는다. 그러나 그는 얇은 이불을 뒤집어쓴 채 아주 조용히 숨 쉬고 있다. 가까이 다가가서 보니 어깨가 조그렇게 올라갔다 내려갔다 하는 것을 알 수 있다. 나는 옆에 서서 그 어깨를 한동안 바라본다. 그리고 오시마 씨가 여성이었다는 사실을 문득 생각해 낸다. 나는 그 사실을 가끔씩밖에 생각하지 않는다. 대개의 경우, 나는 오시마 씨를 남성으로 받아들이고 있다. 오시마 씨도 물론 그렇게 대해 주기를 바랄 것이다. 그러나 잠들어 있을 때의 오시마 씨는 이상하게 여성으로 돌아와 있는 것처럼 느껴진다.

나는 다시 현관 앞에 나가 책을 계속 읽는다. 내 마음은 얼어붙은 시체가 즐비하게 널브러져 있는 스몰렌스크 교외의 가도로 되돌아간다.

오시마 씨는 두 시간가량 자고 일어난다. 현관 밖으로 나와 자기 자동차가 있는 것을 확인한다. 녹색 로드스터는 건조한 비포장 도로를 달려온 탓에 하얀 먼지를 뒤집어쓰고 있다. 그는 기지개를 커다랗게 켜고 나서 내 옆의 의자에 앉는다.

"올해 장마는 비가 별로 안 오네" 하고 오시마 씨가 눈을 비비면서 말한다. "별로 좋은 일은 아니야. 장마 때 비가 적게 오면 다카마쓰는 여름에 꼭 물 부족 현상이 일어나거든."

나는 질문한다. "사에키 씨는 내가 지금 어디 있는지 알고 있나요?"

오시마 씨는 고개를 흔든다. "솔직히 말하면 그녀에게 이번

일에 대해서는 아무것도 이야기하지 않았어. 그녀는 내가 여기에 통나무집을 갖고 있는 것도 모를 거야. 사에키 씨는 가능하면 여러 가지 일을 모르는 편이 낫다고 생각해. 모르면 숨길 필요가 없게 되고, 그만큼 골치 아픈 일에 말려들지 않아도 되니까 말이야."

나는 고개를 끄덕인다. 그것은 내가 바라는 일이기도 하다.

"그 사람은 이미 지금까지 충분히 골치 아픈 일에 말려들어 왔어" 하고 오시마 씨가 말한다.

"사에키 씨에게 아버지가 최근에 죽었다는 이야기를 했어요" 하고 나는 말한다. "누군가에게 살해당했다는 것도. 하지만 경찰이 나를 쫓고 있는 것까지는 이야기하지 않았어요."

"하지만 네가 말하지 않아도, 또 내가 말하지 않아도, 사에키 씨는 대충 짐작하고 있을 거야. 머리가 좋은 사람이니까. 그러니까 만일 내가 내일 아침에 도서관에서 마주쳤을 때, 가령 '다무라 군은 일이 있어서 당분간 여행을 떠났습니다. 사에키 씨에게 작별 인사를 전해 달라고 했습니다' 하고 보고해도 이것저것 묻지 않을 거야. 내가 그 이상 설명하지 않으면 그녀는 고개를 끄덕이고 잠자코 받아들일 거야."

나는 고개를 끄덕인다.

"하지만 넌 사에키 씨를 만나고 싶겠지?"

나는 가만히 있는다. 어떻게 표현해야 좋을지 알 수 없다.

그러나 내가 하고 싶은 대답은 매우 확실하다.

"안됐다고는 생각하지만, 아까도 말했듯이 너와 사에키 씨는 얼마 동안 떨어져 있는 게 좋아."

"하지만 난 앞으로 두 번 다시 사에키 씨를 만나지 못할지도 몰라요."

"어쩌면 그렇게 될지도 모르지." 조금 생각한 후에 오시마 씨가 시인한다. "당연한 이야기지만, 모든 일은 실제로 일어나야만 비로소 일어난 일이 되지. 그리고 때때로 세상일은 겉보기와 같지 않은 법이거든."

"사에키 씨는 도대체 어떻게 느낄까요?"

오시마 씨는 눈을 가늘게 뜨고 내 얼굴을 바라본다. "무엇에 대해?"

"그러니까…… 만일 두 번 다시 나와 만날 수 없다는 것을 알면 지금 내가 느끼는 것 같은 감정을 사에키 씨도 나에 대해 느껴 줄까요?"

오시마 씨는 미소를 짓는다. "어째서 나한테 그런 걸 묻는 거지?"

"난 전혀 모르겠어요. 그래서 오시마 씨에게 묻는 거예요. 지금까지 이렇게 누군가를 좋아하거나 원해 본 경험이 한 번도 없으니까요. 그리고 지금까지 누군가가 나를 원했던 경험도 없으니까요."

"그래서 혼란스럽고, 어찌할 바를 모르겠단 말이지?"

나는 고개를 끄덕인다. "혼란스러워서 어떻게 해야 할지 모르겠어요."

"네가 상대에 대해 느끼는 것과 같은 강렬하고 순수한 감정을, 상대 역시 너에 대해 갖고 있는지 아닌지, 넌 알 수 없단 말이지?"

나는 고개를 흔든다. "그걸 생각하기 시작하면 몹시 괴로워져요."

오시마 씨는 한동안 아무 말 없이 눈을 가늘게 뜨고 숲 쪽을 본다. 새들이 이 가지에서 저 가지로 날아다니고 있다. 오시마 씨의 두 손은 목 뒤에서 깍지 끼워져 있다.

"네가 느끼는 감정은 나도 잘 알아" 하고 오시마 씨가 말한다. "그렇지만 그것은 역시 너 스스로 생각하고, 판단하지 않으면 안 될 일이야. 아무도 너를 대신해서 생각해 줄 수 없어. 요컨대 사랑을 한다는 건 그런 거야, 다무라 카프카 군. 숨이 멎을 만큼 황홀한 기분을 느끼는 것도 네 몫이고, 깊은 어둠 속에서 방황하는 것도 네 몫이지. 너는 자신의 몸과 마음으로 그걸 견뎌야만 해."

오시마 씨는 두 시 반에 차를 타고 산을 내려간다. "절약하면 거기 있는 식료품으로 일주일 정도는 지낼 수 있을 거야. 그전에

253

내가 다시 올게. 만일 사정이 생겨서 올 수 없을 때는 형한테 연락해서 식료품을 추가로 가져다주라고 할게. 형이 살고 있는 곳에서는 한 시간이면 올 수 있으니까. 형한테 네가 여기 있다는 말을 해뒀어. 그러니까 걱정하지 않아도 돼, 알았지?"

"알았어요" 하고 나는 말한다.

"그리고 지난번에도 말한 것처럼, 숲에 들어갈 때는 아무쪼록 조심하도록 해. 일단 길을 잃으면 나올 수 없으니까."

"조심할게요."

"제2차 세계대전이 시작되기 조금 전에, 바로 이 부근에서 일본제국 육군 부대가 대규모 군사훈련을 했어. 시베리아 삼림에서 벌어질 소련군과의 전투를 상정하고 한 훈련이었지. 이 이야기는 하지 않았던가?"

"네, 안 했어요."

"난 종종 중요한 이야기를 빠트리는 버릇이 있는 것 같아" 하고 오시마 씨가 관자놀이를 손가락으로 누르며 말한다.

"하지만 여기는 시베리아 삼림처럼 보이지 않는데요?"

"그야 그렇지. 이 부근은 활엽수림이고 시베리아는 침엽수림이니까. 하지만 군대는 그런 자질구레한 일에는 신경 쓰지 않았을 거야. 목적은 깊은 숲속을 완전무장 한 채 행군하고, 전투훈련을 하는 데 있었을 테니까."

그는 내가 끓여 보온병에 담아 둔 커피를 컵에 따라서, 설탕을 조금 넣고 맛있게 마신다.

"군대에서 요청해서 우리 증조할아버지가 산을 빌려줬대. 마음대로 쓰십시오, 하고. 어차피 쓰지 않는 산이니까. 부대는 우리가 차를 타고 온 도로를 걸어서 왔어. 그리고 숲속으로 들어갔지. 그런데 며칠간의 훈련이 끝나고 점호를 해보니까, 병사두 명이 행방불명됐어. 숲속에서 한창 훈련하던 중에, 완전무장을 한 채 사라져 버린 거야. 둘 다 갓 징병당한 신병이었어. 물론군대는 대대적으로 수색을 실시했지. 하지만 두 사람은 끝내 발견되지 않았어."

오시마 씨는 다시 커피를 한 모금 마신다.

"숲에서 길을 잃었는지, 아니면 탈주를 했는지, 그건 지금까지 밝혀지지 않았어. 하지만 이 부근의 산은 굉장히 깊고, 숲속에는 먹을 수 있는 것이 거의 없어."

나는 고개를 끄덕인다.

"우리가 살고 있는 이 세계에는 언제나 이웃한 또 다른 세계가 있지. 넌 어느 정도까지는 거기에 발을 들여놓을 수 있어. 주의하기만 하면 거기에서 무사히 돌아올 수도 있고. 하지만 어느 지점을 넘어 버리면 두 번 다시 거기에서 빠져나올 수 없게돼. 돌아오는 길을 알 수 없게 되거든. 미궁이지. 미궁이 원래 어디서 유래된 것인지 아니?"

나는 고개를 흔든다.

"미궁이라는 개념을 최초로 만들어 낸 것은, 지금 알려져 있기로는 고대 메소포타미아의 사람들이야. 그들은 동물의 창자를—때로는 인간의 창자를—꺼내서 그 형태로 운명을 점쳤어. 그리고 그 복잡한 형태를 찬양했어. 그러니까 미궁의 기본 형태는 창자야. 즉 미궁의 원리는 너 자신의 내부에 있다는 거지. 그리고 그건 네 바깥쪽에 있는 미궁의 성격과도 서로 통하고 있어."

"메타포?"

"그렇지. 상호 메타포. 네 외부에 있는 것은 네 내부에 있는 것이 투영된 것이고, 네 내부에 있는 것은 네 외부에 있는 것의 투영으로 봐야 한다는 말이야. 그래서 넌 종종 네 외부에 있는 미궁에 발을 들여놓음으로써, 너 자신의 내부에 세팅된 미궁에 발을 들여놓게 되는 거지. 그건 대개 굉장히 위험한 일이야."

"숲으로 들어간 헨젤과 그레텔처럼."

"그래, 헨젤과 그레텔처럼. 숲은 덫을 놓고 기다리고 있어. 네가 아무리 조심하고 궁리해 봐도, 눈치 빠른 새들이 날아와서 길을 잃지 않기 위해 뿌려 놓은 빵 부스러기를 먹어 치워 버리지."

"조심할게요" 하고 나는 말한다.

오시마 씨는 자동차의 덮개를 내리고 운전석에 올라탄다. 선글라스를 쓰고 기어에 손을 얹는다. 그러자 낯익은 엔진 소리가 숲속에 울려 퍼진다. 그는 앞 머리카락을 뒤로 넘기고, 손을 흔들며 사라져 간다. 잠시 흙먼지가 피어올랐지만, 이윽고 바람에 실려 어디론가 사라진다.

나는 통나무집 안으로 들어가 조금 전까지 오시마 씨가 자고 있던 침대에 드러누워 눈을 감는다. 생각해 보면 나도 어젯밤에는 제대로 잠을 자지 못했다. 나는 베개와 이불에서 오시마 씨의 분위기를 느낀다. 아니, 오시마 씨의 분위기라기보다는 오시마 씨의 잠이 남기고 간 분위기다. 나는 그 분위기 속으로 잠입한다. 삼십 분가량 잤을 때 통나무집 밖에서 쿵 하고 커다란 소리가 난다. 나뭇가지가 무엇인가의 무게를 견디지 못하고 부러져서 땅바닥에 떨어진 것 같은 소리다. 그 소리에 나는 잠이 깬다. 현관 밖으로 나가 주위를 둘러봤지만, 눈길이 미치는 어디에도 변한 것은 아무것도 없다. 어쩌면 그것은 내 잠 속에서 일어난 일인지도 모른다. 그 경계가 구별되지 않는다.

나는 그대로 현관 앞에 앉아, 해가 서쪽으로 기울 때까지 책을 읽는다.

간단한 식사를 만들어 혼자서 묵묵히 먹는다. 식기를 치운 뒤에, 나는 낡은 소파에 몸을 묻고 사에키 씨를 생각한다.

"오시마 씨가 말한 것처럼, 사에키 씨는 머리가 좋은 사람이야. 그리고 자기만의 스타일을 갖고 있어"하고 까마귀라고 불리는 소년이 말한다.

　그는 소파의 내 옆에 앉아 있다. 아버지의 서재에서처럼.

　"사에키 씨는 너와는 많이 달라" 하고 그가 말한다.

사에키 씨는 너와는 많이 달라. 그녀는 지금까지 갖가지 상황을—그것도 보통이라고는 할 수 없는 상황을—헤쳐 나왔어. 그녀는 네가 모르는 많은 것을 알고 있고, 네가 아직 느끼지 못한 많은 감정을 경험했어. 인간이 살아가는 데 무엇이 중요하고, 무엇이 그다지 중요하지 않은가를 구별할 수 있지. 그녀는 지금까지 수많은 중대한 판단을 내리고, 그것이 초래한 결과를 봐왔지만 넌 그렇지 않아. 안 그래? 결국 너는 좁은 세계에서 한정된 경험밖에 하지 못한 어린애에 지나지 않아. 너는 강해지려고 상당히 노력해 왔고 실제로 어떤 부분에서는 강해졌어. 그건 인정해. 하지만 이 새로운 세계의 새로운 상황 속에서, 넌 역시 어찌할 바를 모르게 될 거야. 그런 일들은 모두 네가 처음 경험하는 것이기 때문이지.

　너는 어찌할 바를 모르고 있다. 여성에게 성욕이 있느냐는 문제도 네가 잘 이해하지 못하는 부분 중 하나다. 이론적으로 생각하면 여성에게도 물론 성욕이 있을 것이다. 그 정도는 너도 알고 있다. 그러나 그것이 도대체 어떤 성질의 것이고, 실제로 어떤 느낌의 것인가 하는 문제가 되면 너는 전혀 짐작도 할 수 없다. 너 자신의 성욕이라면 쉽게 알 수 있다. 매우 단순하니까. 그러나 여성의 성욕, 특히 사에키 씨의 성욕에 대해 너는 전혀 알 수 없다. 그녀는 너와 끌어안고 있으면서, 너와 똑같은 육체적 쾌감을 느끼고 있었을까? 아니면 그것은 네가 느낀 것과는 전혀 다른 성질의 것이었을까?

생각하면 할수록 자신이 열다섯 살이라는 것이 짜증스럽고 때로는 절망적인 기분까지 들 것이다. 만일 네가 지금 스무 살이라면, 아니 열여덟 살이라도 좋다, 어쨌든 열다섯 살만 아니라면 너는 사에키라는 사람과, 그 사람의 말이며 행동의 의미를 좀 더 올바로 이해할 수 있을 것이다. 그에 대해 좀 더 올바르게 반응할 수 있을 것이다. 너는 지금 매우 멋진 경험을 하고 있다. 이렇게 멋진 일은 앞으로 두 번 다시 찾아오지 않을지도 모른다. 그만큼 멋진 일이다. 그런데 지금의 멋진 상황을 너는 충분히 이해할 수 없다. 그 답답함이 너를 절망적으로 만든다.

너는 사에키 씨가 지금 무엇을 하고 있을까 상상하고 있다. 오늘은 월요일이라서 도서관은 문을 열지 않는다. 쉬는 날에 사에키 씨는 도대체 무엇을 할까? 너는 그녀가 혼자 집에 있는 모습을 상상한다. 그녀가 빨래를 하고, 요리를 하고, 청소를 하고, 쇼핑을 하는 광경을 하나하나 상상한다. 상상하면 할수록 너 자신이 지금 여기 있다는 사실이 괴롭고 답답하게 느껴진다. 너는 한 마리의 날쌔고 사나운 까마귀가 되어 이 통나무집에서 벗어나고 싶다고 생각한다. 하늘을 날고 산을 넘어 그녀의 방 밖에 앉아, 그녀의 모습을 언제까지나 바라보고 싶다고 생각한다.

어쩌면 사에키 씨는 도서관에 와서 네 방에 찾아갈지도 모른다. 문을 노크한다. 응답이 없다. 문은 잠겨 있지 않다. 그녀는 네가 거기에 없음을 알게 된다. 짐도 남아 있지 않고, 침대는 깨끗이 정돈돼 있다. 네가 어디에 갔을까 하고 그녀는 생각한다. 방 안에서 한참 동안 네가 돌아오기를 기다릴지도 모른다. 그동안 아마 책상 앞에 있는 의자에 앉아서 턱을 괴고,「해변의 카프카」를 바라볼 것이다. 그 그림 속에 포함된 과거의 시간에 대해 생각할 것이다. 그러나 아무리 기다려도 너는 돌아오지 않는다. 이윽고 그녀는 단념하고 방을 나간다. 주차장으로 가서 차에 올라타고 시동을 건다. 너는 그렇게 그녀를 돌려보내고 싶지 않다. 너는 네 방에 있다가 찾아온 그녀를 힘껏 끌어안고, 그녀의 동작 하나하나의 의미를 알고 싶다. 그러나 너는 거기 없다. 너는 모든 사람과 단절된 장소에 혼자 고립돼 있다.

너는 침대에 누워서 불을 끄고 사에키 씨가 방에 나타나 주기를 원한다. 현실의 사에키 씨가 아니라도 좋다. 열다섯 살 소녀의 모습으로라도 좋다. 생령이든 환영이든, 어떤 형태라도 좋으니까 그녀가 보고 싶다. 네 옆에 있어 주기를 원한다. 네 머리는 그런 상념들로 가득 차서 터질 것만 같다. 온몸이 조각조각으

260

로 해체될 것만 같다. 그러나 아무리 애절하게 원하고 기다려도 그녀는 나타나지 않는다. 창밖에서 희미하게 바람 소리만이 들려올 뿐이다. 그리고 이따금 밤새가 낮게 운다. 너는 숨을 죽이고, 꼼짝 않고 어둠 속을 응시한다. 바람 소리에 귀를 기울인다. 그 속에서 어떤 의미를 읽어 내려고 한다. 무엇인가 그 속에 암시하는 바가 있다고 느끼고, 애써 그것을 파악하려 한다. 그러나 네 주위에는 다만 몇 가지 어둠의 단계가 있을 뿐이다. 이윽고 너는 단념한 채 눈을 감고 잠이 든다.

제38장

호시노 씨는 방에 있던 전화번호부에서 시내의 렌터카 사무실을 찾아, 적당한 곳을 골라 전화를 걸었다.

"보통 승용차를 이삼 일 빌리고 싶은데요. 별로 크지 않고 될 수 있는 대로 눈에 잘 띄지 않는 차가 있을까요?"

"저 말이죠, 손님" 하고 상대방이 말했다. "저희는 마쓰다 차만 취급하는 렌터카 회사입니다. 이런 말씀 드리기는 좀 뭣하지만, 눈에 띄는 승용차는 한 대도 없습니다. 안심하십시오."

"잘됐군요."

"패밀리아면 어떻겠습니까? 신뢰할 수 있는 차, 눈에 잘 띄지 않는 차라는 건 하느님과 부처님을 걸고 보증하겠습니다."

"좋아요, 패밀리아로 해줘요."

사무실은 역 근처에 있었다. 청년은 한 시간 내에 가지러 가겠다고 말했다.

그는 혼자 택시를 타고 그곳으로 가서 신용카드와 운전면 허증을 보이고, 차를 우선 이틀간 빌렸다. 주차장에 서 있는 흰 색 패밀리아는 확실히 눈에 잘 띄지 않았다. 마치 되도록 사람들 의 시선에 띄지 않게 디자인된 자동차 같았다. 그 차를 본 후 돌 아서면 어떤 형태의 차인지 생각이 안 날 정도였다.

패밀리아를 운전해서 맨션으로 돌아오는 도중에 서점에 들러, 다카마쓰 시내 지도와 시코쿠 도로 지도를 샀다. 근처에 시디 가게가 보여서, 내친김에 들어가 베토벤의 「대공 트리오」 를 찾아봤다. 도로변 시디 가게의 클래식 매장은 별로 크지 않았 고, 「대공 트리오」는 염가판 한 장밖에 비치돼 있지 않았다. 유 감스럽게도 백만 달러 트리오의 연주는 아니었지만, 아무튼 청 년은 천 엔을 주고 그 시디를 샀다.

맨션으로 돌아와 보니 나카타 씨가 주방에서 능숙한 손길 로 무와 유부로 조림을 만들고 있었다. 집 안 가득 맛있는 냄새 가 감돌고 있었다.

"할 일이 없어서 나카타는 이것저것 요리를 만들고 있었습 니다" 하고 나카타 씨가 말했다.

"마침 잘됐군. 요즘 계속 외식만 했잖아. 이제 슬슬 담백한 집밥이 먹고 싶었거든" 하고 청년은 말했다. "아저씨, 차는 빌렸 어. 밖에 세워 뒀는데, 지금 당장 쓸 건가?"

"아닙니다, 내일 사용해도 상관없습니다. 오늘은 돌님하고 좀 더 이야기를 나누려고 합니다."

"그래, 그게 좋을 것 같아. 이야기를 나누는 건 중요한 일이지. 상대가 누구든, 무엇이든 간에 대화는 하지 않는 것보다는 하는 편이 좋아. 우리도 트럭을 운전하고 있을 때 종종 엔진과 이야기를 해. 주의해서 귀를 기울이면 여러 가지 이야기를 들을 수 있거든."

"네. 나카타도 그렇게 생각합니다. 나카타는 엔진님하고는 이야기할 수 없지만, 상대가 누구든 간에 이야기를 나누는 것은 좋은 일입니다."

"그래, 이제 돌과도 얼마간 이야기가 통하게 된 거야?"

"네. 조금씩 마음이 통하기 시작한 것 같은 느낌이 듭니다."

"그것 참 다행이군. 그런데 나카타 씨, 그 돌님은 우리 멋대로 여기까지 끌고 온 것에 대해 화를 내거나 불쾌하게 생각하지는 않던가?"

"아니요, 그런 일은 없습니다. 나카타가 느끼는 바로는, 돌님은 장소에 대해선 별로 신경 쓰지 않는 것 같습니다."

"그거 다행이군." 청년은 그 말을 듣고 안심했다. "이 처지에 돌한테까지 원한을 사면 꼴이 말이 아니지."

저녁때까지 청년은 사온 「대공 트리오」를 들으면서 지냈다. 백만 달러 트리오만큼 화려하고 유연한 연주는 아니며, 굳이 평을 하자면 수수하고 견실한 연주였지만, 나름대로 나쁘지는 않았다. 그는 소파에 드러누워 피아노와 현의 울림에 귀를 기울였다. 그 깊고 아름다운 선율은 그의 가슴에 파고들었고, 푸가의 정교하고 치밀한 휘감김은 마음을 북돋워 줬다.

일주일 전이었다면 난 이런 음악을 들어도 단 한 음정도 이해하지 못했을 거야,라고 청년은 생각했다. 이해하려는 마음조차 들지 않았을 것이다. 그러나 우연히 어느 조그만 찻집에 들어가, 푹신한 소파에 앉아서 맛있는 커피를 마시게 됐고, 덕분에 이 음악을 자연스럽게 받아들일 수 있게 됐다. 그것은 그에게는 상당히 의미 있는 사건처럼 생각됐다.

그는 자신이 터득한 새로운 능력을 확인이라도 하듯이 그 시디를 몇 번이고 반복해 들었다. 시디에는 「대공 트리오」 외에 같은 작곡가가 만든 「유령 트리오」라는 피아노 3중주곡도 들어 있었다. 그것도 나쁘지 않은 곡이었다. 그러나 청년은 역시 「대공 트리오」 쪽이 좋았다. 이 곡이 더 깊이가 느껴졌다. 그동안 나카타 씨는 방의 한쪽 구석에 앉아서 희고 둥근 돌을 향해 무언가를 중얼중얼 이야기하고 있었다. 때때로 고개를 끄덕이거나 손바닥으로 머리를 북북 긁기도 했다. 두 사람은 한방에서 각자의 작업에 몰두하고 있었다.

"돌님과 이야기하는 데 음악이 방해되지는 않아?" 하고 청년은 나카타 씨에게 말을 걸었다.

"아닙니다, 괜찮습니다. 음악은 나카타에게 방해가 되지 않습니다. 음악은 나카타에겐 바람과 같은 것이니까요."

"흠" 하고 호시노 씨는 말했다. "바람이라."

여섯 시가 되자, 나카타 씨가 저녁 식사를 준비하기 시작했다. 연어를 굽고 샐러드를 만들었다. 만들어 놓은 몇 가지 반찬을 접시에 담았다. 호시노 씨는 텔레비전을 틀고 뉴스를 봤다. 나카타 씨가 혐의를 받고 있다는 나카노구의 살인 사건 수사에 진전이 있지 않을까 생각했으나, 거기에 대해서는 전혀 언급이 없었다. 유아 유괴 사건, 이스라엘과 팔레스타인 간의 상호 보복과 주고쿠 자동차도로에서 일어난 대규모 교통사고, 외국인이 중심이 된 자동차 절도단, 장관의 차별적 실언, 정보산업 관련 대기업의 일시적 해고에 관한 보도뿐이었다. 밝은 뉴스는 하나도 없었다.

두 사람은 식탁에 마주 앉아 식사를 했다.

"음, 아주 맛있어" 하고 호시노 씨는 감탄한 말투로 말했다. "아저씨는 요리 솜씨가 상당히 좋네."

"감사합니다. 하지만 나카타가 만든 식사를 이렇게 누군가가 먹어 준 것은 이번이 처음입니다."

"아저씨한테는 함께 식사할 친구나 가족이 없었나 봐?"

"네. 고양이님은 있었지만 고양이님과 나카타는 먹는 것이 많이 다르니까요."

"그야 그렇겠지" 하고 청년은 말했다. "아무튼 아주 맛있어. 특히 이 조림이 끝내줘."

"마음에 드신다니 다행입니다. 글자를 읽지 못하기 때문에 나카타는 때때로 엉뚱한 실수를 저지를 때가 있습니다. 그럴 때는 엉뚱한 음식이 돼버립니다. 그래서 나카타는 늘 쓰는 재료를 써서 늘 같은 요리를 만들 수밖에 없습니다. 글자를 읽을 수 있게 되면 여러 가지 요리를 할 수 있겠지만요."

"하지만 난 이 정도면 대만족인데, 뭘."

"호시노 씨."

나카타 씨가 자세를 바로잡고 진지한 목소리로 말했다.

"왜?"

"글자를 읽지 못한다는 것은 이만저만 괴로운 일이 아닙니다."

"그렇겠지" 하고 청년은 말했다. "하지만 이 시디의 해설을 보면 베토벤은 귀가 들리지 않았다고 하거든. 베토벤은 아주 훌륭한 작곡가인데, 젊었을 때는 피아니스트로서도 유럽에서 제일이라는 말을 들었고, 연주가로서도 대단한 명성을 얻고 있었지. 그런데 어느 날, 병 때문에 귀가 들리지 않게 됐어. 거의 들을 수 없게 된 거야. 작곡가에게 귀가 들리지 않는다는 것은 보통 일이 아니야, 그건 알겠지?"

"네, 그럭저럭 알 수 있을 것 같습니다."

"작곡가가 소리를 들을 수 없다는 건 요리사가 미각을 잃는 것과 같지. 개구리가 물갈퀴를 잃는 것과도 같고, 장거리 트럭 운전사가 면허 정지를 먹는 것과도 같은 거야. 누구나 눈앞이 캄캄해지지. 왜 안 그렇겠어? 하지만 베토벤은 좌절하지 않았어. 하긴 뭐 조금은 상심했겠지만, 그런 불행에는 지지 않았어. 이까짓 역경쯤이야 하고 생각한 거지. 그 뒤에도 작곡을 계속하고, 전보다 한층 더 깊은 내용을 담은 훌륭한 음악을 만들어 냈어. 대단한 사람이지. 예를 들면 조금 전에 들은「대공 트리오」도 청각을 잃고 나서 작곡한 거래. 그러니까 아저씨도 글을 모른다는 건 틀림없이 불편하긴 하겠지만, 또 고통스러운 일도 있겠지만, 그게 전부는 아니잖아. 뭐 글을 모른다 해도, 아저씨에겐 아저씨가 아니면 아무도 할 수 없는 일이 있잖아. 사람이 위만 보고 살 수 있겠어. 아래도 보며 살아야 마음 편하지. 거 뭐냐, 가령 아저씨는 돌하고도 말을 할 수 있잖아?"

"그래요. 나카타는 분명히 돌님과도 조금은 말을 할 수 있습니다. 전에는 고양이님과도 대화를 할 수 있었습니다."

"그건 아마 나카타 씨밖에 할 수 없는 일일걸. 아무리 책을 많이 읽어도 보통 사람은 돌이나 고양이하고는 말을 할 수 없거든."

"하지만 호시노 씨, 나카타는 요즘 자주 꿈을 꿉니다. 꿈속에서는 나카타가 글자를 읽을 수 있습니다. 무슨 조화인지 모르겠지만 글자를 읽을 수 있게 된 겁니다. 나카타는 이제 머리가 그렇게 나쁘지 않습니다. 나카타는 기뻐서 도서관으로 달려가 책을 실컷 읽습니다. 책을 읽을 수 있다는 것이 이렇게 멋진 일이구나, 하고 생각합니다. 계속 책을 읽습니다. 그런데 그때 방 안의 불이 갑자기 딱 꺼지고 깜깜해집니다. 누군가가 불을 껐습니다. 아무것도 보이지 않습니다. 더 이상 책을 읽을 수 없습니다. 거기에서 잠이 깼습니다. 꿈속의 일이긴 하지만, 글자를 읽을 수 있고 책을 읽을 수 있다는 것은 참 멋진 일입니다."

"흐음" 하고 청년은 말했다. "난 글자를 읽을 줄 알지만, 책 같은 건 전혀 읽지 않아. 세상은 참 불공평하다니까."

"호시노 씨."

"왜?"

"오늘이 무슨 요일입니까?"

"오늘은 토요일이야."

"내일은 일요일입니까?"

"그렇지."

"내일 아침부터 차를 운전해 줄 수 있겠습니까?"

"물론이지. 어디로 가는 건데?"

"나카타도 모릅니다. 차에 탄 뒤에 생각하겠습니다."

"믿지 않을지도 모르지만" 하고 청년은 말했다. "틀림없이 그런 대답이 나올 줄 알고 있었다니까."

이튿날 아침, 일곱 시가 조금 지나 청년은 눈을 떴다. 나카타 씨는 벌써 일어나 부엌에서 아침 식사 준비를 하고 있었다. 청년은 욕실에 들어가서 차가운 물로 세수하고, 전기면도기로 수염을 깎았다. 따끈따끈한 밥과 가지된장국과 말린 전갱이와 채소조림을 아침으로 먹었다. 청년은 밥을 두 그릇이나 먹었다.

　　나카타 씨가 설거지를 하고 있는 동안에 청년은 또 텔레비전 뉴스를 봤다. 이번에는 나카노구의 살인 사건에 대한 보도가 약간 있었다. "사건 발생 후 열흘이 경과했으나, 아직까지 유력한 단서는 찾지 못했습니다" 하고 NHK의 아나운서가 담담하게 말하고 있었다. 화면에는 으리으리한 대문이 솟아 있는 집이 비치고 있었다. 문 앞에는 경찰관이 서 있고, 출입 금지 로프가 쳐져 있었다.

　　"사건이 발생하기 직전에 행방이 묘연해진 열다섯 살 장남에 대한 수색은 여전히 계속되고 있지만, 아직도 종적을 파악하지 못하고 있습니다. 또 사건 직후 파출소에 찾아와서 살인 사건에 대해 정보를 제공한, 근처에 사는 육십대 남성에 대한 수색도 실시하고 있습니다. 이 두 사람 사이에 어떤 관계가 있는지는 아직 밝혀지지 않았습니다. 집 안에 도난당한 흔적이 없는 것으로 보아, 개인적인 원한에 의한 범행이 아닐까 추정하고 있으며, 경찰은 피해자인 다무라 씨의 지금까지의 교우 관계 등을 상세히 조사하고 있습니다. 또 다무라 씨의 생전의 예술적 공적을 기려서 도쿄국립근대미술관에서는…….”

“이봐요, 아저씨”하고 청년은 부엌에 서 있는 나카타 씨에게 말을 걸었다.

“네. 무슨 일입니까?”

“아저씨, 혹시 나카노구에서 살해당한 사람의 아들을 알고 있어? 열다섯 살이라고 하던데?”

“나카타는 그 아드님을 모릅니다. 나카타가 알고 있는 것은 전에도 말씀드린 것처럼, 조니 워커 씨와 개님뿐입니다.”

“흠”하고 청년은 말했다. “경찰은 아저씨와는 별도로, 그 아들의 행방도 찾고 있는 모양이야. 외아들이어서 형제도 없고, 게다가 어머니도 없다는데, 사건이 일어나기 전에 가출해서 행방불명됐대.”

“그렇습니까?”

“복잡한 사건이네. 하지만 경찰은 좀 더 많은 걸 파악하고 있을 거야. 녀석들은 정보를 찔끔찔끔 내놓거든. 샌더스에게서 얻은 정보에 따르면 그 녀석들은 아저씨가 다카마쓰에 있다는 사실을 알고 있대. 이 호시노라는 잘생긴 청년이 아저씨와 함께 있는 것도 알고 있고. 하지만 거기까지는 매스컴에 공표하지 않거든. 우리가 다카마쓰에 있는 걸 안다고 세상에 공표해 버리면 우리가 어딘가 다른 장소로 도망칠 거라고 생각하기 때문이지. 그래서 표면상으로는 우리가 어디에 있는지 모르는 척하고 있는 거야. 질이 나쁜 녀석들이야."

　　여덟 시 반에 두 사람은 집 앞에 주차해 놓았던 패밀리아에 올라탔다. 나카타 씨는 뜨거운 엽차를 보온병에 담았다. 언제나 쓰는 꾸깃꾸깃한 등산모를 쓰고, 우산과 즈크 가방을 들고 조수석에 자리를 잡았다. 호시노 씨도 습관처럼 드래건스 야구 모자를 쓰려다가, 현관 벽에 걸려 있는 거울을 보고서 퍼뜩 깨달았다. 경찰은 드래건스 야구 모자를 쓰고, 녹색 레이밴 선글라스를 끼고, 알로하셔츠를 입고 있는 '젊은 남자'를 찾고 있을 것이다. 가가와현에 드래건스 야구 모자를 쓰고 다니는 사람은 거의 없을 것이고, 거기에 알로하셔츠와 녹색 레이밴 선글라스까지 더해지면 뚜렷하게 특징 있는 겉모습이 된다. 샌더스는 그것까지 생각해서 알로하셔츠가 아닌, 이런 눈에 띄지 않는 남색 폴로셔츠를 준비해 놓았던 것이다. 빈틈없는 놈이다. 그는 레이밴과 모자는 방에 그냥 놔두고 가기로 했다.

　　"그런데 어디로 가면 되지?"

　　"어디든 상관없습니다. 시내를 빙빙 돌아 주세요."

　　"어디든 상관없다고?"

　　"네. 호시노 씨가 가고 싶은 곳으로 가면 됩니다. 나카타는 차창으로 계속 밖을 내다보고 있을 테니까요."

　　"흐음" 하고 호시노 씨는 신음했다. "난 자위대에서나 운송회사에서나 줄곧 차를 운전해 왔으니까 운전에는 비교적 자신이 있어. 그렇지만 핸들을 잡고 있을 때는 항상 어딘가 분명하게 갈 곳이 있었다고. 똑바로 일직선으로 목적지를 향해 갔다 이거지. 그게 습관처럼 됐거든. 어디든 상관없으니까 적당히 가달라는 식의 말은 한 번도 들어 본 적이 없어. 그렇게 말하니까 어떻게 해야 좋을지 도무지 알 수가 없네."

"죄송합니다."

"뭐, 됐어, 됐다고. 사과할 것 없어. 어떻게든 최선을 다해 볼 수밖에" 하고 호시노 씨는 말했다. 「대공 트리오」를 카스테레오의 시디플레이어에 넣었다. "난 시내를 아무 데나 빙빙 운전하며 돌아다니고, 아저씨는 차창 밖을 바라본다. 그러면 되는 거지?"

"네. 그것으로 충분합니다."

"찾는 것을 발견하면 거기에 차를 세운다. 그리고 이야기는 매끄럽게 새로운 전개를 보인다. 그런 건가?"

"네. 그렇게 될지도 모릅니다" 하고 나카타 씨가 말했다.

"그렇게 되면 좋겠는데." 호시노 씨는 그렇게 말하고 시내 지도를 무릎 위에 펼쳤다.

두 사람은 다카마쓰 시내를 돌아다녔다. 호시노 씨는 시내 지도에 마커로 표시를 해나갔다. 한 블록을 구석구석 돌고 모든 길을 빠짐없이 통과한 것을 확인한 다음에 다음 블록으로 옮겨 갔다.

이따금 차를 세우고 엽차를 마시고, 말보로를 피웠다. 「대공 트리오」를 반복해서 들었다. 점심때가 되자 식당에 들어가서 카레라이스를 먹었다.

"그런데 나카타 씨는 도대체 뭘 찾고 있는 거야?" 하고 청년은 식사가 끝난 뒤에 물어봤다.

"그건 나카타도 모릅니다. 그것은……."

"……실제로 보면 알 수 있지만 실제로 보지 않으면 모른다 이거지?"

"네, 맞습니다."

청년은 힘없이 고개를 저었다. "처음부터 대답은 알고 있었어. 그냥 확인해 보고 싶었을 뿐이야."

"호시노 씨."

"응?"

"어쩌면 그것을 발견할 때까지는 시간이 많이 걸릴지도 모릅니다."

"알았어. 할 수 있는 데까지 해보자고. 한 발을 벌써 배에 올려놓았는데, 다른 도리가 없잖아."

"지금부터 배를 타는 겁니까?" 하고 나카타 씨가 물었다.

"아니, 현재로서는 배를 탈 일은 없어" 하고 청년은 대답했다.

세 시가 되자 두 사람은 한숨 돌리러 커피숍에 들어갔다. 청년은 커피를 시켰고, 나카타 씨는 한참 망설이다가 아이스밀크를 주문했다. 청년은 지칠 대로 지쳐서 말할 기력도 없었다. 「대공 트리오」도 이제는 듣기 싫었다. 같은 장소를 빙글빙글 운전하고 돌아다니는 것은 그의 기질에는 맞지 않았다. 지루하고 속력도 낼 수 없는 데다 주의력을 유지하기 위해서는 많은 노력이 필요했다. 이따금 경찰차와 스쳐 지나갔으나 호시노 씨는 가능하면 경찰관과 눈을 마주치지 않으려고 애썼다. 파출소 앞은 될 수 있으면 피해서 지나갔다. 아무리 마쓰다 패밀리아가 눈에 잘 띄지 않는 차라고 하더라도, 너무 자주 보이면 수상히 여겨 그들의 검문을 받게 될지도 모른다. 또 자칫 다른 차와 접촉 사고라도 일으켜 경찰의 조사를 받는 일이 없도록, 여느 때보다 신경을 써야만 한다.

그가 지도를 살펴보면서 운전하는 동안, 나카타 씨는 마치 얌전한 어린애나 훈련을 잘 받은 강아지처럼 두 손을 창틀에 얹고 자세도 바꾸지 않은 채 물끄러미 바깥 풍경을 내다보고 있었다. 그는 정말로 진지하게 무언가를 절실히 찾고 있는 듯했다. 저녁때가 될 때까지 두 사람은 각자가 하는 일에 몰두하며 거의 말없이 시간을 보냈다.

"찾는 것은 무엇입니까아" 하고 청년은 운전을 하면서 아주 지쳐 버린 목소리로 이노우에 요스이의 노래를 불렀다. 그 뒤

의 가사는 생각이 나지 않아서 즉흥적으로 가사를 만들어 가며
불렀다.

아직도 찾지 못했습니까아
이제 곧 해가 저뭅니다아
호시노는 배가 고픕니다아
빙빙 돌아서 눈알도 돕니다아

여섯 시가 되어 두 사람은 맨션으로 돌아왔다.

"호시노 씨, 내일 또 계속합시다" 하고 나카타 씨가 말했다.

"오늘 하루 동안에 시내를 꽤 많이 돌았으니까 내일은 아마
그 나머지를 전부 돌 수 있을 거야" 하고 청년은 말했다. "그런
데 좀 묻고 싶은 게 있는데."

"네, 호시노 씨, 무엇입니까?"

"만일 다카마쓰 시내에서 그것을 찾을 수 없으면 그다음에
는 어떻게 할 생각이지?"

나카타 씨는 손으로 머리를 벅벅 긁었다. "만일 다카마쓰
시내에서 찾지 못하면 아마도 범위를 넓혀서 찾게 될 거라고 생
각합니다."

"그렇겠지" 하고 청년은 말했다. "그런데 그렇게 해도 못
찾으면 우리는 어떻게 해야 하지?"

"네. 그래도 찾지 못하면 범위를 좀 더 넓혀 가게 될 것 같습니다."

"그러니까 찾을 때까지 자꾸만 범위를 넓혀 가겠다는 거로군. 개도 쏘다니면 몽둥이에 맞는다나돌아 다니다 보면 뜻하지 않은 행운이나 재난을 만난다는 일본 속담 이거지?"

"네. 그렇게 될 거라고 생각합니다" 하고 나카타 씨가 말했다. "그런데 호시노 씨, 나카타는 잘 모르겠는데, 어째서 개님이 돌아다니면 몽둥이에 맞습니까? 개님은 앞에 몽둥이가 있으면 비켜 갈 것 같은데요?"

호시노 씨는 그 말을 듣고 고개를 갸웃했다. "그러고 보니 그렇네. 나도 지금까지 한 번도 생각해 본 적이 없긴 한데, 왜 개가 몽둥이에 맞아야 하는 걸까?"

"이상한 일입니다."

"하여간 그건 그렇고, 그런 것을 생각하기 시작하면 이야기가 점점 더 복잡해져. 개와 몽둥이 문제는 일단 덮어 두자고. 내가 알고 싶은 것은 도대체 어디까지 수색의 범위를 넓혀 갈 것이냐 하는 거야. 그러다간 점점 더 범위가 넓어져서, 옆에 있는 에히메현이나 고치현까지 가게 될지도 몰라. 어느새 여름이 지나 가을이 될지도 모르고."

"그렇게 될지도 모릅니다. 하지만 호시노 씨, 가을이 되고 겨울이 되더라도 나카타는 어떻게든 그것을 찾아야만 합니다.

물론 호시노 씨에게 언제까지나 도움을 받을 수는 없을 테니까, 나중에는 나카타가 혼자 걸어서 찾겠습니다."

"글쎄, 그건, 어쨌든 간에……" 하고 청년은 더듬거렸다. "돌님이 좀 더 상세하고 친절하게 정보를 제공해 주면 좋잖아. 대충 어느 부근이라든가 말이야, 대충이라도 말해 주면 참 좋을 텐데……."

"죄송합니다. 돌님은 말수가 적습니다."

"그렇군. 돌님은 말수가 적다 이거지? 하긴 생긴 걸 보면 대충 짐작은 가지만. 돌님은 틀림없이 말수가 적고, 수영은 특히 질색이겠지. 좋아, 됐어. 이제 와서 생각해 봐야 뭐 하겠어. 잠이나 푹 자고, 내일 또 계속하자고."

다음 날도 같은 일이 되풀이됐다. 청년은 시내의 서쪽 절반을 어제와 같은 순서로 운전하고 돌아다녔다. 시내 지도를 노란색 마커로 하나하나 지워 나갔다. 달라진 것은 청년의 하품 수가 다소 늘어난 정도였다. 나카타 씨는 여전히 차창에 얼굴을 들이대다시피 하고 진지한 눈초리로 무엇인가를 찾고 있었다. 두 사람은 이날도 거의 대화를 나누지 않았다. 청년은 경찰의 모습에 신경 쓰면서 핸들을 잡고, 나카타 씨는 지칠 줄 모르고 수색을 계속했다. 그러나 찾는 물건은 발견되지 않았다.

"오늘은 월요일이지요?" 하고 나카타 씨가 물었다.

"그렇지, 어제가 일요일이었으니까 오늘은 월요일이야" 하고 청년은 말했다. 그러고는 거의 자포자기한 심정으로, 떠오른 말에 적당히 멜로디를 붙여 노래를 불렀다.

오늘이 월요일이라면
내일은 틀림없이 화요일이지.
개미는 소문난 일꾼이고
제비는 언제나 멋만 내고 있네.
굴뚝은 높고 석양은 빨갛다네.

"호시노 씨" 하고 조금 뒤에 나카타 씨가 말했다.
"말해."
"개미님이 일하는 모습은 아무리 보아도 싫증이 나지 않습니다."
"그렇지."
점심때가 되자 두 사람은 장어 전문 식당에 들어가서 특별 점심 할인 메뉴인 장어덮밥을 먹었다. 세 시에는 찻집에 들어가서 커피와 다시마차를 마셨다. 한 번 지나간 거리는 노란색 칠을 했기 때문에 여섯 시가 되자 거리의 지도는 온통 노란색으로 물들었다. 시내의 도로라는 도로는 별 특징 없이 남의 눈에 잘 띄지 않는 마쓰다 패밀리아의 타이어 바퀴가 거의 빠짐없이 밟고 다닌 것이다. 그러나 찾는 물건은 여전히 눈에 띄지 않았다.

"찾는 물건은 무엇입니까아" 하고 청년은 운전을 하면서, 다시 힘없는 목소리로 입에서 나오는 대로 엉터리 노래를 불렀다.

아직도 아직도 찾지 못했습니까아
시내는 거의 다 돌았습니다아
엉덩이도 아픕니다아
이제 슬슬 집으로 돌아갑시다아

"이런 짓을 계속하다간 난 머지않아 그럴듯한 싱어송라이터가 되겠군" 하고 호시노씨는 말했다.

"그게 뭡니까?" 하고 나카타 씨가 물었다.

"아무것도 아니야. 그냥 시시한 농담이야."

두 사람은 단념하고, 다카마쓰 시내에서 나와 국도를 이용해 맨션으로 돌아가려고 했다. 그러나 청년이 딴생각을 하는 바람에 왼쪽으로 꺾어야 하는 지점을 놓쳐 버렸다. 어떻게든 본래의 국도로 돌아가려고 시도했으나 도로는 기묘한 각도로 구불구불 휘어진 데다 일방통행이 많아서, 얼마 지나자 전혀 방향을 알 수 없게 돼버렸다. 두 사람이 정신을 차렸을 때는 전혀 본 적 없는 주택가에 들어가 있었다. 주위에는 높은 담으로 둘러싸인,

오래되고 품격 있는 저택들이 죽 이어져 있었다. 거리는 이상하리만큼 조용하고 사람의 모습도 보이지 않았다.

"거리상으로는 우리 맨션에서 별로 멀지 않은 것 같은데 어디가 어딘지 도통 알 수 없군." 청년은 적당한 공터에 차를 세우고 시동을 끈 뒤 사이드브레이크를 걸고 나서 지도를 펼쳤다. 전봇대에 쓰여 있는 동네 이름과 번지를 살펴보고, 그 장소를 지도에서 찾았다. 그러나 눈이 피로한 탓인지 좀처럼 찾을 수 없었다.

"호시노 씨" 하고 나카타 씨가 말을 걸었다.

"왜?"

"바쁘신 중에 죄송합니다만, 저 문에 걸려 있는 간판에는 뭐라고 씌어 있습니까?"

호시노 씨는 그 말에, 지도에서 눈을 들어 나카타 씨가 손으로 가리킨 쪽을 봤다. 높은 담이 이어지다가 조금 앞쪽에 고풍스러운 문이 있고, 문 옆에는 커다란 나무 간판이 걸려 있었다. 검은 문은 굳게 닫혀 있었다.

"고무라 기념 도서관……" 하고 청년은 읽었다. "사람도 별로 다니지 않는 이런 조용한 곳에 도서관이 다 있네. 도서관 같아 보이지도 않는데 말이야. 보통 저택 같잖아?"

"고무라 기념 도서관?"

"맞아. 아마 고무라라는 사람을 기려서 만든 도서관일 거야. 고무라가 어떤 사람인지 난 전혀 모르지만."

"호시노 씨."

"왜?" 호시노 씨는 지도를 들여다보면서 대답했다.

"저곳입니다."

"저곳이라니, 뭐가?"

"나카타가 지금까지 계속 찾고 있었던 곳이 바로 저곳입니다."

호시노 씨는 지도에서 얼굴을 들고 나카타 씨의 눈을 봤다. 그리고 눈살을 찌푸린 채 도서관 문을 봤다. 간판의 글자를 다시 한번 천천히 읽었다. 말보로 담뱃갑을 꺼내 흔들어서 한 개비를 입에 물고, 일회용 라이터로 불을 붙였다. 연기를 천천히 빨아들인 뒤 열려 있는 차창 밖으로 내뿜었다.

"정말로?"

"네. 틀림없습니다."

"우연이라는 건 무서운 것이군" 하고 청년은 말했다.

"정말로 그렇습니다" 하고 나카타 씨도 맞장구를 쳤다.

제39장

산속에서 맞은 이틀째 날이 평소와 다름없이 느릿느릿 물 흐르듯 이음새도 없이 지나간다. 어느 하루와 다른 하루 사이에 가로놓인 차이라고는 거의 날씨뿐이다. 만일 날씨까지 비슷하다면 날짜 감각은 점점 더 사라져 간다. 어제와 오늘을, 그리고 오늘과 내일을 제대로 구별할 수 없어진다. 시간이 닻을 잃은 배처럼 정처 없이 넓은 바다를 방황하기 시작한다.

　오늘은 화요일이다, 하고 나는 날짜를 짚어 본다. 사에키 씨는 늘 그래 왔듯이―물론 희망하는 사람이 있다면―도서관 구석구석을 돌아 안내하는 견학 스케줄을 시작할 것이다. 내가 처음 고무라 기념 도서관에 왔던 날처럼……. 그녀는 굽이 가는 하이힐을 신고 계단을 올라간다. 그 소리가 조용한 도서관에 울려 퍼진다. 스타킹의 광택, 새하얀 블라우스, 조그만 진주 귀고리, 책상 위의 몽블랑 만년필, 온화한(그리고 체념의 긴 그림자를 드리운) 미소. 그것들이 모두 까마득히 먼 곳에 있는 것처럼 생각된다. 아니, 거의 현실이 아닌 것처럼 느껴진다.

나는 통나무집의 소파 위에서 그 빛바랜 천 냄새를 맡으면서, 다시 한번 사에키 씨와의 섹스를 생각한다. 기억을 차례로 더듬어서 머릿속에 떠올린다. 그녀는 천천히 옷을 벗는다. 그리고 침대에 들어온다. 말할 것도 없이 내 페니스는 다시 발기하기 시작한다. 굉장히 딱딱해진다. 그러나 어제까지의 아픔은 없다. 귀두의 붉은 기도 어느 틈엔가 사라지고 없다.

성적인 망상에 잠기다 지치면 나는 밖으로 나가 일상적인 운동 코스를 밟아 나간다. 현관의 난간을 이용해서 복근 운동을 한다. 빠른 속도로 쪼그려앉기를 하고, 격렬하게 스트레칭을 한다. 땀을 흠뻑 흘리고, 숲속의 개울에 가서 타월을 물에 적셔 몸을 닦는다. 차가운 개울물은 흥분한 내 감정을 어느 정도 가라앉혀 준다. 그런 뒤 현관 앞에 앉아서 엠디 워크맨으로 라디오헤드를 듣는다. 나는 집을 나온 후 거의 같은 음악만 반복해서 듣고 있다. 라디오헤드의 「키드 에이Kid A」와 프린스의 「그레이티스트 히츠GREATEST HITS」, 그리고 이따금 존 콜트레인의 「마이 페이버릿 싱스My Favorite Things」.

오후 두 시에─도서관의 관내 견학 시간이다─나는 다시 숲속으로 들어간다. 저번에 갔던 오솔길을 따라 한참 걸어 들어가자 그 탁 트인 공터가 나온다. 풀밭에 앉는다. 나무줄기에 기대앉아, 뻗어 난 가지 사이로 동그랗게 열려 있는 하늘을 올려다본다. 여름 구름의 하얀 가장자리가 보인다. 여기까지가 안전지대다. 여기라면 쉽게 통나무집으로 돌아갈 수 있다. 초보자용 미궁, 게임으로 말하면 '레벨 1' 수준이므로 어렵지 않게 클리어할 수 있다. 그러나 여기서 좀 더 앞으로 나아가면 나는 더욱 깊고 도전적인 미궁에 발을 들여놓게 된다. 오솔길은 점점 더 좁아지고, 양치류의 바다에 어느 틈엔가 잠겨 간다.

그래도 나는 굳이 좀 더 앞까지 가보기로 한다.

이 숲의 안쪽으로 얼마나 더 들어갈 수 있는지 시험해 보려고 한다. 그 안에 뭔가 위험이 있다는 것은 알고 있다. 그러나 얼마나 위험한지, 또 어떤 종류의 위험인지 내 눈으로 직접 확인하고 피부로 직접 느끼고 싶다. 그렇게 하지 않을 수 없다. 무언가가 등 뒤에서 나를 부추긴다.

나는 주의 깊게 그 앞으로 이어져 있는, 길처럼 보이는 곳을 더듬어 간다. 나무숲의 큰 나무들은 깊이 들어갈수록 점점 더 하늘을 향해 우람하게 치솟아 있고, 주위의 공기 밀도는 점점 짙고 무거워진다. 머리 위는 제멋대로 뻗은 나뭇가지들로 뒤덮여 하늘이 거의 보이지 않는다. 아까까지 주위에 떠돌던 희미한 여름의 흔적은 이미 사라져 버렸다. 계절 따위는 애당초 거기에 존재하지 않는 것처럼. 이윽고 내가 걷고 있는 길이 진짜 길인지 아닌지 자신이 없어진다. 그것은 길처럼 보이고, 길 같은 모습을 하고는 있으나, 실제로는 길이 아닌 것처럼도 보인다. 후덥지근한 초목 냄새 속에서 모든 사물의 정의가 애매해져 간다. 정당한 것과 정당하지 못한 것이 뒤섞인다. 머리 위에서 까마귀 한 마리가 한 차례 날카로운 소리로 운다. 아주 날카로운 그 울음소리는 어쩌면 나를 향한 경고인지도 모른다. 나는 멈춰 서서 조심스럽게 주위를 둘러본다. 충분한 장비 없이 더 이상 앞으로 나아가는 것은 위험하다. 나는 돌아가야 한다고 생각한다.

그러나 그것은 쉽지 않다. 앞으로 나아가는 것보다 훨씬 더 어려울지도 모른다. 퇴각하는 나폴레옹 군대처럼 길이 헷갈리기 쉬운 데다, 주위의 나무들이 서로 겹쳐져 시커먼 벽이 되어 앞을 가로막는다. 내 숨소리가 귓가에서 묘하게 크게 들린다. 그것은 세계의 가장자리에서 불어오는 틈새 바람 같다. 손바닥만 한, 커다란 검은 나비가 하늘하늘 시야를 가로질러 간다. 그 형태는 내 흰 셔츠에 묻어 있던 핏자국과 비슷하다. 나비는 나무 뒤에서 나타나 천천히 공간을 이동해 다시 나무 뒤로 사라진다. 나비의 모습이 보이지 않자, 주위는 한층 더 엄숙해지고 공기도 한층 더 냉랭해진다. 어쩌면 길을 잃어버린 것인지도 모른다는 공포감이 나를 엄습한다. 까마귀가 머리 바로 위에서 또 한바탕 날카롭게 울어 댄다. 조금 전의 그 새가, 조금 전과 같은 메시지를 보내는 듯하다. 나는 멈춰 서서 다시 한번 위를 올려다본다.

그러나 역시 새의 모습은 보이지 않는다. 문득 생각난 듯이 이따금 현실의 바람이 불고, 어두운 색깔의 잎이 발밑에서 바스락바스락 불온한 소리를 낸다. 몇 개의 그림자가 등 뒤에서 재빨리 이동하는 기척 같은 것이 느껴진다. 그러나 휙 돌아보면 그들은 이미 어딘가에 몸을 숨기고 있다.

하지만 나는 간신히 아까의 동그란 공터로—그 조용한 안전지대로—되돌아온다. 풀밭에 다시 앉아 심호흡을 한다. 울창한 숲 사이로 둥그렇게 열려 있는 푸른 하늘을 올려다보고, 내가 본래의 세계로 되돌아온 것을 몇 번이고 확인한다. 그곳에는 그리운 여름의 기척이 있다. 햇빛이 나를 필름처럼 감싸고 따뜻하게 해준다. 그러나 돌아오는 길에 느낀 공포의 감각은, 정원 구석의 녹다 남은 눈처럼 오랫동안 내 몸에 남아 있다. 심장이 이따금 불규칙한 소리를 내고, 피부에는 아직도 희미하게 소름이 돋아 있다.

그날 밤 나는 숨을 죽이고 어둠 속에 눕는다. 눈을 또렷하게 뜨고, 누군가가 어둠 속에서 모습을 나타내기를 기다린다. 모습을 보여 주기를 염원한다. 염원하는 것이 효과가 있을지 어떨지, 그것은 알 수 없다. 그러나 어쨌든 마음을 한곳에 집중하고, 그것을 강하게 원한다. 나는 강하게 원함으로써 거기에 어떤 작용이 일어나기를 소망한다.

그러나 소망은 이루어지지 않는다. 나의 희망은 거부당한다. 어젯밤과 마찬가지로 사에키 씨는 나타나지 않는다. 진짜 사에키 씨도, 환영으로서의 사에키 씨도, 혹은 열다섯 살 소녀로서의 사에키 씨도 나타나지 않는다. 어둠은 언제까지나 어둠인 채로 있다. 잠들기 전에 나는 격렬한 발기에 시달린다. 그것은 여느 때보다도 훨씬 강하고 단단하다. 그러나 마스터베이션은 하지 않는다. 나는 사에키 씨와의 섹스의 기억을 당분간 그대로 간직하기로 결심한다. 두 손을 움켜쥔 채 잠에 빠져든다. 가능하면 사에키 씨의 꿈을 꾸고 싶다고 생각한다.

그러나 나는 사쿠라의 꿈을 꾼다.

어쩌면 그것은 꿈이 아닐지도 모른다. 모든 것이 너무나 선명하고, 일관적이다. 애매한 구석이라고는 전혀 없다. 그것을 뭐라고 불러야 할지 알 수 없다. 그러나 현상으로 본다면 그것은 틀림없는 꿈이다. 나는 그녀의 아파트에 있다. 그녀는 침대에서 자고 있다. 나는 침낭 속에 누워 있다. 지난번에 하룻밤 묵었을 때와 같은 상황이다. 시간이 되감기고 나는 분기점 같은 곳에 서 있다.

나는 밤중에 심한 갈증을 느껴 침낭에서 나와 수돗물을 마신다. 컵으로 여러 번 물을 마신다. 다섯 잔이나 여섯 잔 정도. 내 피부에는 엷게 땀의 피막이 둘러져 있고, 역시 심하게 발기돼 있다. 반바지 앞이 딱딱하게 불룩 튀어나와 있다. 그것은 나와는 별개의 의식을 갖고 별개의 시스템에 따라 기능하는 다른 생명

체처럼 보인다. 내가 물을 마시면 그 일부를 자동적으로 그 녀석이 받아먹는다. 녀석이 물을 빨아들이는 소리를 희미하게 들을 수 있다.

나는 컵을 싱크대에 놓고 한참 동안 벽에 몸을 기대고 있는다. 시간을 확인하려 하지만 시계가 보이지 않는다. 아마 밤의 가장 깊은 시간일 것이다. 시계마저 어딘가로 깊이 잠적해 버리는 시간이다. 나는 사쿠라의 침대 옆에 선다. 가로등 불빛이 커튼 너머로 방에 비쳐 들고 있다. 그녀는 등을 돌리고 깊이 잠들어 있다. 얇은 이불에서 자그마하고 귀여운 두 발바닥이 빠끔히 나와 있다. 내 등 뒤에서 누군가가 살그머니 어떤 스위치를 켠 것 같다. 메마른 작은 소리가 들린다. 수목이 울창해서 내 시야는 가로막혀 있다. 거기에는 계절조차 없다. 나는 결심하고 사쿠라 옆으로 기어 들어간다. 두 사람분의 몸무게에 작은 싱글 침대가 삐걱거린다. 나는 그녀의 목덜미 냄새를 맡는다. 땀 냄새가 약간 난다. 뒤에서 살며시 그녀의 허리에 손을 갖다 댄다. 사쿠라는 소리가 되지 않는 조그만 소리를 내지만, 그래도 계속 잠을 자고 있다. 까마귀가 한 차례 날카롭게 운다. 나는 위를 올려다본다. 그러나 새의 모습은 보이지 않는다. 하늘도 보이지 않는다.

나는 사쿠라가 입고 있는 티셔츠를 들어 올리고, 부드러운 유방에 손을 갖다 댄다. 젖꼭지를 손가락으로 집는다. 라디오

다이얼을 조정하는 것처럼. 나의 발기한 페니스가 그녀의 허벅지 뒤쪽에 강하게 밀착돼 있다. 그러나 사쿠라는 소리도 내지 않는다. 호흡도 흐트러뜨리지 않는다. 틀림없이 그녀는 깊은 꿈을 꾸고 있는 거야, 하고 나는 생각한다. 다시 까마귀가 운다. 그 새는 나에게 또 메시지를 보내고 있다. 그러나 나는 그 내용을 해독할 수 없다.

사쿠라의 몸은 따뜻하고, 나와 마찬가지로 땀으로 촉촉하다. 나는 과감하게 그녀의 자세를 바꾸어 본다. 천천히 손을 앞쪽으로 뻗어 똑바로 눕도록 한다. 그녀는 숨을 크게 내쉰다. 그래도 아직 잠에서 깨는 기척은 없다. 나는 그녀의 도화지처럼 납작한 배에 귀를 갖다 대고 그 아래에 있는 미로 속 꿈의 울림을 들으려고 한다.

발기는 아직 지속되고 있다. 마치 영원히 지속될 것만 같다. 그녀가 입고 있는 작은 면 팬티를 벗긴다. 시간을 들여 발에서 빼낸다. 드러난 음모에 손바닥을 대고, 그 안쪽에 살며시 손가락을 갖다 댄다. 그곳은 따뜻하고 유혹하듯이 젖어 있다. 나는 천천히 손가락을 움직인다. 아직도 사쿠라는 깨지 않는다. 깊은 꿈속에서 다시 한번 숨을 크게 내쉴 뿐이다.

그와 동시에, 내 속에 있는 움푹 파인 곳에서 무엇인가가 껍질을 깨고 빠져나오려 한다. 어느 틈엔가 나에게는 내 안쪽을 향한 한 쌍의 눈이 생겨나 있다. 그래서 그 광경을 관찰할 수 있다. 그 무엇인가가 좋은 것인지 나쁜 것인지, 나는 아직 모른다. 그러나 어느 쪽이든 간에 나는 그 무엇인가의 움직임을 도울 수도, 저지할 수도 없다. 그것은 아직 얼굴을 갖지 않은 미끈미끈한 것이다. 그것은 이윽고 껍질에서 나와 제대로 된 얼굴을 갖게 되고, 몸을 덮은 젤리 상태의 옷을 벗어 버릴 것이다. 그러면 나는 그 정체를 알 수 있을 것이다. 그러나 지금은 아직 형태가 정해지지 않은 하나의 상징 같은 것에 지나지 않는다. 그것은 손이 되지 않은 손을 뻗어 껍질의 가장 부드러운 부분을 깨뜨리려 하고 있다. 나는 그 태동을 본다.

나는 결심한다.

아니, 그렇지 않다. 사실은 무엇 하나 결심한 게 없다. 그도 그럴 것이 나에게는 선택의 여지가 없으므로. 나는 반바지를 벗고 페니스를 밖으로 끄집어낸다. 사쿠라의 몸을 안고 그녀의 다리를 벌리고 속으로 들어간다. 그것은 어렵지 않다. 그녀는 아주 부드럽고, 나는 아주 딱딱하다. 내 페니스는 이제 아픔을 느끼지 않는다. 귀두는 지난 며칠 사이에 훨씬 단단해졌다. 사쿠라는 아직도 꿈속에 있다. 나는 그녀의 꿈속에 몸을 묻는다.

사쿠라가 갑자기 잠에서 깨어난다. 그리고 내가 그녀 속에 들어가 있는 것을 깨닫는다.

"다무라 군, 도대체 무슨 짓을 하고 있는 거야?"

"사쿠라 씨 속에 들어가 있는 것 같아" 하고 나는 말한다.

"왜 그런 짓을 하는 거지?" 하고 사쿠라가 몹시 메마른 목소리로 말한다. "그런 짓을 하면 안 된다고 분명히 말했잖아?"

"하지만 어쩔 수 없었어."

"알았으니까 이제 그만해. 빨리 그것을 밖으로 빼."

"뺄 수 없어" 하고 나는 말한다. 그러고는 고개를 흔든다.

"다무라 군, 내 말 잘 들어. 첫째, 나에게는 애인이 있어. 둘째, 너는 멋대로 내 꿈속에 들어와 있어. 그건 옳은 일이 아니야."

"알고 있어."

"아직 늦지 않았어. 네가 이렇게 내 속에 들어와 있는 건 분명하지만, 아직 움직이지 않았고 사정도 하지 않았어. 조용히 거기에 있을 뿐이야. 생각에 잠겨 있듯이 말이야. 그렇지?"

나는 고개를 끄덕인다.

"어서 빼" 하고 그녀가 타이르듯이 말한다. "그리고 이 일은 전부 잊어버리자. 나도 잊어버릴 테니까, 너도 잊어버려. 나는 네 누나고 너는 내 동생이야. 비록 핏줄은 이어지지 않았어도, 우리는 틀림없는 누나와 동생이란 말이야. 그건 알고 있지? 우리는 가족으로서 연결돼 있어. 이런 짓을 해서는 안 돼."

"이미 늦었어" 하고 나는 말한다.

"어째서?"

"내가 그렇게 정했기 때문이야."

"네가 그렇게 정했기 때문이야" 하고 까마귀라고 불리는 소년이 말한다.

너는 이제 여러 가지 것에 멋대로 휘둘리고 싶지 않다. 혼란스러워지고 싶지도 않다. 너는 이미 아버지인 존재를 죽이고 어머니인 존재를 범했다. 그리고 이렇게 누나인 존재 속에 들어가 있다. 만일 그것이 어떤 저주라면 그것을 자진해서 받아들이려고 생각한다. 거기에 있는 일련의 프로그램을 빨리 끝내 버리고 싶다고 생각한다. 한시라도 빨리 그 무거운 짐을 내려놓고, 그 뒤로는 누군가의 의도 속에 말려 들어간 누군가로서가 아니라, 완전한 너 자신으로 살아가는 것, 그것이 네가 원하는 것이다.

그녀는 두 손으로 얼굴을 가리고 잠시 운다. 너는 그녀를 안타깝게 여긴다. 그러나 너는 이미 거기에서 나올 수 없다. 네 페니스는 그녀 속에서 점점 더 커지고 딱딱해지고 있다. 마치 거기에 뿌리를 내리기라도 한 것처럼.

"알았어. 더 이상 아무 말도 않겠어" 하고 그녀가 말한다. "하지만 이것만은 기억해 둬. 너는 나를 강간하고 있는 거야. 너를 좋아하지만, 이건 내가 원하는 형태가 아니야. 우리는 이제 두 번 다시 만나지 못할지도 몰라. 나중에 아무리 간절하게 만나고 싶어 해도 말이야. 그래도 좋단 말이지?"

너는 그 말에는 대답하지 않는다. 너는 사고의 스위치를 꺼버린다. 그리고 그녀를 끌어안고 허리를 움직이기 시작한다. 조심스럽고 주의 깊게, 그리고 격렬하게. 너는 돌아올 때를 위해 스쳐 지나는 나무 모양을 기억에 새겨 두려고 하지만, 나무는 모두 같은 모습을 하고 있어서 금방 익명의 바다로 삼켜져 버린다. 사쿠라는 눈을 감고 움직임에 몸을 맡긴다. 그녀는 아무 말도 하지 않는다. 저항도 하지 않는다. 그녀는 무표정한 얼굴로 옆을 보고 있다. 그러나 너는 그녀가 느끼는 육체적 쾌감을, 너 자신의 연장선상에 있는 것으로서 느낄 수 있다. 너는 지금은 그것을 안다. 나무들은 겹쳐져 시커먼 벽이 되어 너의 시야를 가린다. 새는 이미 메시지를 보내지 않는다. 그리고 너는 사정한다.

나는 사정한다.

나는 눈을 뜬다. 나는 침대 속에 있고 주위에는 아무도 없다. 한밤중이다. 어둠은 끝없이 깊고, 거기는 모든 시계가 자취를 감춰 버린 진공의 세계다. 나는 침대에서 나와 속옷을 벗고, 부엌에 떠다 놓았던 물로 거기에 묻은 정액을 씻어 낸다. 그것은 어둠이 낳은 사생아처럼 희고 무겁고 질척거린다. 나는 계속해서 몇 컵째 물을 마신다. 그러나 아무리 마셔도 내 속에 있는 갈증은 가라앉지 않는다. 나는 견딜 수 없이 고독해진다. 한밤중의 어둠 속에서, 숲에 에워싸인 채 더 이상 고독해질 수 없을 만큼 고독해진다. 거기에는 계절도 없고 빛도 없다. 침대로 돌아와, 걸터앉아 숨을 크게 쉰다. 어둠이 나를 감싼다.

지금은 네 속에서 그 무엇인가가 똑똑히 모습을 드러내고 있다. 그것
은 검은 그림자로서 거기에서 쉬고 있다. 껍질은 이미 어디에도 보이
지 않는다. 껍질은 완전히 깨지고, 내동댕이쳐져 있다. 너의 두 손에
는 질척한 것이 묻어 있다. 아무래도 사람의 피 같다. 너는 손을 눈앞
으로 들어 올린다. 그러나 무엇인가를 식별하기에는 빛의 분량이 너
무도 부족하다. 안쪽도 바깥쪽도 너무 어둡다.

제40장

'고무라 기념 도서관'이라는 간판 옆 안내판에 휴관일은 월요일, 개관 시간은 열한 시부터 다섯 시까지, 입장은 무료, 희망자가 있으면 화요일 오후 두 시부터 관내 견학을 할 수 있다고 쓰여 있었다. 호시노 씨는 그것을 나카타 씨에게 읽어 줬다.

"오늘이 마침 월요일이라서 문이 닫혀 있는 거야" 하고 청년은 말했다. 그러고는 손목시계를 봤다. "하긴 오늘이 무슨 요일이건 벌써 오래전에 폐관 시간이 지났으니까 마찬가지지만."

"호시노 씨."

"응."

"지난번에 호시노 씨와 갔던 도서관과는 외관이 상당히 다릅니다" 하고 나카타 씨가 말했다.

"그쪽은 큰 공립 도서관이고, 여기는 사립 도서관이니까, 그야 규모가 다르지."

"나카타는 잘 모르겠습니다만, 사립 도서관이라는 것은 어떤 것입니까?"

"책을 좋아하는 자산가가 장소를 마련해서 자기가 모아 놓은 많은 책을 세상 사람들에게 마음대로 이용하라고 공개하고 있는 곳이야. 읽고 싶은 사람은 와서 마음껏 읽으세요, 이거지. 대단하지 않아? 대문의 구조부터가 무척 근사해 보이네."

"자산가라는 것은 무엇입니까?"

"부자를 말해."

"부자와 자산가는 어떻게 다릅니까?"

호시노 씨는 고개를 갸웃거렸다. "글쎄, 어떻게 다른지 나도 잘 모르겠어. 하지만 그냥 부자라고 하는 것보다 자산가라고 하는 편이 어딘지 모르게 교양 있는 듯한 느낌이 들지."

"교양 말입니까?"

"누구든지 돈만 있으면 부자는 될 수 있어. 나도 나카타 씨도 돈만 있으면 부자가 될 수 있어. 하지만, 자산가는 좀처럼 될 수 없어. 자산가가 되려면 좀 더 시간이 걸리거든."

"어려운 거군요?"

"그럼, 어렵고말고. 어차피 우리하고는 관계없는 이야기지만…… 우리는 그냥 부자가 될 가능성도 없으니까."

"호시노 씨."

"왜?"

"월요일은 휴관일이니까, 내일 열한 시에 여기 오면 도서관 문이 열려 있는 겁니까?"

"그렇겠지. 내일은 화요일이니까."

"나카타도 도서관 안에 들어갈 수 있습니까?"

"누구나 들어올 수 있다고 간판에 쓰여 있으니까, 나카타 씨도 들어갈 수 있지."

"글자를 못 읽어도 들어갈 수 있단 말입니까?"

"그럼, 문제 될 것 없지. 그런 건 일일이 입구에서 조사하지 않거든."

"그렇다면 나카타는 이 안에 들어가고 싶습니다."

"좋아. 내일 아침 일찍 여기로 와서, 같이 안에 들어가자고" 하고 청년은 말했다. "그런데 아저씨, 한 가지 확인해 두고 싶은 게 있는데, 여기가 바로 그 장소란 말이지? 이 도서관 안에 찾고 있는 그 소중한 물건이 있는 거고?"

나카타 씨는 등산모를 벗고 손바닥으로 몇 번 짧은 머리카락을 비벼 댔다. "네. 있을 겁니다."

"그럼, 이제 찾지 않아도 되겠네?"

"네. 더 이상 찾아야 할 것은 없습니다."

"그것 참 다행이군" 하고 청년은 안심한 목소리로 말했다. "가을까지 걸리면 어떡하나 하고 걱정했거든."

두 사람은 커널 샌더스의 맨션으로 돌아와서 푹 자고, 이튿날 열한 시에 고무라 도서관으로 향했다. 맨션에서는 걸어서 이십 분정도의 거리였기 때문에 두 사람은 걸어가기로 했다. 아침에 호시노 씨는 렌터카를 돌려주기 위해 역 앞에 갔다 왔다.

두 사람이 도서관에 도착했을 때, 문은 활짝 열려 있었다. 무더운 하루가 될 것 같았다. 주위에는 물이 뿌려져 있었다. 문 안쪽으로는 잘 손질된 정원이 보였다.

"그런데 아저씨" 하고 청년은 문 앞에서 말했다.

"네. 왜 그러십니까?"

"도서관 안에 들어가서 우리가 어떻게 하면 되지? 갑자기 엉뚱한 이야기를 꺼내면 곤란하니까 미리 물어보는 거야. 나도 마음의 준비 같은 걸 해놓아야 하지 않겠어?"

나카타 씨는 생각에 잠겼다. "안에 들어가서 무엇을 하면 좋을지, 그것은 나카타도 모릅니다. 하지만 여기는 도서관이니까 우선 책을 읽을까 합니다. 나카타는 사진책이나 그림책을 고를 테니까, 호시노 씨도 무슨 책이든 골라서 읽으십시오."

"알았어. 도서관이니까 우선 책을 읽자고? 이치에 맞는 말이군."

"무엇을 하면 좋은지, 그것에 대해서는 나중에 차차 생각하려고 합니다."

"좋아. 나중 일은 나중에 차차 생각한다? 그것도 건전한 사고방식이지" 하고 청년은 말했다.

두 사람은 정성 들여 가꾼 아름다운 정원을 지나 고풍스러운 현관을 통해 안으로 들어갔다. 들어가니 바로 눈앞에 접수 카운터가 있고, 가냘픈 몸매의 잘생긴 청년이 거기 앉아 있었다. 흰색 면 버튼다운 셔츠, 작은 안경, 이마까지 내려와 있는 길고 섬세한 앞 머리카락. 프랑수아 트뤼포의 흑백영화에 나올 것 같은 타입이야, 하고 호시노 씨는 생각했다. 그 잘생긴 청년은 두 사람의 얼굴을 보자 방긋 미소 지었다.

"안녕하세요?" 하고 호시노 씨는 밝은 목소리로 말했다.

"안녕하세요?" 하고 상대도 말했다.

"저어, 책을 좀 읽고 싶은데 괜찮을까요?"

"물론이죠" 하고 오시마 씨는 고개를 끄덕이며 말했다. "물론 마음대로 읽으셔도 됩니다. 이 도서관은 일반인에게 개방돼 있습니다. 서가는 개가식이니까 들어가서 마음대로 고르세요. 검색은 카드식으로 돼 있는 것이 있습니다. 컴퓨터로도 검색할 수 있습니다. 모르는 것이 있으면 언제든지 말씀만 해주세요. 기꺼이 도와드리겠습니다."

"그거, 고맙군요."

"특별히 흥미를 느끼시는 분야나 찾으시는 서적 같은 것이 있습니까?"

호시노 씨는 고개를 흔들었다. "아니, 지금은 특별히 없어요. 책보다는 이 도서관 자체에 흥미가 있거든요. 우연히 앞을 지나가다가 재미있을 것 같아서 잠깐 들어가 볼까 하고 생각했죠. 굉장히 훌륭한 건물이라서 말입니다."

오시마 씨는 우아하게 미소 짓고는, 예쁘게 깎은 긴 연필을 손에 집어 들었다. "그런 분들이 많으십니다."

"다행이군요" 하고 호시노 씨는 말했다.

"만일 시간이 있으시면 두 시부터 관내를 견학할 수 있습니다. 원하는 분이 계시면 언제나 화요일 오후에 실시하고 있습니다. 이 도서관의 유래 등에 대해 관장님이 설명하는데, 마침 오늘이 화요일입니다."

"꽤 재미있을 것 같네. 어때, 견학해 볼까, 나카타 씨?"

청년과 오시마 씨가 카운터 너머로 대화를 나누는 동안, 나카타 씨는 벗어 든 등산모를 손에 움켜쥐고 주위를 멍하니 둘러보고 있었다. 그러던 중 청년이 자기 이름을 부르자 퍼뜩 정신을 차렸다.

"네, 왜 그러십니까?"

"저 말이야, 두 시부터 도서관 견학을 할 수 있는 모양인데 어때, 견학할까?"

"네, 호시노 씨, 감사합니다. 나카타는 도서관 견학을 하고 싶습니다."

오시마 씨는 두 사람이 대화하는 모습을 흥미롭게 보고 있었다. 나카타 씨와 호시노 씨—도대체 이 두 사람은 어떤 관계일까? 친척은 아닌 것 같다. 나이로 보나 겉모습으로 보나, 매우 이상한 일행이다. 공통점이라고는 어디서도 찾아볼 수 없다. 그건 그렇고, 이 나카타 씨라는 나이가 지긋한 남자는 약간 이상한 말투를 쓴다. 그는 무엇인가 마음에 걸리는 듯한 감각을 강하게 느꼈다. 그러나 나쁜 느낌은 아니었다.

"멀리서 오셨습니까?"

"네, 우리는 나고야에서 왔습니다" 하고 호시노 씨는 나카타 씨가 입을 열기 전에 황급히 빠른 말투로 대답했다. 만일 나카타 씨가 "나카노구에서 왔습니다"라고 하면 이야기가 복잡해진다. 나카노구의 살인 사건에 나카타 씨 비슷한 노인이 관련되어 있다는 것이 이미 텔레비전 뉴스로 방송됐기 때문이다. 그러나 다행히 그가 알고 있는 한 나카타 씨의 얼굴 사진은 아직 방송되지 않았다.

"꽤 먼 곳이네요" 하고 오시마 씨가 말했다.

"네, 다리를 건너서 왔습니다. 굉장히 크고 훌륭한 다리였습니다" 하고 나카타 씨가 말했다.

"그렇죠. 굉장히 큰 다리입니다. 저는 아직 한 번도 건너 본 적이 없지만요" 하고 오시마 씨가 말했다.

"나카타는 태어나서 지금껏 그렇게 커다란 다리는 처음 봅니다."

"그 다리를 만드는 데는," 하고 오시마 씨가 말했다. "엄청나게 많은 시간과 돈이 들어갔습니다. 신문 기사에 따르면 다리와 고속도로를 관리하는 도로 공단은 연간 천억 엔 정도의 적자를 내고 있다고 합니다. 그것은 대체로 우리의 세금으로 충당하고 있지요."

"천억 엔이라는 것이 어느 정도의 돈인지 나카타는 잘 모릅니다."

"솔직히 말하면 저도 모릅니다" 하고 오시마 씨가 말했다. "어떤 것이든 수량이 어느 선을 넘어서면 현실성을 잃어버리니까요. 요컨대 많은 돈입니다."

"여러 가지로 고맙습니다" 하고 호시노 씨가 옆에서 끼어들었다. 이대로 내버려두었다간 나카타 씨가 또 무슨 말을 꺼낼지 모른다. "견학하려면 두 시에 여기로 오면 되는 거죠?"

"그렇습니다. 두 시에 여기로 오세요. 관장님이 여러분을 안내해 드릴 겁니다" 하고 오시마 씨가 말했다.

"그때까지 저쪽에서 책을 읽고 있겠습니다" 하고 호시노 씨가 말했다.

오시마 씨는 손안에서 연필을 돌리며 두 사람의 뒷모습을 잠시 지켜봤다. 그리고 하던 일을 다시 계속했다.

두 사람은 서가에서 적당한 책을 골랐다. 호시노 씨는 『베토벤

과 그 시대』라는 책을 골랐다. 나카타 씨는 가구 사진집을 몇 권
가지고 와서 책상 위에 올려놓았다. 그러고 나서 조심성 많은 개
처럼 방 안을 자세히 관찰하고, 여기저기를 만져 보거나 냄새를
맡거나, 어느 한곳을 물끄러미 응시했다. 열두 시가 지날 때까
지 다른 열람자가 없었기 때문에 나카타 씨의 그런 행동을 눈여
겨보는 사람은 없었다.

"이봐, 아저씨" 하고 호시노 씨는 작은 목소리로 불렀다.

"네. 무슨 일이십니까?"

"저 말이야, 갑작스러운 부탁인데, 나카노구에서 왔다는 말
은 될 수 있는 한 안 해줬으면 좋겠어."

"어째서입니까?"

"이야기를 하자면 길지만, 그렇게 하는 게 좋겠다는 생각이
들어. 나카타 씨가 나카노구에서 왔다는 사실이 알려지면 다른
사람들한테 조금 폐를 끼치게 될지도 몰라."

"알겠습니다" 하고 나카타 씨는 고개를 크게 끄덕였다. "사
람들에게 폐를 끼치는 것은 좋지 않습니다. 호시노 씨가 말씀하
신 대로 나카타는 나카노구에서 온 것에 대해서는 잠자코 있기
로 하겠습니다."

"그렇게 해주면 고맙지" 하고 청년은 말했다. "그런데 찾고
있는 중요한 것은 찾았어?"

"아뇨, 호시노 씨. 아직 찾지 못했습니다."

"하지만 장소가 여기인 것은 틀림없겠지?"

나카타 씨는 고개를 끄덕였다. "네, 어젯밤 자기 전에도 돌님과 이야기를 했습니다. 여기가 그 장소인 것은 틀림없다고 생각합니다."

"그거 다행이군."

호시노 씨는 고개를 끄덕이고 다시 베토벤의 전기 읽기에 몰입했다. 베토벤은 자존심이 강하며, 자기 재능에 대해 절대적인 자부심을 갖고 있었고, 귀족계급에게 일절 아부하지 않았다. 예술이야말로, 정념의 올바른 발로야말로, 이 세상에서 가장 숭고한 것이며 경의를 표해야 하는 것이고, 권력이나 재력은 거기 봉사하는 것이라고 생각했다. 하이든은 귀족의 집에서 기숙할 때는(대체로 기숙했다) 하인들과 같이 식사했다. 하이든이 살았던 시대에 음악가들은 피고용인 계층에 속해 있었던 것이다(하긴 싹싹하고 사람 좋은 하이든은 귀족과 딱딱하게 식사하기보다 피고용인들과 식사하는 쪽을 좋아했지만).

그러나 베토벤은 그런 모욕적인 대접을 받으면 크게 화를 내고, 물건을 벽에다 집어 던지고, 귀족과 대등하게 같은 식탁에 앉기를 주장했다. 베토벤은 성미가 급해서(거의 불같은 성격이었다) 일단 화가 나면 손을 쓸 수 없었다. 정치적으로도 급진적인 생각을 갖고 있었고, 그것을 숨기려고도 하지 않았다. 귀가 안 들리게 되자, 그런 기질은 더욱 강해졌다. 그의 음악은 나이를 먹어 감에 따라 비약적으로 폭이 넓어지고, 그와 동시에 조밀하게 내부로 집중됐다. 그런 이율배반적인 일을 동시에 해낼 수 있었던 것은 베토벤이나 되니까 가능했을 것이다. 그러나 그와 같은 비범한 작업은 그의 현실의 인생을 계속 파괴해 갔다. 인간의 육체와 정신은 어디까지나 한계가 있으며, 그러한 격무를 견뎌 낼 수 있게 만들어지지 않은 것이다.

"위인이란 것도 무척 힘든 것이군." 호시노 씨는 도중에 책을 내려놓고 한숨을 내쉬며 깊이 감탄했다. 학교 음악실에 청동으로 된 베토벤의 흉상이 있었기 때문에, 쓴맛 나는 벌레라도 씹은 것 같은 그 얼굴만은 잘 기억하고 있었다. 그러나 그 사람이 이렇게도 고난에 찬 인생을 보낸 줄은 미처 몰랐다. 그런 베토벤이었으니 그렇게 신경질적인 모습을 하고 있었던 것도 무리가 아니었구나, 하고 청년은 생각했다.

이렇게 말하기는 좀 뭣하지만, 나는 도저히 위인 같은 건 될 수 없을 것 같군, 하고 청년은 생각했다. 그는 나카타 씨를 봤다. 나카타 씨는 민예 가구의 사진을 열심히 보면서 끌로 파거나 대패질을 하는 동작을 하고 있었다. 가구를 보고 있으면 습관처럼 몸이 저절로 움직이는 모양이었다.

'어쩜 저 사람이라면 위인이 될 수 있을지도 모르겠다'고 청년은 생각했다. '보통 사람은 좀처럼 저렇게 될 수 없거든. 대단한 사람이야.'

열두 시가 지나자 다른 열람자(두 명의 중년 부인)가 왔기 때문에, 두 사람은 한숨 돌리기 위해 밖으로 나갔다. 호시노 씨는 점심으로 빵을 준비해 왔고, 나카타 씨는 엽차를 넣은 작은 보온병을 가방 안에 가지고 있었다. 호시노 씨는 카운터에 있는 오시마 씨에게 이 근처에서 식사를 해도 괜찮겠냐고 물었다.

"물론이죠" 하고 오시마 씨가 대답했다. "저쪽에 툇마루가 있습니다. 정원을 구경하면서 천천히 식사를 하시면 좋을 겁니다. 혹시 괜찮으시다면 나중에 커피를 드세요. 여기에 준비돼 있으니 사양하지 마시고."

"정말 고마워요" 하고 호시노 씨는 인사했다. "여기는 굉장히 가정적인 도서관이군요."

오시마 씨는 미소를 짓고 앞머리를 뒤로 넘겼다. "네. 보통 도서관과는 조금 다를 겁니다. 분명히 가정적이라고 할 수 있을지도 모릅니다. 저희가 바라는 것은 마음 편하게 책을 읽을 수 있는 친밀한 공간을 만드는 것이니까요."

무척 인상이 좋아, 하고 호시노 씨는 생각했다. 지적이고, 정결하고, 가정교육도 잘 받고 자란 것 같다. 게다가 매우 친절하다. 혹시 게이일지도 모른다고 생각했다. 그렇지만 호시노 씨는 게이에 대해 별로 편견을 갖고 있지 않았다. 인간에게는 각자 여러 취향이 있다. 돌과 이야기할 수 있는 인간도 있는 마당에 남자와 자는 남자가 있다고 해서 뭐가 이상한가.

식사를 끝낸 뒤 호시노 씨는 일어나서 한껏 두 팔을 벌려 기지개를 켜고, 혼자 카운터에 가서 따뜻한 커피를 얻어 마셨다. 커피를 마실 줄 모르는 나카타 씨는 툇마루에 앉아, 정원에 찾아오는 새들을 바라보면서 보온병의 엽차를 마셨다.

"어떻습니까, 뭔가 흥미 있는 책이 있었습니까?" 하고 오시마 씨가 호시노 씨에게 물었다.

"네, 줄곧 베토벤의 전기를 읽고 있었어요" 하고 호시노 씨는 말했다. "꽤 재미있는 책입니다. 베토벤의 인생을 더듬어 가다 보니, 많은 생각을 하게 되네요."

오시마 씨는 고개를 끄덕였다. "네. 아무리 좋게 생각하려 해도 베토벤은 아주 힘든 인생을 보냈으니까요."

"그렇죠, 꽤 힘든 인생이었어요" 하고 청년은 말했다. "하지만 내가 생각하기에 대개는 본인 책임이에요. 베토벤이라는 사람은 원래 누구와 협조하는 성격이 아니었고, 머릿속에는 온통 자기 일과 자기 음악에 대한 생각밖에 없었어요. 그것을 위해서는 어떤 희생이라도 감수하겠다고 생각했죠. 그런 사람이 실제로 가까이 있으면 견디기 힘들 겁니다. 나도 '야, 루트비히, 제발 나 좀 봐주라' 하고 말하고 싶어질지도 몰라요. 조카가 정신 이상이 된 것도 이해가 됩니다. 하지만 음악은 훌륭하죠. 듣는 사람을 감동시키거든요. 참 이상한 일입니다."

"맞습니다" 하고 오시마 씨는 맞장구를 쳤다.

"그런데 왜 구태여 그처럼 힘든 인생을 보내지 않으면 안 됐을까요. 좀 더 평범하게, 남들처럼 살아도 됐을 텐데요."

오시마 씨는 손안에서 연필을 빙빙 돌렸다. "그러게 말입니다. 그런데 베토벤의 시대에는 자아의식이 강조되는 자부심의 발로가 중요한 것으로서 받아들여지고 있었습니다. 그런 행위는 이전 시대에는, 즉 절대왕정 시대에는 옳지 못한 일로서, 혹은 사회적인 일탈로서 엄중하게 억압돼 왔습니다. 그런 억제가 19세기에 들어와서 부르주아계급이 사회의 실권을 잡자 일제히 해방됐습니다. 많은 부분에서 자아가 노출된 것입니다. 자유와 자아의 발산은 같은 의미였습니다. 예술, 특히 음악이 그런 변화의 물결을 정면으로 맞받았습니다. 베토벤의 뒤를 따르듯이 나타난 사람들, 베를리오즈, 바그너, 리스트, 슈만…… 모두 나름대로 세상의 상식적인 궤도에서 벗어난, 파란만장한 생애를 보냈습니다. 당시에는 그처럼 만인이 가는 길과는 반대 방향으로 가는 경향이야말로 이상적인 생활 방식이라고 생각했습니다. 단순하게 낭만파 시대라고 불렸죠. 분명히 본인들은 그런 삶의 방식이 때로는 무척 힘들었을 겁니다. 베토벤의 음악을 좋아하십니까?"

"좋아한다, 싫어한다 말할 수 있을 정도로 베토벤을 자세히 듣지는 않았어요" 하고 호시노 씨는 솔직하게 말했다. "거의 들은 적이 없다고 할 수 있을 정도죠. 난 그냥「대공 트리오」라는 곡이 좋을 뿐입니다."

"저도 그 음악은 좋아합니다."

"난 백만 달러 트리오의 연주가 마음에 들더군요."

"제가 개인적으로 좋아하는 건 체코의 수크 트리오입니다. 아름답고 균형이 잡혀 있고, 초록색 풀밭 위를 스쳐 가는 바람 같은 냄새가 납니다. 하지만 백만 달러 트리오의 연주도 들은 적이 있습니다. 루빈스타인·하이페츠·포이어만, 그들의 연주도 마음에 남는 우아한 연주죠."

"오시마 씨" 하고 청년은 카운터에 있는 이름표를 보면서 말했다. "오시마 씨는 음악을 참 잘 아시는군요."

오시마 씨는 미소를 지었다. "잘 안다고 할 정도는 아니지만 좋아하고 혼자 있을 때는 자주 듣습니다."

"그렇다면 한 가지 묻겠는데, 음악에는 사람을 변하게 하는 힘이 있다고 생각합니까? 말하자면 어떤 때, 어떤 음악을 듣고, 그 때문에 자기 내부에 있는 무엇인가가 크게 확 변해 버리는, 그런 일 말이에요."

오시마 씨는 고개를 끄덕이며 "물론이죠" 하고 대답했다. "그런 일은 있습니다. 무언가를 경험하고, 그것에 의해 우리 내부에서 무언가가 일어납니다. 화학작용 같은 것이죠. 그리고 그 후에 우리는 자기 자신을 점검하고, 거기에 있는 모든 눈금이 한 단계 위로 올라간 것을 알게 됩니다. 자기 세계가 한 단계 더 넓어졌다는 것을요. 저도 그런 경험이 있습니다. 물론 드물기는 합니다만, 가끔 있습니다. 연애와 마찬가지입니다."

호시노 씨는 그런 거창한 연애를 한 경험은 없었지만, 어쨌든 고개를 끄덕였다.

"그건 틀림없이 중요한 것이겠죠? 이를테면 우리의 인생에서 말입니다."

"네. 저는 그렇게 생각합니다" 하고 오시마 씨는 대답했다. "그런 일이 전혀 없다면 우리 인생은 아마도 무미건조한 것이 되겠죠. 베를리오즈는 말했습니다. 만일 당신이 「햄릿」을 읽지 않은 채 인생을 마친다면 당신은 탄광 속에서 일생을 보낸 것과 같다고 말입니다."

"탄광 속에서……?"

"하긴 19세기적인 극단론입니다만."

"커피 잘 마셨습니다" 하고 호시노 씨는 말했다. "이야기를 나눌 수 있어서 좋았고요."

오시마 씨는 상냥하게 방긋 미소를 지었다.

두 시가 될 때까지 청년과 나카타 씨는 책을 읽었다. 나카타 씨는 여전히 동작을 곁들여 가면서, 열심히 가구 사진집을 봤다. 오후가 되자 중년 부인 두 사람 외에 세 명의 열람자가 더 왔다. 그러나 견학을 희망한 사람은 청년과 나카타 씨뿐이었다.

"참가자가 두 사람뿐이라도 괜찮나요? 우리 때문에 수고를 끼치는 것 같아서 미안한 생각이 드네요" 하고 청년은 오시마 씨에게 말했다.

"신경 쓰실 것 없습니다. 설사 한 분이라도 관장님은 기꺼이 안내합니다" 하고 오시마 씨가 말했다.

두 시가 되자, 빼어난 용모의 중년 여성이 계단을 내려왔다. 허리를 꼿꼿하게 세우고 자세가 바르며 우아한 걸음걸이였다. 그녀는 세련되게 재단된 짙은 파란색 투피스에 검은 하이힐을 신고 있었다. 머리는 뒤로 묶었고, 깊게 파인 목덜미에는 가느다란 은목걸이가 보였다. 무척 세련된 스타일로, 불필요한 것이라고는 찾아볼 수 없는 고상한 취향이었다.

"안녕하세요? 사에키라고 합니다. 이 도서관의 관장을 맡고 있습니다" 하고 그녀가 말했다. 그러고는 조용히 미소 지었다. "그래 봐야, 여기엔 저와 오시마 두 사람밖에 없습니다만."

"호시노입니다" 하고 청년이 말했다.

"나카타는 나카노구에서 왔습니다" 하고 나카타 씨가 등산모를 양손으로 움켜쥐면서 말했다.

"먼 곳에서 잘 오셨어요" 하고 사에키 씨가 말했다. 호시노 씨는 가슴이 철렁했으나 사에키 씨는 전혀 신경 쓰지 않는 것 같았다. 나카타 씨도 물론 전혀 신경 쓰고 있지 않았다.

"네. 나카타는 굉장히 큰 다리를 건너왔습니다."

"무척 훌륭한 건물이네요"하고 호시노 씨는 얼른 옆에서 끼어들었다. 다리에 대해 말하다 보면 또 이야기가 길어질 것 같았기 때문이다.

"네. 이 건물은 메이지시대 초기, 원래는 고무라가의 서고 겸 내방객을 위한 별채로 세워졌습니다. 많은 문인묵객이 이곳을 방문하고 기숙했습니다. 현재는 다카마쓰시의 귀중한 문화유산이 됐습니다."

"문인묵객이라니요?"하고 나카타 씨가 물었다.

사에키 씨는 미소 지었다. "문화와 예술에 종사하는 사람들—글을 쓰거나, 노래를 짓거나, 소설을 쓰는 사람들을 말합니다. 예전에는 각지의 자산가가 그런 예술가들을 후원했습니다. 예술을 하는 사람들은 지금과는 달리, 먹고살기가 어려웠습니다. 고무라가도 이 고장에서 오랜 세월에 걸쳐 문화를 보호한 자산가였습니다. 이 도서관은 그런 역사를 후세에 남기기 위해 세워져 운영되고 있습니다."

"자산가에 대해서는 나카타도 알고 있습니다"하고 나카타 씨가 말했다. "자산가가 되는 데는 시간이 많이 걸립니다."

사에키 씨는 미소를 띤 채 고개를 끄덕였다. "그렇습니다. 자산가가 되는 데는 시간이 걸립니다. 아무리 돈이 많아도 시간을 살 수는 없습니다. 그러면 우선 이 층부터 안내하겠습니다."

그들은 이 층의 방을 차례로 돌아다녔다. 사에키 씨는 늘 하는 대로 그곳에 묵었던 문인들에 대해 설명하고, 그들이 남기고 간 저서와 작품을 보여 줬다. 사에키 씨가 현재 집무실로 쓰고 있는 서재의 책상에는 늘 그렇듯이 사에키 씨의 만년필이 놓여 있었다. 견학하는 동안 나카타 씨는 방 안에 있는 모든 것을 하나하나 흥미롭게 바라봤다. 설명은 거의 귀에 들어오지 않는 것 같았다. 사에키 씨의 설명에 맞장구를 치는 것은 호시노 씨의 역할이었다. 그는 맞장구를 치면서도 나카타 씨가 뭔가 이상한 짓을 시작하지는 않을까 하고 조마조마해서 계속 곁눈질했다. 그러나 나카타 씨는 다만 거기에 있는 것을 꼼꼼히 보고 있을 뿐이었다. 사에키 씨는 나카타 씨가 무슨 일을 하건 신경 쓰지 않는 것 같았다. 그녀는 요령 있고 상냥하게 관내를 안내하고 다녔다. 참 침착한 사람이야, 하고 호시노 씨는 감탄했다.

견학은 이십 분 정도로 끝났다. 두 사람은 사에키 씨에게 감사하다는 인사를 했다. 사에키 씨는 안내하는 동안, 단 한 번도 미소를 잃지 않았다. 그러나 그녀를 보고 있으려니까, 호시노 씨는 여러 가지 일이 조금씩 이해하기 힘들어졌다. 이 사람은 상냥하게 우리 얼굴을 보고 있다. 그러나 동시에 아무것도 보고 있지 않다. 즉 우리를 보면서 동시에 다른 것을 보고 있다. 이 사람은 설명을 하면서 머릿속으로는 다른 생각을 하고 있다. 그녀는 나무랄 데 없이 예의 바르고 친절했다. 질문을 하면 알기 쉽게 대답해 줬다. 그러나 그녀의 마음은 도서관에 머물고 있는 것 같지 않았다. 물론 싫은 일을 억지로 하고 있는 것은 아니다. 그녀는 그런 실제적인 역할을 정확하게 수행하는 것을, 어떤 면에서는 기뻐하는 것처럼 보였다. 다만 마음이 도서관에서 떠나 있을 뿐이다.

두 사람은 열람실로 돌아와서 소파에 앉아 각자 잠자코 책장을 넘겼다. 청년은 책장을 넘기면서 사에키 씨에 대해 생각했다. 그 아름다운 여성에게는 어딘가 이상한 데가 있다. 그러나 그는 어떤 점이 이상한지 정확하게 말로 표현할 수 없었다. 청년은 단념하고 독서를 계속했다.

세 시가 되자, 나카타 씨가 느닷없이 자리에서 일어섰다. 그것은 나카타 씨의 동작치고는 보기 드물게 단호하고 힘이 들어가 있었다. 손은 등산모를 꽉 움켜쥐고 있었다.

"아저씨, 어디 가려는 거야?" 하고 청년은 작은 소리로 물었다. 그러나 나카타 씨는 대답하지 않았다. 그는 입을 꽉 다문 채 빠른 걸음으로 현관 쪽을 향해 갔다. 짐은 발밑 마룻바닥에 그대로 놓여 있었다. 호시노 씨도 책을 덮고 일어났다. 아무래도 나카타 씨의 상태가 심상치 않았다.

"이봐, 잠깐 기다리라니까" 하고 그는 말했다. 그러나 나카타 씨가 기다리지 않자 황급히 쫓아갔다. 다른 열람자가 고개를 들고 그들을 봤다.

나카타 씨는 현관 못 미쳐서 왼쪽으로 꺾은 뒤 주저하지 않고 계단을 오르기 시작했다. 계단 입구에는 '관계자 외에는 출입을 금합니다'라는 표찰이 붙어 있었지만, 나카타 씨는 그것을 무시했다—기보다, 그는 애당초 글자를 읽지 못하는 것이다. 운동화의 닳아빠진 고무바닥이 계단 발판에서 삐걱삐걱 소리를 냈다.

　　"저, 잠깐만요"하고 오시마 씨가 카운터에서 몸을 앞으로 내밀며 나카타 씨 등에다 대고 말했다. "지금은 거기 들어갈 수 없습니다."

　　그러나 그 목소리는 나카타 씨 귀에는 들리지 않는 것 같았다. 호시노 씨는 뒤따라 계단을 올라갔다. "아저씨, 그쪽은 안 돼. 가면 안 된다니까." 오시마 씨도 카운터 밖으로 나와 청년 뒤에서 계단을 올라갔다.

　　나카타 씨는 주저하지 않고 복도를 전진해서 서재로 들어갔다. 서재 문은 평소처럼 열려 있었다. 사에키 씨는 창을 등진 채 책상 앞에 앉아서 책을 읽고 있었다. 그녀는 발소리를 듣고 얼굴을 들어 나카타 씨를 봤다. 그는 책상 앞까지 가자 멈춰 서더니 사에키 씨의 얼굴을 정면으로 내려다봤다. 나카타 씨는 아무 말도 하지 않았고, 사에키 씨도 아무 말 하지 않았다. 바로 뒤따라 호시노 씨가 나타났다. 오시마 씨도 얼굴을 내보였다.

　　"이봐, 아저씨." 호시노 씨는 뒤에서 나카타 씨 어깨에 손을 없었다. "여긴 멋대로 들어오면 안 돼. 그건 이 도서관 규칙이야. 어서 아래층으로 돌아가자고."

"나카타는 할 이야기가 있습니다." 나카타 씨가 사에키 씨를 보고 말했다.

"무슨 이야기인가요?" 하고 사에키 씨가 조용한 목소리로 물었다.

"돌에 대한 이야기입니다. 입구의 돌에 대해 이야기하고 싶습니다."

사에키 씨는 한참 동안 나카타 씨의 얼굴을 말없이 바라봤다. 사에키 씨의 눈에는 매우 차분한 빛이 감돌고 있었다. 그녀는 몇 번 눈을 깜박거리더니, 읽고 있던 책을 조용히 덮었다. 책상 위에 두 손을 가지런히 올려놓고 다시 한번 나카타 씨를 바라봤다. 그녀는 어떻게 해야 좋을지 망설이고 있는 것처럼 보였으나, 이윽고 고개를 한 번 살짝 끄덕였다. 그녀는 호시노 씨를 보고 이어서 오시마 씨를 봤다.

"잠시 둘만 있게 해주겠어요?" 하고 그녀가 오시마 씨에게 말했다. "나는 이분하고 여기서 이야기를 좀 할게요. 문은 닫아주세요."

오시마 씨는 한순간 망설였으나, 결국 고개를 끄덕였다. 그리고 호시노 씨의 팔꿈치를 살며시 잡고 복도로 나가 서재 문을 닫았다.

"괜찮을까요?" 호시노 씨가 물었다.

"사에키 씨는 판단이 분명한 분입니다." 오시마 씨가 청년을 데리고 계단을 내려가면서 말했다. "사에키 씨가 괜찮다면 괜찮은 겁니다. 그녀에 대해서는 걱정할 것 없습니다. 아래서 커피라도 드시죠, 호시노 씨."

"나카타 씨에 대해서 말하자면 걱정하는 만큼 손해예요. 정말 그렇다니까요." 호시노 씨는 고개를 절레절레 흔들었다.

제41장

이번에는 여러 가지 도구를 준비하고 숲으로 들어간다. 나침반과 칼, 물통과 비상용 식품, 목장갑, 도구 상자 안에서 발견한 노란색 스프레이 페인트와 소형 손도끼. 그것들을 작은 나일론 소형 배낭(이것도 도구 상자 안에 있었다)에 집어넣고 숲으로 들어간다. 맨살이 드러난 부분에 방충 스프레이를 뿌린다. 긴소매 셔츠를 입고, 목둘레에 타월을 감고, 오시마 씨에게서 받은 모자를 쓴다. 하늘은 잔뜩 흐려 있고 찌는 듯이 무더워서 곧 비가 쏟아질 것 같다. 배낭 안에 우천용 판초를 넣어 가기로 한다. 새 떼가 서로를 불러 대면서 낮은 잿빛 구름을 배경으로 하늘을 가로질러 간다.

이번에도 둥글게 트인 장소까지는 쉽게 도착한다. 대충 북쪽으로 향하고 있음을 나침반으로 확인하고, 좀 더 안쪽으로 발을 들여놓는다. 지나치는 나무줄기에 스프레이 페인트로 군데

군데 노란색 표시를 해놓는다. 그것을 더듬어 내려오면 본래의
장소로 돌아올 수 있을 것이다. 「헨젤과 그레텔」에서 길을 잃지
않기 위한 표시로 떨어뜨려 놓은 빵가루와 달리, 스프레이 페인
트는 새들이 먹어 치울 염려가 없다.

필요한 것을 대강이나마 준비한 덕분에, 나는 전에 왔을 때
처럼 강한 공포를 느끼지는 않는다. 물론 긴장은 하고 있다. 그
러나 심장의 고동은 상당히 안정적이다. 나를 움직이는 것은 호
기심이다. 이 오솔길 끝에 무엇이 있는지 그것이 알고 싶다. 만
약 거기에 아무것도 없다면 아무것도 없다는 것을 알고 싶다.
나는 그것을 알아야만 한다. 나는 주의 깊게 주변 풍경을 머릿
속에 집어넣으면서 확실하게 한 걸음 한 걸음 앞으로 내디뎌
간다.

이따금 어디선가 정체를 알 수 없는 소리가 들려온다. 쿵 하
고 무엇인가가 땅바닥에 떨어지는 것 같은 소리, 마룻바닥이 무
게를 받아 삐걱거릴 때의 지끈 하는 소리. 그 밖에 말로는 잘 표
현이 안 되는 이상한 소리. 그러나 그런 여러 가지 잡다한 소리
가 무엇을 의미하는지는 알 수 없다. 상상하기조차 어렵다. 그
런 소리는 꽤 먼 곳에서 들려오는 것 같기도 하고, 바로 옆에서
들려오는 것 같기도 하다. 여기서는 거리감이 줄었다 늘었다 하
는 것 같다. 머리 위에서 새의 날갯짓 소리가 울려 퍼질 때도 있
다. 그 소리는 기묘하게 큰 것으로 보아, 아마 실제보다 과장된

것 같다. 그런 소리가 들리면 나는 걸음을 멈추고 귀를 기울인다. 숨을 죽이고 무슨 일인가 일어나기를 기다린다. 그러나 아무 일도 일어나지 않는다. 나는 다시 걷기 시작한다.

가끔 들려오는 이런 돌발적인 소리를 빼고, 주위는 대체로 조용하다. 바람은 없고 머리 위에서 나뭇잎 흔들리는 소리도 나지 않는다. 귀에 들려오는 것은 풀을 헤치며 전진하는 내 발소리뿐이다. 발밑에 떨어져 있는 마른 가지를 밟으면 딱 하고 메마른 소리가 주위에 울려 퍼진다.

나는 숫돌에 간 손도끼를 오른손에 들고 있다. 장갑을 끼지 않은 손바닥에 손도끼 자루의 거친 감촉이 느껴진다. 손도끼를 실제로 사용할 만한 상황은 지금으로서는 아직 없다. 그러나 그 묵직한 무게는 내가 보호받고 있다는 느낌을 갖게 한다. 나는 보호받고 있다―그러나 도대체 무엇으로부터? 이 시코쿠의 숲에는 곰도 이리도 없을 것이다. 독사라면 조금은 있을지 모른다. 그러나 잘 생각해 보면 숲속에 있는 가장 위험한 생물은 아마도 나 자신이 아닐까? 나는 결국 그런 나 자신의 그림자에 겁을 집어먹고 있는 것뿐이 아닐까?

그래도 숲속을 걷고 있으면 누군가가 나를 보고 있고 도청하고 있는 듯한 기척을 느낀다. 무언가가 어디에선가 나를 감시하고 있다. 숨을 죽이고, 배경 속에 모습을 감춘 채 내 움직임을 지켜보고 있다. 무언가가 먼 어딘가에서 내가 내는 소리에 귀를 기울이고 있다. 그리고 내가 무슨 목적으로 어디로 향하고 있는가를 헤아리고 있다. 그러나 나는 그들에 대해 될 수 있는 대로 생각하지 않으려고 한다. 아마도 그렇게 생각하는 것은 착각이고, 착각이라는 건 그것에 대해 생각하면 할수록 더 크게 부풀어 올라 더욱 확실한 형태를 갖게 마련이다. 그리고 머지않아 그것은 착각이 아니게 될지도 모른다.

나는 침묵의 무료함을 메우기 위해 휘파람을 분다. 「마이 페이버릿 싱스」, 존 콜트레인의 소프라노 색소폰. 물론 내 어설픈 휘파람으로는 빽빽하게 음표를 메운, 그 복잡하고 즉흥적인 곡조를 다 불어 댈 수 없다. 머릿속에 떠오르는 그 음의 움직임에, 어느 정도의 음을 곁들일 뿐이다. 그러나 아무 소리도 나지 않는 것보다는 낫다. 손목시계에 시선을 보낸다. 아침 열 시 반. 지금쯤 오시마 씨는 틀림없이 도서관 문을 열 준비를 하고 있을 것이다. 오늘은…… 수요일이다. 그가 정원에 물을 뿌리고, 걸레로 테이블을 닦고, 물을 끓여서 커피를 만들고 있는 장면을 떠올린다. 평소에는 내가 하던 일이다. 그러나 나는 지금 이렇게 깊은 숲속에 있다. 그리고 좀 더 깊은 곳을 향해 계속 걸어가고 있다. 아무도 내가 여기 있는 것을 모른다. 알고 있는 것은 나와 그들뿐이다.

나는 거기 나 있는 길을 더듬어 간다. 그것을 길이라고 부르기는 어려울지도 모른다. 아마도 물의 흐름이 시간을 들여 만든 자연의 통로라고 해도 좋을 것이다. 숲에 많은 비가 내리면 빠르게 흐르는 물이 흙을 격렬하게 도려내고, 풀을 흘려보내고, 나무뿌리를 드러낸다. 큰 바위가 있으면 돌아서 간다. 비가 그치고 물이 빠지면 그것은 메마른 개울 바닥이 되고, 인간이 더듬어 갈 수 있는 길 같은 것이 생긴다. 그 길의 대부분은 양치류나 녹색 풀에 뒤덮여 있다. 주의하지 않으면 금세 길을 잃을 것만 같다. 곳에 따라서는 가파른 경사가 있어, 나는 나무뿌리를 잡고 그곳을 올라간다.

어느새 존 콜트레인의 소프라노 색소폰 독주가 끝나고 지금은 매코이 타이너의 피아노 독주가 귓속에서 울리고 있다. 왼손이 새기는 단조로운 리듬의 패턴과, 오른손이 겹겹이 쌓아 올리는 두텁고 어두운 코드. 그것은 누군가(이름 없는 누군가, 얼굴 없는 누군가)의 어두운 과거가 내장처럼 어둠 속에서 질질 끌려 나오는 모습을 세부까지 생생하게, 마치 신화의 장면처럼 묘사한다. 내 귀에는 그렇게 들린다. 참을성 많은 후렴이 조금씩 현실의 장을 무너뜨리고 재편성해 간다. 거기에서는 희미하게 최면적이며 위험한 냄새가 난다. 그것은— 숲을 닮았다.

나는 왼손에 든 스프레이 페인트로 나무줄기에 조그맣게 표시를 하면서 앞으로 계속 나아간다. 가끔 뒤를 돌아보고, 그 노란색 마크가 제대로 보이는지 확인한다. 걱정할 것 없다. 돌아갈 길을 나타내는 표시가 바다 위의 부표처럼 들쭉날쭉 이어져 있다. 나는 만약을 위해 손도끼로 나무줄기 군데군데에 흠집을 낸다. 이것도 하나의 표시다. 어떤 나무에나 손쉽게 흠집을 낼 수 있는 것은 아니다. 내가 갖고 있는 작은 손도끼로는 전혀 감당할 수 없는 나무도 있다. 그다지 굵지 않고 부드러워 보이는 나무가 있으면 나는 손도끼로 새로운 흠집을 낸다. 그러면 나무는 잠자코 내 일격을 받아들인다.

커다란 검은 모기가 때때로 마치 정찰자처럼 찾아온다. 그것은 내 눈의 노출된 살을 찌르려고 한다. 윙 하는 날갯짓 소리가 귓가에 들린다. 모기를 손으로 쫓거나 혹은 손바닥으로 때려잡는다. 때려잡으면 뭉클, 하는 확실한 반응이 있다. 때로 이미 내 피를 듬뿍 빨아 먹은 모기도 있다. 가려움은 나중에 찾아온다. 나는 손바닥에 묻은 피를 목에 두른 타월로 닦는다.

옛날에 이 산속을 행군한 병사들도, 계절이 여름이었다면 모기에 시달렸을 것이다. 그런데 '완전무장'이라는 것은 도대체 어느 정도의 무게일까? 쇳덩이 같은 구식 소총과 많은 탄약, 총검, 철제 헬멧, 수류탄 몇 개, 식료품과 물, 참호를 파기 위한 휴대용 삽과 작은 반합…… 아마 이십 킬로그램 정도는 되지 않을까? 어쨌든 굉장히 무거울 것이다. 내 나일론 소형 배낭과는 비교도 안 된다. 나는 바로 앞의 덤불을 지나 방향을 꺾자마자, 그런 병사들과 마주치는 것은 아닐까 하는 망상에 사로잡힌다. 그러나 병사들이 여기에서 사라진 것은 벌써 육십 년도 더 전의 일이다.

　나는 통나무집의 현관 앞에서 읽은 나폴레옹의 러시아 원정을 생각한다. 1812년 여름, 모스크바까지의 기나긴 정복의 길을 진군한 프랑스군 병사들도 모기에 시달렸을 것이다. 말할 필요도 없는 일이지만, 그들을 괴롭힌 것은 모기만이 아니다. 프랑스군 병사들은 다른 많은 것들과도 목숨을 걸고 싸워야 했다. 굶주림과 갈증, 진흙투성이의 험한 길, 전염병, 엄청난 더위, 길게 뻗은 보급선을 습격하는 코사크 유격 부대, 부족한 의약품, 그리고 러시아 정규군을 상대로 한 여러 차례의 대규모 전투. 주민들이 도망쳐서 무인지경이 된 모스크바에 가까스로 입성한 병사의 수는 처음의 오십만 명에서 십만 명으로 줄어들어 있었다.

　나는 발을 멈추고 물통의 물로 목을 축인다. 손목시계의 숫자는 열한 시 정각을 가리키고 있다. 도서관 문을 열 시간이다. 나는 오시마 씨가 문을 열고 카운터의 의자에 앉는 모습을 상상한다. 책상 위에는 끝이 뾰족하게 깎인 기다란 연필이 놓여 있을 것이다. 그는 때때로 그 연필을 집어 들고 빙글빙글 돌린다. 지우개 부분으로 관자놀이를 살며시 누른다. 그런 광경이 머릿속에 매우 생생하게 떠오른다. 그러나 그곳은 아주 멀리 있다.

　오시마 씨는 말한다. 나는 생리가 없습니다. 젖꼭지는 느끼지 않지만, 클리토리스는 느낍니다. 섹스는 질이 아니라 항문으로 합니다.

나는 통나무집의 침대에서 얼굴을 벽 쪽으로 돌리고 잠자던 오시마 씨의 모습을 떠올린다. 그리고 그 뒤에 남아 있던 그의— 그녀의 여운을 떠올린다. 나는 같은 침대에서 그 여운에 감싸여 잠을 잤다. 그러나 그에 대해서는 더 이상 생각하지 말자.

그대신 전쟁에 대해 생각한다. 나폴레옹의 전쟁에 대해 생각하고, 일본군 병사들이 싸워야만 했던 전쟁에 대해 생각한다. 손도끼의 확실한 무게를 손바닥에 느낀다. 새로 간 예리하고 하얀 날이 생생하게 내 눈을 쏘아본다. 나도 모르게 눈을 돌린다. 어째서 사람들은 싸우는 것일까? 왜 수십만, 수백만의 사람들이 집단으로 서로 죽이지 않으면 안 되는 것일까? 그런 싸움은 분노에서 비롯되는 것일까? 아니면 공포에서 비롯되는 것일까? 아니면 공포와 분노는 한 영혼의 각기 다른 측면에 지나지 않는 것일까?

나무줄기에 손도끼를 내리찍는다. 나무가 들리지 않는 비명을 지르고, 보이지 않는 피를 흘린다. 나는 계속 걷는다. 존 콜트레인이 다시 소프라노 색소폰을 집어 든다. 반복이 현실의 장을 무너뜨리고 재편성한다.

내 마음은 어느새 꿈의 영역에 발을 들여놓는다. 그것은 조용히 되돌아온다. 나는 사쿠라를 안고 있다. 그녀는 내 품 안에 있고, 나는 그녀 속에 들어가 있다.

나는 더 이상 이런저런 일들에 멋대로 휘둘리고 싶지 않다. 혼란스러워지고 싶지 않다. 나는 이미 아버지를 죽였다. 이미 어머니를 범했다. 그리고 이렇게 누나 속에 들어가 있다. 만일 거기 저주가 있다면 자진해서 받아들이겠다고 생각한다. 빨리 끝내 버리고 싶다. 한시라도 빨리 그 무거운 짐을 내려놓고 싶다. 그리고 그다음은 누군가의 계획에 말려 들어간 누군가로서가 아니라, 나 자신으로 살아가고 싶다. 그것이 내가 바라는 일이다. 나는 그녀 속에 사정한다.

"설사 꿈속이라고 하더라도 너는 그런 짓을 해서는 안 됐어" 하고 까마귀라고 불리는 소년이 나에게 말을 건다.

그는 바로 등 뒤에 있다. 그는 나와 함께 숲속을 걷고 있다.

"나는 그때 말리려고 무척이나 애썼어. 그건 너도 알고 있었을 거야. 내 목소리가 제대로 들렸을 거야. 그렇지만 너는 내 말을 듣지 않았어. 너는 그대로 앞으로 나아갔어."

나는 대답도 하지 않고 뒤돌아보지도 않는다. 그저 묵묵히 앞으로 걸음을 옮긴다.

"너는 그렇게 함으로써 너에게 내려진 저주를 극복할 수 있을 거라고 생각한 거야, 그렇지? 하지만 과연 그렇게 됐을까?" 하고 까마귀라고 불리는 소년이 묻는다.

하지만 과연 그렇게 됐을까? 너는 아버지인 존재를 죽이고, 어머니인 존재를 범하고, 누나인 존재를 범했어. 너는 예언을 대충 실행했지. 너는 그것으로 아버지가 네게 씌웠던 저주가 끝나리라고 생각했을 거야. 하지만 실제로는 아무것도 끝나지 않았어. 극복되지도 않았어. 그 저주는 오히려 전보다 더 짙게 네 정신에 깊이 새겨져 있지. 너는 이제 그것을 알 거야. 네 유전자는 지금도 그 저주로 가득 차 있어. 그것은 네가 쉬는 숨이 되어 사방에서 부는 바람을 타고, 세상에 뿌려지고 있어. 네 속의 어두운 혼란은 변함없이 거기 있지. 그렇지 않아? 네가 품어 왔던 공포심도 분노도 불안감도 전혀 사라지지 않았어. 그 모든 것은 아직도 네 속에 있으면서 네 마음을 집요하게 괴롭히고 있지.

"잘 들어, 싸움을 끝내기 위한 싸움이란 어디에도 없어"하고 까마귀라고 불리는 소년이 말한다. "싸움은 싸움 자체 속에서 성장해 가거든. 그것은 폭력에 의해 흐른 피를 마시고, 폭력에 의해 상처 입은 살을 뜯어 먹으며 성장해 가지. 싸움이라는 것은 일종의 완전 생물이야. 너는 그것을 알아야 해."

누나, 하고 나는 소리 내어 부른다.

나는 사쿠라를 범해서는 안 됐던 것이다. 설사 꿈속에서라도.

"난 어떻게 해야 하지?"하고 나는 앞쪽 땅바닥에 시선을 둔 채 묻는다.

"글쎄, 네가 해야 할 일은 분명 네 속에 있는 공포와 분노를 극복하는 일이야" 하고 까마귀라고 불리는 소년이 말한다. "거기에 밝은 빛을 들여 네 마음의 얼어붙은 부분을 녹이는 거지. 그것이 진짜로 터프해지는 거야. 그렇게 해야 비로소 너는 세상에서 가장 터프한 열다섯 살 소년이 될 수 있어. 내가 말하는 것을 이해할 수 있지? 지금이라도 늦지 않았어. 아니, 지금이라면 너는 분명히 자기 자신을 되찾을 수 있어. 머리를 써서 생각하는 거야. 어떻게 하면 좋을지 생각해야 해. 너는 결코 바보가 아니야. 생각하는 것은 할 수 있잖아."

"내가 아버지를 정말로 죽인 걸까?"

대답이 없다. 나는 뒤를 돌아본다. 까마귀라고 불리는 소년은 이미 거기에 없다. 내 질문은 침묵 속으로 빨려 들어간다.

깊은 숲속에서 외톨이가 되자, 나라는 인간이 무척 텅 빈 것처럼 느껴진다. 나는 언젠가 오시마 씨가 말한 '공허한 인간'이 돼버린 것 같은 느낌이 든다. 내 속에는 텅 빈 공간이 있다. 그 공간은 지금도 조금씩 부풀어 올라, 그것이 내 속에 남아 있는 알맹이를 자꾸만 먹어 치운다. 나는 그 소리를 들을 수 있다. 나라는 존재를 점점 알 수 없어진다. 나는 정말로 어찌할 바를 모르고 있다. 거기에는 방향도 없고 하늘도 땅도 없다. 나는 사에키 씨를 생각하고, 사쿠라를 생각하고, 오시마 씨를 생각한다. 그러나 나는 그들이 있는 곳에서 몇 광년이나 떨어져 있다. 망원경을 거꾸로 들여다봤을 때처럼, 아무리 멀리 손을 뻗어도 그들을 만질 수 없다. 나는 고독하고 어두컴컴한 미궁 속에 있다. 바람 소리에 귀를 기울이라고 오시마 씨는 말했다. 나는 귀를 기울인다. 그러나 바람 같은 것은 불고 있지 않다. 까마귀라고 불리는 소년도 어디론가 사라지고 없다.

머리를 써서 생각하는 거야. 어떻게 하면 좋을지, 생각해 봐.

그러나 이제는 아무것도 생각할 수 없다. 무엇을 생각하든, 내가 다다를 곳은 결국 미궁의 막다른 한계점밖에 없다. 내 알맹이란 도대체 무엇일까? 그것은 텅 빈 공간과 대립하는 것일까?

여기서 이대로 나라는 존재를 말살해 버릴 수만 있다면, 하고 나는 진지하게 생각한다. 이 나무들의 두꺼운 벽 속에서, 길이 아닌 길 위에서, 숨을 멈추고 의식을 조용히 어둠에 파묻고, 폭력을 머금은 어두운 피를 마지막 한 방울까지 흘려 버리고, 모든 유전자를 잡초 가운데 썩혀 버리는 것이다. 그렇게 해야 비로소 내 싸움은 끝나는 게 아닐까? 나는 그렇게 생각한다. 그렇게 하지 않고는 나는 언제까지나 영원히 아버지를 죽이고, 어머니를 욕보이고, 누나를 욕보이고, 세계 그 자체를 계속 훼손하게 되지 않을까? 눈을 감고 내 중심을 응시한다. 내 중심을 뒤덮고 있는 어둠은 무척 어지럽고 메말라 있다. 검은 구름이 걷히자, 나뭇잎이 달빛을 받아 무수한 칼날처럼 번뜩인다.

그때 피부 안쪽에서 무엇인가가 새로 짜 맞춰지는 것 같은 감각이 느껴진다. 머릿속에서 쩽그랑 하는 소리가 들린다. 나는 눈을 뜨고 숨을 깊이 들이마신다. 그리고 스프레이 페인트 깡통을 발밑에 버린다. 손도끼를 버리고, 나침반을 버린다. 모든 것이 소리를 내면서 땅바닥에 떨어진다. 그 소리들은 아득히 먼 곳에서 들려온다. 나 자신이 무척 가벼워진 것 같은 느낌이 든다. 등에 메고 있던 소형 배낭을 벗어서 땅바닥에 버린다. 내 촉각은 전보다 훨씬 예민해져 있다. 주위의 공기가 투명함을 더하고 있다. 숲의 기척이 더욱 농밀해지고 있다. 귓속에서 존 콜트레인은 아직도 미궁적인 독주를 계속하고 있다. 거기에는 끝이라는 것이 없다.

　나는 생각을 바꾸어 배낭 안에서 사냥용 잭나이프를 꺼내 주머니에 넣는다. 아버지 서재에서 들고 온 예리한 칼이다. 필요하면 그것으로 손목의 혈관을 베고 내 안에 있는 모든 피를 땅바닥에 흘려 버릴 수도 있다. 그렇게 함으로써 나는 장치를 파괴하는 것이다.

　나는 숲의 한가운데에 발을 들여놓는다. 나는 속이 텅 빈 인간이다. 나는 실체를 잡아먹는 공백이다. 그러니까 더 이상 두려워해야 할 것은 없다. 아무것도 없다.

　나는 숲의 중심에 발을 들여놓는다.

제42장

방 안에 두 사람만 남게 되자, 사에키 씨는 나카타 씨에게 의자를 권했다. 나카타 씨는 잠깐 생각하고 나서 의자에 앉았다. 두 사람은 잠시 아무 말도 하지 않고 책상 너머로 서로를 바라봤다. 나카타 씨는 무릎 위에 등산모를 얹어 놓고, 습관처럼 손바닥으로 짧은 머리카락을 쓱쓱 쓰다듬었다. 사에키 씨는 테이블에 두 손을 얹고 나카타 씨의 그런 모습을 조용히 봤다.

"제가 잘못 생각한 것이 아니라면 아마 저는 당신이 오시기를 기다리고 있었던 것 같습니다" 하고 그녀가 말했다.

"네. 나카타도 아마 그랬을 거라고 생각합니다" 하고 나카타 씨가 말했다. "하지만 시간이 많이 걸렸습니다. 너무 오래 기다리시게 한 건 아닌지요? 나카타도 나름대로 서둘러서 오기는 했지만, 이렇게 늦어지고 말았습니다."

사에키 씨는 고개를 흔들었다. "아녜요, 그렇지 않습니다.

이보다 이르거나 늦었으면 저는 더 당황했을 것 같아요. 저로서는 지금이 딱 알맞은 시간입니다."

"호시노 씨가 퍽 친절하게 도와줬습니다. 만일 그분 없이 나카타 혼자서 왔더라면 시간이 훨씬 더 많이 걸렸을 것이라고 생각합니다. 아무튼 나카타는 글자도 읽지 못하거든요."

"호시노 씨는 친구분이신 거죠?"

"네" 하고 나카타 씨는 고개를 끄덕였다. "그럴지도 모르겠습니다. 하지만 솔직히 말해서, 나카타는 그런 걸 잘 모릅니다. 고양이님을 빼고 나카타는 태어나서 지금까지 친구는 한 사람도 없었으니까요."

"저도 아주 오랫동안 친구가 없었습니다" 하고 사에키 씨가 말했다. "추억 속의 친구는 있지만요."

"사에키 씨."

"네."

"사실대로 말씀드리면 나카타에겐 추억이라는 건 하나도 없습니다. 그건 나카타가 머리가 나쁘기 때문입니다. 추억이라는 것은 도대체 어떤 것입니까?"

사에키 씨는 책상 위에 올려놓은 자기 두 손을 보고 나서 다시 나카타 씨의 얼굴을 봤다. "추억이란 당신의 몸을 안쪽에서부터 따뜻하게 해주는 것입니다. 하지만 그와 동시에 당신의 몸을 안쪽에서부터 심하게 갈기갈기 찢어 놓는 것이기도 합니다."

나카타 씨는 고개를 흔들었다. "어려운 문제군요. 추억에 대해선 나카타는 잘 모르겠습니다. 나카타는 현재의 일밖에 모릅니다."

"저는 아무래도 그 반대인 것 같아요."

깊은 침묵이 방 안을 가득 채웠다. 그 침묵을 깨뜨린 것은 나카타 씨였다. 그는 조그맣게 헛기침을 했다.

"사에키 씨."

"네. 말씀하세요."

"사에키 씨는 입구의 돌에 대해 알고 계시지요?"

"네. 알고 있습니다" 하고 그녀가 말했다. 그녀의 손가락이 책상 위에 있는 몽블랑 만년필을 건드렸다. "아주 먼 옛날에, 저는 어느 곳에서 그것과 우연히 만났지요. 어쩌면 모르는 편이 더 좋았을지도 모르겠어요. 하지만 저로서는 선택의 여지가 없는 일이었습니다."

"나카타는 며칠 전에 그것을 다시 열었습니다. 천둥과 번개가 치던 날 오후였습니다. 많은 벼락이 시내에 떨어졌습니다. 호시노 씨가 도와줬습니다. 나카타 혼자서는 그것을 할 수 없습니다. 천둥이 치던 날을 기억하십니까?"

사에키 씨는 고개를 끄덕였다. "기억하고 있습니다."

"나카타가 입구를 연 것은 반드시 그렇게 해야만 했기 때문입니다."

"알고 있습니다. 여러 가지 것을 있어야 할 형태로 되돌려 놓기 위해서지요?"

나카타 씨는 고개를 끄덕였다. "맞습니다."

"당신에겐 그럴 자격이 있어요."

"나카타는 자격에 대해서는 잘 모릅니다. 하지만 사에키 씨, 어쨌든 그것은 선택할 수 없는 일이었습니다. 솔직히 말씀 드리면 나카타는 나카노구에서 사람을 한 명 죽이기도 했습니다. 나카타는 사람을 죽이고 싶지 않았습니다. 하지만 조니 워커 씨가 시키는 대로, 나카타는 그 자리에 있어야 할 열다섯 살 소년 대신에 사람을 한 명 죽였습니다. 나카타는 그 일을 떠맡지 않을 수 없었습니다."

사에키 씨는 잠시 눈을 감았다가 뜨고 나카타 씨의 얼굴을 봤다. "그런 여러 가지 일은 제가 먼 옛날에 그 입구의 돌을 열었기 때문에 일어난 일인가요? 그것이 아직도 꼬리를 물고 있어서 지금도 여기저기에 일그러진 현상과 같은 것을 만들어 내고 있나요?"

나카타 씨는 고개를 저었다. "사에키 씨."

"네."

"나카타는 거기까지는 모릅니다. 나카타의 임무는 단지 지금 매사를 있어야 할 형태로 되돌려 놓는 것뿐입니다. 그걸 위해 나카타는 나카노구를 떠나 커다란 다리를 건너서 시코쿠까지 왔습니다. 그리고 아마 알고 계시겠지만, 사에키 씨는 여기에 남아 있을 수 없습니다."

사에키 씨는 미소를 지었다. "알겠습니다. 그건 제가 오랫동안 바라던 일이에요, 나카타 씨. 과거에도 바랐고, 현재도 바라고 있는 일입니다. 하지만 아무리 애써도 손에 넣을 수 없었습니다. 저는 그때가 찾아오기를—즉 지금이 찾아오기를—마냥 기다릴 수밖에 없었지요. 그건 대부분의 경우 견디기 어려운 일이었습니다. 물론 괴로워하는 일이 저에게 주어진 책임 같은 것이었겠지만요."

"사에키 씨, 나카타에겐 그림자가 반밖에 없습니다. 사에키 씨처럼 말입니다."

"네."

"나카타는 그것을 어렸을 때 겪은 전쟁에서 잃어버렸습니다. 어째서 그런 일이 일어났는지, 왜 나카타가 그런 일을 당해야 했는지, 나카타는 잘 모릅니다. 어쨌든 그로부터 상당히 오랜 시간이 흘렀습니다. 우리는 이제 서서히 여기를 떠나야만 합니다."

"알고 있습니다."

"나카타는 오래 살아왔습니다. 하지만 아까도 말씀드린 것처럼, 나카타에겐 추억이라는 것이 없습니다. 그러니까 사에키 씨가 말씀하시는 '괴롭다'고 하는 마음을 나카타는 잘 이해할 수 없습니다. 하지만 나카타가 생각하기에는 아무리 그것이 괴롭다 해도 사에키 씨는 그 추억을 잃어버리고 싶지 않으셨을 것 같습니다."

"네" 하고 사에키 씨가 말했다. "맞습니다. 그것을 끌어안고 사는 것이 아무리 괴로워도 살아 있는 한 저는 그 기억을 잃어버리고 싶지 않습니다. 그것이 제가 살아왔다는 유일한 의미고 증거니까요."

나카타 씨는 말없이 고개를 끄덕였다.

"저는 필요 이상 오래 살면서 많은 사람과 많은 것을 훼손했습니다" 하고 그녀가 말을 이었다. "저는 당신이 말한 그 열다섯 살 소년과 성적인 관계를 가졌습니다. 바로 최근의 일입니다. 저는 그 방에서 다시 한번 열다섯 살 소녀로 돌아가 그와 관계를 가졌습니다. 그것이 옳은 일이든 옳지 않은 일이든, 저는 그렇게 할 수밖에 없었습니다. 하지만 제가 그런 행동을 함으로써 또 다른 무엇인가가 훼손됐을지도 모릅니다. 그것이 유일하게 제 마음에 걸리는 일입니다."

"나카타는 성욕에 대해서는 모릅니다. 나카타에겐 추억이 없는 것처럼 성욕도 없습니다. 그렇기 때문에 옳은 성욕과 옳지 않은 성욕의 차이도 모릅니다. 하지만 그것이 일어난 일이라면 일어나야 할 일이 일어난 것입니다. 옳은 일이든 옳지 않은 일이든, 일어난 일을 있는 그대로 받아들였기 때문에 지금의 나카타가 있는 것입니다. 그것이 나카타의 입장입니다."

"나카타 씨."

"네."

"당신에게 부탁하고 싶은 것이 있습니다."

사에키 씨는 발치에 두었던 가방에서 작은 열쇠를 꺼냈다. 그리고 그 열쇠로 책상 서랍을 열었다. 서랍에서 몇 권의 두꺼운 파일을 꺼내 책상 위에 올려놓았다.

"저는 이 도시로 돌아온 이래 줄곧 책상 앞에 앉아서 이 원고를 써왔습니다. 제가 살아온 인생에 대한 글을 쓴 것입니다. 저는 바로 이 근처에서 태어나, 이 집에 살던 한 소년을 깊이 사랑했습니다. 더 이상 사랑할 수 없을 만큼 깊이 사랑했지요. 그도 마찬가지로 저를 사랑해 줬습니다. 우리는 완전한 원 안에서 살고 있었습니다. 모든 것이 그 원 안에서 완결돼 있었습니다. 하지만 그런 것이 언제까지나 지속되지는 않습니다. 우리는 어른이 됐고, 시대는 변하고 있었어요. 원은 여기저기 터져서 밖의 것이 낙원 안쪽에 들어오고, 안쪽의 것이 밖으로 나가려고 했습니다. 당연한 일입니다. 그렇지만 그때의 저는 그것이 당연한 일이라고는 도저히 생각할 수 없었습니다. 그래서 저는 그런 침입이나 유출을 막으려고 입구의 돌을 열었어요. 어떻게 그런 일을 할 수 있었는지, 지금은 잘 생각나지도 않습니다. 저는 다만 그를 잃지 않기 위해, 밖에 있는 것이 우리 세계를 훼손하지 못하도록 막기 위해, 무슨 일이 있어도 돌을 열어야만 한다고 결심했던 것이지요. 그것이 무엇을 의미하는지, 그때의 저는 이해하지 못했던 것입니다. 그리고 당연한 결과겠지만 저는 그 벌을 받았습니다."

그녀는 거기에서 말을 끊고, 만년필을 손에 든 채 눈을 감았다.

"제 인생은 스무 살 때 끝났습니다. 그 뒤의 인생은 끝없이 이어지는 후일담 같은 것에 지나지 않습니다. 그것은 어둡고 구불구불한, 어느 곳으로도 통하지 않는 긴 복도 같은 것입니다. 하지만 저는 그런 나날을 살아가야만 했습니다. 공허한 하루하루를 덧없이 받아들이고, 공허한 채로 보내는 것뿐입니다. 그런 나날을 보내면서 저는 많은 잘못을 저지르기도 했습니다. 아니, 솔직하게 말하면 저는 거의 잘못된 일만 했던 것 같은 느낌마저 듭니다. 어느 때 저는 혼자 내면에 침식된 채 살았습니다. 깊은 우물 밑바닥에서 혼자 살고 있는 것이나 같았습니다. 밖에 있는 모든 것을 저주하고 모든 것을 증오했어요. 어느 때는 밖으로 나가 남들처럼 사는 척하기도 했습니다. 모든 것을 받아들이고, 무감각하게 세상을 살아왔습니다. 많은 남자들과 자기도 했습니다. 어느 때는 결혼도 했습니다. 하지만 모든 것이 의미가 없는 짓이었습니다. 모든 것이 눈 깜짝할 사이에 지나가 버리고, 아무것도 남지 않았지요. 제가 더럽히고 훼손한 것들의 상처 자국만이 몇 개 남았을 뿐입니다.”

　　그녀는 책상 위에 쌓아 놓은 세 권의 파일 더미에 손을 올려
놓았다.

　　“저는 그동안의 일들을 전부 여기에 상세히 적어 놓았어요.
저는 저 자신을 정리하기 위해 이 글을 써왔습니다. 저 자신이
어떤 인간이고, 어떻게 인생을 보내 왔는지, 그것을 다시 한번
구석구석까지 확인해 보고 싶었습니다. 물론 저 외에는 아무도
탓할 수 없는 일이지만, 그것은 살을 에는 것같이 괴로운 작업이
었어요. 하지만 그 작업도 이제 겨우 끝이 났습니다. 저는 모든
것을 다 썼고, 이것은 저에겐 더 이상 필요 없습니다. 또 다른 누
군가가 읽는 것도 원치 않습니다. 만일 누군가의 눈에 띄면 다시
새롭게 무엇인가를 훼손하게 될지도 모릅니다. 그러니까 이것
을 어딘가에서 완전히 태워 없애 주셨으면 합니다. 아무런 흔적
도 남지 않게요. 만약 가능하다면 그 일을 나카타 씨에게 부탁드
리고 싶습니다. 저는 나카타 씨밖에는 의지할 사람이 없습니다.
염치없는 부탁이지만 들어주시겠어요?”

　　“알았습니다.” 나카타 씨는 몇 번 힘차게 고개를 끄덕였다.
“사에키 씨가 원하는 일이라면 나카타는 그것을 확실하게 태워
버리겠습니다. 안심하십시오.”

　　“감사합니다.”

　　“쓴다는 사실이 중요했던 모양이지요?”

"네, 그래요. 쓴다는 사실이 중요했어요. 이미 다 써버린 것에는, 그 완결된 형태에는 아무런 의미도 없습니다."

"나카타는 읽고 쓰기를 못 하기 때문에 아무것도 써서 남길 수 없습니다. 나카타는 고양이님들과 같습니다."

"나카타 씨."

"왜 그러시지요?"

"아주 오래전부터 당신을 알았던 것 같은 느낌이 들어요. 당신은 혹시 저 그림 속에 계시지 않았나요? 해변의 배경에 있는 사람으로, 흰 바지 자락을 걷어 올리고 발을 바다에 담그고 말이에요."

나카타 씨는 의자에서 조용히 일어나 사에키 씨가 앉아 있는 책상 앞으로 갔다. 그리고 파일 위에 놓여 있는 사에키 씨의 손 위에 자신의 딱딱하고 햇볕에 그을린 손을 올려놓았다. 그런 뒤 무언가에 가만히 귀를 기울이는 듯한 모습으로, 거기에 있는 온기를 자기 손바닥에 옮겼다.

"사에키 씨."

"네."

"나카타도 조금은 알겠습니다."

"무엇을 말인가요?"

"추억이라는 것이 어떤 것인지 말입니다. 사에키 씨의 손을 통해 나카타에게도 그것이 느껴집니다."

사에키 씨는 미소를 지었다. "잘됐군요."

나카타 씨는 언제까지나 그녀의 손에 자기 손을 포개고 있었다. 사에키 씨는 이윽고 눈을 감고 추억 속에 조용히 몸을 묻었다. 거기에는 이미 고통은 없었다. 누군가가 고통을 영원히 걷어 준 것이다. 원은 다시 한번 완결됐다. 그녀는 먼 방의 문을 열고, 그곳의 벽에서 두 개의 아름다운 화음이 도마뱀 같은 모습으로 잠들어 있는 것을 봤다. 그녀는 그 도마뱀들에게 살그머니 손을 갖다 댄다. 그들의 편안한 잠을 손끝으로 느낄 수 있다. 바람이 살짝 불고 있다. 낡은 커튼이 이따금 흔들리는 것을 보면 알 수 있다. 그것은 마치 무언가의 비유처럼 의미 깊게 흔들린다. 그녀는 자락이 긴 파란색 옷을 입고 있다. 까마득한 옛날에 어디선가 입은 적이 있는 드레스다. 걸으면 옷자락이 희미하게 소리를 낸다. 창밖에는 해변이 있다. 파도 소리가 들려온다. 누군가의 목소리도 들려온다. 바람 속에서 바다 냄새가 난다. 계절은 여름이다. 계절은 언제나 여름이다. 하늘에는 또렷한 윤곽을 지닌 흰 구름이 몇 개 떠 있다.

나카타 씨는 세 권의 두꺼운 파일을 안고 계단을 내려갔다. 오시마 씨는 카운터에 앉아서 열람자와 뭔가 이야기를 하고 있었다. 그는 계단을 내려오는 나카타 씨의 얼굴을 보자 방긋 미소를 지었다. 나카타 씨는 정중하게 인사를 했다. 오시마 씨는 다시 열람자와 대화를 나누기 시작했다. 호시노 씨는 열람실에서 열심히 책을 읽고 있었다.

나카타 씨는 "호시노 씨" 하고 불렀다.

청년은 책을 테이블에 내려놓고 나카타 씨를 올려다봤다. "꽤 오래 걸렸네. 그래, 볼일은 모두 끝난 거야?"

"네. 여기서 나카타가 봐야 할 볼일은 끝났습니다. 호시노 씨만 괜찮으시다면 이제 그만 돌아갈까 합니다."

"그러지 뭐. 난 아무래도 상관없어. 읽던 책은 대충 다 읽었거든. 이미 베토벤은 죽어 버렸고 말이야. 지금은 장례식 대목이야. 아무튼 이만오천 명이나 되는 빈 시민들이 묘지까지 가는 행렬에 참가하고, 학교는 휴교를 했다니 대단하지."

"호시노 씨."

"왜?"

"나카타는 호시노 씨에게 한 가지 더 부탁이 있습니다."

"말해 봐."

"이것을 어딘가에서 태우고 싶은데요."

호시노 씨는 나카타 씨가 안고 있는 파일들을 바라봤다.

"흐음, 양이 꽤 되네. 그 정도의 양이면 이 근처에서 태울 수는 없겠는데. 어디 강가의 넓은 자갈밭 같은 곳이 좋겠어."

"호시노 씨."

"왜?"

"그렇다면 강가의 자갈밭을 찾으러 갑시다."

"물어보나 마나겠지만, 그건 대단히 중요한 일이란 말이지? 아무 데나 그냥 버려서는 안 되는?"

"네, 호시노 씨. 아주 중요한 일입니다. 태워서 버려야 합니다. 연기로 만들어 하늘로 올려 보내야 합니다. 그것을 마지막까지 지켜보지 않으면 안 됩니다."

호시노 씨는 일어나서 크게 기지개를 켰다.

"알았어. 지금부터 강가에 있는 넓은 자갈밭을 찾으러 가자고. 어디에 있는지는 모르지만, 천천히 찾다 보면 시코쿠에도 자갈밭 하나쯤은 있겠지."

평소와 달리 바쁜 오후였다. 많은 열람자가 왔고, 그 가운데 몇 사람은 전문적인 질문을 했다. 오시마 씨는 그 질문에 대답하고, 열람자가 원하는 자료를 찾느라고 바빴다. 컴퓨터로 검색해야 하는 것도 몇 가지 있었다. 평소 같으면 물론 사에키 씨에게 도움을 청했겠지만, 오늘은 그것도 어려운 상황이었다. 이런저런 일로 몇 번 자리를 비워서, 나카타 씨가 돌아가는 것도 몰랐을 정도였다. 바쁜 일이 일단락되고 주위를 둘러본 후에야 두 사람이 도서관에 없다는 사실을 알았다. 오시마 씨는 계단을 올라가 이 층의 사에키 씨 방으로 갔다. 드물게 문이 닫혀 있었다. 그는 짧게 두 번 노크하고 잠시 기다렸다. 그러나 대답이 없다. 다시 한번 노크했다. "사에키 씨" 하고 그는 문밖에서 한 번 불러 봤다. "괜찮으십니까?"

역시 대답이 없다.

그는 손잡이를 살그머니 돌려 봤다. 문은 잠겨 있지 않았다. 그는 문을 조금 열고 안을 들여다봤다. 그리고 사에키 씨가 책상에 엎드려 있는 것을 봤다. 머리카락이 앞으로 내려와 얼굴을 가리고 있었다. 그는 잠시 망설였다. 단순히 피곤해서 자고 있을 뿐인지도 모른다. 그러나 그는 사에키 씨가 낮잠 자는 것을 지금까지 한 번도 본 적이 없었다. 업무 시간 중에 낮잠을 잘 사람이 아닌 것이다. 그는 방 안으로 들어가 책상 앞까지 걸어갔다. 그리고 몸을 숙여 귓가에 대고 사에키 씨의 이름을 불러 봤다. 반응이 없다. 그는 사에키 씨의 어깨에 손을 얹고, 손목에 손가락을 갖다 댔다. 맥박이 없다. 온기는 아직 희미하게 살갗에 남아 있었지만, 이미 산 사람이 아니라는 으스스한 느낌이 들게 했다.

그는 사에키 씨의 머리카락을 들어 올려 그녀의 얼굴을 확인했다. 두 눈을 가늘게 뜨고 있었다. 그녀는 자고 있는 것이 아니다. 죽어 있다. 그러나 사에키 씨는 마치 평온한 꿈을 꾸고 있는 사람 같은 표정을 짓고 있었다. 입가에는 미소의 그림자가 엷게 남아 있었다. 죽을 때조차 이 사람은 단정함을 잃지 않았구나, 하고 오시마 씨는 생각했다. 그는 머리카락을 본래대로 해

놓고, 책상 위의 전화기를 집어 들었다.

가까운 시일에 이런 날이 찾아오리라는 각오는 하고 있었다. 그러나 막상 이렇게 실제로 망자가 된 사에키 씨와 단둘이 조용한 방에 남겨지자, 어떻게 해야 좋을지 알 수 없었다. 마음이 몹시 메말라 있었다. 나는 이 사람을 필요로 하고 있었구나, 하고 오시마 씨는 생각했다. 분명 내 속에 있는 공백을 메우기 위해 이 사람의 존재를 필요로 하고 있었어. 하지만 나는 이 사람이 안고 있던 공백을 메울 수는 없었어. 마지막 순간까지 사에키 씨의 공백은 그녀만의 것이었다.

누군가가 아래층에서 그의 이름을 부르고 있었다. 그런 목소리가 들린 것처럼 느껴졌다. 방문이 열려 있었기 때문에 아래층에서 사람들이 바쁘게 오가는 소리도 들렸다. 전화벨도 울렸다. 그러나 오시마 씨는 모든 것을 무시했다. 그는 의자에 앉아 사에키 씨의 모습을 하염없이 바라봤다. 내 이름을 부르고 싶거든 얼마든지 부르라고. 전화를 걸고 싶거든 얼마든지 걸어. 이윽고 멀리서 구급차의 사이렌 소리가 들려왔다. 그 소리는 점점 이쪽으로 다가오는 것 같았다. 이제 조금 있으면 사람들이 와서 그녀를 어디론가 데려가 버릴 것이다. 영원히. 그는 왼팔을 들어 손목시계를 봤다. 네 시 삼십오 분이었다. 화요일 오후 네 시 삼십오 분. 이 시간을 기억해야 해, 하고 그는 생각했다. 이 오후를, 이날을, 언제까지고 기억해야 한다.

"다무라 카프카 군" 하고 그는 옆의 벽을 향해 속삭이듯이 말했다. "나는 이 일을 네게 전해야만 해. 물론 네가 아직 모르고 있다면 말이지만."

제43장

짐을 버리고 홀가분하게 숲속으로 계속 걸어 들어간다. 앞으로
나아가는 일에만 정신을 집중한다. 이제는 나무에 표시할 필요
도 없다. 돌아갈 길을 기억할 필요도 없다. 나는 주위의 광경을
제대로 바라보지도 않는다. 어차피 거기에 있는 것은 그렇고 그
런 광경이다. 겹겹이 솟아 있는 나무들, 무성한 양치류, 늘어진
넝쿨, 혹투성이인 뿌리, 썩은 낙엽 더미, 어느 벌레의 바싹 마른
껍질, 질기고 끈적거리는 거미줄, 그리고 무수한 가지들—그곳
은 그야말로 나뭇가지들의 세계다. 위협하는 가지, 서로 공간을
다투는 가지, 교묘하게 몸을 숨기는 가지, 뒤틀린 가지, 사색하
는 가지, 말라 죽어 가는 가지. 그런 광경이 끊임없이 되풀이된
다. 다만 되풀이될 때마다 모든 것이 조금씩 깊어져 간다.

　　나는 거기에 나 있는 길을—혹은 길 비슷한 것을—입을 다
문 채 더듬어 간다. 지금은 그다지 심한 경사는 없다. 숨이 찰 정

도의 언덕도 없다. 이따금 길은 양치류의 바다나 가시가 있는 관목 속으로 사라지는 듯하다가도, 어림짐작으로 나아가면 다시 길 같은 것이 나타난다. 나는 이미 숲에 대해 공포를 느끼지 않는다. 거기에는 어떤 규칙 같은 것이 있다. 혹은 패턴 같은 것이 있다. 일단 두려워하지 않게 되자, 그런 것이 점점 눈에 보이기 시작한다. 나는 그 반복성을 파악하고 내 일부인 것처럼 만들어 간다.

나는 아무것도 갖고 있지 않다. 조금 전까지 소중하게 들고 있던 노란색 스프레이 페인트도, 날을 새로 간 손도끼도 버리고 없다. 소형 배낭도 짊어지지 않고 있다. 물통도 식량도 없다. 나침반도 없다. 모든 것을 중간중간 길에 두고 왔다. 그렇게 함으로써 나는 이제 겁내지 않으며, 그러기 위해 일부러 무방비 상태가 되기로 했다는 것을, 눈에 보이는 형태로 숲에 전달하려고 한다. 혹은 나 자신에게 전달하려고 한다. 나는 단단한 껍질을 벗어 던진 살아 있는 몸으로, 혼자서 미궁의 중심으로 향하고 있다. 그리고 그곳에 있는 공백에 몸을 내맡기려고 한다.

귀 안쪽에서 계속 울리던 음악도 어느 틈엔가 사라졌다. 뒤에 남아 있는 것은 희미한 잡음과 소음뿐이다. 그것은 광대한 침대 위에 주름 하나 없이 펼쳐 놓은 하얀 시트 같다. 나는 시트에 손가락을 갖다 대고 손가락 끝으로 흰색을 더듬는다. 그 흰색은 끝없이 이어져 있다. 나는 겨드랑이에 땀을 흘리고 있다. 높이 솟은 나뭇가지 사이로 가끔 보이는 하늘은 잿빛 구름으로 온통 뒤덮여 있다. 그러나 아직 비가 내릴 기미는 보이지 않는다. 구름은 꼼짝도 하지 않고 그 상태를 그대로 유지하고 있다. 높은 가지에 앉은 새들이 짧게 울어 대며 의미 있는 듯한 신호를 보낸다. 벌레들이 풀숲에서 예언의 날갯짓 소리를 낸다.

나는 아무도 살고 있지 않을 노가타의 집을 생각한다. 그 집은 지금 아마도 폐쇄된 채로 있을 것이다. 상관없어, 닫힌 채 내버려두면 돼, 하고 나는 생각한다. 스며든 피는 스며든 채 내버려두면 되는 것이다. 내 알 바 아니다. 이제 두 번 다시 거기로 돌아갈 생각은 없다. 그 집은, 최근에 유혈 사건이 일어나기 전부터 이미 많은 것들이 죽어 버린 장소였다. 아니, 많은 것들이 살해당한 장소였다.

숲은 때로는 머리 위로부터, 때로는 발치에서부터 나를 겁주려 한다. 목덜미에 차가운 숨을 뿜어 댄다. 수천 개의 바늘이 되어 살갗을 찌른다. 갖가지 방법으로 나를 이물異物로서 배척하려고 한다. 그러나 나는 그런 위협을 점점 무시할 수 있게 된다. 여기에 있는 숲은 결국 나의 일부가 아닌가―나는 언젠가부터 그렇게 생각하게 된다. 나는 나의 내부를 여행하고 있는 것이다. 혈액이 혈관을 더듬어 여행하는 것과 마찬가지로. 내가 이렇게 보고 있는 것은 내 안쪽이고, 위협처럼 보이는 것은 내 마음속에 있는 공포의 메아리다. 거기에 쳐진 거미줄은 내 마음이

쳐놓은 거미줄이고, 머리 위에서 지저귀는 새들은 내가 기른 새들이다. 그런 이미지가 내 속에 생겨나고 뿌리를 내려 간다.

거대한 심장의 고동 소리에 떠밀리듯이 숲속의 오솔길을 계속 앞으로 걸어간다. 그 길은 나 자신의 특별한 장소로 향하고 있다. 그곳은 암흑을 자아내는 빛의 원천이고, 무언의 울림을 낳는 장소다. 나는 거기에 무엇이 있는지 끝까지 알아보려고 한다. 나는 단단히 봉인되어 있는 중요한 친서를 지닌, 스스로를 위한 밀사인 것이다.

의문.

왜 그녀는 나를 사랑해 주지 않았을까?

나에게는 어머니의 사랑을 받을 만한 자격이 없었던 것일까?

이 의문은 오랜 세월에 걸쳐 내 마음을 활활 불태우고, 내 영혼을 좀먹어 왔다. 어머니에게 사랑받지 못한 것이 내게 큰 문제가 있었기 때문은 아닐까? 나는 태어나면서부터 불결한 것이 몸에 묻어 있는 인간이 아닐까? 나는 사람들에게 외면당하기 위해 태어난 인간이 아닐까?

어머니는 가출하기 전에 나를 꼭 껴안아 주지도 않았다. 단 한마디의 말조차 남기지 않았다. 어머니는 나를 외면한 채 누나만 데리고 아무 말 없이 집을 나가 버리고 말았다. 그녀는 연기처럼 조용히 그냥 내 앞에서 사라져 버렸다. 그리고 이쪽을 향하지 않는 그 얼굴은 영원히 나를 멀리하고 있다.

머리 위에서 새가 날카로운 울음소리를 낸다. 하늘을 올려 다본다. 하늘에는 밋밋한 잿빛 구름이 떠 있을 뿐이다. 바람은 없다. 나는 계속 걷는다. 의식이 물결치는 바닷가를 나는 걷고 있다. 바닷가에는 의식의 밀물과 의식의 썰물이 있다. 그것은 밀려와서 글자를 남기고, 금방 다시 밀려와서 글자를 지워 버린 다. 나는 파도가 밀려갔다가, 다시 밀려오는 사이에 거기에 쓰 여 있는 말을 재빨리 읽으려고 한다. 그러나 쉬운 일이 아니다. 끝까지 읽기도 전에 다음 파도가 그 문장을 지워 버린다. 수수께 끼 같은 단어의 자투리가 의식에 남을 뿐이다.

마음은 다시 노가타의 집으로 되돌아간다. 어머니가 누나 를 데리고 집을 나가던 날을 나는 똑똑히 기억하고 있다. 나는 혼자 툇마루에 앉아 뜰을 바라보고 있다. 초여름의 해가 질 무 렵이고 나무 그림자가 길게 뻗어 있다. 집 안에는 나밖에 없다. 어째서인지는 모르지만, 내가 이미 버려지고 홀로 남았다는 사 실을 나는 알고 있다. 그 일이 앞으로 나에게 깊고 결정적인 영 향을 미치게 될 것을 알고 있다. 누가 가르쳐 준 것은 아니다. 나 는 그냥 알고 있었던 것이다. 집 안은 버려진 변방의 초소처럼 텅 비고 인기척이 없다. 해가 서쪽으로 기울고 여러 물체의 그림 자가 세계를 서서히 감싸 가는 것을 나는 보고 있다. 시간이 있 는 세계에서는 그 무엇도 이전으로 되돌아갈 수 없다. 그림자의 촉수가 새로운 지면을 시나브로 침식해 들어가고, 바로 조금 전까지 거기에 있었던 어머니의 얼굴도 이윽고 어둡고 싸늘한 영역 속으로 사라져 간다. 그 얼굴은 완고하게 나를 외면한 존재로서, 내 기억 속에서 자동적으로 박탈되고 지워져 간다.

숲을 걸으면서 사에키 씨를 생각한다. 그녀의 얼굴을 떠올린다. 온화하고 희미한 미소를 떠올리고, 손의 온기를 떠올린다. 사에키 씨가 나의 어머니로서 겨우 네 살 난 나를 버리고 가는 장면을 상상해 본다. 나도 모르게 고개를 흔든다. 그것은 너무나 부자연스럽고 부적절하게 생각된다. 사에키 씨는 왜 그런 짓을 해야만 했을까? 그녀는 어째서 나와 내 인생에 상처를 입히고 훼손해야 했을까? 거기에는 틀림없이 무엇인가 밝혀지지 않은 중대한 이유가, 깊은 의미가 있었을 것이다.

나는 그녀가 그때 느꼈던 감정을 똑같이 느껴 보려고 한다. 그녀의 입장이 되어 보려고 한다. 그것은 물론 쉬운 일이 아니다. 그도 그럴 것이 나는 버려진 쪽이고 그녀는 버린 쪽이니까. 그러나 시간을 들여 나는 나 자신을 떠난다. 혹은 나라는 경직된 껍질에서 빠져나가 한 마리 검은 까마귀가 되어 뜰에 있는 소나무의 높은 가지에 앉아, 거기에서 툇마루에 앉아 있는 네 살 난 나를 바라본다.

나는 가정假定하는 한 마리 검은 까마귀가 된다.

"네 어머니가 너를 사랑하지 않았던 건 아니야" 하고 까마귀라고 불리는 소년이 등 뒤에서 말을 건다. "좀 더 정확히 말한다면 오히려 너를 무척 깊이 사랑하고 있었어. 너는 먼저 그걸 믿어야만 해. 그것이 출발점이야."

"하지만 어머니는 나를 버렸어. 나를 잘못된 장소에 혼자 남겨 두고 사라져 버렸단 말이야. 나는 그 일로 깊이 상처받고 훼손당했어. 이제는 나도 그걸 알아. 만일 나를 정말로 사랑했다면 어떻게 그런 짓을 할 수 있었겠어?"

"결과적으로는 분명 그렇게 돼버렸지" 하고 까마귀라고 불리는 소년이 말한다. "너는 아주 깊이 상처를 입었고 훼손당했어. 그리고 너는 앞으로도 계속 그 상처를 짊어지고 살아가겠지. 그건 딱한 일이라고 생각해. 하지만 그럼에도 불구하고 너는 분명 이렇게 생각해야 해. 너는 아직 그것에서 회복할 수 있다고 말이야. 너는 젊고 터프하거든. 충분히 유연해. 상처를 치료하고, 고개를 똑바로 들고 앞으로 나아갈 수 있어. 하지만 그녀는 이제 그렇게 할 수 없어. 그녀는 그저 상실한 채로 머물러 있을 수밖에 없어. 누가 옳고 누가 그른가 하는 그런 문제가 아니야. 현실적인 이점을 갖고 있는 것은 네 쪽이야. 너는 그 점을 생각해야 해."

나는 잠자코 있는다.

"잘 들어. 그건 이미 일어나 버린 일이야" 하고 까마귀라고 불리는 소년이 계속 말한다. "이제 와서 돌이킬 수는 없는 일이야. 그녀는 그때 너를 버려서는 안 됐고 너는 그녀에게 버려져서는 안 됐어. 하지만 일어나 버린 일은 산산이 부서지고 만 접시와 같아서 아무리 노력해도 본래 상태로 되돌아가지 않아. 그렇지?"

나는 고개를 끄덕인다. 아무리 노력해도 본래 상태로 되돌아가지 않는다. 정말 그 말이 맞다.

까마귀라고 불리는 소년이 계속 말한다. "네 어머니 속에도 역시 격렬한 공포와 분노가 있었던 거야. 지금의 너와 마찬가지로. 그렇기 때문에 그녀는 그때 너를 버려야만 했던 거지."

"설사 나를 사랑했다 해도?"

"그래" 하고 까마귀라고 불리는 소년이 말한다. "설사 너를 사랑했다 해도, 너를 버려야만 했던 거야. 네가 해야 할 일은, 그런 그녀의 마음을 이해하고 받아들이는 거야. 그녀가 그때 느꼈던 압도적인 공포와 분노를 이해하고, 너 자신의 일로 받아들이는 거야. 그것을 계승하고 반복하는 것이 아니라. 바꿔 말하면 너는 그녀를 용서해야만 해. 그건 물론 쉬운 일은 아니지. 하지만 그렇게 해야 해. 그것이 너에게 유일한 구원이야. 그 외에 구원은 없어."

나는 그에 대해 생각한다. 생각하면 할수록 혼란스러워진다. 내 마음은 갈기갈기 찢기고, 몸의 여기저기에서 피부가 벗겨져 나가는 것 같은 아픔을 느낀다.

"이봐, 사에키 씨가 진짜 내 어머니일까?"

까마귀라고 불리는 소년이 말한다. "그녀도 말했잖아? 그
것은 아직 가설로서 기능하고 있다고 말이야. 요컨대 그런 거
야. 그것은 아직도 가설로서 기능하고 있어. 내가 말할 수 있는
것도 그뿐이야."

"유효한 반증이 아직 발견되지 않은 가설?"

"바로 그거야" 하고 까마귀라고 불리는 소년이 말한다.

"그리고 나는 그 가설을 끝까지 진지하게 추구해야만 한단
말이지?"

"맞았어" 하고 까마귀라고 불리는 소년이 단호한 목소리로
말한다. "유효한 반증이 발견되지 않은 가설은 추구할 가치가
있는 가설이지. 그리고 지금으로서는 그것을 추구하는 것 외에
네가 해야 할 일은 없어. 너에겐 그 외의 선택지가 없는 거야. 그
러니까 너는 설사 자신의 몸을 버려서라도 그것을 끝까지 추구
해야만 해."

"자신의 몸을 버리라고?" 그 말에는 어딘지 모르게 이상한
여운이 있다. 나는 그 여운의 의미를 제대로 파악할 수 없다.

그렇지만 대답은 없다. 나는 불안해져서 뒤를 돌아다본다.
까마귀라고 불리는 소년은 아직도 거기 있다. 그는 바로 내 뒤에
서 나와 같은 속도로 걷고 있다.

"사에키 씨는 그때 어떤 공포와 분노를 마음속에 가지고 있었을까? 그것은 어디에서 비롯된 것일까?" 나는 앞을 보고 걸으면서 그에게 묻는다.

"그녀가 그때, 도대체 어떤 공포와 분노를 마음속에 갖고 있었다고 너는 생각하지?" 하고 까마귀라고 불리는 소년이 거꾸로 나에게 질문한다. "잘 생각해 봐. 그건 네가 네 머리로 충분히 생각해야 할 일이야. 머리라는 건 그러기 위해서 있는 거니까."

나는 생각한다. 너무 늦기 전에 그것을 이해하고 받아들이지 않으면 안 된다. 그러나 나는 그 의식의 물가에 남겨진 가느다란 글자를 아직 해독하지 못한다. 밀려오는 파도와 밀려가는 파도의 간격은 매우 짧다.

"나는 사에키 씨를 사랑하고 있어" 하고 나는 말한다. 그 말은 아주 자연스럽게 입에서 나온다.

"알고 있어" 하고 까마귀라고 불리는 소년이 퉁명스러운 어조로 말한다.

"이런 감정을 나는 지금까지 경험한 적이 없어. 그리고 그건 지금 나에게 무엇보다도 큰 의미가 있는 일이야."

"물론이지" 하고 까마귀라고 불리는 소년이 말한다. "말할 것도 없는 일이야. 물론 그건 의미가 있는 일이지. 그래서 네가 이런 곳까지 와 있는 것 아니겠어?"

"하지만 나는 아직 잘 모르겠어. 어찌할 바를 모르겠어. 어머니가 나를 사랑했다고 너는 말해. 아주 깊이 사랑하고 있었다고 말이야. 네 말을 믿고 싶어. 하지만 정말로 그랬더라도 나는 아직 잘 모르겠어. 어째서 누군가를 깊이 사랑하는 것이 그 대상을 깊이 상처 입히는 것과 같아야 하는지. 그러니까 내 말은, 만일 그렇다면 누군가를 깊이 사랑하는 것에 도대체 무슨 의미가 있어? 도대체 왜 그런 일이 일어나야만 하는 거냐고?"

나는 대답을 기다린다. 오랫동안 나는 입을 다문다. 그러나 대답이 없다.

나는 뒤를 돌아다본다. 그러나 거기에는 이미 까마귀라고 불리는 소년은 없다. 내 머리 위에서 메마른 날갯짓 소리가 들린다.

너는 어찌할 바를 모르고 있어.

이윽고 두 명의 병사가 내 앞에 모습을 나타낸다.

두 사람 모두 구舊일본제국의 야전용 육군 군복을 입고 있다. 반소매의 여름용 군복이다. 각반을 차고 배낭을 짊어지고 있다. 헬멧이 아니라 챙이 달린 전투모를 쓰고, 얼굴에 검은 안료 같은 것을 칠했다. 둘 다 젊은 병사다. 한 사람은 키가 크고 둥근 금테 안경을 썼고 말랐다. 또 한 사람은 키가 작고 어깨 폭이 넓으며 건장한 체격이다. 그들은 평평한 바위 위에 나란히 앉아 있다. 전투 자세는 취하고 있지 않다. 38식 보병총은 발치에 세워져 있다. 키가 큰 쪽은 따분하다는 듯이 풀을 입에 물고 있다. 그들은 매우 자연스럽게 당연한 듯이 거기에 있다. 그리고 아무런 망설임 없는 조용한 시선으로 가까이 다가가는 나를 보고 있다.

주위는 조금 트여 있고 평평하다. 마치 층계참 같다.

"어이" 하고 키가 큰 병사가 밝은 목소리로 말한다.

"안녕" 하고 체격이 좋은 병사가 아주 살짝 얼굴을 찌푸리며 말한다.

"안녕하세요" 하고 나도 인사를 한다. 당연히 나는 그들을 보고 놀라야 했을 것이다. 그러나 나는 별로 놀라지 않는다. 이상하게 생각하지도 않는다. 그런 일은 충분히 있을 수 있는 일인 것이다.

"기다리고 있었어" 하고 키가 큰 병사가 말한다.

"나를요?"

"물론이지" 하고 상대가 말한다. "지금 너 말고는 여기에 찾아올 만한 사람이 없으니까."

"오래 기다렸지" 하고 건장한 병사가 말한다.

"하긴 시간은 별로 중요한 문제가 아니지만 말이야" 하고 키가 큰 병사가 덧붙인다. "그래도 생각한 것보다 시간이 걸렸군."

"두 사람은 아주 먼 옛날 이 산속에서 훈련하던 중 행방불명된 병사들이죠?" 하고 나는 묻는다.

건장한 병사가 고개를 끄덕인다. "맞아."

"모두들 꽤 찾았던 것 같은데요."

"그건 알고 있어" 하고 건장한 쪽이 말한다. "모두 우리를 찾았다는 건 알아. 이 숲에서 일어난 일은 모두 알지. 그렇지만 녀석들이 아무리 찾아다녀도 우리를 발견할 수는 없었지."

"정확히 말하면 우리는 길을 잃은 게 아니야" 하고 키가 큰 쪽이 조용한 목소리로 말한다. "우리는 자진해서 도망친 거야."

"도망쳤다기보다 우연히 이 장소를 발견해서 그대로 머물렀다는 표현이 맞을지도 모르지" 하고 건장한 쪽이 덧붙인다. "그냥 길을 잃은 것과는 달라."

"아무나 찾을 수 있는 곳이 아니야" 하고 키가 큰 병사가 말한다. "하지만 우리 두 사람은 이곳을 찾을 수 있었고, 너도 이곳을 찾을 수 있었어. 적어도 우리 두 사람에게 그것은 행운이었어."

"그대로 있었다면 어차피 군대에 소속돼 외지에 끌려갔을 거야" 하고 건장한 병사가 말한다. "그리고 사람을 죽이거나 아니면 죽임을 당했겠지. 우리는 그런 곳에 가고 싶지 않았어. 나는 원래 농사꾼이고, 이 친구는 대학을 갓 졸업했지. 둘 다 사람을 죽이고 싶지 않았고, 죽는 것은 더더욱 싫었거든. 당연한 이야기지만 말이야."

"넌 어때? 사람을 죽이거나 죽임을 당하고 싶어?" 하고 키가 큰 병사가 나에게 묻는다.

나는 고개를 흔든다. 나는 아무도 죽이고 싶지 않다. 그리고 아무에게도 죽임을 당하고 싶지 않다.

"누구든 마찬가지야" 하고 키가 큰 병사가 말한다. "아니, 거의 누구나 그렇다고 해야겠지. 하지만 전쟁에 나가고 싶지 않다고 말한다고, '그래, 너는 전쟁에 나가고 싶지 않아? 알았어. 나가지 않아도 돼' 하고 나라에서 친절하게 허락해 줄 턱이 없지. 도망치는 것도 불가능하고. 이 일본에서는 도망칠 수 있는 곳 따윈 아무 데도 없어. 어디를 가건 곧 발각돼 버리거든. 뭐니 뭐니 해도 좁은 섬나라니까 말이야. 그래서 우리는 여기 머물기로 했어. 여기가 몸을 숨길 수 있는 유일한 장소였거든."

그는 고개를 흔들고, 이야기를 계속한다.

"그리고 그대로 계속 여기에 머물러 있지. 네가 말하는 것처럼, 아주 먼 옛날부터 말이야. 하지만 아까도 말했듯이, 시간이라는 것은 여기에서는 중요한 문제가 아니야. 지금과 아주 먼 옛날 사이에는 거의 차이가 없거든."

"암, 전혀 차이가 없지" 하고 건장한 병사가 말한다. 그러고는 손으로 휙 하고 무엇인가를 내치는 시늉을 한다.

"내가 여기에 찾아올 것을 알고 있었군요?"

"물론이지" 하고 건장한 병사가 말한다.

"우리는 여기에서 계속 보초를 서고 있으니까, 누가 오는지 환히 알 수 있지. 우리는 숲의 일부나 같으니까" 하고 다른 한 명이 말한다.

"즉 여기가 입구야" 하고 건장한 병사가 말한다. "그리고 우리 두 사람이 여기를 지키고 있는 거야."

"마침 지금 이 입구는 열려 있어" 하고 키가 큰 병사가 나에게 설명한다. "하지만 곧 다시 닫혀 버릴 거야. 그러니까 정말로 여기에 들어가고 싶으면 지금밖에는 기회가 없어. 여기가 열리는 일은 그렇게 흔히 있는 일이 아니니까."

"여기로 들어가겠다면 우리가 길을 안내하지. 복잡한 길이니까 아무래도 안내가 필요하거든" 하고 건장한 병사가 말한다.

"만일 들어가지 않겠다면 너는 온 길을 다시 되돌아가게 돼" 하고 키가 큰 병사가 말한다. "여기서 돌아가기는 그렇게 어려운 일이 아니야. 걱정할 것 없어. 무사히 돌아갈 수 있을 거야. 그리고 너는 본래 있던 세계에서 지금과 같은 생활을 계속하게 되지. 어느 쪽을 선택하느냐는 전적으로 너에게 달려 있어. 들어가든 들어가지 않든, 아무도 강요하지 않아. 하지만 일단 안으로 들어가면 되돌아가기는 어려워."

"데리고 가주세요" 하고 나는 망설이지 않고 대답한다.

"정말로?" 하고 건장한 병사가 묻는다.

"꼭 만나야 할 사람이 안에 있어요. 아마도요."

두 사람은 아무 말 없이 바위에서 천천히 몸을 일으키고 38식 보병총을 집어 든다. 그리고 얼굴을 한 번 마주 보더니 앞장서서 걷기 시작한다.

"왜 우리가 아직도 이렇게 무거운 쇳덩이를 들고 다니는지 너는 이상하게 생각할 거야" 하고 키가 큰 쪽이 나를 돌아보며 말한다. "아무 쓸모도 없는데 말이야. 더구나 탄환도 장전돼 있지 않거든."

"그러니까, 즉 이것은 표시인 거야" 하고 건장한 쪽이 나를 보지도 않고 말한다. "우리가 떠나온 것, 뒤에 남기고 온 것의 표시지."

"상징이라는 것은 중요한 거야" 하고 키가 큰 병사가 말한다. "우리는 마침 총을 갖고 있고 이런 군복을 입고 있으니까, 여기서도 역시 보초 같은 역할을 맡고 있지. 역할. 그것도 상징이 이끄는 거거든."

"너는 무언가 그럴 만한 것을 갖고 있어? 표시가 될 만한 것을?" 하고 건장한 병사가 묻는다.

나는 고개를 흔든다. "아뇨, 없어요. 나는 아무것도 없어요. 갖고 있는 것은 기억뿐입니다."

"흠" 하고 건장한 병사가 말한다. "기억이라……."

"상관없어, 물론" 하고 키가 큰 병사가 말한다. "그것도 홀

룡한 상징이 될 테니까. 하긴 기억이라는 것이 언제까지 남아 있을지, 그것이 원래 얼마나 확고한 것이었는지 잘 모르지만."

"가능하면 형태가 있는 것이 좋은데" 하고 건장한 병사가 말한다. "그쪽이 알기 쉬워서 좋지."

"가령 소총처럼" 하고 키가 큰 병사가 말한다. "그런데 네 이름은?"

"다무라 카프카"라고 나는 대답한다.

"다무라 카프카?" 하고 두 병사가 말한다.

"특이한 이름이군" 하고 키가 큰 병사가 말한다.

"정말 그렇네" 하고 건장한 병사가 말한다.

나는 말없이 계속 그들의 뒤를 따라 걸어간다.

제44장

두 사람은 국도에 면한 강가의 자갈밭에서 사에키 씨가 부탁한 대로 세 권의 파일을 태웠다. 호시노 씨는 편의점에서 라이터용 기름을 사서 파일 위에 듬뿍 뿌리고 라이터로 불을 붙였다. 두 사람은 그 옆에 서서 원고가 한 장 한 장 불길에 싸여 가는 것을 잠자코 바라봤다. 바람은 거의 없었다. 연기는 하늘로 똑바로 올라가 낮게 드리운 잿빛 구름 속으로 소리 없이 빨려 들어갔다.

"지금 우리가 태우고 있는 원고는 조금도 읽으면 안 되는 거겠지?" 하고 호시노 씨가 물었다.

"네. 읽어서는 안 됩니다" 하고 나카타 씨가 말했다. "한 글자도 읽지 않고 태워 버리겠다고 나카타는 사에키 씨와 약속했습니다. 약속을 지키는 것은 나카타의 임무입니다."

"그렇지, 약속을 지키는 것은 중요한 일이지" 하고 호시노 씨는 땀을 흘리면서 말했다. "그건 누구에게나 중요한 일이야. 다만 말이야, 종이 파쇄기에 집어넣으면 수고도 시간도 훨씬 덜 들 텐데― 어지간한 복사 가게에는 렌털 대형 파쇄기가 있으니까. 요금도 싸. 불평하는 건 아니지만, 이런 계절에 모닥불을 피우면 솔직히 말해 엄청 덥잖아. 겨울이라면 그런대로 꽤 분위기 있는 일이지만 말이야."

"죄송합니다만, 나카타는 이것을 불태워 버리겠다고 사에키 씨와 약속했습니다. 그러니까 반드시 태워야 합니다."

"알았어. 뭐, 급한 일이 있는 것도 아니니까. 이 정도 더위쯤은 견딜 만하고, 난 다만 뭐랄까, 제안을 한 것뿐이야."

두 사람이 자갈밭에서 계절에 맞지 않게 모닥불을 피우고 있는 광경을, 근처를 지나가던 고양이 한 마리가 걸음을 멈추고 흥미로운 듯이 보고 있었다. 바짝 마른 갈색 줄무늬 고양이였다. 꼬리 끝 쪽이 약간 구부러져 있다. 성격이 꽤 좋아 보이는 고양이여서 나카타 씨는 말을 걸어 볼까 생각했지만, 옆에 호시노 씨가 있는 것을 생각하고 그만두었다. 고양이는 나카타 씨 혼자 있을 때가 아니면 마음을 열지 않는다. 게다가 예전처럼 고양이와 제대로 대화를 할 수 있을지, 나카타 씨는 자신이 없었다. 나카타 씨는 묘한 말을 해서 고양이를 겁주고 싶지는 않았다. 그러는 사이에 고양이는 모닥불을 구경하는 것이 싫증났는지 어디론가 가버리고 말았다.

긴 시간을 들여 세 권의 파일을 완전히 태워 버리자, 호시노 씨는 발로 그 찌꺼기를 짓밟아서 가루로 만들었다. 강한 바람이 불면 그것은 어딘가로 깨끗이 날아가 버릴 것이다. 이미 저녁 때가 다 되어 까마귀들이 보금자리를 향해 날아가는 모습이 보였다.

"아저씨, 이제는 아무도 원고를 읽을 수 없게 됐어" 하고 호시노 씨는 말했다. "무엇이 쓰여 있었는지 모르지만, 아무튼 전부 깨끗하게 사라졌어. 이 세상에서 형태가 있는 것이 조금 줄고, 그만큼 무無가 불어난 셈이지."

"호시노 씨."

"말해."

"한 가지 물어보고 싶은 것이 있습니다."

"뭔데?"

"무란 불어나는 것입니까?"

호시노 씨는 잠시 고개를 갸우뚱한 뒤 그에 대해 생각했다. "그것 참 어려운 문제군" 하고 그는 말했다. "무가 불어나냐고? 무로 돌아간다는 것은 곧 제로가 된다는 것이고, 제로에 제로를 더해 봤자 그것은 제로거든."

"나카타는 잘 모르겠습니다."

"나도 잘 모르겠어. 그런 것을 생각하기 시작하면 점점 머리가 아파진다니까."

"그렇다면 이제 생각하는 것은 그만둡시다."

"내 생각에도 그게 좋겠어" 하고 청년은 말했다. "어쨌든 원고는 완전히 태워 버렸어. 거기 있던 말들은 하나도 남김없이 사라졌다고. 무로 돌아갔단 말이야. 그게 내가 말하고 싶었던 거야."

"네. 이것으로 나카타도 안심했습니다."

"자아, 그러면 여기서의 볼일은 이제 모두 끝난 건가?"

"네. 이것으로 볼일은 대강 끝났습니다. 이제 남은 일은 입구를 원래대로 닫는 일입니다."

"그것도 중요한 일이란 말이지?"

"네. 대단히 중요한 일입니다. 열어 놓은 것은 닫아야 합니다."

"그럼, 내친김에 그것도 하러 가자고. 좋은 일은 서두르라고 하잖아."

"호시노 씨."

"뭐?"

"그런데 그렇게는 되지 않습니다."

"어째서?"

"아직 그 시기가 오지 않았기 때문입니다. 입구를 막으려면 막기 위한 시기가 오기를 기다려야 합니다. 그리고 나카타는 그전에 잠을 푹 자지 않으면 안 됩니다. 나카타는 몹시 졸립니다."

청년은 나카타 씨 얼굴을 봤다. "그러니까 또 전처럼 며칠 동안 내리 잠만 잔다는 거야?"

"네. 확실한 것은 말씀드릴 수 없지만, 어쩌면 그렇게 되지 않을까 생각합니다."

"저기, 오랫동안 잠을 자기 전에 조금 참고 볼일부터 보면 안 될까? 아저씨가 일단 잠들어 버리면 모든 게 전혀 진행이 되지 않거든."

"호시노 씨."

"응."

"죄송합니다. 그렇게 할 수 있으면 얼마나 좋겠습니까? 나카타도 가능하다면 먼저 입구의 문을 닫는 일을 끝내고 싶습니다. 하지만 유감스럽게도 나카타는 우선 잠을 자야 합니다. 더 이상 제대로 눈을 뜨고 있을 수 없습니다."

"그건 배터리가 닳아 없어진 상태 같은 건가?"

"그럴지도 모릅니다. 생각보다 시간이 걸렸습니다. 나카타의 힘은 이제 곧 바닥나려고 합니다. 제발 잠을 잘 수 있는 곳으로 데려다주십시오."

"좋아. 택시를 잡아타고 곧장 맨션으로 돌아가지 뭐. 마음껏 통나무처럼 며칠이고 잠을 자라고."

택시 좌석에 앉자, 나카타 씨는 이내 꾸벅꾸벅 졸기 시작했다.

"아저씨, 방에 도착하면 마음껏 잠자게 해줄 테니까 조금만 참아."

"호시노 씨."

"왜?"

"여러 가지로 폐를 끼쳐서 죄송합니다" 하고 나카타 씨가 나사가 풀린 것 같은 목소리로 말했다.

"확실히 폐를 끼치고 있는 것 같긴 해" 하고 청년은 인정했다. "하지만 말이야, 지금까지의 경위를 잘 생각해 보니까, 내가 내 멋대로 아저씨를 따라왔잖아. 바꿔 말하면 내가 스스로 나서서 아저씨를 돌봐 주고 있는 셈이지. 누구한테 부탁받은 것도 아니고. 취미로 눈 치우기를 하는 것이나 같은 거야. 그러니까 아저씨는 일일이 미안해할 필요 없어. 마음 편하게 가져."

"만약 호시노 씨가 안 계셨다면 나카타는 혼자서 어쩔 줄 몰랐을 겁니다. 아마 일의 절반도 끝내지 못했을 겁니다."

"그렇게 말해 주니 이 호시노도 고생한 보람이 있군."

"나카타는 매우 감사하게 생각하고 있습니다."

"그런데 나카타 씨?"

"네."

"나도 나카타 씨에게 감사해야 할 일이 있어."

"그게 뭐죠?"

"우리는 이미 그럭저럭 열흘 이상 함께 돌아다니고 있어"

하고 청년은 말했다. "그동안 난 줄곧 일을 쉬었지. 처음 며칠은
쉬겠다고 회사에 연락해 놓았지만, 그 뒤로는 진짜 멋지게 무단
결근을 해버린 거야. 아마 이제는 직장에 돌아갈 수 없을지도 몰
라. 손이 발이 되도록 빈다면 그럭저럭 용서해 줄지도 모르지.
하지만 그런 건 아무래도 좋아. 자랑은 아니지만, 난 실력 있는
운전사고, 원래 부지런한 편이니까 취직자리쯤은 얼마든지 찾
을 수 있어. 그러니까 나카타 씨도 그런 데는 신경 쓸 필요 없어.
아무튼 내가 말하고 싶은 것은, 난 아저씨와 같이 다닌 일에 대
해 전혀 후회하지 않는다는 거야, 알겠어? 지난 열흘 동안 난 이
상한 일을 꽤 많이 경험했어. 거머리가 하늘에서 떨어지질 않
나, 커널 샌더스가 나타나서 소개해 준, 대학에서 철학인가 뭔
가를 공부한다는 절세 미녀와 기가 막힌 섹스를 하질 않나, 신
사에서 입구의 돌을 도둑질하질 않나, 괴상한 일뿐이었지. 일생
동안에 겪을 이상한 일을 지난 열흘 동안에 모두 경험해 버린 느
낌이야. 마치 시운전 중인 장거리 제트코스터에 타고 있는 것 같
은 기분이었지."

청년은 거기서 말을 끊고, 다음 말을 생각했다.

"하지만 말이야, 아저씨."

"네."

"생각해 보니까 그 가운데서도 제일 이상한 것은 누가 뭐래
도 아저씨야. 그래, 나카타 씨라고. 왜 아저씨가 이상하냐면 음,

아저씨는 나라는 인간을 바꿔 버렸기 때문이지. 불과 열흘 동안에 난 엄청나게 변했어. 뭐라고 할까, 여러 가지로 주위를 보는 눈이 많이 달라진 것 같아. 지금까지 그냥 대충 보던 것이 전혀 다른 모습으로 보여. 지금까지 조금도 재미있다고 생각하지 않았던 음악이 묵직하게 마음에 스며드는 거야. 그리고 그런 느낌을 누군가, 비슷한 것을 알고 있는 사람과 이야기할 수 있으면 좋겠다는 생각이 들거든. 이런 일은 지금까지 한 번도 경험하지 못한 일이야. 그래서 말인데, 왜 그렇게 됐는지 생각해 보니까, 내가 줄곧 나카타 씨 옆에 있었기 때문인 거야. 그리고 나카타 씨의 눈을 통해 사물을 보게 됐기 때문인 거야. 물론 하나부터 열까지 다 나카타 씨의 눈을 통해 본 것은 아니지만 뭐랄까, 극히 자연스럽게 난 아저씨의 눈을 통해 여러 가지 것을 보고 있었던 거야. 왜 그렇게 했냐면 아저씨의 세계를 보는 자세가 꽤 마음에 들었기 때문이지. 그래서 이 호시노는 여기까지 아저씨를 계속 따라온 게 아닐까? 아저씨와 헤어질 수 없었어. 그건 지금까지 내 인생에서 일어난 일 가운데 제일 알맹이가 있는 일이야. 그에 대해서는 오히려 내 쪽에서 아저씨에게 감사해야지. 그러니까 아저씨는 나한테 고마워할 필요가 없어. 물론 감사하다는 말을 들으니까 기분은 나쁘지 않지만 말이야. 다만 내가 말하고 싶은 것은, 나카타 씨는 나한테 아주 좋은 일을 해줬다는 거야. 아저씨, 무슨 말인지 알겠어?”

그러나 나카타 씨는 이미 이야기를 듣고 있지 않았다. 그는 눈을 감고 규칙적으로 코를 골고 있었다.

"이 사람은 정말이지 마음이 편해서 좋겠군." 호시노 씨는 한숨을 쉬었다.

나카타 씨를 부축해서 맨션의 방으로 들어온 청년은 그를 침대에 눕혔다. 옷은 그대로 두고 신발만 벗긴 뒤 얇은 이불을 덮어 줬다. 그러자 나카타 씨는 몸을 꿈지럭꿈지럭 움직이더니 평소처럼 천장을 똑바로 올려다보는 자세로 누웠다. 그러고는 조용히 고른 숨소리를 내며 몸 한 번 뒤척이지 않았다.

저런, 저런, 틀림없이 이대로 이삼 일은 또 정신없이 자겠군, 하고 청년은 생각했다.

그러나 일은 청년이 예상한 것처럼 진행되지 않았다. 다음 날, 수요일 정오 조금 전에 확인해 보니 나카타 씨는 죽어 있었다. 그는 깊은 잠 속에서 조용히 숨을 거두었던 것이다. 얼굴은 평상시처럼 매우 평온해서, 얼핏 봐서는 잠을 자고 있는 것이나 다름없었다. 다만 숨을 쉬지 않을 뿐이었다. 청년은 몇 번이나 나카타 씨의 어깨를 흔들고 이름을 불러 봤다. 그러나 나카타 씨는 틀림없이 죽어 있었다. 맥박이 없고, 혹시나 해서 입가에 손거울을 갖다 대도 하얀 김은 서리지 않았다. 호흡이 완전히 정지돼 있었다. 그가 이 세상에서 잠을 깨는 일은 이제 두 번 다시 없을 것이다.

죽은 사람과 함께 한방에 있다 보니 다른 소리가 조금씩 사라져
가는 것을 깨닫는다. 주위의 현실의 소리가 차츰 현실성을 잃어
간다. 의미 있는 소리는 침묵뿐이다. 그 침묵이 바다 밑에 쌓이
는 진흙처럼 점점 더 깊어져 간다. 발밑에 쌓이고, 허리까지 쌓
이고, 가슴까지 쌓인다. 그래도 청년은 오랜 시간 나카타 씨와
둘이 그 방에 머물면서 거기에 쌓여 가는 침묵의 깊이를 눈으로
재고 있었다. 그는 소파에 걸터앉아 나카타 씨의 옆얼굴을 바라
보며 그의 죽음을 실감해 갔다. 모든 것을 받아들이는 데 오랜
시간이 걸렸다. 공기가 독특한 무게를 갖게 되고, 자기가 지금
느끼고 있다고 생각하는 것이, 정말로 지금 자기가 느끼고 있는
것인지 잘 구분할 수 없었다. 그러나 대신에 몇 가지 일은 자연
히 이해가 됐다.

　나카타 씨는 죽음을 통해 간신히 보통의 나카타 씨로 돌아
갈 수 있었을 것이라고 청년은 생각했다. 나카타 씨는 너무 철저
하게 나카타 씨로 있었기 때문에 나카타 씨가 보통의 나카타 씨
가 되기 위해서는 죽을 수밖에 없었던 것이다.

　“이봐, 아저씨” 하고 청년은 나카타 씨에게 말을 걸었다.
“이런 말을 하는 것은 좀 뭣하지만, 그런대로 나쁜 죽음은 아니
야, 그렇지?”

나카타 씨는 깊은 잠 속에서, 아마 아무것도 생각하지 않고 조용히 죽어 갔을 것이다. 얼굴도 평온해서, 겉보기에는 괴로움도 없고 후회도 없고 미련도 없는 것 같았다. 나카타 씨다워서 좋군, 하고 청년은 생각했다. 나카타 씨의 인생이 도대체 무엇이었는지, 거기에 어떤 의미가 있었는지, 그것은 알 수 없다. 그러나 그런 식으로 따지기 시작하면 어떤 사람의 인생이든 그렇게 뚜렷한 의미가 있지는 않을 것이다. 인간에게 정말로 중요한 것은, 정말로 무게를 갖는 것은, 어떻게 죽느냐야, 하고 청년은 생각했다. 어떻게 죽느냐에 비한다면 어떻게 사느냐 같은 것은 그다지 대단한 일이 아닐지도 모른다. 그렇지만 사람이 어떻게 죽느냐를 결정하는 것은 역시 그 사람이 어떻게 살았느냐에 달려 있을 것이다. 나카타 씨의 죽은 얼굴을 보면서 청년은 그런 생각을 했다.

단 한 가지 중요한 문제가 남아 있다. 그것은 누군가가 '입구의 돌'을 닫지 않으면 안 된다는 것이다. 나카타 씨는 대부분의 볼일을 끝내기는 했으나, 그것만은 미처 끝내지 못하고 가버렸다. 돌은 소파 가까이에 분명히 있다. 나는 그것을 뒤집어서 입구를 닫아야만 한다. 그렇지만 나카타 씨가 말한 것처럼, 돌은 다루는 방법에 따라서 엄청나게 위험한 것이 될 수도 있다. 거기에는 반드시 올바른 뒤집기 방법이 있을 것이다. 이상하게 뒤집어 버렸다가는, 세계가 엉망진창이 돼버릴지도 모른다.

"이봐요, 아저씨. 죽는 것은 어쩔 수 없지만 말이야, 이런 식으로 중요한 일을 뒤에 남기고 가버리면 곤란하잖아" 하고 청년은 죽은 사람을 향해 말했다. 물론 대답은 없었다.

또 한 가지, 나카타 씨의 시신을 어떻게 하느냐 하는 문제가 있었다. 물론 지금 당장 경찰서나 병원에 전화를 걸어서 시신을 병원으로 옮기는 것이 정상적인 방법이다. 세상 사람들의 구십구 퍼센트는 그렇게 할 것이다. 할 수만 있다면 청년도 그렇게 하고 싶었다. 그러나 일단 나카타 씨는 살인 사건에 관련돼서 경찰이 찾고 있는 중요 참고인이다. 그런 사람과 열흘간이나 행동을 함께했다는 것이 밝혀지면 상당히 미묘한 입장에 놓이게 된다. 경찰서에 끌려가서 오랫동안 심문을 받게 될 것이다. 그것만은 무슨 일이 있어도 피하고 싶었다. 지금까지의 사정을 일일이 설명하는 것도 번거롭고, 애당초 경찰은 딱 질색이다. 그런 일에는 될 수 있는 한 얽히고 싶지 않았다.

게다가, 하고 청년은 생각했다. 이 맨션에 대해서는 도대체 어떻게 설명해야 하지?

커널 샌더스의 모습을 한 노인이 이 방을 우리에게 빌려줬습니다. 우리를 위해 일부러 마련한 방이니까 언제까지든 마음대로 사용해도 괜찮다고, 그 아저씨가 말했습니다. 경찰이 그런 이야기를 곧이곧대로 믿어 줄까? 설마. 커널 샌더스가 누구지? 미군 관계자인가? 아니, 그, 왜 있잖아요. 켄터키프라이드치킨 간판에 있는 아저씨 말입니다. 형사님도 아시죠? 네, 그렇습니다. 안경을 쓰고 흰 턱수염을 기르고…… 그 사람이 다카마쓰의 뒷골목에서 호객꾼 노릇을 하고 있었거든요. 거기에서 알게 된 겁니다. 아가씨를 소개해 줬습니다. 그런 말을 했다가는 "이 미친놈아, 장난치는 거냐?" 하고 얻어맞기 십상이다. 녀석들은 국가에서 봉급을 타먹는 깡패 같은 놈들이니까.

청년은 깊은 한숨을 내쉬었다.

내가 할 일은 될 수 있는 대로 빨리, 그리고 될 수 있는 대로 멀리 이곳에서 떠나는 일이다. 역에서 경찰서에 익명으로 전화를 건다. 이 맨션의 주소를 가르쳐 주고, 거기에 사람이 죽어 있다고 말한다. 그런 뒤 그 길로 휙 열차를 잡아타고 나고야로 돌아가는 것이다. 그렇게 하면 나는 이 사건과 관계가 없어진다. 아무리 생각해도 자연사니까, 경찰도 그렇게 귀찮게 따라붙지는 않을 것이다. 나카타 씨의 친척이 시신을 인수해서 간단한 장례식 정도는 치러 줄 테지. 그리고 나는 회사에 가서 사장에게 깊이 머리를 숙인다. 죄송합니다, 이제부터는 착실하게 일하겠습니다. 그렇게 그럭저럭 회사에 복귀한다.

청년은 짐을 챙겼다. 가방에 갈아입을 옷을 집어넣었다. 드래건스 야구 모자를 쓰고, 포니테일을 모자 구멍으로 내놓고, 녹색 선글라스를 썼다. 목이 말라 냉장고에서 다이어트 콜라를 꺼내 마셨다. 냉장고 문에 기대서서 콜라를 마시고 있는데, 소파 근처에 놓여 있는 둥근 돌이 문득 눈에 띄었다. 뒤집어진 채로 있는 '입구의 돌'. 그는 침실로 가서 침대에 누워 있는 나카타 씨의 모습을 다시 한번 바라봤다. 나카타 씨는 죽은 사람처럼 보이지 않았다. 아직도 조용히 숨을 쉬고 있는 것처럼 보였다. 그대로 불쑥 일어나서 "호시노 씨, 나카타가 죽었던 것은 실수였습니다" 하고 말할 것 같았다. 그러나 그럴 일은 없다. 나카타 씨는 분명히 죽었다. 기적은 일어나지 않는다. 그는 이미 생명의 분수령을 넘어 버린 것이다.

청년은 콜라 캔을 손에 든 채 고개를 흔들었다. 돌을 남겨 놓고 이대로 갈 수는 없다. 그런 짓을 하면 나카타 씨는 죽어서도 눈을 감지 못할 것이다. 나카타 씨는 무슨 일이든 끝까지 성실하게 처리하지 않으면 직성이 풀리지 않는 성격이었다. 그런데 그전에 배터리가 소진돼 버린 것이다. 그래서 본의 아니게 최후의 중대한 일을 끝맺지 못하고 말았다. 그는 알루미늄 캔을 손에 쥐고 찌그러뜨려 쓰레기통에 버렸다. 그래도 아직 목이 말랐기 때문에 부엌으로 돌아가 냉장고에서 다이어트 콜라를 하나 더 꺼내 뚜껑을 땄다.

나카타 씨는 죽기 전에 한 번이라도 좋으니까 글자를 읽을 수 있게 되기를 바랐다. 그렇게 되면 도서관에 가서 책을 실컷 읽을 수 있을 텐데, 하고 말했다. 그러나 그 꿈을 이루지 못한 채 죽어 버렸다. 물론 죽은 후 다른 세계에 가서, 거기에서는 보통의 나카타 씨가 되어 글자를 읽을 수 있게 됐을지도 모른다. 그러나 이 세계에 있는 동안은 끝내 글자를 읽을 수 없었다. 글자를 읽기는커녕 나카타 씨가 최후에 한 일은 오히려 글자를 불태우는 일이었다. 거기에 있는 많은 말들을 하나도 남김없이 무로 보내는 일이었다. 얄궂은 일이다. 그렇다면 나는 이 사람의 또 하나의 마지막 소원을 어떻게든 들어줘야만 한다. 입구를 닫는 일. 그것은 대단히 중요한 일이다. 결국 영화관에도 수족관에도 데려다주지 못했으니까.

그는 다이어트 콜라를 다 마시고 소파 앞으로 가서 몸을 숙이고 시험 삼아 돌을 들어 봤다. 돌은 무겁지 않았다. 결코 가볍지는 않았지만, 조금 힘을 주니 쉽게 들어 올릴 수 있었다. 커널 샌더스와 같이 신사의 사당에서 들고 나왔을 때와 비슷한 무게다. 채소 절임 통의 누름돌로 쓰기에 적당한 정도의 무게다. 그렇다면 지금 이것은 그냥 돌덩이란 말이지, 하고 청년은 생각했다. 이것이 입구의 역할을 수행할 때는 웬만한 힘으로는 들어 올릴 수 없을 만큼 무거워진다. 가벼운 동안에는 어디서나 볼 수 있는 흔한 돌에 지나지 않는다. 무언가 특별한 일이 일어난 상황에서야 비로소 이 돌은 심상치 않은 무게를 갖고 '입구의 돌'로서의 역할을 수행한다. 예컨대 시내에 벼락이 떨어진다든가 하는 일이 일어나서…….

청년은 창가로 가서 커튼을 열고 하늘을 올려다봤다. 하늘은 어제처럼 칙칙한 잿빛이었다. 그러나 비가 내릴 것 같은 기미는 느껴지지 않았다. 천둥도 칠 것 같지 않다. 그는 귀를 기울이고 공기의 냄새를 맡아 봤다. 그러나 이상한 일은 하나도 없다. 오늘의 세계의 중심 테마는 '현상 유지'인 것 같았다.

"이봐, 아저씨" 하고 청년은 죽은 나카타 씨에게 말을 걸었다. "그러니까 난 이 방에서 아저씨와 단둘이 그 특별한 일이 찾아오기를 얌전하게 기다리고 있어야 한단 말이지? 하지만 그 특별한 일이라는 게 도대체 어떤 일인 거야? 난 도무지 짐작할 수가 없어. 더군다나 그것이 언제 올지도 모르고 말이야. 더욱 난처한 것은, 지금은 6월이고 그냥 내버려두면 아저씨의 몸이 조금씩 부패해 간다는 거야. 냄새도 날 테고. 아저씨도 이런 이야기는 별로 듣고 싶지 않겠지만, 그게 자연의 섭리야. 그리고 시간이 지나면 지날수록, 경찰에 신고하는 게 늦어지면 늦어질수록, 내 입장은 점점 더 재미없어지거든. 하여간 어떻게든 내가할 수 있는 데까지는 버텨 보겠지만 이런 사정도 좀 알아주면 고맙겠어."

물론 대답은 없었다.

청년은 방 안을 공연히 빙글빙글 돌아다녔다. 그래, 어쩌면 커널 샌더스가 연락해 올지도 몰라. 그 아저씨라면 돌을 어떻게 해야 좋을지 틀림없이 알고 있을 거야. 마음이 따스해질 유익한 충고를 해줄지도 몰라. 그러나 아무리 전화기를 바라보고 있어도 벨은 울리지 않았다. 그것은 꼼짝도 하지 않고 침묵을 지키고 있었다. 침묵하고 있는 전화기는 필요 이상으로 내성적으로 보였다. 또한 문을 노크하는 사람도 없었다. 우편물도 한 통도 배달되지 않았다. 특별한 일은 아무것도 일어나지 않았다. 날씨의 이변도 없고, 불길한 예감 같은 것도 없었다. 시간은 그저 무표정하게 지나갔다. 정오가 다가오고, 오후가 조용히 저녁때로 넘어갔다. 벽에 걸린 전기시계의 바늘은 물맴이처럼 매끄럽게 시간의 수면을 미끄러져 가고, 침대 위에서 나카타 씨는 계속 죽은 채로 있었다. 식욕은 어째서인지 전혀 생기지 않았다. 청년은 저녁때 세 개째의 콜라를 마시고, 마지못해 크래커를 몇 개 집어 먹었다.

여섯 시가 되자 청년은 소파에 걸터앉아서 리모컨을 손에 들고 텔레비전을 틀어 봤다. NHK의 정시 뉴스를 봤으나 주의를 끌 만한 뉴스는 하나도 없었다. 늘 똑같은, 평범하기 짝이 없는 하루였다. 뉴스가 끝나자 그는 텔레비전을 껐다. 아나운서가 말하는 목소리가 몹시 시끄럽게 느껴졌다. 밖이 조금씩 어두워져 가더니 마침내 완전한 밤이 찾아왔다. 밤은 방에 더욱 깊은 정적을 가져다줬다.

"저 말이야, 아저씨" 하고 호시노 씨는 나카타 씨에게 말을 걸었다. "잠깐이라도 좋으니까 일어나 보지 않겠어? 호시노는 지금 몹시 난처한 입장이거든. 게다가 아저씨 목소리도 듣고 싶고 말이야."

　나카타 씨는 물론 대답하지 않았다. 나카타 씨는 여전히 분수령 저쪽 편에 있었다. 그는 침묵을 지킨 채 그저 계속 죽어 있었다. 침묵이 너무 깊어서, 귀를 기울이면 지구가 회전하는 소리까지 들릴 것 같았다.

　그는 거실로 나가「대공 트리오」의 시디를 틀었다. 첫 악장의 주제를 듣고 있을 때 두 눈에서 눈물이 저절로 쏟아져 내렸다. 굉장히 많은 양의 눈물이었다. 이런, 이런, 내가 마지막으로 눈물을 흘린 것이 언제였더라, 하고 호시노 씨는 생각했다. 그러나 기억이 나지 않았다.

제45장

분명히 '입구' 안쪽의 길은 무척 분간하기 어렵게 얽혀 있다. 그것은 이미 길이기를 완전히 포기해 버린 듯하다. 숲은 아까보다 한층 더 깊고 거대해진다. 발밑의 경사도 훨씬 더 심해지고, 덤불과 잡초가 땅바닥을 가득 뒤덮고 있다. 하늘은 거의 모습을 감추고, 주위는 해거름처럼 어둡다. 거미줄이 어지럽게 뒤엉켜 있고, 식물이 발산하는 냄새가 점점 진해진다. 침묵은 더욱 무게를 더해 가고, 숲은 인간의 침입을 단호하게 거부하고 있다. 그러나 병사들은 소총을 등에 ×자로 짊어지고 앞장서서 숲의 틈새를 손쉽게 빠져나간다. 두 사람의 발걸음은 놀랄 만큼 빠르다. 몸을 숙여 낮게 드리운 나뭇가지 아래로 빠져나가고, 바위를 기어오르고, 웅덩이를 뛰어넘고, 가시가 있는 관목 덤불 사이를 능숙하게 헤쳐 나간다.

두 사람을 놓치지 않으려면 필사적으로 뒤를 따라가야만

한다. 병사들은 내가 따라오고 있는지 어떤지 돌아보지도 않는다. 그들은 마치 내 힘을 시험하고 있는 것 같다. 내가 어디까지 견뎌 내며 따라올 수 있는지 보려는 것 같다. 혹은 (왜 그런지는 모르지만) 나에 대해 다소 화를 내고 있는 것처럼 느껴지기조차 한다. 그들은 한마디도 하지 않는다. 나와의 대화뿐만 아니라, 두 사람 사이에서도 대화는 이루어지지 않는다. 그들은 오직 앞을 보고 걷기만 한다. 두 사람은 어느 한쪽이 말을 꺼내는 일 없이, 교대로 앞서거니 뒤서거니 한다. 병사들이 등에 짊어진 소총의 검은 총신이 눈앞에서 규칙적으로 좌우로 흔들린다. 그것은 마치 한 쌍의 메트로놈 같다. 그것을 목표 삼아 걷고 있으려니, 점점 최면에 걸린 것 같은 기분이 된다. 의식이 다른 장소를 향해 얼음 위를 미끄러지듯이 옮겨 간다. 어쨌든 나는 그들과 뒤떨어지지 않으려고 땀을 흘리면서 묵묵히 계속 걷는다.

"우리 걸음이 너무 빠른가?" 건장한 병사가 뒤를 돌아보며 나에게 묻는다. 전혀 호흡이 흐트러지지 않은 목소리다.

"아닙니다" 하고 나는 말한다. "괜찮아요. 뒤따라갈 수 있어요."

"넌 젊고 건강한 것 같으니까." 키가 큰 병사가 앞을 향한 채 말한다.

"우리는 이 길을 왕복하는 데 익숙해서, 자기도 모르게 자꾸 발걸음이 빨라지거든" 하고 건장한 병사가 변명하듯이 말한다. "그러니까 너무 빠르면 빠르다고 말해 줘. 어려워할 것 없어. 그러면 조금 천천히 걸을 테니까. 다만 우리로서는 필요 이상으로 천천히 걷고 싶지 않을 뿐이야. 알겠지?"

"따라갈 수 없게 되면 그렇게 말할게요" 하고 나는 대답한다. 억지로 호흡을 고르며 지쳐 있는 것을 상대가 알아채지 못하도록 한다. "아직 멀었나요?"

"그렇게 멀지는 않아" 하고 키 큰 병사가 말한다.

"이제 조금만 더 가면 돼" 하고 건장한 병사가 말한다.

그러나 그들의 말은 그다지 믿을 수 없다. 그들이 말한 것처럼, 여기서 시간은 그리 중요한 요소가 아니다.

한참 동안 우리는 잠자코 계속 걷기만 한다. 그러나 그 속도는 아까만큼 맹렬하지 않다. 그런대로 테스트는 끝난 것 같다.

"이 숲에 독사 같은 건 없나요?" 하고 나는 마음에 걸리던 것을 물어본다.

"독사라……" 키가 크고 안경을 쓴 병사가 등을 돌린 채 말한다. 그는 항상 앞쪽만 바라보며 말한다. 언제 어느 때, 눈앞에 무언가 중요한 것이 뛰쳐나올지도 모른다고 경계하는 것 같다. "그런 건 생각해 본 적 없는걸."

"있을지도 모르지." 건장한 쪽이 나를 돌아보며 말한다. "본 적은 없지만, 어쩌면 있을지도 몰라. 하지만 있다 해도 우리하고는 관계가 없어."

"우리가 말하고 싶은 것은" 하고 키가 큰 쪽이 한가롭고 느긋한 어조로 말한다. "이 숲은 너를 다치게 할 생각이 없다는 거야."

"그러니까 독사라든가, 뭐 그런 것에는 신경 쓰지 않아도 돼" 하고 건장한 병사가 말한다. "이제 좀 마음이 놓여?"

"네."

"독사도 독거미도 독충도 독버섯도, 그리고 어떤 타자도 여기서 너한테 해를 끼치는 일은 없을 거야" 하고 키 큰 병사가 역시 앞을 바라보며 말한다.

"타자?" 하고 나는 되묻는다. 지쳐 있는 탓인지, 말이 머릿속에서 제대로 형상을 맺지 못한다.

"타자. 어떤 다른 사람도" 하고 그가 말한다. "어떤 타자도 여기서 너한테 해를 끼치는 일은 없을 거야. 어쨌든 여기는 숲의 가장 안쪽 부분이니까. 아무도, 혹은 너 자신도, 너한테 해를 끼치는 일은 없어."

나는 그가 말한 것을 이해하려고 노력한다. 그러나 피로와 땀과 반복이 가져다주는 최면 효과가 겹쳐서 사고 능력이 상당히 저하돼 있다. 아무것도 종합적으로 생각할 수 없다.

"군인이었을 때, 총검으로 상대의 배를 찌르는 훈련을 지겹도록 받았지" 하고 건장한 병사가 말한다. "너, 총검으로 찌르는 법을 알고 있어?"

"모릅니다."

"우선 총검을 상대의 배에 푹 쑤셔 박고 옆으로 비틀어. 그리고 창자를 갈기갈기 찢어 버리는 거야. 그러면 상대는 괴로워하며 그대로 죽을 수밖에 없어. 그렇게 죽는 것은 시간도 걸리고 고통도 엄청나지. 하지만 찌르기만 하고 비틀지 않으면 상대는 금방 일어나서 거꾸로 네 창자를 찢어 버려. 그게 우리가 놓여 있던 세계였지."

창자, 하고 나는 생각한다. 오시마 씨는 그것이 미로의 메타포라고 나에게 가르쳐 줬다. 내 머릿속에서 여러 가지가 뒤엉켜 뒤죽박죽이 돼 있다. 무언가와 무언가가 아닌 것을 제대로 선별할 수 없어졌다.

"어째서 인간이 인간에게 그런 잔인한 짓을 하지 않으면 안 되는지, 너는 알고 있어?" 하고 키 큰 병사가 말한다.

"모르겠습니다."

"나도 잘 모르겠어." 키가 큰 병사가 말한다. "상대가 중국 군인이든, 러시아 군인이든, 미국 군인이든, 창자를 갈기갈기 찢어 놓는 일은 하고 싶지 않았어. 하지만 어쨌든 우리는 그런 세계에서 살고 있었지. 그래서 도망친 거야. 오해하지는 말아 줘. 우리는 결코 약한 인간이 아니야. 군인으로서는 오히려 우수한 편이었지. 다만 그런 폭력적인 의지에 포함되는 것이 견딜 수 없었을 뿐이야. 너도 별로 약한 인간은 아니잖아?"

"잘 모르겠어요"하고 나는 솔직하게 말한다. "하지만 줄곧 조금이라도 강해지려고 생각하면서 살아왔어요."

"그건 중요한 일이지." 건장한 병사가 내 쪽을 돌아보며 말한다. "대단히 중요한 일이야. 강해지려는 의지를 갖고 노력하는 것 말이야."

"네가 강하다는 것은 말하지 않아도 잘 알 수 있어"하고 키 큰 쪽이 말한다. "그 나이에, 어지간해서는 여기까지 따라오기 힘들었을 텐데—"

"꽹장히 다부지네." 건장한 쪽이 감탄하듯이 말한다.

두 사람은 거기서 걸음을 멈춘다. 키가 큰 병사는 안경을 벗고 손가락으로 코 옆을 몇 번 문지르더니 다시 안경을 쓴다. 두 사람은 숨을 헐떡이지도 않고 땀을 흘리지도 않는다.

"목마르지 않아?"하고 키 큰 병사가 나에게 묻는다.

"조금요"하고 나는 말한다. 솔직히 말하면 몹시 목이 말랐다. 물통이 들어 있던 배낭을 버리고 왔기 때문이다. 그가 허리에 찬 알루미늄 수통을 나에게 건네준다. 나는 그 뜨뜻미지근한 물을 몇 모금 마신다. 물은 내 몸 구석구석을 적셔 준다. 수통의 주둥이를 닦고 나서 그에게 돌려준다.

"고맙습니다."

키 큰 병사가 잠자코 고개를 끄덕인다.

"여기가 산등성이야"하고 건장한 병사가 말한다.

"단숨에 내려갈 테니까 넘어지지 않도록 조심해" 하고 키큰 병사가 말한다.

우리는 발 디딜 곳이 마땅치 않은 언덕길을 주의 깊게 내려가기 시작한다.

그 세계는 길고 급한 언덕길을 절반쯤 내려가서 커다란 모퉁이를 돌아 숲을 빠져나가자 느닷없이 우리 눈앞에 나타난다.

두 병사는 그곳에서 걸음을 멈추고 고개를 돌려 나를 본다. 그들은 아무 말도 하지 않는다. 그러나 그들의 눈은 무언중에 나에게 이야기하고 있다. 이곳이 그 장소야. 너는 이곳으로 들어가는 거야. 나도 멈춰 서서 그 세계를 바라본다.

자연의 지형을 적절히 이용해서 개간한 평탄한 분지다. 그곳에 사람들이 얼마나 살고 있는지, 나로서는 알 수 없다. 그러나 규모로 보아 그다지 많지 않은 것만은 확실하다. 몇 개의 거리가 있고, 거리를 따라 건물이 드문드문 늘어서 있다. 작은 거리고 작은 건물이다. 거리에는 사람의 모습이 보이지 않는다. 건물은 전부 무표정해서, 외관의 아름다움보다 비바람을 피한다는 점에 중점을 둔 것 같다. '도시'라고 부를 만큼 크지 않다. 상점도 없고 커다란 공공시설도 없다. 간판도 팻말도 없다. 비슷한 크기, 비슷한 모양의 간소한 건물들이 문득 생각난 듯이 부락을 이루고 있을 뿐이다. 어떤 건물이나 뜰은 없고, 거리에는 한 그루의 나무도 보이지 않는다. 식물이라면 주위의 숲에 충분히 있지 않느냐는 듯이.

산들바람이 불고 있다. 바람은 숲을 빠져나와 내 주위 여기저기에서 무수한 나뭇잎을 떨게 한다. 사각사각하는 뭐라고 표현하기 어려운 그 소리는 내 마음의 살갗에 풍문바람에 의하여 모래 위에 생기는 무늬을 남기고 간다. 나는 나무줄기에 손을 대고 눈을 감는다. 그 풍문은 무슨 암호처럼 보인다. 그러나 나는 그 의미를 해독할 수 없다. 그것은 내가 전혀 모르는 외국어처럼 보인다. 나는 체념하고 눈을 부릅뜨고서 거기 있는 새로운 세계를 다시 한번 바라본다. 언덕 중간쯤에 멈춰 서서 병사들과 함께 그 장소를 물끄러미 바라보고 있으려니, 내 마음속에 있는 풍문이 옮겨 가는 것이 느껴진다. 그에 따라 암호가 새로 짜이고, 메타포가 전환해 간다. 내가 나 자신과 멀리 떨어져서 표류해 가는 것 같은 감각을 느낀다. 나는 나비가 되어 세계의 주변을 하늘하늘 날고 있다. 주변의 바깥쪽에는 공백과 실체가 하나로 딱 겹쳐진 공간이 있다. 과거와 미래가 이음새 없는 무한의 고리를 만들고 있다. 거기에서는 아무에게도 읽힌 적 없는 기호가, 누구에게도 들린 적 없는 화음이 방황하고 있다.

나는 호흡을 고른다. 내 마음은 아직도 하나의 제대로 된 형태를 이루지 못하고 있다. 그러나 두려움은 없다.

병사들이 다시 아무 말 없이 걷기 시작한다. 나도 잠자코 그 뒤를 따라간다. 언덕을 조금씩 내려갈 때마다 마을이 점점 가까이 다가온다. 돌담으로 제방을 쌓은 작은 강이 거리를 따라 흐르고 있다. 기분 좋은 물소리가 들려온다. 아름답고 맑은 물이다. 모든 것이 여기에서는 간소하고 조촐하다. 군데군데 가느다란 전봇대가 서 있고, 전선이 연결돼 있다. 전기가 여기까지 들어와 있는 모양이다. 전기? 그것은 나에게 위화감 같은 것을 안겨준다.

그 장소는 사방이 높은 녹색 지붕으로 둘러싸여 있다. 하늘은 아직 온통 잿빛 구름으로 덮여 있다. 나와 병사들은 거리를 걸어가지만, 그동안 아무도 스쳐 지나가지 않는다. 주위는 쥐 죽은 듯이 고요해서 소리 하나 들리지 않는다. 사람들은 집 안에 틀어박혀 숨을 죽이고, 우리가 지나가기를 기다리고 있는지도 모른다.

두 병사는 나를 어떤 건물로 데리고 간다. 그것은 오시마 씨의 통나무집과 크기도 생김새도 신기할 정도로 비슷하다. 마치 어느 한쪽을 모델로 해서, 또 하나를 만들었다고 생각될 정도다. 현관 앞에는 차양이 있고 거기에 의자가 놓여 있다. 단층집이고 지붕에 난로 연통이 나와 있다. 다른 점이라곤 침실이 거실과 분리돼 있고, 안에 세면장이 딸려 있는 점, 그리고 전기를 쓸 수 있다는 점이다. 부엌에는 냉장고가 있다. 그다지 크지 않은 구식 냉장고다. 천장에는 전등이 늘어져 있다. 텔레비전도 있다. 텔레비전?

침실에는 단순한 싱글 침대 한 개가 놓여 있고, 침대에는 침구가 준비돼 있다.

"우선 자리 잡을 때까지 여기 있게 될 거야" 하고 건장한 쪽이 말한다. "그렇게 오래 걸리지는 않을 거야. 우선은 말이야."

"아까도 말한 것처럼, 여기서 시간은 그다지 중요한 문제가 되지 않아" 하고 키 큰 쪽이 말한다.

"전혀 중요하지 않지." 건장한 쪽이 고개를 끄덕인다.

전기는 어디서 끌어오는 거죠?

두 사람은 얼굴을 마주 본다.

"작은 풍력발전소지만, 숲의 안쪽에서 전기를 만들고 있어. 거기는 언제나 바람이 불거든" 하고 키 큰 쪽이 설명한다. "전기가 없으면 곤란하잖아."

"전기가 없으면 냉장고도 쓸 수 없고, 냉장고가 없으면 식료품도 보관할 수 없지" 하고 건장한 쪽이 말한다.

"없으면 없는 대로 어떻게든 해나가겠지만" 하고 키 큰 쪽이 말한다. "있으면 있는 대로 편리하지."

"배가 고프면 냉장고에 있는 걸 아무거나 먹으면 돼. 별로 대단한 것은 없지만" 하고 건장한 쪽이 말한다.

"여기는 고기도 없고 생선도 없고 커피와 술도 없어" 하고 키 큰 쪽이 말한다. "처음 얼마 동안은 조금 힘들지도 모르지만,

곧 익숙해질 거야."

"달걀과 치즈와 우유는 있어" 하고 건장한 병사가 말한다. "동물성 단백질도 어느 정도는 필요하니까."

키 큰 쪽이 말한다. "여기서는 그런 걸 만들 수 없으니까 손에 넣으려면 다른 곳으로 가야 해. 물물교환을 하는 거지."

다른 곳?

키 큰 쪽이 고개를 끄덕인다. "그래. 여기는 세계로부터 고립돼 있는 건 아니야. 엄연히 다른 곳도 있어. 너도 조금씩 여러 가지에 대해 알게 될 거야."

"저녁때가 되면 누군가가 식사 준비를 해줄 거야" 하고 건장한 병사가 말한다. "그때까지 지루하면 텔레비전을 보고 있으면 돼."

텔레비전에서는 무슨 방송을 하고 있나요?

"글쎄, 무슨 방송을 하고 있을까?" 하고 키 큰 쪽이 난처한 듯이 말한다. 그러고는 고개를 갸웃거리면서 건장한 병사를 쳐다본다.

건장한 병사도 고개를 갸우뚱하면서 심각한 얼굴을 한다. "사실 텔레비전에 대해선 잘 몰라. 한 번도 본 적이 없거든."

"새로 온 사람을 위해 도움이 될지도 모른다고 해서 갖다 놓은 거야" 하고 키 큰 쪽이 말한다.

"하지만 아마 무언가는 볼 수 있을 거야" 하고 건장한 쪽이

393

말한다.

"우선 여기서 쉬고 있어." 키 큰 쪽이 말한다. "우리는 다시 근무지로 돌아가야 하거든."

데리고 와줘서 감사합니다.

"뭘, 쉬운 일인걸." 건장한 쪽이 말한다. "너는 다른 사람들보다 훨씬 다리가 튼튼하니까. 제대로 따라올 수 없는 사람도 많거든. 업고 와야 하는 사람도 있었지. 넌 참 편한 축이야."

"여기서 만나고 싶은 사람이 있다고 했지?" 키 큰 병사가 말한다.

네.

"아마 조금 있으면 만날 수 있을 거야." 키 큰 쪽이 말한다. 그러고는 고개를 끄덕인다. "여기는 좁은 세계니까."

"빨리 익숙해지는 게 좋아" 하고 건장한 병사가 말한다.

"일단 익숙해지면 그다음부터는 살기 편하지" 하고 키 큰 병사가 말한다.

정말로 감사합니다.

두 사람은 차렷 자세를 하고 정식으로 경례를 한다. 다시 소총을 등에 메고 밖으로 나간다. 그리고 빠른 걸음으로 근무지로 돌아간다. 그들은 낮이나 밤이나 그 입구에서 보초를 서고 있는 모양이다.

나는 부엌에 가서 냉장고 안을 들여다본다. 거기에는 토마토와 치즈 덩어리가 들어 있다. 달걀도 있다. 순무와 당근도 있다. 커다란 도자기 병에는 우유가 들어 있다. 버터도 있다. 찬장 안에 빵이 있어 모서리를 잘라 먹어 본다. 조금 굳기는 했지만 맛은 나쁘지 않다.

부엌에는 싱크대가 있고, 수도꼭지도 있다. 꼭지를 트니까 물이 나온다. 깨끗하고 차가운 물이다. 전기가 있으니까 아마 우물에서 펌프로 퍼 올리고 있는 것이리라. 컵에 받아서 마셔 본다.

나는 창가로 가서 바깥을 내다본다. 하늘은 여전히 잿빛으로 흐리지만 비가 내릴 것 같지는 않다. 나는 한동안 창밖을 보지만, 역시 사람의 모습은 보이지 않는다. 마을은 완전히 죽어 있는 것처럼 느껴진다. 아니면 사람들이 어떤 이유로 내 눈에 띄는 것을 피하고 있는지도 모른다.

나는 창가를 떠나 의자에 앉는다. 반듯한 모양을 한 딱딱한 나무 의자다. 의자는 전부 세 개가 있고 앞에는 식탁이 있다. 정사각형 식탁은 여러 번 니스를 다시 칠한 것 같다. 방을 둘러싼 회반죽벽에는 그림도 사진도 달력도 걸려 있지 않다. 그냥 흰 벽뿐이다. 천장에서 전구 하나가 늘어져 있고 전구에는 간단한 유리 갓이 씌워져 있다. 갓은 열 때문에 누렇게 변색돼 있다.

방은 깨끗이 청소가 돼 있다. 나는 손가락으로 문질러서 테이블 위에도 창틀에도 먼지가 전혀 없음을 확인한다. 창문의 유리에도 얼룩 하나 없다. 냄비와 식기와 조리 기구는 모두 새것은 아니지만, 정성 들여 손질한 것을 깨끗하게 보관하고 있다는 것이 느껴진다. 조리대 옆에는 구식 전기풍로가 두 개 놓여 있다. 나는 시험 삼아 스위치를 켜본다. 코일이 금세 빨개지며 열을 발산한다.

테이블과 의자를 제외하면 커다란 목재 패널이 둘러진 구식 컬러텔레비전이 이 방에 있는 단 하나의 가구다. 제조된 지 십오 년이나 이십 년은 됐을 것이다. 리모컨식이 아니다. 누가 내버린 것을 주워 온 것 같다(방 안에 있는 전기 기구는 모두 가전제품 폐기장에서 들고 온 것으로 보인다. 불결하지는 않고 아직 쓸 만하지만, 모두 색깔이 바래고 유행이 지난 것이다). 스위치를 켜보니 텔레비전에서 옛날 영화가 나온다. 「사운드 오브 뮤직」이다. 초등학생 때 학교 선생님의 인솔 아래 영화관의 커다란 스크린으로 봤다. 내가 어렸을 때 본 몇 편 안 되는 영화 가운데 하나다(영화관에 데려가 줄 만한 어른이 주위에 없었기 때문이다). 성미가 까다롭고 규칙밖에 모르는 아버지 폰 트랩 대령이 빈으로 출장 가 있는 동안 가정교사인 마리아는 아이들을 데리고 산으로 소풍을 간다. 그리고 풀밭에 앉아 기타를 치면서 순진무구한 노래를 몇 가지 부른다. 유명한 장면이다. 나는 텔레비전 앞에 앉아서 빠져들듯이 그 영화를 본다. 만일 내 소년 시절에 마리아와 같은 사람이 옆에 있어 줬다면 내 인생은 좀 더 달라졌을 것이다(처음 그 영화를 봤을 때도 그렇게 생각했다). 그러나 말할 필요도 없는 일이지만, 내게는 그런 사람이 나타나지 않았다.

그러다가 문득 현실로 돌아온다. 왜 나는 지금 이런 곳에서 「사운드 오브 뮤직」을 진지하게 보고 있어야 하는 것일까? 왜 하필이면 「사운드 오브 뮤직」일까? 여기 사람들은 위성방송 안테나를 써서 어딘가의 방송국 전파를 받고 있는 걸까? 아니면 다른 장소에서 비디오테이프 같은 것을 틀고 있는 걸까? 아마 테이프를 튼 거라고 나는 생각한다. 채널을 바꿔도 「사운드 오브 뮤직」밖에 안 나오기 때문이다. 한 채널 외에는 모두 모래 폭풍밖에 보이지 않는다. 그 꺼끌꺼끌한 하얀 화상과 무질서한 잡음은 나에게 문자 그대로 매서운 모래 폭풍을 연상시킨다.

「에델바이스」를 노래하는 장면에서 나는 텔레비전 스위치를 끈다. 원래의 고요함이 방에 되돌아온다. 목이 말라 부엌으로 가, 냉장고에서 커다란 병에 든 우유를 꺼내 마신다. 진하고 신선한 우유다. 편의점에서 사서 마시는 우유와는 맛이 많이 다르다. 우유를 유리컵에 따라서 몇 잔 잇따라 마시는 동안, 나는 불현듯이 프랑수아 트뤼포의 영화 「400번의 구타」를 떠올린다. 영화에서 앙투안이란 소년이 가출을 했는데, 배가 고파서 이른 아침 어느 집에 갓 배달된 우유를 훔쳐 살금살금 도망치면서 마시는 장면이 있었다. 커다란 우유병이어서 그것을 모두 마시는

데 상당히 시간이 걸린다. 슬프고도 애절한 장면이다. 무엇을 먹거나 마시는 것이 그처럼 슬프고도 애절할 수 있다니, 믿을 수 없을 정도였다. 그것도 내가 어렸을 때 본 몇 편 안 되는 영화 중 하나다. 초등학교 5학년 때, 제목에 끌려 혼자 영화관에 가서 봤다. 전차를 타고 이케부쿠로까지 가서 영화를 보고, 다시 전차를 타고 집으로 돌아왔다. 영화관을 나오자마자 곧장 우유를 사서 마셨다. 마시지 않고는 견딜 수 없었다.

우유를 다 마시자 굉장한 졸음이 몰려온다. 기분 나쁠 정도로 압도적인 졸음이다. 머리 회전이 슬슬 속도를 늦추고, 열차가 정거장에 멈출 때처럼 정지하더니, 이윽고 제대로 생각을 할 수 없어진다. 몸의 심지가 자꾸만 딱딱하게 굳어 가는 것 같다. 나는 비틀거리며 침실로 가서 바지와 신발을 벗고 침대에 드러눕는다. 베개에 얼굴을 파묻고 눈을 감는다. 베개에서는 햇빛 냄새가 난다. 그리운 냄새다. 그 냄새를 조용히 들이마셨다가 내뱉는다. 눈 깜짝할 사이에 잠이 찾아온다.

잠이 깼을 때, 주위는 칠흑같이 어둡다. 나는 눈을 뜨고 낯선 어둠 속에서 내가 지금 어디에 있는지 생각한다. 나는 두 병사를 따라서 숲을 빠져나와 강이 있는 작은 마을에 왔다. 기억이 조금씩 돌아온다. 풍경이 초점을 맺어 간다. 귀에서는 낯익은 멜로디가 울리고 있다. 「에델바이스」다. 부엌 쪽에서 냄비가 달그락달그락하며 조그맣게 친밀한 소리를 내고 있다. 침실 문 틈

새로 전등 빛이 새어 들어와 바닥에 일직선으로 노란 선을 긋고 있다. 빛은 고풍스럽고 분말 같다.

침대에서 일어나려고 하지만 몸이 뻐근하다. 여기저기가 골고루 저린다. 나는 크게 숨을 들이마시고 천장에 시선을 보낸다. 식기와 식기가 부딪치는 소리가 난다. 누군가가 마룻바닥 위를 분주하게 걸어 다니는 소리도 들린다. 아마 나를 위해 식사 준비를 하고 있는 것이리라. 나는 간신히 침대에서 나와 바닥에 선다. 시간을 들여 바지를 입고 양말과 신발을 신는다. 문의 손잡이를 조용히 돌려 문을 연다.

부엌에서는 한 소녀가 음식을 만들고 있다. 등을 돌린 채 냄비 위에 몸을 숙이고 스푼으로 간을 보고 있다가, 내가 문을 열자 얼굴을 들고 이쪽을 돌아본다. 고무라 도서관에서 매일 밤 내 방에 찾아와 벽의 그림을 바라보던 소녀다. 그렇다, 열다섯 살 때의 사에키 씨다. 그녀는 그때와 똑같은 옷을 입고 있다. 연한 파란색 긴소매 원피스. 핀으로 머리카락을 고정하고 있는 것만 다르다. 내 얼굴을 보자 소녀가 살짝 포근한 미소를 짓는다. 나는 주위의 세계가 몽땅 바뀌어 버린 듯한 심한 동요를 느낀다. 형태 있는 것이 조각조각 분해됐다가 다시 형태를 되찾아 간다. 그렇지만 거기에 있는 그녀는 환영도 아니고 유령도 아니다. 그녀는 진짜 육체를 지닌 소녀로서, 만질 수 있는 존재로서, 거기 있다. 해거름에 현실의 부엌에 서서 나를 위해 현실의 식사를 만들고 있다. 그녀의 가슴은 약간 봉곳하게 솟아 있고, 목덜미는 새로 빚은 도자기처럼 하얗다.

"일어났어?" 하고 그녀가 말한다.

목소리가 나오지 않는다. 나는 지금 나 자신을 하나로 막 합치는 참이다.

"아주 깊이 잠들었나 봐" 하고 그녀가 말한다. 그러고는 다시 등을 돌려 간을 본다. "계속 안 일어나면 식사 준비만 해놓고 가려고 했어."

"이렇게 깊이 잠들 생각은 아니었는데" 하고 나는 간신히 목소리를 되찾는다.

"숲을 빠져나오느라 많이 힘들었을 거야" 하고 그녀가 말한다. "배고프지 않아?"

"잘 모르겠어. 하지만 고픈 것 같기는 해."

그녀를 손으로 만지고 싶다는 생각을 한다. 정말로 손으로 만질 수 있는 존재인지 아닌지 그저 확인하기 위해. 그러나 그런 짓은 할 수 없다. 나는 거기 서서 그저 가만히 그녀를 응시한다. 그녀의 몸이 움직일 때 나는 소리에 귀를 기울인다.

소녀가 냄비에 끓인 따뜻한 스튜를 하얀 접시에 담아 테이블로 가져온다. 깊숙한 볼에 토마토와 푸른잎채소로 만든 샐러드가 곁들여져 있다. 그리고 커다란 빵. 스튜에는 감자와 당근이 들어 있다. 그리운 냄새가 난다. 그 냄새를 폐로 들이마시자 강한 시장기가 느껴진다. 우선 공복을 해결하지 않으면 안 된다. 내가 흠집투성이의 낡은 포크와 스푼으로 스튜를 먹는 동안, 그녀는 조금 떨어진 곳에 의자를 놓고 앉아서 내가 식사하는 모습을 바라본다. 마치 그것도 일의 중요한 부분인 것처럼 아주 진지한 얼굴로. 그리고 이따금 머리카락을 만진다.

"넌 열다섯 살이라면서?" 하고 그녀가 묻는다.

"응." 나는 빵에 버터를 바르면서 말한다. "바로 얼마 전에 열다섯 살이 됐어."

"나도 열다섯 살이야."

나는 고개를 끄덕인다. 하마터면 알고 있어, 하고 말할 뻔했다. 그러나 그런 말을 하기에는 아직 이르다. 나는 그대로 잠자코 식사를 한다.

"내가 당분간 여기서 식사 준비를 하게 될 거야" 하고 소녀가 말한다. "청소와 빨래도 하고. 갈아입을 옷은 침실 옷장에 들어 있으니까 마음대로 입어. 빨랫감은 바구니에 넣어 두면 내가 치울게."

"그런 역할을 누가 할당해 주는 거야?"

그녀가 내 얼굴을 빤히 본다. 대답은 없다. 내 질문은 회로에 잘못 들어선 것처럼 어딘가의 이름 없는 공간에 삼켜져 그대로 사라져 버린다.

"네 이름은?" 나는 다른 질문을 한다.

그녀가 고개를 흔든다. "이름은 없어. 여기서 우리는 이름을 안 갖거든."

"하지만 이름이 없으면 너를 부를 때 곤란하잖아."

"부를 필요 없어" 하고 그녀가 말한다. "필요하면 난 거기 있으니까."

"여기서는 내 이름도 아마 필요 없겠지?"

그녀가 고개를 끄덕인다. "왜냐하면 너는 너일 뿐, 다른 누구도 아닌걸. 너는 너잖아?"

"그렇겠지." 그러나 나는 그다지 확신을 가질 수 없다. 나는 정말로 나일까?

그녀가 내 얼굴을 빤히 보고 있다.

"도서관에서의 일은 기억해?" 하고 나는 큰맘 먹고 물어본다.

"도서관?" 그녀가 고개를 흔든다. "아니, 기억나지 않아. 도서관은 먼 곳에 있어. 상당히 먼 곳에. 여기에는 없어."

"도서관이 있긴 있어?"

"응. 하지만 그 도서관에는 책이 없어."

"도서관에 책이 없다면 무엇이 있는데?"

그녀는 대답을 하지 않는다. 다만 약간 고개를 갸웃거릴 뿐이다. 그 질문 역시 잘못된 회로에 묻혀 버린다.

"넌 거기에 가본 적이 있어?"

"아주 옛날에."

"하지만 책을 읽기 위해서가 아니었단 말이지?"

그녀가 고개를 끄덕인다. "거기에는 책이 없으니까."

나는 그 뒤 한동안 잠자코 식사를 한다. 스튜를 먹고, 샐러드를 먹고, 빵을 먹는다. 그녀도 아무 말 없이 내가 식사하는 모습을 여전히 진지한 눈으로 바라본다.

"식사는 어땠어?" 내가 식사를 끝내자 그녀가 나에게 묻는다.

"굉장히 맛있었어."

"고기도 생선도 없는데?"

나는 깨끗이 빈 접시를 가리킨다. "봐, 아무것도 남기지 않았잖아."

"내가 만든 거야."

"정말 맛있었어" 하고 나는 되풀이한다. 그것은 사실이다.

소녀를 앞에 두고 있자니 내 가슴에서는 얼어붙은 칼끝이 꽂힌 것 같은 아픔이 느껴진다. 격심한 아픔이지만, 나는 오히려 그 격심함에 감사한다. 그 얼어붙은 아픔을 온몸으로 받아들인다. 그 아픔은 닻이 되어 나를 여기에 붙들어 매준다. 그녀가 자리에서 일어나 물을 끓여 뜨거운 차를 만든다. 그리고 내가 식탁에서 그것을 마시는 동안에, 다 먹은 식기를 부엌으로 가져가 싱크대에서 씻기 시작한다. 나는 그 모습을 뒤에서 물끄러미 바라본다. 나는 무언가 말하려고 한다. 그러나 그녀 앞에서는 모든 말이 이미 말로서의 본래 기능을 상실해 버린 것을 깨닫는다. 아니면 말과 말을 결부시켜 주는 의미 같은 것이 사라져 버린다. 나는 내 두 손을 본다. 그리고 달빛을 받아 빛나는 창밖의 산딸나무를 생각한다. 내 가슴을 찌르고 있는 얼어붙은 칼날이 거기 있다.

"또 만날 수 있을까?" 하고 나는 묻는다.

"물론이지" 하고 소녀가 대답한다. "아까도 말했지만, 네가 나를 필요로 하면 난 거기에 있을 거야."

"넌 갑자기 어디론가 가버리지는 않지?"

그녀가 아무 말 없이 그저 이상하다는 눈빛으로 나를 본다. 도대체 내가 어디를 간단 말이야, 하고 말하듯이.

"전에 너를 만난 적이 있어" 하고 나는 큰맘 먹고 말한다. "다른 곳에서, 다른 도서관에서 말이야."

"네가 그렇게 말한다면." 소녀가 머리카락에 손을 갖다 대고 핀이 있는 것을 확인한다. 소녀의 목소리에는 거의 감정이 담겨 있지 않다. 그 화제에 별로 흥미가 없다는 것을 나에게 나타내려는 것처럼.

"난 너를 다시 만나기 위해 여기에 왔어. 너와 또 한 사람의 여자를 만나기 위해."

그녀가 얼굴을 들고 진지하게 고개를 끄덕인다. "깊은 숲을 지나서."

"그래. 난 무슨 일이 있어도 만나야만 했거든."

"그리고 여기서 넌 나를 만났어."

나는 고개를 끄덕인다.

"내가 말했잖아" 하고 소녀가 나에게 말한다. "네가 필요로 하면 난 거기에 있다고."

그녀는 설거지를 끝내자, 음식물을 담아 가지고 온 그릇을 즈크 자루에 집어넣고 어깨에 멘다.

"그럼, 내일 아침에 만나" 하고 그녀가 나에게 말한다. "빨리 이곳에 익숙해지길 바랄게."

나는 문턱에 서서 소녀의 모습이 조금 앞에 있는 어둠 속으로 사라지는 것을 지켜본다. 나는 다시 혼자 오두막에 남겨진다. 나는 닫힌 원 안에 있다. 여기서 시간은 중요한 요소가 아니다. 여기에서는 아무도 이름을 갖지 않는다. 내가 필요로 하는 한 그녀는 거기 있다. 여기에서 그녀는 열다섯 살이다. 아마도 영원히. 그러나 나는 도대체 어떻게 되는 것일까? 나 역시 여기서 영원히 열다섯 살인 채로 머물러 있게 될까? 아니면 나이 또한 여기서는 중요한 요소가 아닌 것일까?

소녀의 모습이 보이지 않게 된 뒤에도, 나는 혼자 문가에 서서 아무 생각 없이 바깥 풍경을 본다. 하늘에는 달도 별도 없다.

건물의 몇 곳에는 불이 켜져 있다. 창으로 그 빛이 새어 나오고 있다. 이 방을 비추고 있는 것과 마찬가지로 고색창연한 노란빛이다. 그러나 역시 사람의 모습은 보이지 않는다. 보이는 것은 불빛뿐이다. 그 바깥쪽에는 시커먼 그림자의 영역이 펼쳐져 있다. 그리고 그 안쪽 깊숙한 곳에 어둠보다 더 시커먼 산등성이가 솟아 있고, 깊은 숲이 벽이 되어 이 마을을 에워싸고 있음을 나는 알고 있다.

제46장

나카타 씨의 죽음을 확인한 후에도 호시노 씨는 그 맨션을 떠날 수 없었다. '입구의 돌'이 그곳에 있었고, 언제 어느 때 무슨 일이 일어날지 알 수 없었기 때문이다. 혹시라도 무슨 일이 일어났을 때는 돌 가까이에 있다가 재빨리 대응할 필요가 있다. 그것은 그에게 떠맡겨진 책임 같은 것이었다. 나카타 씨가 맡았던 일을 그대로 넘겨받은 것이다. 그는 나카타 씨의 시신이 누워 있는 방의 에어컨 온도를 제일 낮게 맞춰 놓고, 풍량을 최대한으로 한 뒤 창문이 모두 꼭 닫혀 있는지 확인했다.

"이봐요, 아저씨, 너무 춥지 않았으면 좋겠는데" 하고 청년은 나카타 씨를 향해 말했다. 나카타 씨는 물론 청년의 말에 아무런 반응도 보이지 않았다. 방 안에 감돌고 있는 공기의 특수한 무게는, 틀림없이 긴 시간 동안 시신에서 스며 나온 것이었다.

청년은 거실의 소파에 앉아서 하는 일 없이 시간을 보냈다.

음악을 들을 기분도 아니고, 그렇다고 책을 읽을 기분도 아니었다. 석양이 찾아와 방 구석구석이 점점 어두워져도 일어나서 불을 켜려고도 하지 않았다. 온몸에서 힘이 쭉 빠져 버린 듯 일단 한곳에 주저앉으니 도저히 일어날 수 없었다. 시간은 천천히 찾아왔다가 천천히 지나갔다. 이따금 청년의 눈을 피해 몰래 되돌아오는 것이 아닐까 싶을 정도였다.

할아버지가 돌아가셨을 때도 충격은 컸지만 이 정도는 아니었는데, 하고 그는 생각했다. 할아버지의 경우는 오래 앓아 온 탓에, 곧 돌아가실 것이라는 점을 알고 있었다. 그렇기 때문에 실제로 돌아가셨을 때는 어느 정도 마음의 준비가 돼 있었다. 그런 예비 단계가 있느냐 없느냐에 따라 큰 차이가 생긴다. 하지만 단순히 그런 이유만은 아니야, 하고 그는 생각했다. 나카타 씨의 죽음에는 무언가 청년에게 깊고 솔직하게 생각하도록 만드는 것이 있었다.

조금 출출해져서 부엌의 냉장고에서 냉동 볶음밥을 꺼내 전자레인지로 해동해서 반쯤 먹었다. 그리고 캔 맥주를 하나 마셨다. 식사를 끝낸 뒤 다시 나카타 씨의 상태를 보러 옆방으로 갔다. 어쩌면 살아났을지도 모른다고 생각했기 때문이다. 그러나 나카타 씨는 조금 전과 마찬가지로 여전히 죽은 채로 있었다. 방은 냉장고처럼 냉기가 감돌고 있었다. 이 정도로 추우면 아이스크림이라도 쉽게 녹지는 않을 것이다.

죽은 사람과 단둘이 한 지붕 아래서 밤을 보내는 것은 난생처음 경험하는 일이었다. 그래서인지 마음이 제대로 한곳에 집중되지 않았다. 딱히 무서운 건 아니라고 청년은 생각했다. 으스스한 것도 아니다. 다만 죽은 사람과 함께 있는 데 익숙하지 않은 것뿐이다. 죽은 자와 살아 있는 자는, 우선 시간이 흘러가는 방식부터 다르다. 소리의 울림도 다르다. 그래서 뭐랄까, 이렇게 마음이 안정되지 않는 거야. 그건 어쩔 수 없는 일이지. 왜냐하면 나카타 씨는 지금 죽은 사람의 세계에 있고, 나는 살아 있는 사람의 세계에 있으니까. 어긋남이라는 게 있는 것이 당연하지. 그는 소파에서 내려와 돌 옆에 앉았다. 그리고 고양이를 쓰다듬듯이 둥근 돌을 손바닥으로 쓰다듬었다.

"정말이지 어떻게 해야 좋지?" 하고 그는 돌을 향해 말을 걸었다. "나카타 씨를 어딘가 제대로 된 곳으로 인도해 주고 싶은데, 너를 어떻게 하지 않고는 그럴 수 없단 말이야. 그래서 이렇게 난처한 거야. 호시노가 어떻게 하면 좋을지, 알고 있으면 좀 가르쳐 줄 수 없을까?"

그러나 대답은 없었다. 지금 시점에서 그것은 그저 돌에 불과했다. 그것은 호시노 씨도 이해가 됐다. 무엇을 의논해 본들 대답이 돌아올 가능성은 거의 없다. 그러나 청년은 그 돌 옆에 앉아서 계속 쓰다듬었다. 몇 가지 질문을 던지고, 이유를 늘어놓으며 설득했다. 동정심에 호소도 했다. 부질없는 짓인 줄은 물론 안다. 그러나 그 밖에 달리 할 만한 일이 생각나지 않았다. 게다가 나카타 씨도 늘 돌에게 이런 식으로 이야기를 하고 있었잖은가?

아무리 그래도 돌에게 동정해 달라고 하소연하는 것도 참 한심한 일이네, 하고 청년은 생각했다. 돌처럼 비정하다는 말도 있을 정도인데 말이야.

텔레비전 뉴스를 보려고 바닥에서 일어났지만 생각을 고쳐먹었다. 그는 다시 돌 옆에 주저앉았다. 아무래도 지금은 조용히 있는 것이 좋을 것 같았다. 귀를 기울이고 무엇인가를 기다리고 있어야 해, 하지만 나는 본래 기다리는 것은 딱 질색이라서 말이야, 하고 청년은 돌에게 말했다. 생각해 보면 옛날부터 늘 성질이 급해서 손해를 봤다. 잘 생각하지도 않고 엄벙덤벙 행동해서 항상 실수를 했다. 너는 이른 봄의 고양이처럼 가만있질 못하는구나, 하고 할아버지는 말하곤 했다. 그러나 지금은 차분하게 앉아서 기다릴 수밖에 없다. 참아, 호시노, 참아야 해, 하고 청년은 스스로에게 타일렀다.

제일 센 상태로 틀어 놓은 옆방의 에어컨 진동음 외에는 아무 소리도 들리지 않았다. 이윽고 아홉 시가 지나고 열 시가 지났다. 그러나 아무 일도 일어나지 않았다. 그저 시간이 흘러가고 밤이 깊어질 뿐이었다. 청년은 방에서 담요를 가지고 나와 소파에 드러누워 덮었다. 잘 때도 되도록 돌 가까이에 있는 것이 좋겠다고 생각했기 때문이다. 그는 불을 끄고, 소파 위에서 눈을 감았다.

"이봐요, 돌 군, 난 지금부터 잠들 거야" 하고 청년은 발치의 돌에게 말을 걸었다. "내일 아침에 다시 이야기하자고. 오늘은 긴 하루였어. 호시노는 졸려 죽겠거든."

그래, 하고 그는 새삼스럽게 생각했다. 긴 하루였다. 하루 동안에 참으로 여러 가지 일이 일어났다.

"저, 아저씨," 하고 호시노 씨는 커다란 소리로 옆방 문을 향해 말을 걸었다. "나카타 씨, 듣고 있어요?"

대답이 없다. 청년은 한숨을 쉬고는 눈을 감고 베개 위치를 바로잡은 후 곧 잠이 들었다. 꿈 한 번 꾸지 않고 아침이 될 때까지 편안히 잠을 잤다. 옆방에는 여전히 나카타 씨가 꿈 한 번 꾸지 않고 돌처럼 딱딱하게 깊이 잠들어 있었다.

아침 일곱 시 조금 넘어서 잠이 깬 호시노 씨는 나카타 씨의 상태를 보러 곧장 옆방으로 갔다. 에어컨은 여전히 진동음을 울리면서 차가운 바람을 방 안에 불어넣고 있었다. 그 냉기 속에서 나카타 씨의 시신은 계속 누워 있었다. 죽음의 분위기는 어젯밤에 봤을 때보다 한층 더 짙고 강해져 있었다. 피부는 몹시 창백했고, 눈을 감은 모습도 어딘지 모르게 서먹서먹했다. 나카타 씨가 살아나서 벌떡 일어나 "미안합니다. 호시노 씨. 나카타는 정신없이 잠들었습니다. 죄송합니다. 나머지는 이 나카타가 맡아서 하겠습니다. 이제는 안심하십시오"라고 말하고, '입구의 돌'을 알아서 처리해 주는 일은 이제 절대로 없을 것이다. 나카타 씨는 완전히 죽어 버렸고, 그것은 이미 아무도 움직일 수 없는 결정적인 사실이 돼버렸다. 청년은 그렇게 생각했다.

청년은 추위에 몸을 떨면서 방을 나와 문을 닫았다. 부엌으로 가서 커피 메이커로 커피를 만들어 두 잔을 마셨다. 그리고 토스트를 구워서 버터와 잼을 발라 먹었다. 식사가 끝나자, 부엌 의자에 앉아 창밖을 바라보면서 담배를 몇 개비 피웠다. 밤사이에 구름은 어디론가 가버리고 여름의 푸른 하늘이 펼쳐져 있었다. 소파 옆에는 변함없이 돌이 놓여 있었다. 돌은 어젯밤부터 잠을 자지도 않고, 잠에서 깨지도 않고, 그냥 거기에 가만히 웅크리고 있었던 것처럼 보인다. 그는 시험 삼아 돌을 들어 올려 봤다. 쉽게 들어 올릴 수 있었다.

"안녕!" 하고 청년은 돌에게 밝은 목소리로 말했다. "나야. 나 잘 알지? 친구인 호시노야. 기억하고 있지? 오늘 하루도 너와 함께 지내게 될 것 같네."

돌은 여전히 말이 없다.

"기억하지 못해도 괜찮아. 시간은 얼마든지 있으니까 피차 느긋하게 시간을 들여서 사귀어 보자고."

그는 거기에 앉아 오른손으로 천천히 돌을 쓰다듬으면서,

돌을 상대로 도대체 어떤 이야기를 하는 것이 좋을까 궁리했다. 지금까지 돌과 이야기한 경험이 전혀 없기 때문에 적당한 화젯 거리가 쉽게 떠오르지 않았다. 어쨌든 아침부터 너무 딱딱한 화 제를 꺼낼 수는 없지, 하고 청년은 생각했다. 하루는 짧지 않으 니까 생각나는 대로 편안하게 이야기할 수 있는 화제가 좋을 것 이다.

한참 궁리한 끝에 여자 이야기를 하기로 했다. 지금까지 성 관계를 가진 여자 한 사람 한 사람에 대해서, 청년은 이야기를 하기로 했다. 이름을 아는 상대로 한정한다면 그다지 많은 수는 아니다. 청년은 손가락으로 세어 봤다. 여섯 명이다. 이름을 모 르는 상대까지 합치면 좀 더 많아지지만, 그것은 이번에는 생략 하기로 하자.

"돌을 상대로 지금까지 같이 잔 여자 이야기를 해본들 무슨 소용이 있을까, 하는 생각이 들긴 해" 하고 청년은 말했다. "돌 군도 아침부터 이런 이야기는 듣고 싶지 않을지 모르고. 그렇지 만 달리 무슨 이야기를 해야 좋을지 도통 생각나질 않거든. 게 다가 돌 군도 가끔은 이런 딱딱하지 않은 이야기를 듣는 게 좋을 거야. 후학을 위해서 말이지."

청년은 자신과 관계를 가졌던 여자들에 대한 기억을 더듬 으며 생각나는 데까지 자세하게 구체적인 에피소드를 이야기 했다. 첫 경험은 고등학생 때였다. 오토바이를 타고 다니면서 이런저런 못된 짓을 하고 다닐 무렵에 만난 상대로, 세 살 연상의 여자였다. 기후 시내의 스낵바에서 일하던 여자였다. 짧은 기간이었지만 동거 비슷한 것도 했다. 그러나 상대가 자신에게 정말로 홀딱 반해서, 죽느니 사느니 하는 이야기까지 나오고 집으로도 전화를 걸어 부모에게 꾸중을 듣게 되자 그만 귀찮아졌다. 게다가 마침 고등학교를 졸업할 무렵이어서 모든 걸 팽개치고 자위대에 들어갔다. 입대하자마자 곧장 야마나시현의 주둔지로 가게 됐고, 그녀와의 관계는 그것으로 끝장이 났다. 두 번다시 만나지 않았다.

"그러니까 귀찮다는 게 호시노 인생의 키워드야" 하고 청년은 돌에게 설명했다. "이야기가 조금 복잡해지면 곧장 걸음아나 살려라 하고 도망쳐 버리는 거지. 자랑은 아니지만 도망치는데는 도사거든. 그래서 이제껏 무언가를 끝까지 철저하게 규명해 본 적이 없어. 이게 바로 호시노의 문제점이야."

두 번째 여자는 야마나시현의 주둔지 부근에서 알게 된 여자였다. 비번인 날 갓길에서 스즈키 알토의 타이어 교환을 도와준 일이 계기가 되어 친해졌다. 한 살 연상으로 간호학교 학생이었다.

"마음씨가 고운 아가씨였어" 하고 청년은 돌을 향해 말했다. "가슴이 크고 정이 많았지. 그것을 하는 것도 좋아했어. 나도 아직 열아홉 살이었으니까, 그저 만나기만 하면 하루 종일 이불을 뒤집어쓰고 하고 또 했지. 그런데 이 여자가 터무니없이 질투심이 강해서, 비번 날에 하루라도 안 만나면 어디에 갔었냐, 누구를 만났냐 묻는 통에 귀찮아서 견딜 수가 있어야지. 아무튼 밤낮 질문 공세야. 내가 솔직하게 대답해도 좀처럼 믿어 주지 않더라니까. 결국 그게 원인이 되어 헤어져 버렸지. 일 년쯤 사귀었는데…… 돌 군은 어떤지 모르지만 난 말이야, 이것저것 귀찮게 따지고 드는 건 딱 질색이야. 숨이 막히고 우울해지거든. 그래서 도망쳤지. 자위대에 입대해서 좋았던 것은, 무슨 일이 있으면 부대 안으로 도망쳐 버릴 수 있었던 거야. 조용해질 때까지 부대 밖으로 나가지 않으면 되거든. 저쪽은 아무것도 못 해. 여자랑 깨끗이 헤어지고 싶으면 자위대에 들어가는 게 제일이야. 돌 군도 이건 잘 알아 두는 게 좋을걸. 구덩이 파기랑 흙 부대 쌓기만 해야 하는 데는 진력났지만 말이야."

돌을 상대로 생각나는 대로 이야기하는 동안, 호시노 씨는 지금까지 자기가 한심한 짓만 해왔다는 사실을 새삼스럽게 실감했다. 사귄 여자 여섯 명 가운데 네 명은 마음씨가 고운 아가씨였다(나머지 두 명은 객관적으로 말해 다소 성격에 문제가 있었다). 그녀들은 대체로 청년에게 친절했다. 숨이 막힐 정도의 미인이라고는 할 수 없지만, 모두 나름대로 귀여웠다. 섹스도 원하는 대로 실컷 하게 해줬다. 귀찮아서 전희를 적당히 생략해도 불평 한마디 하지 않았다. 쉬는 날에는 음식도 만들어 줬고, 생일이 되

415

면 선물을 사줬으며, 월급날 전에는 돈도 빌려줬고(갚은 기억은 거의 없다), 특별히 그 대가를 요구하지도 않았다. 그런데 조금도 고맙게 생각하지 않았다. 그런 건 당연하다고 생각했다.

한 아가씨와 사귀고 있을 때는 그 아가씨하고만 잤다. 다른 여자와 바람을 피운 적은 한 번도 없었다. 그런 점에서는 그런대로 성실한 편이다. 그러나 상대편이 조금이라도 불평을 늘어놓거나, 정론을 들고 나오며 훈계를 하거나, 질투를 하거나, 저금을 하라고 권하거나, 정기적으로 가벼운 히스테리를 일으키거나, 혹은 장래의 불안에 대해 이야기하기 시작하면 그것으로 끝장이었다. 여자와 사귀는 데 가장 중요한 것은 뒤탈이 없는 것이라고 그는 생각했다. 무엇인가 골치 아픈 일이 생기면 재빨리 도망친다. 그리고 다음 아가씨를 만나서 다시 처음부터 똑같은 일을 되풀이한다. 그것이 보통 사람이 살아가는 방식이라고 그는 생각했다.

"이봐, 돌 군. 만일 내가 여자고, 나처럼 제멋대로인 남자와 사귄다고 가정한다면 그야 당연히 부아가 치밀겠지?"하고 청년은 돌에게 말했다. "지금 돌이켜 보면 나도 그렇게 생각하거든. 그런데 다들 왜 그런 나를 오랫동안 참고 견뎌 줬을까? 정말이지 나도 이해가 잘 안 된다니까."

그는 말보로에 불을 붙여 연기를 천천히 뱉어 내면서 한 손으로 돌을 쓰다듬었다.

"그렇지 않아? 보시다시피 호시노는 별로 잘생기지도 않았고, 섹스를 특별히 잘하는 것도 아니야. 돈이 있는 것도 아니고, 성격이 좋은 것도 아니야. 머리가 좋은 것도 아니고, 오히려 상당히 문제가 있는 쪽이라 할 수 있지. 기후현 시골의 가난뱅이 농사꾼 아들, 자위대 출신의 보잘것없는 장거리 트럭 운전사거든. 그런데 이제 와서 생각해 보니, 난 지금까지 여자 복이 상당히 좋았던 것 같아. 특별히 여자들에게 인기가 있었던 건 아니지만, 그렇다고 여자에 굶주려 본 기억도 없거든. 섹스를 하게 해주고, 밥을 지어 주고, 돈까지 빌려줬다니까. 하지만 돌 군, 좋은 일이란 언제까지나 계속되지는 않나 봐. 요즘 들어 점점 더 그런 생각이 들어. 이봐, 호시노, 이제 얼마 안 있으면 대가를 치르게 될 거야, 하고 말이야."

청년은 이렇게 돌을 상대로 과거의 여자관계를 이야기하는 동안 계속 돌을 쓰다듬고 있었다. 돌을 쓰다듬는 데 익숙해지니까, 점점 더 그만둘 수 없게 됐다. 정오가 되자, 근처에 있는 학교에서 종소리가 들려왔다. 그는 부엌으로 가서 우동을 만들어 먹었다. 파를 썰고 달걀을 깨서 넣었다.

식사를 하고 난 뒤 청년은 다시 「대공 트리오」를 들었다.

"어이, 돌 군" 하고 청년은 1악장이 끝날 때쯤 돌에게 말을 걸었다. "어때, 멋진 음악이지? 듣고 있으면 마음이 넓어지는 것 같지 않아?"

돌은 잠자코 있었다. 돌이 음악을 듣고 있는지 아닌지, 그것도 알 수 없었다. 그러나 청년은 신경 쓰지 않고 이야기를 계속했다.

"아침부터 이야기한 것처럼 난 지금까지 못된 짓을 많이 해 왔어. 제멋대로 살아왔지. 그걸 이제 와서 모두 없던 일로 돌릴 수는 없을 거야, 그치? 하지만 이 음악을 가만히 듣고 있으면 말이야, 베토벤이 나한테 이렇게 이야기하는 것 같은 느낌이 들거든. '호시노, 그건 또 그 나름대로 좋지 않은가? 인생이란 그런 거야. 나도 사실은 꽤 못된 짓을 하면서 살아왔다네. 그건 어쩔 수 없는 일이야. 어찌어찌하다 그렇게 된 거니까. 지금부터 다시 열심히 살면 되는 거야' 하고 말이야. 물론 베토벤 같은 사람이 실제로 그런 말을 하지는 않겠지만, 왠지 그런 느낌이 조금씩 조금씩 이쪽으로 전해져 온다는 이야기야. 넌 그런 느낌이 들지 않아?"

돌은 잠자코 있었다.

"뭐, 상관없어" 하고 청년은 말했다. "그건 어디까지나 내 개인적인 의견에 지나지 않으니까. 이러쿵저러쿵 떠들지 말고 잠자코 음악이나 듣자고."

두 시가 조금 지나서 창밖을 내다보니 살찐 검은 고양이가 베란다의 난간으로 올라와 방 안을 들여다보고 있었다. 청년은 창을 열고 심심풀이로 고양이에게 말을 걸었다.

"안녕, 고양이 군? 오늘은 날씨가 좋네."

"그렇네, 호시노 씨"하고 고양이가 대답했다.

"이거야 원, 두 손 다 들었군." 청년은 고개를 절레절레 흔들었다.

까마귀라고 불리는 소년

까마귀라고 불리는 소년은 푸른 숲의 상공을, 큰 원을 그리듯이 천천히 날고 있었다. 하나의 원을 그리고 나면 조금 떨어진 다른 곳에 비슷한 원을 또다시 꼼꼼하게 그려 갔다. 그렇게 해서 여러 개의 동그라미가 하늘에 그려지고, 그려졌다가는 사라져 갔다. 까마귀라고 불리는 소년의 시선은 마치 정찰을 하는 비행기처럼, 줄곧 아래쪽에 쏠려 있었다. 그는 거기에서 무언가의 모습을 찾고 있는 것 같았다. 그러나 쉽게 찾을 수 없었다. 숲은 육지가 없는 바다처럼 크게 일렁이면서 펼쳐져 있었다. 푸른 가지가 서로 얽히고 겹쳐져, 숲은 커다란 하나의 나무처럼 보였다. 하늘은 잿빛 구름으로 뒤덮이고 바람은 없었다. 은총의 빛은 어디에서도 찾아볼 수 없었다. 까마귀라고 불리는 소년은 그 시점에서 보면 세계에서 가장 고독한 새였는지도 모른다. 그러나 그에게는 그런 일에 신경 쓰고 있을 여유가 없었다.

까마귀라고 불리는 소년은 이윽고 그곳인 듯싶은, 나무의 바다가 끝없이 펼쳐진 숲이 약간 끊어져 있는 빈 터를 향해 일직선으로 하강해 갔다. 그곳에는 자그마한 광장처럼 둥글게 탁 트인 장소가 있었다. 땅바닥에는 햇빛이 조금 비쳐 들고, 어떤 표시처럼 녹색 풀이 우거져 있었다. 그 가장자리에 둥글고 큰 돌이 있고, 그 위에 한 남자가 앉아 있는 것이 보였다. 그는 선명한 빨간색 트레이닝복을 아래위로 입고, 머리에는 까만 실크해트를 쓰고 있었다. 신발은 바닥이 두꺼운 등산화인데, 발치에는 카키색 즈크 자루가 놓여 있었다. 꽤 보기 드문 묘한 모습을 하고 있었지만, 까마귀라고 불리는 소년에게는 그런 건 아무래도 좋았다. 그 사람이 바로 그가 찾아 헤매던 상대였다. 어떤 모습을 하고 있든 아무 상관 없었다.

남자는 돌연한 날갯짓 소리에 눈을 들어, 근처의 큰 가지에 앉아 있는 까마귀라고 불리는 소년을 봤다. "어이!" 하고 남자는 소년을 향해 밝은 목소리로 말했다.

까마귀라고 불리는 소년은 아무런 대답도 하지 않았다. 그는 가지에 앉은 채, 눈 한 번 깜빡이지 않고 무표정하게 남자의 모습을 빤히 내려다봤다. 이따금 고개를 아주 약간 갸웃거릴 뿐이었다.

"자네에 대해서는 잘 알고 있지" 하고 남자가 말했다. 그러고는 한 손을 뻗어 실크해트를 가볍게 들어 올렸다가 다시 내려놓으며 말했다. "슬슬 자네가 올 때가 되지 않았을까, 하고 생각하던 중이었네."

남자는 헛기침을 한 번 한 다음, 얼굴을 찡그리면서 땅바닥에 침을 뱉고 등산화 바닥으로 비볐다.

"마침 휴식 중이라고 할까, 이야기 상대가 없어서 조금 따분하던 참일세. 어때, 잠깐 이쪽으로 오지 않겠나? 둘이 나란히 앉아서 이야기를 해보자고. 자네를 본 건 처음이지만, 전혀 인연이 없는 것도 아니잖아?"

까마귀라고 불리는 소년은 계속 입을 꽉 다물고 있었다. 날개도 몸에 찰싹 붙어 있었다.

실크해트를 쓴 남자는 가볍게 고개를 흔들었다.

"아, 그런가. 과연 그렇군. 자네는 말을 하지 못하는군. 그럼, 됐네. 여기서는 일단 나 혼자 이야기를 해야겠군. 나는 아무래도 상관없거든. 설사 말을 못 한다 해도, 자네가 지금부터 무엇을 하려는지 나는 다 알고 있네. 그러니까 자네는 내가 더 이상 앞으로 가지 못하게 막고 싶은 거지? 그렇지? 그쯤은 나도 아네. 환히 꿰뚫어 보고 있단 말일세. 자네는 나를 이 이상 앞으로 나아가게 하고 싶지 않은 거야. 하지만 나는 물론 앞으로 나아가고 싶네. 왜냐하면 이건 두 번 다시 없는 기회니까 말이야. 가만히 앉아서 놓칠 수는 없잖은가. 천재일우, 그러니까 천 년에 한 번 올까 말까 한 기회란 바로 이런 걸 두고 하는 말이지."

그는 손바닥으로 등산화의 발목 근처를 찰싹 때리면서 말했다.

"그래서 결론부터 말하자면 자네는 내가 앞으로 나아가는 것을 저지할 수 없네. 왜냐하면 자네에겐 그럴 자격이 없기 때문이지. 가령 내가 여기서 잠시 피리를 불기만 해도, 자네는 그 순간 내 근처에 얼씬도 할 수 없게 되네. 그게 내 피리야. 자네가 알고 있는지 어떤지는 모르지만, 여간 특별한 피리가 아니거든. 세상에 널려 있는 그런 피리와는 차원이 다르지. 피리는 이 자루 안에 여러 개 들어 있네."

남자는 손을 뻗어서 발치의 즈크 자루를 소중한 물건이라도 담은 듯이 톡톡 건드렸다. 그리고 까마귀라고 불리는 소년이 앉아 있는 큰 나뭇가지를 다시 올려다봤다.

"나는 고양이들의 영혼을 모아서 피리를 만들었네. 산 채로 베인 고양이들의 영혼이 모여서 이 피리가 됐지. 베인 고양이들이 불쌍하지 않은 건 아니지만, 나로서는 그렇게 할 수밖에 없었네. 이것은 선이라든가 악이라든가, 정이라든가 미움이라든가, 그런 세속적인 기준을 넘은 피리일세. 이걸 만드는 일이 오랫동안 나의 천직이었지. 나는 이 천직을 나름대로 잘 수행해 내 임무를 마무리 지었네. 누구에게도 부끄러울 게 없는 인생이었지. 아내를 맞아들이고 자식을 낳고, 충분한 수의 피리를 만들었네. 그래서 이제 더 이상 피리는 만들지 않을 작정이야. 자네에게만 특별히 말하는 거지만, 나는 이 자루에 모아 놓은 피리를 사용해서 좀 더 큰 피리를 한 개 만들려고 생각 중이네. 좀 더 크고 좀 더 강력한 피리를 말이야. 그것만으로 하나의 시스템이 될 수 있는 초특급 피리지. 그래서 나는 지금부터 그 피리를 만들기 위한 장소로 가려고 하네. 그 피리가 과연 결과적으로 선이 되느냐 악이 되느냐, 그건 내가 결정할 일이 아니야. 물론 자네도 아니지. 내가 언제 어느 장소에 있느냐에 따라 그건 달라지네. 그런 의미에서 나는 편견이 없는 인간이네. 역사나 날씨와 같아서, 편견이라는 게 없지. 편견이 없기 때문에 나는 하나의 시스템이 될 수 있다네."

그는 실크해트를 벗고, 정수리 부근의 듬성듬성 남아 있는 머리카락을 한동안 손바닥으로 쓰다듬고 나서 다시 모자를 썼다. 그리고 모자의 챙을 손가락으로 한 번 튕겼다.

"이 피리를 불면 자네 따위를 쫓아내는 일쯤은 식은 죽 먹기지. 하지만 지금은 피리를 불고 싶지 않네. 이 피리를 불려면 나름대로 힘이 드니까. 나로선 쓸데없는 일에다 힘을 빼고 싶지 않아. 힘은 앞날을 위해 가능한 한 아껴 둬야지. 게다가 피리를 불건 불지 않건, 결국 자네는 내 행동을 저지할 수 없을 테니까. 그건 이미 누가 뭐라 해도 명명백백한 일이야."

남자는 다시 한번 헛기침을 했다. 그리고 트레이닝복 위로 불룩 나오기 시작한 배를 몇 번 쓸어내렸다.

"이봐, 자네는 림보라는 것을 알고 있나? 림보라는 것은 이 승과 저승 사이에 놓여 있는 중간 지점이라네. 모든 게 희미하고 쓸쓸한 곳이지. 그게 바로 지금 내가 있는 곳일세. 지금 시점에 서는 이 숲이지. 나는 죽었어. 나는 내 의지로 자진해서 죽었네. 하지만 나는 아직 다음 세계에 들어가지 못했어. 즉 나는 이행하는 영혼이야. 이행하는 영혼에겐 형태라는 것이 없네. 나는 다만 임시로 이런 형태를 취하고 있을 뿐이지. 그러니까 자네는 지금의 나에게 상처를 입힐 수 없어. 알겠나? 설사 내가 심하게 피를 흘린다 해도, 그건 진짜 피가 아니야. 가령 내가 몹시 괴로워해도, 그건 진짜 괴로움이 아니지. 지금의 나를 말살할 수 있는 건, 그럴 만한 자격을 가진 자뿐이네. 유감스럽지만 자네에겐 그런 자격이 없어. 자네는 누가 뭐래도 아직 미숙하고 보잘것없는 환상에 지나지 않으니까. 어떤 강하고 완고한 편견으로도 자네는 나를 말살할 수 없다는 걸 알아야 하네."

남자는 까마귀라고 불리는 소년을 바라보며 싱긋 미소를 지었다.

"어때, 한번 시험해 보겠나?"

그 말이 신호라도 된 듯 까마귀라고 불리는 소년이 날개를 크게 펼치더니, 나뭇가지를 박차고 남자를 향해 쏜살같이 덤벼들었다. 재빠르게 일직선으로 날아왔다. 그는 양 발톱을 세우고 남자의 가슴에 내려앉아 머리를 획 하고 뒤로 젖혔다. 그런 뒤 마치 곡괭이를 휘두르듯이 날카로운 부리 끝을 남자의 오른쪽 눈 속으로 힘껏 처박았다. 그동안 칠흑같이 새까만 날개는 공중에서 퍼드덕퍼드덕 큰 소리를 냈다. 남자는 전혀 저항하지 않았다. 그냥 내버려둔 채 팔 하나 손가락 하나 까딱하지 않았다. 비명도 지르지 않았다. 남자는 오히려 소리 내어 웃고 있었다. 모자가 땅바닥에 떨어지고 눈알이 튀어나와 쏟아졌다. 까마귀라고 불리는 소년은 남자의 두 눈을 집요하게 공격했다. 눈이 박혀 있던 부분을 구멍 내어 텅 비게 하고 나자, 이번에는 얼굴을 여기저기 가리지 않고 쉴 새 없이 부리로 쪼아 댔다. 남자의 얼굴은 순식간에 상처투성이가 되고, 여기저기에서 피가 뿜어져 나왔다. 얼굴이 새빨갛게 물들고, 피부가 찢어져 갈라지고, 살점이 사방으로 흩날려 한낱 고깃덩어리처럼 돼버렸다. 까마귀라고 불리는 소년은 계속해서 숱이 빠진 머리 부분도 가차 없이 부리로 찍어 댔다. 남자는 그래도 쉬지 않고 계속 웃었다. 우스워 죽겠다는 듯이. 까마귀라고 불리는 소년이 격렬하게 공격하면 할수록 그 웃음소리는 점점 더 커져 갔다.

남자는 눈알이 빠져나간 공허한 눈을, 까마귀라고 불리는 소년에게서 잠시도 떼지 않고, 너무 웃어서 숨이 넘어갈 듯하면서도 중간중간 이렇게 말했다.

"이봐, 그래서 내가 말했잖아? 웃기지 좀 말게나. 어떤 힘을 가지고도 자네는 나를 해칠 수 없네. 자네에겐 그럴 자격이 없으니까. 자네는 단지 얄팍한 환상에 지나지 않아. 부질없는 메아리 같은 것에 지나지 않는다고. 무슨 짓을 해도, 모두 헛일이란 말이야. 아직도 모르겠나?"

까마귀라고 불리는 소년은 이번에는, 그렇게 말하는 입 속을 부리로 쪼아 댔다. 그 큰 날개는 여전히 격렬하게 퍼드덕거리면서, 윤기가 흐르는 검은 깃털이 숱하게 빠지고 떨어져 영혼의 파편처럼 공중을 떠다니고 있었다. 까마귀라고 불리는 소년은 남자의 혀를 찢고 거기에 구멍을 내더니, 부리 끝에 걸고 혼신의 힘을 다해 밖으로 잡아당겼다. 무척 크고 긴 혓바닥이었다. 목구멍 안쪽에서 찢겨 나와 땅에 떨어진 혓바닥은, 마치 연체동물처럼 흐물흐물 주위를 기어 다니며 어둠의 말을 토해 내는 듯했다. 혓바닥을 잃은 남자는 이제 더 이상 웃을 수 없게 됐다. 숨을 쉴 수도 없는 것 같았다. 그래도 남자는 무언중에 배꼽을 잡고 계속 웃어 댔다. 까마귀라고 불리는 소년은 그 소리 없는 웃음을 들었다. 멀고 메마른 사막에 부는 바람처럼 불길하고 공허한 웃음소리는 언제까지고 멈출 줄을 몰랐다. 그것은 다른 세계로부터 들려오는 피리 소리이기도 했다.

제47장

날이 막 밝아올 무렵 잠자리에서 눈을 뜬다. 전기 히터로 물을
끓여 차를 타서 마신다. 창가의 의자에 앉아서 바깥 풍경을 바라
본다. 거리에는 여전히 사람의 모습이 보이지 않고, 아무런 소
리도 들리지 않는다. 이른 아침에 잠에서 깨어난 새들의 지저귐
도 전혀 들리지 않는다. 주위를 높은 산이 에워싸고 있어서, 날
이 밝는 것은 늦고 날이 저무는 것은 빠르다. 동쪽에 솟은 산자
락이 어렴풋이 밝아졌을 뿐이다. 시간을 확인하기 위해 침실로
가서 베갯머리에 둔 손목시계를 집어 들고 본다. 시계는 멈춰 있
다. 디지털시계의 화면은 꺼져 있다. 시험 삼아 스위치 몇 개를
마구 눌러 보지만 전혀 반응하지 않는다. 아직 배터리가 다 닳을
만한 시기는 아니다. 그런데 내가 잠들어 있는 사이에 시계가 이
유 없이 움직임을 멈춰 버렸다. 손목시계를 책상 위에 놓고, 언
제나 시계를 차고 있던 왼쪽 손목을 오른손으로 몇 번 문질러 본

다. 이 장소에서 시간이라는 것은 그다지 중요한 문제가 아닌 것이다.

새 한 마리 모습을 보이지 않는 바깥 풍경을 바라보면서, 뭔가 책을 읽을 수 있으면 좋겠다고 생각한다. 어떤 책이라도 좋다. 활자가 인쇄돼 있고, 책의 형태를 갖추고 있기만 하면 된다. 그것을 손에 들고 페이지를 넘기며, 거기 늘어선 활자를 눈으로 쫓고 싶다. 그러나 책은 한 권도 없다. 아니, 여기에는 활자 그 자체가 전혀 존재하지 않는 것 같다. 다시 한번 방 안을 빙 둘러본다. 그러나 눈길이 닿는 어느 구석에도 글자로 쓰인 것은 하나도 찾아볼 수 없다.

침실의 옷장을 열고 안에 들어 있는 옷들을 살펴본다. 옷은 반듯하게 잘 개어져 서랍 속에 들어 있다. 모두 새 옷이 아니다. 색이 바랬고, 여러 번 세탁한 탓에 천이 얇아졌다. 그러나 아주 청결해 보인다. 목이 둥글게 파인 셔츠와 내의, 양말, 칼라가 달린 면 셔츠, 그리고 면바지. 아주 정확하지는 않아도 대개가 내 사이즈다. 어느 옷이나 무늬는 없다. 예외 없이 한 가지 색깔이다. 이 세상에 무늬가 있는 옷이 존재했던 적은 한 번도 없었다는 듯이. 죽 살펴본 바로는 상표가 붙어 있는 옷은 하나도 없다. 어떤 글자도 쓰여 있지 않다. 지금까지 입고 있던 땀내 나는 티셔츠를 벗고, 서랍 안에 들어 있는 회색 티셔츠로 갈아입는다. 셔츠에서는 햇볕과 비누 냄새가 난다.

얼마 후에—얼마나 지난 후였을까?—소녀가 찾아온다. 그녀는 가볍게 노크하고, 대답을 하기도 전에 문을 연다. 문에 잠금장치 같은 것은 아예 달려 있지 않다. 그녀는 오늘도 커다란 즈크 자루를 어깨에 메고 있다. 그녀의 등 뒤로 보이는 하늘은 이미 훤하게 밝아 있다.

소녀는 어젯밤과 마찬가지로 부엌에 서서, 작고 검은 프라이팬에다 달걀 요리를 만들어 준다. 기름에 달군 프라이팬에 달걀을 깨 넣자, 치이익 하고 기분 좋은 소리가 난다. 신선한 달걀 냄새가 방 안 가득 퍼진다. 옛날 영화에 나오는 것과 같은 땅딸막한 토스터로 빵을 굽는다. 그녀는 어젯밤과 똑같은 연한 파란색 원피스를 입고, 머리카락도 어제와 같이 핀으로 머리 뒤에서 고정해 두었다. 그녀의 피부는 매끄럽고 아름답다. 그 도자기 같은 가냘픈 두 팔이 아침 햇살을 받아 빛난다. 열어젖힌 창으로 세계를 조금이라도 더 완벽하게 만들기 위해 작은 벌이 날아든다. 그녀는 음식을 식탁에 갖다 놓고, 가까이에 있는 의자에 앉아 내가 먹는 모습을 옆에서 본다. 나는 채소가 들어간 오믈렛을 먹고, 빵에 신선한 버터를 발라서 먹는다. 허브차를 마신다. 그녀는 아무것도 먹지 않고, 아무것도 마시지 않는다. 어젯밤과 똑같은 상황이 되풀이된다.

"여기에 있는 사람들은 모두 자기가 직접 밥을 해서 먹어?"

하고 그녀에게 물어본다. "넌 나를 위해 이렇게 밥을 해주지만."

"자기가 하는 사람도 있고, 누군가가 해주는 사람도 있어" 하고 소녀가 말한다. "하지만 여기 사는 사람들은 대체로 별로 음식을 먹지 않아."

"별로 먹지 않는다고?"

그녀는 고개를 끄덕인다. "가끔 먹으면 돼. 가끔 먹고 싶어지면 먹는 거야."

"그러니까 다른 사람들은 내가 지금 먹는 것처럼은 안 먹는단 말이지?"

"넌 온종일 아무것도 먹지 않아도 견딜 수 있어?"

나는 고개를 흔든다.

"여기에 있는 사람들은 하루 종일 아무것도 먹지 않아도 별로 고통을 느끼지 않아. 실제로 먹는 것을 자주 잊어버려. 때로는 며칠씩 안 먹기도 해."

"하지만 난 아직 여기에 익숙해지지 않았으니까 어느 정도는 먹어야 해."

"아마도" 하고 그녀가 말한다. "그래서 내가 너를 위해 식사를 마련해 주게 된 거야."

나는 그녀의 얼굴을 본다. "내가 이 장소에 익숙해질 때까지 어느 정도의 시간이 걸릴 것 같아?"

"어느 정도의 시간?" 그녀가 천천히 고개를 흔든다. "그건 알 수 없어. 시간의 문제가 아니거든. 시간의 양과 관계없이 그때가 되면 넌 이미 익숙해져 있을 거야."

지금 우리는 식탁을 사이에 두고 이야기를 나누고 있다. 그녀는 식탁 위에 두 손을 올려놓고 있다. 손등을 위로 한 상태로 열 개의 가지런한 손가락이 현실 세계의 것으로서 거기 있다. 나는 그녀를 똑바로 정면에서 보고 있다. 그녀의 속눈썹의 미묘한 움직임을 응시하고, 그녀가 눈을 깜박이는 횟수를 세어 보고 있다. 그녀의 앞 머리카락이 살짝 흔들리는 모습을 엿본다. 나는 그녀에게서 눈을 뗄 수가 없다.

"그때?"

그녀는 말한다. "넌 무언가를 잘라 내거나 버리는 일은 하지 말아야 해. 우리는 그것을 버리는 것이 아니라, 자기 안으로 삼키는 것뿐이야."

"내가 그것을 내 안으로 삼킨다?"

"그렇지."

"그런데" 하고 나는 묻는다. "내가 그것을 삼켰을 때, 도대체 무슨 일이 일어나는데?"

소녀는 고개를 약간 갸웃하고 생각한다. 아주 자연스러운 동작이다. 그 동작에 따라 그녀의 앞 머리카락도 약간 기운다.

"아마 넌 완전한 너가 될 거야."

"그러니까, 지금의 나는 아직 완전한 나가 아니란 말이야?"

"넌 지금도 충분히 너야" 하고 그녀가 말한다. 그러고 나서 잠시 생각에 잠긴다. "하지만 내가 말하는 건 그것과는 좀 달라. 말로는 잘 설명할 수 없지만 말이야."

"실제로 그렇게 되지 않고는 알 수 없단 말이지?"

그녀는 고개를 끄덕인다.

그녀를 보는 게 괴로워지면 나는 눈을 감는다. 그리고 금방 다시 눈을 뜬다. 그녀가 아직 거기에 있는 것을 확인하기 위해.

"여기서는 모두 공동생활 같은 것을 하고 있어?"

그녀는 또 조금 생각하고 나서 대답한다. "글쎄, 모두 이 장소에서 함께 생활하고, 분명히 몇 가지는 공동으로 사용하고 있어. 예를 들면 샤워장이나 발전소, 교역소—그런 것에 대해서는 아마 간단한 규칙 같은 것이 어느 정도 있을 거야. 하지만 그건 별로 대단한 게 아니야. 일일이 생각하지 않아도 알 수 있는 것, 일일이 말이 없어도 전달이 되는 것, 그래서 내가 너에게 '이건 이렇게 해야 돼'라고 한다든가, '여기서는 이렇게 하지 않으면 안 돼'라는 식으로 가르칠 만한 것은 거의 없어. 가장 중요한 것은 우리 모두 한 사람 한 사람, 여기에 자기를 녹아들게 하고 있다는 거야. 그렇게 하는 한 아무 문제도 일어나지 않아."

"자기를 녹아들게 한다고?"

"네가 숲에 있을 때 넌 온전히 숲의 일부가 되고, 네가 빗속에 있을 때 넌 온전히 쏟아지는 비의 일부가 되지. 네가 아침 속

433

에 있을 때 넌 온전히 아침의 일부가 되고, 네가 내 앞에 있을 때 넌 내 일부가 돼. 간단히 말하면 그런 이야기야."

"네가 내 앞에 있을 때, 넌 온전히 내 일부가 되고?"

"그래."

"그건 어떤 기분일까. 네가 완전히 너이면서, 동시에 온전히 내 일부가 된다는 것은?"

그녀는 나를 똑바로 보고 있다. 손으로는 머리핀을 만지작거리고 있다. "내가 나이면서 온전히 네 일부가 되는 건 아주 자연스러운 일이고, 일단 익숙해지면 아주 간단한 일이야. 하늘을 나는 것처럼."

"넌 하늘을 날 수 있어?"

"예를 들자면 그렇다는 이야기야" 하고 그녀가 미소 짓는다. 거기에는 깊은 의미도 함축도 없다. 그냥 미소를 위한 미소다. "하늘을 나는 것이 어떤 것인지는 실제로 하늘을 날아 보지 않고는 잘 알 수 없잖아? 그것과 마찬가지야."

"어쨌든 그것은 자연스럽고, 생각할 것도 없는 일이란 말이지?"

그녀는 고개를 끄덕인다. "그래. 그건 아주 자연스럽고, 온화하고, 조용하고, 생각할 것도 없는 일이야."

"그런데 내가 너한테 너무 많은 질문을 하는 건 아닐까?"

"전혀 그렇지 않아" 하고 그녀가 말한다. "좀 더 설명을 잘

해 줄 수 있으면 좋겠는데."

"너에겐 기억이라는 것이 있니?"

그녀는 다시 고개를 흔든다. 그런 뒤 식탁 위에 또 두 손을 올려놓는다. 이번에는 손바닥이 위를 향한다. 그녀는 그 손바닥에 잠시 시선을 보낸다. 그러나 그 눈에는 이렇다 할 표정이 떠오르지 않는다.

"나에겐 기억이 없어. 시간이 중요하지 않은 곳에서는 기억역시 중요하지 않거든. 물론 어젯밤의 기억은 있어. 난 너를 위해 여기 와서 채소 스튜를 만들었어. 그리고 넌 그걸 남김없이 다 먹었지. 그렇지? 그 전날의 일도 약간은 기억하고 있어. 하지만 그보다 전의 일은 잘 모르겠어. 시간이 내 속에 용해돼 있어서, 한 가지 일과 그 옆에 있는 일을 구별할 수 없게 되거든."

"여기에서 기억은 그다지 중요한 문제가 아니란 말이야?"

그녀는 생긋 웃는다. "그래, 여기에서는 기억이란 그렇게 중요한 문제가 아니야. 기억은 우리와는 별도로 도서관에서 다루는 일이거든."

소녀가 돌아간 뒤 나는 창가로 가서 아침 햇살에 손을 비춰본다. 창틀 턱에 손 그림자가 어린다.

다섯 손가락의 형태가 똑똑히 보인다. 벌은 날아다니기를 멈추고 유리창에 조용히 앉아 있다. 벌은 나와 마찬가지로 무언가에 대해 진지하게 생각하고 있는 것처럼 보인다.

태양이 중천을 지난 조금 후에 그녀가 내 주거지로 찾아온다. 그러나 소녀로서의 사에키 씨가 아니다. 그녀는 조심스럽게 노크하고 입구의 문을 연다. 한순간 나는 소녀와 그녀를 잘 식별할 수 없게 된다. 빛이 비치는 각도의 미묘한 변화나 바람이 불어오는 상태의 변화에 따라서 사물은 쉽게 바뀌어 버리는 것 같다. 그녀는 다음 순간 소녀가 되기도 하고, 또 다음 순간에는 사에키 씨로 돌아가기도 하는 것처럼 느껴진다. 그러나 그런 일은 일어나지 않는다. 내 앞에 있는 것은 어디까지나 사에키 씨지, 다른 어느 누구도 아니다.

"안녕!" 하고 사에키 씨가 매우 자연스러운 목소리로 말한다. 마치 도서관 복도에서 스쳐 지나갈 때처럼. 그녀는 파란색 긴소매 블라우스에, 역시 남색의 무릎까지 오는 스커트를 입고 있다. 가느다란 은목걸이를 하고, 귀에는 조그만 진주 귀고리를 달고 있다. 낯익은 모습이다. 그녀가 신고 있는 하이힐이 현관 앞 나무 바닥에 또각또각 짧고 메마른 소리를 낸다. 그 소리에는 아주 조금 장소와 어울리지 않는 울림이 포함돼 있다.

사에키 씨는 문턱에 선 채로 거리를 두고 내 모습을 보고 있다. 내가 진짜 나인지 어떤지를 확인이라도 하듯이. 그러나 그것은 물론 진짜 나다. 그녀가 진짜 사에키 씨인 것과 마찬가지로.

"안에서 차 한잔 드시겠어요?" 하고 나는 말한다.

"고마워" 하고 사에키 씨가 말한다. 그러고는 어렵게 결심을 한 듯이 방 안으로 발을 들여놓는다.

　나는 부엌으로 가서 전기 히터 스위치를 켜고 물을 끓이며, 그동안에 호흡을 가다듬는다. 사에키 씨가 식탁 의자에 앉는다. 조금 전까지 소녀가 앉아 있던 의자다.

　"이렇게 앉아 있으니까 꼭 도서관에 있는 것 같네."

　"그렇네요" 하고 나는 동의한다. "커피가 없고 오시마 씨가 없는 것만 다르죠."

　"그리고 책이 한 권도 없는 것도 다르지" 하고 사에키 씨가 말한다.

허브차를 두 잔 만들어 컵에 따라서 식탁으로 가지고 간다. 우리는 식탁을 사이에 두고 마주 앉는다. 열려 있는 창에서 새소리가 들려온다. 벌은 아직도 유리창에 붙어서 자고 있다.

　사에키 씨가 먼저 입을 연다. "사실은 지금 여기 오는 것도 그렇게 쉬운 일은 아니었어. 하지만 꼭 다무라 군을 만나 이야기하고 싶어서 왔어."

　나는 고개를 끄덕인다. "만나러 와줘서 고맙습니다."

　그녀는 늘 그랬던 것처럼 입가에 미소를 띤다. "고맙다는 말은 내가 다무라 군에게 해야지." 그 미소는 소녀의 미소와 거의 비슷하다. 그러나 사에키 씨의 미소가 조금 더 깊이가 있다. 그 조그만 차이에 내 마음은 동요한다.

사에키 씨는 두 손으로 컵을 감싸듯이 쥐고 있다. 나는 그녀의 귀에 달린 조그맣고 하얀 진주 귀고리를 바라본다. 그녀는 잠시 무엇인가 생각하고 있다. 여느 때보다 생각하는 데 시간이 더 걸린다.

"난 기억을 전부 태워 버렸어" 하고 그녀가 천천히 말을 고르면서 이야기한다. "모든 게 연기로 변해서 하늘로 사라져 버렸지. 그래서 여러 일을 그리 오래는 기억하고 있을 수 없어. 여러 일, 모든 일, 다무라 군과의 일도 포함해서. 그래서 조금이라도 빨리 다무라 군을 만나서 이야기하고 싶었던 거야. 내가 아직 여러 일을 기억하고 있는 동안에."

나는 고개를 돌려 유리창에 붙어 있는 벌을 본다. 창틀에 벌 그림자가 검은 점이 되어 외롭게 비치고 있다.

"우선 무엇보다도 중요한 것은," 하고 사에키 씨가 조용한 목소리로 말한다. "더 늦기 전에 빨리 여기서 나가는 거야. 숲을 빠져나가 본래의 생활로 돌아가는 거야. 입구는 머지않아 다시 닫혀 버릴 테니까. 그렇게 하겠다고 약속해 줘."

나는 고개를 흔든다. "사에키 씨는 잘 모르고 있어요. 내가 돌아갈 세계 같은 건 어디에도 없어요. 난 태어나서 지금까지, 누군가에게 진정으로 사랑을 받거나 누군가를 진정으로 사랑한 기억이 없습니다. 나 자신 말고는 누구에게 의지해야 좋을지도 모르고요. 사에키 씨가 말하는 '본래의 생활' 같은 건, 나에겐 아무 의미가 없어요."

"그래도 어쨌든 돌아가지 않으면 안 돼."

"내가 돌아가야 할 곳에 아무것도 없어도요? 누구 한 사람 내가 거기에 있기를 원하지 않아도요?"

"그렇지 않아" 하고 그녀가 말한다. "내가 그러기를 원하고 있어. 다무라 군이 거기 있기를 내가 원해."

"하지만 사에키 씨는 거기에 없잖아요, 그렇죠?"

사에키 씨는 두 손으로 감싸고 있는 찻잔을 내려다본다. "그래, 유감스럽게도 난 이미 거기에는 없지."

"그럼, 사에키 씨는 내가 거기로 돌아가서 무엇을 하길 원하는 거죠?"

"내가 다무라 군에게 원하는 건 단 한 가지뿐이야" 하고 사에키 씨가 말한다. 그러고는 얼굴을 들어 내 눈을 똑바로 쳐다본다. "나를 기억해 주는 것. 다무라 군만 나를 기억해 준다면 다른 모든 사람이 나를 잊어도 상관없어."

우리 둘 사이에 침묵이 흐른다. 깊은 침묵이다. 내 가슴속에서 하나의 의문이 부풀어 오른다. 그것은 목구멍을 꽉 틀어막아 호흡을 곤란하게 만들 만큼 커진다. 나는 그것을 간신히 꿀꺽 삼킨다.

"기억이라는 것이 그렇게 중요한 건가요?" 하고 나는 다른 질문을 한다.

"경우에 따라서는," 하고 그녀가 말한다. 그러고는 눈을 살짝 감는다. "기억이란 경우에 따라서는 다른 무엇보다 중요한 게 될 수도 있지."

"하지만 사에키 씨는 기억을 전부 불태워 버렸잖아요?"

"나에겐 이제 소용없는 것이 돼버렸으니까." 사에키 씨는 두 손등을 위로 하고 식탁 위에 가지런히 얹어 놓는다. 소녀가 앉아 있던 모습과 똑같다. "저, 다무라 군에게 부탁이 있어. 그 그림을 가지고 가줘."

"도서관의 내 방에 걸려 있던 그 해변 그림 말인가요?"

사에키 씨는 고개를 끄덕인다. "그래, 「해변의 카프카」. 그 그림을 다무라 군이 가지고 갔으면 좋겠어. 어디든지 괜찮아. 이제부터 다무라 군이 가는 곳으로 가지고 가."

"하지만 그 그림은 누군가 주인이 있을 텐데요?"

그녀는 고개를 흔든다. "그건 내 거야. 그가 도쿄의 학교에 가면서 나한테 선물로 준 거야. 그 뒤로 난 줄곧 그 그림을 가지고 다니면서, 어딜 가든 내 방에 걸어 놓았지. 고무라 도서관에서 일하게 돼서 일시적으로 그 방에 걸어 놓았을 뿐이야. 본래 있던 장소에. 그리고 난 그 그림을 다무라 군에게 주겠다는 편지를 오시마 씨 앞으로 써서, 도서관의 내 책상 서랍에 넣어 두었어. 게다가 원래 그 그림은 다무라 군의 것이었어."

"내 것이었다고요?"

그녀는 고개를 끄덕인다. "왜냐하면 넌 거기에 있었거든. 난 그 옆에서 너를 보고 있었고. 아주 오래전 그 해변에서. 바람이 불고, 새하얀 구름이 떠 있고, 계절은 언제나 여름이었지."

나는 눈을 감는다. 나는 여름의 해변에서 덱체어에 누워 있다. 나는 캔버스의 까슬까슬한 감촉을 피부로 느낀다. 나는 바다 냄새를 가슴으로 들이마실 수 있다. 아무리 눈을 감고 있어도 햇빛은 눈부시다. 파도 소리가 들린다. 그 소리는 시간에 뒤흔들리기라도 하듯이 멀어졌다, 가까워졌다 한다. 누군가가 조금 떨어진 곳에서 나를 그리고 있다. 그 옆에는 연한 파란색 반소매 원피스를 입은 소녀가 앉아서 내 쪽을 보고 있다. 그녀는 흰리본이 달린 밀짚모자를 쓰고, 손가락으로 모래를 가지고 놀고 있다. 곧은 머리카락과 단단해 보이는 긴 손가락. 피아니스트의 손가락이다. 햇빛을 받아서 두 팔이 도자기처럼 윤이 나며 빛난다. 꼭 다문 입술 가장자리에는 자연스러운 미소가 머물고 있다. 나는 그녀를 사랑하고 있다. 그녀는 나를 사랑하고 있다.

그것이 기억이다.

"그 그림을 앞으로 계속 다무라 군이 가졌으면 좋겠어"하고 사에키 씨가 말한다.

그녀는 일어나 창가로 가서 밖을 내다본다. 태양은 조금 전에 막 중천을 지났다. 벌은 아직도 자고 있다. 사에키 씨는 오른손을 들어 올려 햇빛을 가리며 먼 곳을 바라본다. 그러고 나서 나를 돌아본다.

"난 이제 가야 해" 하고 그녀가 말한다.

나는 일어나서 그녀 옆으로 간다. 그녀의 귀가 내 목에 닿는다. 귀고리의 딱딱한 감촉이 느껴진다. 나는 그녀의 등에 두 손을 갖다 댄다. 그리고 거기에서 뭔가 표시를 읽어 내려고 한다. 그녀의 머리카락이 내 뺨을 쓰다듬는다. 그녀는 두 팔로 나를 힘껏 끌어안는다. 손가락 끝이 내 등에 파고든다. 그것은 시간이라는 벽에 매달린 손가락이다. 바다 냄새가 난다. 파도가 부서지는 소리가 들린다. 누군가 아주 멀리서 내 이름을 부르고 있다.

"사에키 씨는 제 어머니인가요?" 나는 간신히 묻는다.

"넌 이미 그 대답을 알고 있을 텐데" 하고 그녀가 말한다.

그렇다, 나는 그 대답을 알고 있다. 그러나 나도 그녀도 그것을 말로 할 수는 없다. 말로 하면 그 대답은 의미를 잃고 만다.

"난 먼 옛날에 버려서는 안 될 것을 버렸어" 하고 사에키 씨가 말한다. "내가 무엇보다도 사랑하던 것을. 난 언젠가 그것을 잃어버리게 될 것을 두려워했던 거야. 그래서 내 손으로 그것을 버릴 수밖에 없었어. 빼앗기거나 어떤 우연한 일로 사라져 버릴 거라면 차라리 내가 버리는 편이 낫겠다고 생각한 거지. 물론 거기에는 사라지지 않는 분노의 감정도 있었어. 하지만 그건 잘못된 일이었어. 그것은 결코 버려서는 안 되는 것이었어."

나는 잠자코 있는다.

"그래서 넌 버려져서는 안 되는데도 버려진 거야" 하고 사에키 씨가 말한다. "저, 다무라 군, 나를 용서해 줄 수 있겠어?"

"나한테 사에키 씨를 용서할 자격이 있습니까?"

그녀는 내 어깨 쪽을 바라보며 여러 번 고개를 끄덕인다. "만약 분노와 공포가 너를 방해하지 않는다면."

"사에키 씨, 만일 나한테 그럴 자격이 있다면 나는 당신을 용서하겠습니다" 하고 나는 말한다.

어머니, 하고 너는 말한다. 나는 어머니를 용서하겠습니다. 그러자 네 마음속에서 얼어붙어 있던 무엇인가가 소리를 낸다.

사에키 씨는 잠자코 포옹을 푼다. 그런 뒤 머리카락을 고정하고 있던 핀을 빼서는 망설이지 않고 날카로운 핀 끝으로 왼팔 안쪽을 찌른다. 아주 세게. 그리고 오른손으로 그 부근의 정맥을 꽉 누른다. 이윽고 상처에서 피가 흐르기 시작한다. 첫 방울이 바닥에 떨어지면서 의외일 정도로 큰 소리를 낸다. 그녀는 아무 말도 하지 않고 그 팔을 나에게 내민다. 다시 한 방울, 피가 바닥에 떨어진다. 나는 몸을 숙여 작은 상처에 입술을 갖다 댄다. 내 혀가 그녀의 피를 핥는다. 나는 눈을 감고 그 맛을 음미한다. 나는 빨아들인 피를 입에 머금고 천천히 마신다. 목구멍 안쪽으로 그녀의 피를 넘긴다. 그것은 내 마음의 메마른 살갗에 조용히 빨려 들어간다. 내가 얼마나 그 피를 원하고 있었는지 비로소 깨닫는다. 내 마음은 무척이나 먼 세계에 있다. 그러나 그와 동시에 내 몸은 여기에 서 있다. 마치 생령처럼. 나는 이대로 그녀의 피를 모두 빨아 먹고 싶다는 생각까지 한다. 그러나 그럴 수는 없다. 나는 그녀의 팔에서 입술을 떼고 그녀를 본다.

"잘 있어, 다무라 카프카 군" 하고 사에키 씨가 말한다. "원래의 장소로 돌아가서 계속 잘 살아야 해."

"사에키 씨."

"응?"

"난 산다는 것의 의미를 잘 모르겠어요."

그녀는 내 몸에서 손을 뗀다. 그리고 내 얼굴을 올려다본다. 손을 뻗어 내 입술에 손가락을 갖다 댄다.

"그림을 봐" 하고 그녀가 조용한 목소리로 말한다. "내가 그랬던 것처럼 언제나 그림을 보는 거야."

그녀는 떠나간다. 문을 열고 뒤도 돌아보지 않고 밖으로 나간다. 그리고 문을 닫는다. 나는 창가에 서서 그녀의 뒷모습을 바라본다. 그녀는 빠른 걸음으로 어느 건물 뒤로 모습을 감춘다. 나는 창틀에 손을 올려놓고 그녀가 사라진 부근을 언제까지나 바라보고 있다. 그녀는 무언가 미처 말하지 못한 것이 생각나서 다시 돌아올지도 모른다. 그러나 사에키 씨는 돌아오지 않는다. 거기에는 다만 부재라는 형태가 웅덩이처럼 남아 있을 뿐이다.

잠들었던 벌이 깨어나서 한동안 내 주위를 날아다닌다. 그러다 이윽고 뭔가 할 일이 생각난 듯 열려 있는 창을 통해 밖으로 나간다. 햇빛은 계속 내리쬐고 있다. 나는 식탁으로 돌아가서 의자에 앉는다. 식탁 위에 놓인 그녀의 컵에는 허브차가 조금 남아 있다. 나는 컵에 손을 대지 않고 그대로 둔다. 그 컵은 머지 않아 잃어버릴 기억의 은유처럼 보인다.

입고 있던 셔츠를 벗고, 본래 입었던 땀내 나는 티셔츠로 갈아입는다. 그리고 멈춰 버린 손목시계를 집어서 왼쪽 손목에 찬다. 오시마 씨가 준 모자를 뒤로 돌려 쓰고, 스카이블루의 선글라스를 낀다. 긴소매 셔츠를 입는다. 부엌으로 가서 수돗물을 컵에 받아 단숨에 마신다. 유리잔을 싱크대에 놓고 고개를 돌려 방 안을 빙 둘러본다. 식탁이 있고 의자가 있다. 소녀가 앉았던 의자고 사에키 씨가 앉았던 의자다. 식탁 위에는 마시다 만 컵이 남아 있다. 눈을 감고 크게 심호흡을 한 번 한다. 넌 이미 그 대답을 알고 있을 텐데, 하고 사에키 씨가 말한다.

문을 열고 집 밖으로 나가서 현관의 계단을 내려간다. 땅바닥에는 내 그림자가 또렷하게 그려져 있다. 그 그림자는 내 발치에 매달려 있는 것처럼 보인다. 아직도 해는 높이 떠 있다.

숲 입구에서 두 병사가 나무에 기댄 듯 비스듬히 선 채 나를 기다리고 있다. 내 모습을 봐도 그들은 아무것도 묻지 않는다.

그들은 내가 무엇을 생각하고 있는지 이미 다 알고 있는 것 같다. 전과 마찬가지로 소총을 등에 ×자로 메고 있다. 키가 큰 병사는 풀을 입에 물고 있다.

"아직 입구는 열려 있어" 하고 키 큰 병사가 풀을 입에 문 채 말한다. "바로 조금 전에 봤을 때까지는 열려 있었어."

"먼젓번과 같은 속도로 걸어가도 괜찮겠어?" 하고 건장한 병사가 묻는다. "따라올 수 있겠지?"

"문제없습니다. 따라가겠습니다."

"저쪽에 도착했을 때, 이미 입구가 닫혀 있으면 너도 곤란할 테니 말이야" 하고 키 큰 병사가 말한다.

"그러면 돌아간 보람이 없지" 하고 건장한 병사가 맞장구친다.

"네" 하고 나는 말한다.

"여기를 떠나는 데 망설임은 없는 거지?" 하고 키 큰 병사가 말한다.

"없습니다."

"그럼, 서둘러 가자고."

"뒤는 돌아보지 않는 게 좋을 거야" 하고 건장한 병사가 말한다.

"맞아, 그러는 게 좋아" 하고 키 큰 병사가 말한다.

우리는 다시 숲을 빠져나간다.

그러나 나는 언덕을 올라가면서 뒤를 한 번 돌아보고 만다. 돌아보지 않는 것이 좋다고 병사들이 말했지만 돌아보지 않을 수 없었다. 마을을 내려다볼 수 있는 마지막 지점이었다. 그 지점을 지나면 나무 벽에 가로막혀, 거기에 있는 세계는 영원히 내 앞에서 사라져 버릴 것이다.

　　거리에는 역시 사람의 모습이 보이지 않는다. 분지를 가로지르며 아름다운 강이 흐르고, 거리를 따라 조그만 건물들이 들어서 있고, 같은 간격으로 늘어선 전봇대가 땅바닥에 짙은 그림자를 드리우고 있다. 나는 한순간 그 자리에 얼어붙어 버린다. 무슨 일이 있어도 그곳으로 되돌아가야 한다고 생각한다. 하다못해 저녁때까지만이라도 거기에 머물러 있자. 저녁때가 되면 즈크 자루를 든 소녀가 내 방으로 찾아온다. 내가 필요로 하면 그녀는 언제든지 거기 있다. 가슴이 갑자기 뜨거워지고, 강한 자력이 나를 뒤로 잡아당긴다. 다리가 마치 납이 들어찬 것처럼 움직이지 않는다. 여기를 지나 버리면 이제 두 번 다시 그녀를 만날 수 없다. 나는 멈춰 선다. 나는 시간의 발자취를 놓쳐 버린다. 앞서 걸어가는 병사들의 등에 대고 말하려고 한다. 나는 돌아가지 않겠어요, 계속 여기에 머무르겠어요, 하고. 그러나 그 말은 소리가 되지 않는다. 말은 생명을 잃어버린다.

　　나는 그때 공백과 공백 사이에 끼어 있다. 무엇이 옳고 무엇이 그른지 분간할 수 없다. 내가 무엇을 원하고 있는지조차 알 수 없다. 나는 격심한 모래 바람 가운데 혼자 있다. 내가 뻗은 손 끝조차 보이지 않는다. 어느 쪽으로도 갈 수 없다. 뼈를 부순 것 같은 흰 모래가 나를 완전히 둘러싸고 있다. 그러나 사에키 씨가 어디에선가 나에게 말을 건다. "그래도 넌 역시 돌아가야만 해" 하고 사에키 씨가 단호하게 말한다. "내가 그걸 원해. 네가 거기 에 있기를 내가 원해."

주술이 풀린다. 나는 다시금 하나가 된다. 내 몸에 따뜻한 피가 돌아온다. 그것은 내가 그녀로부터 물려받은 피다. 그녀의 마지막 피다. 다음 순간 나는 앞을 향해 병사들의 뒤를 쫓는다. 내가 모퉁이를 돌자 산속의 작은 세계는 시야에서 사라진다. 그 것은 꿈과 꿈의 틈새로 빨려 들어간다. 그다음부터는 숲속을 빠 져나가는 일에만 의식을 집중한다. 길을 놓치지 않을 것. 길에 서 벗어나지 않을 것. 그것이 무엇보다도 중요하다.

입구는 아직도 열려 있다. 해가 질 때까지는 시간이 있다. 나는 두 병사에게 고맙다고 인사한다. 그들은 총을 내려놓고, 전과 똑같이 평평한 큰 바위 위에 앉는다. 키가 큰 병사는 풀을 입에 문다. 그들은 이번에도 숨 한 번 헐떡이지 않는다.

"총검에 관한 이야기, 잊지 말도록" 하고 키 큰 병사가 말한 다. "상대방을 찌른 다음 그것을 획 옆으로 비틀어서 창자를 찢 는 거야. 그렇게 하지 않으면 네가 그런 꼴을 당하게 되지. 그것이 바깥 세계야."

"하지만 그것만은 아니지" 하고 건장한 병사가 말한다.

"물론." 키 큰 병사가 말한다. 그러고는 헛기침을 한 번 한다. "나는 어두운 면만 이야기하고 있을 뿐이야."

"게다가 선악을 판단하기란 아주 어려워" 하고 건장한 병사가 말한다.

"하지만 그것은 해야만 하는 일이야" 하고 키 큰 병사가 말한다.

"아마도" 하고 건장한 쪽이 말한다.

"또 한 가지," 하고 키 큰 쪽이 말한다. "일단 이곳을 떠나면 목적지에 도착할 때까지 넌 두 번 다시 뒤를 돌아봐서는 안 돼."

"그건 대단히 중요한 일이야" 하고 건장한 쪽이 말한다.

"조금 전에는 그럭저럭 넘길 수 있었어" 하고 키 큰 쪽이 말한다. "하지만 이번에는 정말로 진지하게 충고하는데 거기에 도착할 때까지 절대로 뒤를 돌아보지 마."

"절대로!" 하고 건장한 쪽이 말한다.

"알겠습니다" 하고 나는 말한다.

나는 다시 한번 인사를 하고 두 병사에게 작별을 고한다.

"안녕히 계세요."

그들은 일어나서 차렷 자세로 경례를 한다. 내가 그들을 만나는 일은 이제 두 번 다시 없을 것이다. 나도 그들도 그 사실을 안다. 그렇게 우리는 헤어진다.

병사들과 헤어지고 나서 오시마 씨의 통나무집까지 오는 길을 혼자 어떻게 찾아 돌아왔는지, 거의 기억나지 않는다. 깊은 숲을 빠져나오면서, 그동안 줄곧 무언가 다른 것을 생각하고 있었던 것 같은 느낌이 든다. 그러나 나는 길을 잃지 않았다. 희미하게 기억나는 것은 오는 도중 길가에 버리고 간 소형 배낭을 보고 거의 반사적으로 집어 든 것 정도다. 마찬가지로 나침반과 손도끼와 스프레이 페인트 깡통도 주워 들었다. 길을 따라 나무줄기에 내가 칠해 놓은 노란색 표시가 나타났을 때의 일도 기억난다. 그것은 거대한 나방이 남기고 간 인분鱗粉처럼 보였다.

　　통나무집 앞의 공터에 서서 하늘을 올려다본다. 정신을 차렸을 때, 내 주위는 선명한 자연의 소리로 가득 차 있다. 새소리, 개울 소리, 바람이 나뭇잎을 흔드는 소리―모든 것이 조그만 소리다. 그러나 마치 귀를 막았던 마개가 우연히 빠진 것처럼, 그 소리들은 놀랄 만큼 생생하게, 그리고 친밀하게 내 귀에 닿는다. 모든 것이 서로 이어지고 뒤섞여 있는데도, 하나하나의 소리가 똑똑히 구별된다. 나는 왼손에 차고 있는 손목시계를 본다. 시계는 어느새 움직이고 있다. 녹색 화면에 디지털 숫자가 나타나고, 아무 일도 없었다는 듯이 시시각각 계속 숫자를 바꾼다. 4:16. 지금 시각이다.

통나무집에 들어가서 옷을 입은 채 침대에 눕는다. 깊은 숲을 빠져나온 뒤라 몸이 강렬하게 휴식을 원하고 있다. 나는 똑바로 누워 눈을 감는다. 벌이 한 마리 유리창에서 쉬고 있다. 소녀의 두 팔이 아침 햇살 속에서 도자기처럼 빛난다. "예를 들자면 말이야" 하고 그녀가 말한다.

"그림을 봐" 하고 사에키 씨가 말한다. "내가 그렇게 한 것처럼."

소녀의 가느다란 손가락 사이로 새하얀 시간의 모래가 떨어져 내린다. 조그맣게 부서지는 파도 소리가 들린다. 파도는 솟아올랐다가 떨어지고 부서진다. 그리고 내 의식은 어두컴컴한 복도 같은 곳으로 빨려 들어간다.

제48장

"이거야 원, 두 손 다 들었어" 하고 청년은 되풀이해서 말했다.

"두 손 다 들 것까지는 없지, 호시노 씨" 하고 검은 고양이가 귀찮은 듯이 말했다. 얼굴이 크고 나이를 꽤 많이 먹은 것 같았다. "혼자 따분해하고 있던 중 아니었나? 돌과 하루 종일 이야기하는 걸 보면."

"그런데 넌 어떻게 인간의 말을 할 수 있지?"

"인간의 말을 하고 있는 게 아니야."

"무슨 말인지 모르겠군. 그럼 우리가 어떻게 대화를 나누고 있는 거지? 고양이와 인간이?"

"우리는 세계의 경계선에 서서 공통의 언어로 말을 하고 있어. 그뿐이야."

청년은 생각에 잠겼다. "세계의 경계선? 공통의 언어?"

"모르면 모르는 대로 됐네, 됐어. 설명하려면 이야기가 길어지니까" 하고 고양이가 귀찮다는 듯이 꼬리를 몇 번 짧게 흔들었다.

"너, 혹시 커널 샌더스는 아니겠지?"

"커널 샌더스?" 하고 고양이가 불쾌한 듯이 말했다. "그런 녀석은 몰라. 나는 나지, 다른 어느 누구도 아니야. 세상에서 흔히 볼 수 있는 보통 고양이야."

"이름은 있어?"

"이름이야 있지."

"뭔데?"

"도로" 하고 고양이가 말하기 거북한 듯이 말했다.

"도로? 초밥 재료로 쓰는 도로다랑어 살의 지방이 많은 부분 말이야?"

"그래" 하고 고양이가 말했다. "사실은 이 근처 초밥집에서 살고 있거든. 개도 키우는데 그 애 이름은 뎃카다랑어회라고 해."

"그래, 도로 씨는 내 이름을 어떻게 알았지?"

"자네는 제법 유명해, 호시노 씨" 하고 검은 고양이 도로가 말했다. 그러고는 순간 히죽 웃었다. 고양이가 웃는 것을 본 건 그때가 처음이었다. 그러나 그 웃음은 금방 사라지고, 고양이는 다시 원래의 얌전한 얼굴로 돌아갔다.

고양이가 말했다. "고양이는 뭐든지 알고 있지. 나카타 씨가 어제 죽은 것도, 거기에 중요한 돌이 있다는 것도 말이야. 이 부근에서 일어난 일 중 내가 모르는 일은 하나도 없어. 꽤 오래 살았거든."

"흐음!" 청년은 감탄하며 말했다. "저 말이야, 그냥 서서 이야기하는 건 뭣하니까 안으로 들어오지 않겠어, 도로 씨?"

고양이는 난간 위에 드러누운 채 고개를 흔들었다. "아니, 난 여기 있겠어. 안에 들어가면 불안하다고나 할까. 날씨도 좋으니까 그냥 여기서 이야기를 나누자고."

"난 아무래도 상관없어. 어때, 배고프지 않아? 뭔가 먹을 게 있을 거야."

고양이는 고개를 흔들었다. "먹을 것에는 궁하지 않아. 오히려 다이어트하느라 고생할 지경이야. 초밥집에서 살다 보니 콜레스테롤이 쌓여서 걱정이지. 살이 찌면 높은 곳을 오르내리는 게 힘들어지니까."

"그런데 도로 씨, 오늘 혹시 나한테 무슨 볼일이 있어서 온 건가?"

"그래. 자네 골치가 꽤나 아플 거야. 혼자 남은 데다 그런 골치 아픈 돌까지 끌어안게 됐으니까 말이야."

"맞아. 네 말대로야. 그 때문에 오도 가도 못하고 있어."

"그래서 곤경에 처해 있다면 조금 도와줄까 해서 온 거지."

"그렇게 해준다면 나로서야 더할 나위 없이 고맙지" 하고 청년은 말했다. "고양이 손이라도 빌리고 싶다는 속담은 정말

맞는 말이군."

"문제는 돌이야" 하고 도로가 말했다. 그러고는 머리를 흔들어서 가까이 온 파리를 쫓았다. "돌을 본래대로 돌려놓으면 자네 역할은 끝난다, 어디든 마음대로 갈 수 있다, 그런 이야기 아닌가?"

"응, 바로 그거야. 입구의 돌을 닫기만 하면 그것으로 이야기는 끝나. 나카타 씨가 말한 것처럼, 한 번 연 것은 다시 닫아야만 하니까. 그것이 규칙이거든."

"그러니까 어떻게 하면 좋을지 내가 가르쳐 주겠다니까."

"어떻게 하면 좋은지 알고 있단 말이지?"

"물론 알고말고. 아까도 말했잖아, 고양이는 뭐든지 다 알고 있다고. 개하고는 다르거든."

"그래, 어떻게 하면 되는데?"

"그 녀석을 죽여 버리는 거야" 하고 고양이가 얌전하게 말했다.

"죽여?"

"그렇지, 호시노 씨가 그 녀석을 죽이는 거지."

"그 녀석이라니, 그게 누군데?"

"실제로 보면 알 수 있어. 그 녀석이라는 것을 말이야" 하고 검은 고양이가 말했다. "하지만 실제로 보지 않으면 아무것도 알 수 없지. 애당초 확실한 형태가 있는 게 아니니까. 때에 따라

달라지거든.”

“그럼 그건 인간이야?”

“인간은 아니야. 그것만은 확실해.”

“어떤 모습을 하고 있는데?”

“그런 건 나도 몰라” 하고 도로가 말했다. “아까도 말했잖아? 보면 알 수 있다고. 보지 않으면 모른다니까. 당연한 이야기잖아.”

호시노 씨는 한숨을 쉬었다. “그래, 그 녀석의 원래 정체는 도대체 뭐야?”

“자네는 그런 건 몰라도 돼” 하고 고양이가 말했다. “설명하기가 아주 어렵거든. 아니, 오히려 자네는 모르는 편이 좋아. 어쨌든 그 녀석은 지금은 꼼짝도 않고 있어. 어두운 곳에서 숨을 죽이고 주위 상황을 살피고 있지. 하지만 언제까지나 꼼짝 않고 있을 수만은 없어. 조만간 나타날 거야. 아마 오늘쯤이 되지 않을까? 그리고 그 녀석은 반드시 자네 앞을 지나갈 거야. 천재일우의 호기지.”

“천재일우?”

“천 년에 한 번밖에 없는 기회라는 이야기야” 하고 검은 고양이가 설명했다. “자네는 죽치고 기다리고 있다가 그 녀석을 죽이면 되는 거야. 그렇게 되면 이야기는 끝나지. 그런 다음에는 자네는 어디든 가고 싶은 곳으로 갈 수 있어.”

"그것을 죽이는 데 법률적인 문제는 없겠지?"

"법률에 대해서는 잘 몰라" 하고 고양이가 말했다. "아무튼 난 고양이니까. 하지만 그 녀석은 인간이 아니니까, 법률과는 아마 관계없지 않을까? 어쨌든 그 녀석을 죽여야 해. 그 정도는 동네 고양이들도 다 알아."

"그렇지만 어떻게 죽이면 되지? 크기가 얼마나 되고, 어떻게 생겼는지도 모르는데. 그래 가지고서야 죽일 방법도 생각할 수 없잖아?"

"어떻게 하든 상관없어. 망치로 때려죽여도 되고, 부엌칼로 찔러 죽여도 돼. 목을 졸라도 되고, 불로 태워도 되지. 물어 죽여도 좋아. 무엇이든 자네가 편리한 방법을 쓰면 돼. 아무튼 숨통을 끊어 놓아야 해. 압도적인 편견을 가지고 완전히 말살하는 거야. 원래 자네는 자위대에 있었잖아. 국민의 세금으로 총 쏘는 법도 배웠을 테고, 총검을 가는 법도 배웠겠지. 군인 아닌가? 죽이는 방법쯤은 자네 머리로 생각하라고."

"자위대에서 배운 것은 보통 전쟁을 하는 방법이었단 말이야" 하고 청년은 힘없이 항변했다. "인간도 아니고, 크기도 형태도 모르는 것을 숨어서 기다렸다가 망치로 때려죽이는 훈련 같은 건 안 받았어."

"그 녀석은 '입구'를 통해서 안으로 들어가려고 할 거야." 도로는 청년의 불평을 무시하고 말했다. "하지만 안으로 들여보

457

내면 안 돼. 무슨 일이 있어도 절대로 들여보내서는 안 돼. 그 녀석이 '입구'에 들어가기 전에 확실하게 해치워야 해. 그게 무엇보다 중요해. 알겠어? 이번 기회를 놓치면 다시는 기회가 없어."

"천 년에 한 번 오는 기회란 말이지?"

"맞았어" 하고 도로가 말했다. "천 년에 한 번이라는 것은 물론 멋진 수사법이지만 말이야."

"하지만 도로 씨, 그 녀석은 혹시 엄청나게 위험한 건 아닐까?" 호시노 씨는 겁을 집어먹고 질문했다. "죽이려고 했다가 거꾸로 내가 당하는 거 아냐?"

"이동하는 동안은 아마 그렇게 위험하지는 않을 거야" 하고 고양이가 말했다. "이동을 끝냈을 때 비로소 그 녀석은 위험해지지. 굉장히 위험해져. 그러니까 이동하고 있을 때를 놓치면 안 돼. 그때 최후의 일격을 가하는 거야."

"아마?"

검은 고양이는 대답하지 않았다. 그는 눈을 가늘게 뜨고 난간 위에서 기지개를 한 번 켠 다음 느릿느릿 일어섰다. "그럼, 또만나, 호시노 씨. 그 녀석을 확실하게 죽여. 그렇게 하지 않으면 나카타 씨는 죽어도 눈을 감지 못할 테니까 말이야. 자네는 나카타 씨를 좋아했잖아?"

"그래, 좋은 사람이었어."

"그렇다면 그 녀석을 죽여야 해. 압도적인 편견을 가지고

458

단호하게 말살하는 거야. 그게 바로 나카타 씨가 원했던 일이거든. 나카타 씨를 위해 자네가 그 일을 하는 거야. 자격을 물려받는 거지. 자네는 지금까지 인생을 줄곧 책임을 회피하며 대충 살아왔어. 지금이 그 빚을 갚을 때야. 실패하면 안 돼. 나도 보이지 않는 곳에서나마 응원할 테니까."

"그것 참 마음 든든한 이야기군. 그래서 방금 생각했는데 말이야."

"뭔데?"

"입구의 돌이 아직 닫히지 않고 열려 있는 것은, 혹시 그 녀석을 유인하기 위한 게 아닐까?"

"어쩌면 그럴지도 모르지." 검은 고양이 도로는 아무래도 상관없다는 듯이 말했다. "아 참, 호시노 씨, 한 가지 깜박 잊은 게 있네. 그 녀석은 밤에만 움직여. 대개는 밤 깊은 시간에 행동을 개시하지. 그러니까 낮 동안 잠을 푹 자둬. 졸다가 놓치면 큰일이니까 말이야."

검은 고양이는 난간에서 이웃집 지붕 위로 훌쩍 뛰어내리더니 꼬리를 곧추세우고 가버렸다. 고양이는 커다란 덩치에 비해서는 아주 민첩했다. 청년은 베란다에서 그 뒷모습을 바라봤다. 고양이는 한 번도 뒤를 돌아보지 않았다.

"어휴" 하고 청년은 말했다. "야단났네!"

고양이가 자취를 감추자, 청년은 부엌에 가서 일단 무기가 될 만한 물건을 찾았다. 끝이 날카로운 회칼과 손도끼처럼 생긴 묵직한 부엌칼이 있었다. 부엌에는 간단한 조리 도구밖에 없었지만, 칼만은 꽤 여러 종류가 갖춰져 있었다. 부엌칼 외에 무게가 나가는 커다란 쇠망치와 나일론 로프도 있었다. 아이스픽도 찾아냈다.

이럴 때 자동소총이 있으면 좋을 텐데, 하고 호시노 씨는 부엌 안을 뒤지면서 생각했다. 자동소총이라면 자위대에 있을 때 사격법을 배웠고, 사격 훈련에서는 늘 좋은 성적을 받았다. 그러나 물론 부엌에 자동소총 같은 것이 있을 리 없었다. 게다가 이런 조용한 주택가에서 자동소총을 쏘아 댔다가는 엄청난 소동이 벌어지고 말 것이다.

그는 거실 테이블에 부엌칼 두 개와 아이스픽과 쇠망치와 로프를 늘어놓았다. 손전등도 놓았다. 그리고 돌 옆에 앉아서 돌을 쓰다듬었다.

"이거야 원" 하고 호시노 씨는 돌을 향해 말했다. "쇠망치와 부엌칼을 써서 정체도 알 수 없는 것과 싸워야 한다니, 말이나 되는 소리야? 그것도 동네 검은 고양이가 시키는 대로 말이야. 내 입장이 한번 돼봐. 정말 기가 막혀서."

물론 돌은 대답하지 않았다.

"그 녀석은 아마 그렇게 위험하진 않을 거라고 검은 고양이

도로 씨는 말했지만, 그건 어디까지나 아마란 말이야. 단지 낙관적인 예측에 지나지 않는다고. 만일 무언가 잘못돼서 「쥬라기 공원」 같은 녀석이 불쑥 나타나면 난 도대체 어떻게 하란 말이야? 내 인생은 끝장나는 거잖아."

침묵.

호시노 씨는 쇠망치를 들고 몇 번 공중에 휘둘러 봤다.

"하지만 생각해 보면 이것도 모두 어쩔 수 없는 일이지 뭐. 애당초 내가 후지가와 휴게소에서 나카타 씨를 만나 차에 태워 줬을 때부터, 결국 이렇게 될 운명이었던 거야. 모르는 것은 나뿐이었다는 말씀이지. 정말 운명이라는 건 이상야릇한 거라니까. 안 그래, 돌 군? 돌 군도 그렇게 생각하지?"

침묵.

"할 수 없지 뭐. 이러쿵저러쿵 말해 봐야 나 스스로 선택한 길이니까 마지막까지 동행할 수밖에 없지. 어떤 기분 나쁜 녀석이 나타날지 모르지만, 뭐 상관없어. 있는 힘을 다하면 될 거 아냐. 짧은 인생이었지만 가끔은 즐거운 일도 있었어. 재미 본 일도 있었고. 검은 고양이 도로 씨 말에 따르면 천 년에 한 번 있는 기회라니까, 여기서 호시노가 화려하게 지는 것도 그리 나쁘지 않을지 몰라. 모두 나카타 씨를 위해서니까."

돌은 여전히 침묵을 지키고 있었다.

청년은 고양이가 시킨 대로 밤을 대비해 소파에서 낮잠을 잤다. 고양이가 시키는 대로 낮잠을 자는 것도 웃기는 일이지만, 실제로 드러눕자 한 시간가량 깊이 잘 수 있었다. 저녁때가 되어 그는 부엌으로 가서 냉동 새우카레를 해동해 밥에 얹어 먹었다. 그리고 주위가 어두워지기 시작하자, 부엌칼과 망치를 손이 닿는 곳에 놓고 돌 옆에 앉았다.

방의 조명을 끄고 조그만 스탠드만 켜놓았다. 그렇게 하는 것이 좋을 것 같았기 때문이다. 밤에만 움직이는 녀석이니까 될 수 있는 대로 어둡게 해놔야지. 호시노 씨는 가능한 한 빨리 일을 끝내고 싶었다. 자아, 나올 테면 어디 나와 봐. 빨리 승부를 내자고. 그러고 나서 나고야의 아파트로 돌아가 누구든 마음 내키는 여자한테 전화를 하는 거야.

　청년은 돌에게는 거의 말을 걸지 않았다. 그는 꼼짝 않고 침묵을 지키면서 이따금 시계에 시선을 보냈다. 지루해지면 부엌칼과 망치를 손에 들고 공중에 휘둘러 봤다. 무슨 일이 일어난다면 아마 자정쯤일 거라고 그는 생각했다. 그러나 어쩌면 그전에 일어날지도 모르고, 그로서는 그때를 놓칠 수는 없었다. 어쨌든 천 년에 한 번 있는 기회니까. 적당히 넘겨 버릴 수 없다. 그는 입이 심심해지면 크래커를 먹고 생수를 아주 조금 마셨다.

　"이봐, 돌 군." 자정이 되자 호시노 씨는 작은 소리로 말했다. "이제야 겨우 열두 시가 지났어. 지금부터가 마물魔物들의 시간이지. 가장 중대한 국면이야. 무슨 일이 일어나는지 둘이서 똑똑히 지켜보자고."

호시노 씨는 돌에 손을 갖다 댔다. 돌의 표면은 여느 때보다 조금 더 따스한 것 같았다. 그러나 그건 단순히 기분 탓인지도 모른다. 그는 자기 자신을 격려하듯이 손바닥으로 몇 번 돌의 표면을 어루만졌다.

"너도 마음으로나마 나를 응원해 줬으면 해. 나에겐 그런 조그마한 정신적 지원이 필요하거든."

나카타 씨의 시신이 있는 방에서 스르륵스르륵 하는 희미한 소리가 들려온 것은 새벽 세 시가 조금 지났을 무렵이었다. 무엇인가가 다다미 위를 기는 것 같은 소리였다. 그러나 나카타 씨가 있는 방바닥에는 다다미가 아니라 카펫이 깔려 있다. 청년은 고개를 들고 그 소리에 귀를 기울였다. 틀림없다. 무슨 소리인지는 알 수 없으나 나카타 씨가 누워 있는 방에서 분명히 무슨 일이 일어나고 있다. 그의 가슴속에서 심장이 커다란 소리를 내기 시작했다. 청년은 오른손으로 회칼을 움켜쥐고 왼손에 손전등을 들었다. 그리고 망치를 바지 벨트에 꽂고 바닥에서 몸을 일으켰다.

"자, 이제 어쩐담?"

청년은 발소리를 죽이고 나카타 씨가 누워 있는 방 앞으로

가서 살며시 문을 열었다. 그리고 손전등 스위치를 켜고 불빛을
나카타 씨 시신이 있는 곳에 재빨리 비췄다. 스르륵스르륵 하는
소리가 틀림없이 그 부근에서 들려왔기 때문이다. 손전등 불빛
속에 하얗고 길쭉한 물체가 모습을 드러냈다. 그 물체는 죽은 나
카타 씨 입에서 이제 막 꿈틀꿈틀 몸을 비틀면서 나오고 있는 중
이었다. 그 모습은 오이를 연상시켰다. 굵기는 덩치 큰 남자의
팔뚝만 했다. 전체 길이는 잘 알 수 없지만 대충 절반쯤 밖으로
나온 것 같았다. 몸통은 점액 같은 것으로 미끄덩거리며 허옇게
빛나고 있다. 나카타 씨의 입은 그 녀석을 통과시키기 위해 뱀의
아가리처럼 크게 벌려져 있었다. 아마 턱뼈가 빠졌을 것이다.

호시노 씨는 커다란 소리를 내면서 침을 꿀꺽 삼켰다. 손전
등을 든 손이 가늘게 떨리고 있었다. 그 떨림에 따라 광선이 흔
들렸다. 아이고 맙소사, 이 녀석을 어떻게 죽인단 말이야, 하고
그는 생각했다. 겉으로 보기에는 손도 발도 없고, 눈도 코도 없
다. 미끈거려서 붙잡을 곳도 없다. 이런 녀석의 숨통을 어떻게
끊어 놓지? 게다가 도대체 어떤 종류의 생물이란 말인가?

이 녀석은 기생충처럼 지금까지 줄곧 나카타 씨 몸속에 숨
어 있었던 것일까? 또는 이것은 나카타 씨의 혼 같은 것일까? 아
니, 그렇지는 않을 것이다. 그런 일은 있을 수 없다. 청년은 직관
적으로 그렇게 확신했다. 이런 불쾌한 것이 나카타 씨 속에 있었
을 리 없다. 나도 그 정도는 알 수 있다. 이 녀석은 아마 어딘가로

부터 와서 나카타 씨를 통해 입구 안으로 들어가려 하고 있을 뿐이다. 멋대로 찾아와서 나카타 씨를 통로처럼 편리하게 이용하고 있을 뿐이다. 나카타 씨는 그런 식으로 이용당해서는 안 된다. 그러니까 나는 이 녀석을 어떻게든 죽여야만 한다. 검은 고양이 도로가 말했듯이, 압도적인 편견을 가지고 확실하게 말살해야 한다.

그는 과감하게 나카타 씨 곁으로 다가가서 그 흰 물체의 머리라고 생각되는 부분에 회칼을 꽂았다. 그리고 일단 뺐냈다가 다시 찔렀다. 그 짓을 몇 번이고 반복했다. 그러나 거의 반응이 없었다. 마치 부드러운 채소에 칼을 찔러 넣은 것처럼 사박사박하는 감촉이 있었을 뿐이다. 미끈미끈한 하얀 표면 속에는 살도 없고 뼈도 없다. 내장도 없고 뇌도 없다. 칼을 뽑으니 상처 자국은 금방 점액으로 메워졌다. 거기에서는 피도 체액도 나오지 않았다. 이 녀석은 완전히 무감각해, 하고 청년은 생각했다. 그 흰 것은 호시노 씨가 아무리 공격을 해도 전혀 개의치 않고 나카타 씨의 입에서 스르륵스르륵 확실하게 밖으로 계속 기어 나오고 있었다.

호시노 씨는 회칼을 바닥에 내던지고 거실로 돌아가서 테이블 위에 놓아두었던 손도끼 비슷한 큰 부엌칼을 들고 돌아왔다. 그리고 흰 물체를 향해 부엌칼을 힘껏 내려쳤다. 그 일격으로 흰 물체의 머리 근처가 쩍 하고 쪼개졌다. 생각했던 대로 속에는 아무것도 없다. 외피와 마찬가지로 하얀, 뭔지 모를 물질이 들어 있을 뿐이다. 그래도 여러 번 부엌칼을 휘둘러서 머리의 일부를 간신히 절단할 수 있었다. 절단된 일부는 바닥 위에서 괄태충껍데기가 없는 민달팽이과의 연체동물처럼 한동안 몸을 꿈틀거렸지만, 얼마 뒤에는 죽은 듯이 움직이지 않았다. 그러나 그것도 남은 몸통의 전진을 멈추지는 못했다. 상처는 금방 점액으로 다시 메워지고 움푹 들어갔던 부분은 부풀어 올라 본래의 형태로 회복됐다. 그리고 아무 일도 없었다는 듯이 그 녀석은 쉴 새 없이 전진을 계속했다.

그 흰 물체는 나카타 씨 입에서 계속 빠져나와 모습 전체를 밖으로 드러내고 있었다. 몸의 길이는 일 미터쯤 되고 꼬리도 붙어 있다. 꼬리 덕분에 겨우 앞뒤를 구별할 수 있다. 도롱뇽의 꼬리처럼 짧고 굵은 꼬리였다. 끝 쪽으로 가늘어지는 형태였다. 다리는 없다. 눈도 없고 입도 없고 코도 없다. 그러나 그것이 의지를 가진 것만은 분명했다. 아니, 이 녀석에겐 의지밖에 없는 거야, 하고 청년은 생각했다. 이유고 뭐고 따질 것 없이 그는 그것을 알 수 있었다. 이동하는 동안만 이 녀석은 어떤 사정으로 우연히 이런 형태를 취하고 있을 뿐이다. 등줄기가 서늘해졌다. 무슨 수를 써서라도 이 녀석을 죽일 수밖에 없다.

청년은 이번에는 쇠망치를 시험해 봤다. 그러나 그것도 거의 효과를 발휘하지 못했다. 쇳덩어리로 두들겨 맞자 그 부분은 움푹 파였지만, 즉각 부드러운 피부와 점액으로 보충돼 본래의 모습으로 되돌아갔다. 그는 작은 테이블을 들고 와서 다리 부분을 잡고 들어 올려 흰 물체 위에 힘껏 내려쳤다. 그러나 아무리 세게 내려쳐도 그 진행을 멈추게 할 수 없었다. 결코 빠른 속도는 아니지만, 그것은 둔한 뱀처럼 몸을 꿈틀거리면서 착실하게 거실의 '입구의 돌'을 향해 전진했다.

이 녀석은 다른 어떤 생물과도 달라, 하고 청년은 생각했다. 어떤 무기로도 숨통을 끊어 놓지 못할 것 같다. 찔러야 할 심장도 없고, 졸라야 할 목도 없으니까. 도대체 어떻게 해야 좋단 말인가? 하지만 무슨 일이 있어도 이 녀석을 '입구' 안으로 들어가게 해서는 안 된다. 왜냐하면 이 녀석은 사악하기 때문이다. 검은 고양이 도로는 한 번 보기만 하면 알 수 있다고 했다. 그 말대로다. 분명히 한 번 보면 단번에 알 수 있다. 이것은 살려 둬서는 안 되는 녀석이다.

청년은 거실로 돌아가서 무기가 될 만한 것을 찾았다. 그러나 아무것도 찾을 수 없었다. 문득 발밑의 돌이 눈에 띄었다. '입구의 돌'이다. 어쩌면 이것으로 짓이겨 버릴 수 있을지도 모른다. 돌은 희미한 어둠 속에서 평소보다 얼마간 붉은 기를 띠고 있는 것처럼 보였다. 청년은 몸을 숙여 시험 삼아 돌을 들어 올려 봤다. 돌은 몹시 무거워져서 조금도 움직일 수 없었다.

"그래, 넌 입구의 돌이 된 거군" 하고 청년은 말했다. "그러니까 저 녀석이 여기에 오기 전에 너를 닫아 버리면 저 녀석은 안에 들어갈 수 없게 되는 거지."

청년은 젖 먹던 힘까지 모두 동원해서 돌을 들어 올리려고 했다. 그러나 돌은 꿈쩍도 하지 않았다.

"안 움직이잖아." 청년은 크게 숨을 내쉬고 돌을 향해 말했다. "야, 돌 군, 넌 지난번보다 더 무거워진 것 같아. 정말로 불알이 떨어질 만큼 무겁다니까."

등 뒤에서는 스르륵스르륵 소리가 계속 들려오고 있었다. 그 흰 녀석은 이쪽을 향해 착실하게 다가오고 있다. 시간은 이제 얼마 남아 있지 않다.

"다시 한번 해보자." 청년은 돌에 손을 갖다 댔다. 그리고 있는 힘껏 숨을 깊이 들이마셔서 폐를 가득 채운 다음 호흡을 멈췄다. 의식을 한곳에 집중하고, 돌 가장자리에 두 손을 갖다 댔다. 이번에 들어 올리지 못하면 두 번 다시 기회는 없다. 자아, 지금뿐이야 호시노, 하고 청년은 자신에게 소리를 질렀다. 이것으로 끝장을 내버리는 거야. 죽을 각오로 해보자. 그러고 나서 혼신의 힘을 다해 신음 소리와 함께 돌을 들어 올렸다. 돌이 조금 올라왔다. 그는 다시 힘을 주어 그것을 바닥에서 떼어 내듯이 들어 올렸다.

머릿속이 새하얘졌다. 두 팔의 근육이 토막토막 잘려 나가는 것 같았다. 불알 두 쪽은 이미 방바닥에 떨어졌을 것이다. 그래도 돌을 놓지는 않았다. 그는 나카타 씨를 생각했다. 나카타 씨는 아마 이 돌을 여닫는 일 때문에 목숨이 단축됐을 것이다. 무슨 일이 있어도 나카타 씨 대신에 이 일을 끝까지 해내야만 한다. 자격을 물려받은 거야, 하고 검은 고양이 도로는 말했다. 온 몸의 근육이 새 피의 공급을 요구하고 있다. 폐는 새로운 피를 만들어 내는 데 필요한 신선한 공기를 요구하고 있다. 그러나 숨을 들이쉴 수 없다. 자기가 한없이 죽음에 가까이 있다는 것을 알 수 있었다. 바로 눈앞에 허무의 심연이 아가리를 벌리고 있다. 청년은 다시 한번 모든 힘을 긁어모아서 돌을 자기 쪽으로 끌어당겼다. 그러자 돌이 간신히 들어 올려지더니 큰 소리를 내면서 뒤집어져 바닥에 떨어졌다. 그 충격으로 바닥이 흔들렸다. 유리문이 찌르르 떨었다. 엄청난 무게였다. 청년은 주저앉아 숨을 크게 몰아쉬었다.

"잘했어, 호시노!"조금 뒤에 청년은 자신을 향해 그렇게 말했다.

일단 입구를 닫아 버리자, 그 흰 물체를 처치하는 것은 생각한 것보다 훨씬 간단했다. 갈 곳이 막혀 버린 것이다. 흰 물체도 그것을 알고 있는지, 앞으로 나아가지는 않고 숨을 곳을 찾아 방 안을 이리저리 헤맸다. 나카타 씨의 입 속으로 되돌아가려고 하는지도 모른다. 그러나 이미 도망칠 힘이 남아 있지 않았다. 청년은 재빨리 그 뒤를 쫓아가서 손도끼 같은 부엌칼을 휘둘러 그것을 여러 개로 절단했다. 그리고 그것을 더욱 잘게 잘랐다. 그 하얀 단편들은 바닥 위에서 얼마 동안 꿈틀거렸지만 이윽고 힘을 잃고 움직이지 않았다. 그것들은 딱딱하게 둥그레지더니 죽어 갔다. 카펫은 흰 물체에서 나온 점액이 묻어 하얗게 빛났다. 호시노 씨는 그 시체를 쓰레받기로 모아서 쓰레기봉투에 넣고, 입구를 끈으로 단단히 묶은 뒤 다시 다른 쓰레기봉투에 집어넣었다. 그 봉투의 입구도 끈으로 단단히 묶었다. 그런 뒤 그것을 벽장 안에 있던 두꺼운 헝겊 자루에 넣었다.

거기까지 해치우고 나자, 청년은 넋이 나간 듯 바닥에 웅크리고 앉아서 숨을 크게 쉬었다. 두 손이 덜덜 떨리고 있었다. 뭔가 말을 하려고 했으나 제대로 말이 되지 않았다.

"잘했어, 호시노." 한참 뒤에야 청년은 자기 자신을 향해 그렇게 말했다.

흰 물체를 공격할 때나 돌을 뒤집을 때 엄청난 소리를 냈기 때문에 맨션의 주민들이 잠에서 깨어나 경찰에 전화를 하지 않았을까, 청년은 걱정했다. 그러나 다행스럽게도 아무 일도 일어나지 않았다. 사이렌 소리도 들리지 않았고 아무도 문을 노크하지 않았다. 이런 때 경찰이 들이닥치면 정말 난감해진다.

호시노 씨는 토막 내서 자루 속에 집어넣은 그 흰 녀석이 다시는 소생하지 않을 것을 알고 있었다. 그 녀석에겐 갈 곳이 없

는 것이다. 그러나 주의에 주의를 거듭하는 것이 좋다. 날이 밝
으면 가까운 해안에 가서 완전히 태워 버리자. 재로 만들어 버리
자. 그 일이 끝나면 나고야로 돌아가는 거야.

벌써 새벽 네 시가 가까워지고 있었다. 얼마 있으면 날이 밝는
다. 철수할 때다. 청년은 보스턴백에 갈아입을 옷을 챙겨 넣었
다. 만일을 위해 드래건스 야구 모자와 선글라스도 가방에 집어
넣었다. 마지막의 마지막에 경찰에 붙잡히면 모든 일이 수포로
돌아간다. 불을 붙이기 위해 식용유 병도 집어넣었다. 「대공 트
리오」 시디를 생각해 내고 그것도 가방에 넣었다. 그리고 마지
막으로 나카타 씨가 누워 있는 침대로 갔다. 에어컨은 아직도 최
강으로 작동하고 있어서 방이 무척 추웠다.

　"이봐, 나카타 씨, 난 이제 가요" 하고 청년은 말했다. "미안
하지만 언제까지고 여기 남아 있을 수는 없거든. 역에 도착하면
경찰에 전화해서 아저씨 시신을 거두어 가게끔 할게. 나머지는
친절한 경찰 아저씨들에게 맡기자. 이제 두 번 다시 만나지 못하
겠지만, 아저씨를 평생 잊지 못할 거야. 물론 잊어버리려 해도
그렇게 쉽게 잊히지 않을 테지만 말이야."

　에어컨이 덜컹 하고 큰 소리를 내더니 정지했다.

　"난 말이야, 아저씨, 이렇게 생각해" 하고 청년은 말을 계속
했다. "앞으로 어떤 일이 있을 때마다, 나카타 씨라면 이런 경우

에 어떻게 말할까, 나카타 씨라면 이럴 때 어떻게 할까, 하고 일일이 아저씨를 생각하게 되지 않을까. 그러니까 어떤 의미에서는 나카타 씨의 일부가 앞으로도 내 안에서 계속 살아가게 되는 거야. 하긴 그다지 쓸 만한 그릇이 아닌 건 분명하지만, 없는 것보다야 낫지 않겠어?"

그러나 지금 그가 말하고 있는 상대는 나카타 씨의 빈 껍데기에 지나지 않았다. 가장 소중한 것은 훨씬 전에 어딘가 다른 장소로 떠나 버리고 없었다. 청년도 잘 알고 있었다.

"이봐, 돌 군" 하고 청년은 돌에게도 말을 걸었다. 그는 돌의 표면을 쓰다듬었다. 돌은 특별한 것 없는 본래의 돌로 돌아가 있었다. 차갑고 까끌까끌했다.

"난 이제 가야겠어. 나고야로 돌아갈 거야. 너도 나카타 아저씨와 마찬가지로 경찰의 손에 맡길 수밖에 없을 것 같아. 사실은 원래 있던 신사까지 데려다주면 좋겠지만, 호시노는 기억력이 그다지 좋지 않아서 어디에 있는 신사인지 전혀 생각나지 않거든. 미안하지만 이해해 줘. 제발 뒤탈이 없게 해줘. 이 모든 것은 샌더스가 시켜서 한 일이야. 그러니까 보복을 하려거든 제발 그 녀석한테 하라고. 하지만 어쨌든 너를 만나서 즐거웠어, 돌 군. 너도 잊지 않을게."

청년은 바닥이 두꺼운 나이키 운동화를 신고 맨션을 나왔다. 문은 잠그지 않았다. 오른손에는 보스턴백을 들고, 왼손에는 흰 물체의 시체를 넣은 자루를 들고 있었다.

"제군, 모닥불 피울 시간이다!" 그는 밝아 오는 동쪽 하늘을 올려다보면서 말했다.

제49장

이튿날 오전 아홉 시가 조금 지난 무렵, 나는 자동차 엔진 소리가 다가오는 것을 듣고 집 밖으로 나간다. 이윽고 차체가 높은, 크고 탄탄한 타이어를 단 소형 트럭이 모습을 나타낸다. 사륜구동의 닷산으로, 적어도 최근 반년 동안은 세차를 하지 않은 것 같다.

짐칸에는 잘 손질된 서핑용 롱 보드 두 개가 실려 있다. 트럭은 통나무집 앞에서 멈춰 선다. 엔진이 멎자, 주위에 다시 정적이 돌아오고, 문이 열리더니 키가 큰 남자가 내린다. 헐렁한 흰색 티셔츠, 카키색 반바지 차림에 뒤축이 닳은 운동화를 신고 있다. 기름 얼룩이 밴 티셔츠에는 'NO FEAR'라는 영문자가 보인다. 대충 서른 살쯤 돼 보인다. 어깨가 넓고, 햇볕에 온통 새카맣게 탄 데다 사흘쯤 면도를 안 한 듯 수염이 덥수룩하다. 머리카락도 귀를 가릴 정도로 길다. 고치에서 서핑숍을 하고 있다는 오시마 씨의 형일 것이라고 나는 짐작한다.

"여어" 하고 그가 말한다.

"안녕하세요."

그가 손을 내밀어, 우리는 현관 앞에서 악수를 한다. 크고 듬직한 손이다. 내 추측은 들어맞았다. 역시 오시마 씨의 형이다. 다들 사다라는 이름으로 부른다고 그가 말한다. 그는 한 단어 한 단어를 골라 가면서 느릿느릿 말한다. 결코 서두르지 않는다. 시간이라면 얼마든지 있으니까, 하는 여유가 엿보인다.

"다카마쓰에서 전화가 와서, 여기서 너를 데리고 와달라는 부탁을 받았어" 하고 그가 말한다. "그쪽에 무슨 급한 용건이 있는 모양이야."

"급한 용건이라니요?"

"난 용건의 내용까지는 모르지만."

"폐를 끼쳐서 미안합니다."

"그렇게 미안해할 것 없어" 하고 그가 말한다. "떠날 준비는 금방 할 수 있겠지?"

"오 분이면 충분합니다."

내가 짐을 챙겨서 배낭에 집어넣는 동안, 오시마 씨의 형은 휘파람을 불면서 내가 문단속하는 것을 도와준다. 창문을 닫고 커튼을 치고 가스 밸브를 잠그고, 남은 식료품을 정리하고 싱크대를 간단히 청소한다. 그가 이 통나무집을 자기 몸의 연장延長

475

처럼 생각하고 있다는 것이, 그의 동작 하나하나에서 느껴진다.

"내 동생이 너를 꽤 마음에 들어 하는 것 같던데" 하고 오시마 씨의 형이 말한다. "그 애는 별로 사람을 좋아하는 편은 아니야. 성격도 까다롭고."

"저한테는 무척 친절하게 대해 줬습니다."

사다 씨는 고개를 끄덕이고 짧게 또 한마디 동생의 성격에 대해 덧붙인다. "그래, 그 앤 친절하게 대하려고 들면 무척 친절해지지."

나는 트럭 조수석에 올라탄 뒤 배낭을 발밑에다 내려놓는다. 사다 씨는 시동을 걸고 기어를 넣고 나서, 차창 밖으로 얼굴을 내밀어 통나무집 바깥 상태를 다시 한번 찬찬히 살피고는 액셀을 밟는다.

"우리 형제의 몇 가지 안 되는 공통점 중 하나는 이 통나무집이야." 사다 씨는 익숙한 솜씨로 핸들을 꺾으며 산길을 내려간다. "우리 둘 다 가끔 마음이 내키면 이 통나무집에 와서 혼자며칠씩 보내곤 하거든."

그는 방금 자신이 한 말에 대해 잠시 생각한 후 다시 말을 계속한다.

"이곳은 우리 형제에겐 늘 소중한 장소였고, 지금도 그건 마찬가지야. 여기에 오면 힘 같은 것을 얻을 수 있거든. 조용한 힘이지만. 내가 하는 말을 이해하겠어?"

"이해할 것 같습니다."

"너라면 이해할 거라고 동생도 말하더군" 하고 사다 씨가 말한다. "이해 못 하는 인간은 영원히 이해 못 하지."

천으로 된 빛바랜 시트에는 흰 개털이 잔뜩 묻어 있다. 개 냄새에 섞여서 메마른 바다 냄새도 난다. 그리고 서프보드에 칠하는 왁스 냄새, 담배 냄새. 에어컨의 컨트롤 버튼은 떨어져 나갔고, 재떨이에는 담배꽁초가 수북이 쌓여 있다. 문짝의 포켓에는 카세트테이프들이 포장이 벗겨진 채 너절하게 꽂혀 있다.

"숲에 몇 번 들어가 봤습니다" 하고 나는 말한다.

"깊숙이?"

"네. 오시마 씨한테 너무 깊이 들어가서는 안 된다고 주의를 받았지만요."

"그런데도 넌 상당히 깊이 들어갔었단 말이지?"

"네."

"나도 한 번은 결심을 하고 상당히 깊숙한 곳까지 들어간 적이 있었지. 벌써 십여 년 전의 일이지만 말이야."

그는 그러고 나서 한동안 입을 다물고 핸들에 올려놓은 두 손에 주의를 기울인다. 긴 커브 길이 계속된다. 두툼한 타이어가 굴러가면서 돌멩이들을 벼랑 밑으로 튕겨 낸다. 이따금 길가에 까마귀가 있다. 이 억척스러운 새들은 차가 가까이 다가와도 피하지 않고, 우리가 지나가는 것을 무슨 진기한 구경거리라도 되는 듯이 물끄러미 바라본다.

"병사들은 만났나?" 하고 사다 씨가 아무렇지도 않게 나에게 묻는다. 마치 지금 몇 시냐고 시간이라도 묻는 것처럼.

"함께 있던 두 병사 말이죠?"

"그래." 사다 씨가 내 옆얼굴을 힐끔 쳐다본다. "넌 거기까지 갔었던 모양이군."

"네" 하고 나는 대답한다.

그는 오른손으로 핸들을 가볍게 다루면서, 오랫동안 입을 다물고 있는다. 아무런 느낌도 말하지 않는다. 표정도 변하지 않는다.

"사다 씨" 하고 나는 입을 연다.

"왜?"

"십여 년 전 그 병사들을 만나서 무엇을 했습니까?"

"내가 그 병사들을 만나서 무엇을 했냐고?" 그가 내 물음을 그대로 다시 한번 되풀이한다.

나는 고개를 끄덕이고 대답을 기다린다. 그는 백미러로 뒤쪽의 무엇인가를 살펴보더니 다시 앞으로 시선을 돌린다.

"난 그때 일을 지금까지 아무에게도 말하지 않았지" 하고 그가 말한다. "동생한테도 하지 않았어. 남동생이라고 할까, 여동생이라고 할까, 아무래도 상관없지만, 일단은 남동생이라고 하지. 그 애는 그 병사들에 대해서는 전혀 모르고 있어."

나는 잠자코 고개를 끄덕인다.

"난 그 이야기를 앞으로도 아무에게도 하지 않을 생각이야. 너에게도 말이지. 너도 아마 그 이야기를 앞으로 아무에게도 하지 않을 거라고 믿어. 가령 나에게도 말이지. 무슨 뜻인지 알겠어?"

"알 것 같습니다."

"무슨 뜻이라고 생각하는지 말해 볼래?"

"말로 설명해 봤자 그곳에 있는 것을 올바로 전할 수 없기 때문에 말을 못 한다는 것 아닌가요?"

"그래, 그런 거야"하고 사다 씨가 말한다. "잘 맞혔어. 말로 설명해도 올바로 전달되지 않는 것은 아예 말하지 않는 게 제일 좋지."

"가령 자기 자신에 대해서도 그럴까요?"하고 나는 반문한다.

"그래. 설령 자기 자신에 대해서도 말이야"하고 사다 씨가 대답한다. "자기 자신에 대해서도, 아마 아무것도 설명하지 않는 게 좋을 거야."

사다 씨는 나에게 쿨 민트 껌을 권한다. 나는 한 개 꺼내서 씹는다.

"서핑을 해본 적 있어?"하고 사다 씨가 묻는다.

"없습니다."

"혹시 기회가 있으면 내가 가르쳐 주지. 물론 네가 해볼 생각이 있다면. 고치 해안에는 서핑하기에 안성맞춤인 파도가 일거든. 사람도 그다지 많지 않고. 서핑은 보기보다 훨씬 깊이 있는 스포츠야. 우리는 서핑을 통해 자연의 힘에 거역하지 말아야 한다는 것을 배우지. 설사 그것이 아무리 거친 것이라 할지라도 말이야."

그는 티셔츠 주머니에서 담배를 꺼내 입에 물고, 대시보드에서 라이터를 집어 불을 붙인다.

"그것도 말로 설명할 수 없는 것 중 하나야. 긍정도 부정도 아닌 대답 중 하나지."

눈을 가늘게 뜨고 담배 연기를 창밖으로 천천히 내뿜으며, 그는 말을 잇는다. "하와이에 '토일렛 볼'이라고 불리는 장소가 있어, 썰물과 밀물이 부딪쳐서 커다란 소용돌이가 생기는 곳이지. 변기 물의 소용돌이처럼 파도가 빙글빙글 돌거든. 그래서 와이프아웃_{서핑에서 파도에 쓸려 가는 것} 해서 일단 속으로 끌려 들어가면 좀처럼 떠오르지 못해. 파도의 상태에 따라 자칫 잘못하면 그대로 두 번 다시 떠오를 수 없을지도 몰라. 하지만 어쨌든 그럴 땐 바다 밑바닥에서 파도에 시달리며 꼼짝하지 말고 있어야 해. 당황해서 허둥지둥해 봤자 아무 소용이 없으니까. 오히려 체력만 소모될 뿐이지. 실제로 그런 상황에 처해 보면 이 세상에 그렇게 무서운 일도 없다는 생각이 들어. 하지만 일단 그런 공포를 극복하지 않고서는 제대로 된 서퍼가 될 수 없지. 죽음과 단 둘이 마주 보고, 서로를 알고 그것을 극복해 가는 거야. 그 소용돌이 밑바닥에서 너는 여러 가지에 대해 생각하게 될 거야. 어떤 의미에서는 죽음과 친구가 되어 허심탄회하게 이야기를 나누는 거지."

그는 울타리가 있는 곳에 다다르자 트럭에서 내려 문을 닫고 자물쇠를 채운다. 문을 몇 번 흔들어 보고 열리지 않는 것을 확인한 후 다시 차에 올라탄다.

그후 한동안 우리 두 사람 사이에는 아무 말이 없다. FM 라디오 음악 방송을 계속 틀어 놓은 채 운전한다. 그러나 그가 라디오를 제대로 듣지 않는다는 것은 터널 속에서 방송이 끊겨 잡음이 시끄럽게 들려도 전혀 신경 쓰지 않는 것으로 미루어 알 수 있다. 에어컨이 고장 나서 고속도로에 들어선 후에도 창을 계속 열어 놓는다.

세토나이카이가 멀리 보이는 부근에 이르자 사다 씨는 이렇게 말한다. "서핑을 배우고 싶거든 나를 찾아와. 비어 있는 방이 있으니까 있고 싶을 때까지 있어도 돼."

"고맙습니다" 하고 나는 말한다. "언젠가 찾아가겠습니다. 언제가 될지는 모르지만요."

"그렇게 바쁜가?"

"해결하지 않으면 안 될 일이 몇 가지 있어서요."

"그런 거야 나한테도 있지"하고 사다 씨가 말한다. "자랑은 아니지만 말이야."

그 뒤, 다시 오랫동안 우리 둘 사이에는 말이 없다. 그는 자기 문제에 대해 생각하고, 나는 내 문제에 대해 생각한다. 그는 가만히 전방에 시선을 고정한 채 핸들에 왼손을 올려놓고 이따금 담배를 피운다. 그는 오시마 씨와 달리 속력을 내지 않는다. 오른쪽 팔꿈치를 열어 놓은 창틀에 얹고, 지정 속도로 주행차선을 느긋하게 달린다. 속도가 너무 느린 차가 앞에 있을 때만 추월차선으로 옮기며 귀찮다는 듯이 액셀을 밟고는 곧장 다시 주행차선으로 들어선다.

"사다 씨는 서핑을 한 지 오래됐나요?"하고 나는 묻는다.

"그렇지"하고 그가 말한다. 그런 뒤 침묵이 이어진다. 내가 질문한 것을 잊어버렸을 무렵에야 겨우 대답이 돌아온다.

"서핑은 고등학교 시절부터 했어. 그냥 취미 삼아 진지하게 하게 된 것은 육 년쯤 전이고. 전에는 도쿄의 커다란 광고 대리점에서 근무했는데 일이 재미없어서 그만두고 여기로 돌아와 본격적으로 서핑을 하기 시작했지. 저축해 둔 돈을 몽땅 털고, 부모님한테 돈을 빌려서 서핑숍을 차렸어. 혼자 몸이니까 그런대로 내가 좋아하는 일을 할 수 있거든."

"시코쿠에 돌아오고 싶었습니까?"

"그런 이유도 있었지. 바로 가까이에 바다는 있는데 산이 없으면 난 안정감을 느낄 수 없거든. 인간이란, 물론 다 그런 건 아니지만, 태어나서 자란 장소에 얽매이는 경향이 있다고 생각해. 사고방식이나 느낌은 아마도 지형과 온도와 풍향과 연동돼 있는 것 같아. 넌 고향이 어디지?"

"도쿄입니다. 나카노구 노가타요."

"나카노구에 돌아가고 싶나?"

나는 고개를 흔든다. "아뇨."

"어째서?"

"돌아갈 이유가 없으니까요."

"그렇군."

"지형이나 풍향과도 그다지 연동된 것 같지 않습니다." 하고 나는 말한다.

"그래?"

그러고 나서 우리는 다시 입을 다문다. 그러나 침묵이 계속돼도 사다 씨는 전혀 신경이 쓰이지 않는 것 같다. 나도 별로 마음에 걸리지 않는다. 나는 멍하니 라디오 음악 방송을 듣는다. 그는 시선을 계속 도로 앞쪽에서 떼지 않고 있다. 우리는 고속도로 종점에서 빠져나와 북쪽을 향해 달려서 다카마쓰 시내로 들어선다.

고무라 도서관에 도착한 것은 오후 한 시 조금 전이었다. 사다 씨는 나를 도서관 앞에 내려 주고는 고치로 돌아갔다.

"고맙습니다."

"조만간 다시 보자."

그는 창밖으로 손을 내밀어 짧게 한 번 흔들고 묵직한 타이어의 마찰음을 내면서 가버린다. 큰 파도와 그 자신의 세계와 그 자신의 문제 속으로 돌아간다.

나는 배낭을 짊어지고 도서관 문에 들어선다. 깨끗이 손질된 정원의 초목 냄새를 맡는다. 도서관을 마지막으로 본 것이 여러 달 전의 일처럼 느껴진다. 그러나 생각해 보면 겨우 나흘이 지났을 뿐이다.

카운터에는 오시마 씨가 앉아 있다. 그는 신기하게도 넥타이를 매고 있다. 새하얀 셔츠에 붉은색과 녹색 줄무늬 넥타이를 매고 있다. 긴소매를 팔꿈치까지 걷어 올리고 재킷은 입지 않았다. 그의 앞에는 언제나처럼 커피잔이 놓여 있고, 책상 위에는 새로 깎은 긴 연필이 두 자루 놓여 있다.

"안녕?" 하고 오시마 씨가 말한다. 그러고는 여느 때처럼 미소를 짓는다.

"안녕하세요?" 하고 나는 인사한다.

"형이 여기까지 태워 줬어?"

"네."

"별로 말이 없지?"

"하지만 이야기를 조금 나눴어요."

"그거 다행이네. 넌 행운아야. 상대에 따라서는, 또는 경우에 따라서는 단 한 마디도 하지 않을 때도 있거든."

"그런데 무슨 일이 생겼어요? 급한 용건이 있다고만 알려 주던데요."

오시마 씨는 고개를 끄덕인다. "몇 가지 너한테 전하지 않으면 안 될 일이 있어. 우선 사에키 씨가 돌아가셨어. 심장마비로. 화요일 오후, 이 층 방의 책상에 엎드린 채 숨져 있는 것을 내가 발견했어. 돌연사였지. 외관상으로는 고통도 없었던 것 같아."

나는 어깨에서 배낭을 벗어 바닥에 내려놓는다. 그러고 나서 가까이에 있는 사무용 의자에 앉는다.

"화요일 오후에 그랬어요?" 하고 나는 묻는다. "오늘은 금요일이죠?"

"그래. 오늘은 금요일이야. 사에키 씨는 화요일의 도서관 견학 안내를 끝낸 뒤에 돌아가셨어. 좀 더 일찍 너한테 알려야 했지만, 생각을 제대로 정리할 수 없었거든."

나는 의자에 몸을 깊이 파묻은 채 몸을 움직일 수가 없다. 나와 오시마 씨는 한참 동안 그대로 입을 다물고 있다. 내가 앉아 있는 위치에서는 이 층으로 통하는 계단이 보인다. 잘 닦인 검은 난간과 층계참 정면의 스테인드글라스. 그 계단은 나에게 언제나 깊은 의미를 지녔었다. 거기를 올라가면 사에키 씨를 만날 수 있었기 때문이다. 그러나 이제 와서는 아무 의미 없는 흔해 빠진 계단으로 전락하고 말았다. 그녀는 이제 거기에 없다.

"전에도 말한 것처럼, 그건 어쩌면 이미 정해진 일이었는지도 모르겠어" 하고 오시마 씨가 말한다. "나도 알고 있었고, 그녀도 알고 있었어. 하지만 말할 것도 없는 일이지만, 실제로 일어나 버리니까 아주 마음이 무거워."

그리고 나서 오시마 씨는 잠시 틈을 둔다. 무언가 말하지 않으면 안 된다고 나는 생각한다. 그러나 말이 나오지 않는다.

"고인의 유지에 따라 장례는 일절 하지 않았어" 하고 오시마 씨가 다시 말한다. "조용히 화장했지. 유서는 이 층 방의 그녀 책상 안에 들어 있었어. 유산은 전부 이 고무라 도서관을 운영하는 재단에 기부한다고 쓰여 있었지. 나에겐 몽블랑 만년필을 기념으로 남겨 줬어. 너에겐 유화 한 점, 그 「해변의 카프카」 그림이야. 받아 줄 거지?"

나는 고개를 끄덕인다.

"그림은 당장이라도 가져갈 수 있게 포장해서 저기 놓아두었어."

"감사합니다" 하고 나는 겨우 말한다.

"다무라 카프카 군" 하고 오시마 씨가 말한다. 그는 연필 한 자루를 손으로 집어서 자주 하는 버릇대로 빙글빙글 돌리고 있다. "한 가지 물어봐도 괜찮을까?"

나는 고개를 끄덕인다.

"넌 사에키 씨가 세상을 떠난 사실을, 지금 내가 이렇게 알려 주기 전에 이미 알고 있었지?"

나는 다시 고개를 끄덕인다. "알았던 것 같아요."

"그럴 것 같았어" 하고 오시마 씨가 말한다. 그러고는 크게 숨을 한 번 쉰다. "물 한잔 줄까? 솔직히 말하면 넌 지금 사막 같은 얼굴을 하고 있어."

"주세요" 하고 나는 말한다. 분명히 목이 무척 마르다. 오시마 씨의 말을 듣고서야 목이 마르다는 것을 깨닫는다.

오시마 씨가 가져다준 얼음물을 나는 단숨에 마셔 버린다. 머릿속이 약간 아프다. 빈 컵을 테이블 위에 올려놓는다.

"더 줄까?"

나는 고개를 흔든다.

"넌 이제부터 어떻게 할 생각이지?" 하고 오시마 씨가 묻는다.

"도쿄로 돌아갈 생각이에요."

"도쿄에 돌아가서 어떻게 할 생각인데?"

"우선 경찰서에 가서 지금까지 있었던 일을 설명할 거예요. 그렇게 하지 않으면 앞으로 계속 경찰을 피해 다녀야 할 테니까요. 그리고 아마 학교로 돌아가게 되겠죠. 돌아가고 싶지는 않지만, 누가 뭐래도 중학교는 의무교육이니 돌아가야 할 것 같아요. 앞으로 몇 개월만 참으면 졸업을 할 수 있을 테고, 일단 졸업하고 나면 그다음에는 마음대로 할 수 있으니까요."

"그렇지." 오시마 씨가 눈을 가늘게 뜨고 내 얼굴을 본다. "확실히 그렇게 하는 게 제일 좋을지도 모르지."

"그렇게 해도 괜찮을 것 같은 느낌이 점점 들더군요."

"도망 다녀 봤자 아무 데도 갈 수 없으니까."

"아마도 그럴 거예요."

"넌 많이 성장한 것 같구나."

나는 고개를 흔든다. 아무 말도 할 수가 없다.

오시마 씨는 연필의 지우개 부분으로 관자놀이를 몇 번 가볍게 누른다. 전화벨이 울리기 시작했지만 그는 무시한다.

"우리는 모두 여러 가지 소중한 것을 계속 잃고 있어." 전화벨이 그친 다음에 그가 말한다. "소중한 기회와 가능성, 돌이킬 수 없는 감정. 그것이 살아가는 하나의 의미지. 하지만 우리 머릿속에는, 아마 머릿속일 거라고 생각하는데, 그런 것을 기억으로 남겨 두기 위한 작은 방이 있어. 아마 이 도서관의 서가 같은 방일 거야. 그리고 우리는 자기 마음의 정확한 현주소를 알기 위해, 그 방을 위한 검색 카드를 계속 만들어 나가지 않으면 안 되지. 청소를 하거나 환기를 하거나 꽃의 물을 갈아 주거나 하는 일도 해야 하고. 바꿔 말하면 넌 영원히 너 자신의 도서관 속에서 살아가게 되는 거야."

나는 오시마 씨가 손에 쥐고 있는 연필을 보고 있다. 그것은 나를 무척 괴로운 기분에 사로잡히게 한다. 그러나 나는 아직 좀 더 세계에서 가장 터프한 열다섯 살 소년으로 있어야 한다. 적어도 그런 체하지 않으면 안 된다. 숨을 크게 한 번 들이쉬어 폐를 공기로 가득 채우고, 감정의 덩어리를 어떻게든 안쪽으로 밀어 넣는다.

"언젠가 다시 여기로 돌아와도 괜찮을까요?"

"물론이지" 하고 오시마 씨가 말한다. 그러고는 연필을 카운터 위에 올려놓는다. 머리 뒤로 손을 깍지 끼고 내 얼굴을 정면으로 본다. "분위기로 봐서는 당분간 나 혼자 이 도서관을 운영하게 될 것 같아. 당연히 조수도 필요하게 되겠지? 경찰이나 학교 같은 데서 해방돼 자유로워지면, 그리고 네가 그러기를 원한다면 다시 여기로 돌아오면 돼. 이 도시도, 이 오시마도 당분간은 아무 데도 가지 않을 테니까. 인간에겐 자신이 소속될 장소가 필요한 법이거든. 그건 작건."

"고맙습니다" 하고 나는 말한다.

"천만의 말씀" 하고 그가 말한다.

"형님이 서평을 가르쳐 주신다고 했어요."

"그거 잘됐군. 형 마음에 드는 사람은 별로 많지 않은데. 봐서 알겠지만 성격이 까다로우니까 말이야."

나는 고개를 끄덕인다. 그리고 미소 짓는다. 아주 많이 닮은 형제다.

"저 말이야, 다무라 군" 하고 오시마 씨가 내 얼굴을 들여다보면서 말한다. "혹시 내가 잘못 생각한 건지도 모르지만, 네가 조금이라도 웃는 것을 난 처음 본 것 같아."

"그럴지도 몰라요" 하고 나는 말한다. 분명히 나는 미소 짓고 있다. 얼굴이 빨개진다.

"언제 도쿄에 돌아갈 건데?"

"지금 돌아갈 생각이에요."

"저녁때까지 기다리지 않겠어? 도서관을 닫고 나서 내가 차로 역까지 태워 줄 테니까."

나는 잠깐 생각하고 나서 고개를 흔든다. "고맙습니다. 하지만 지금 바로 떠나는 게 좋을 것 같아요."

오시마 씨는 고개를 끄덕인다. 그는 안쪽 방에서 꼼꼼하게 포장한 그림을 가져다준다. 그리고 「해변의 카프카」 싱글판도 봉투에 담아 나에게 건네준다.

"이건 내가 주는 선물이야."

"고맙습니다. 마지막으로 다시 한번 이 층의 사에키 씨 방을 보고 싶은데 괜찮을까요?"

"물론이지. 마음껏 봐."

"오시마 씨도 함께 가면 안 될까요?"

"좋아."

우리는 이 층에 올라가 사에키 씨 방으로 들어간다. 나는 그녀의 책상 앞에 서서 그 표면을 손으로 살며시 만져 본다. 그리고 그곳에서 많은 시간을 소모하며 내가 빨려 들었던 일들을 생각한다. 책상 위에 얼굴을 파묻고 있던 그녀의 최후의 모습을 머릿속에 떠올린다. 언제나 창을 등진 채 열심히 글을 쓰고 있던 그녀의 모습을 떠올린다. 나는 늘 사에키 씨를 위해 커피를 가지고 갔다. 안으로 들어가면 그녀는 고개를 들어 나를 보고 언제나 한결같은 미소를 지었다.

"사에키 씨는 여기서 무엇을 쓰고 있었던 걸까요?" 하고 나는 묻는다.

"그녀가 여기서 무엇을 쓰고 있었는지, 나는 몰라" 하고 오시마 씨가 말한다. "한 가지 말할 수 있는 것은 그녀는 여러 비밀을 삼켜 버린 채 이 세계에서 사라져 버렸다는 것이지."

여러 가설을 삼켜 버린 채, 하고 나는 속으로 덧붙인다.

창은 열려 있고 6월의 바람이 흰 레이스 커튼 자락을 조용히 흔들고 있다. 어렴풋이 바다 냄새가 난다. 해변의 모래 감촉이 손바닥에서 되살아난다. 나는 책상 앞을 떠나 오시마 씨에게 가서 그의 몸을 힘껏 끌어안는다. 오시마 씨의 날씬한 몸은 무엇인가 무척이나 그리운 것을 떠올리게 한다. 오시마 씨는 내 머리카락을 조용히 쓰다듬는다.

"세계는 메타포야, 다무라 카프카 군" 하고 오시마 씨가 내 귓가에 대고 말한다. "하지만 나에게나 너에게나, 이 도서관만은 아무 메타포도 아니야. 이 도서관은 어디까지나 이 도서관이지. 나와 너 사이에서 그것만은 분명히 해두고 싶어."

"물론이죠."

"무척 견고하고, 개별적이고, 특별한 도서관이지. 다른 어떤 것으로도 대신할 수는 없어."

나는 고개를 끄덕인다.

"잘 가, 다무라 카프카 군" 하고 오시마 씨가 말한다.

"안녕, 오시마 씨" 하고 나는 말한다. "그 넥타이 참 멋있어요."

그는 나에게서 떨어지며 내 얼굴을 똑바로 보고 미소 짓는다. "언제 그 말을 해주는 걸까, 계속 기다리고 있었어."

배낭을 짊어지고 역까지 걸어가서, 전차를 타고 다카마쓰역으로 간다. 역의 매표창구에서 도쿄행 차표를 산다. 도쿄에 도착하는 시간은 한밤중이 될 것이다. 일단 어딘가에서 하룻밤을 묵고, 그런 뒤 노가타에 있는 집으로 돌아가게 될 것이다. 아무도 없이 텅 빈 커다란 우리 집으로 돌아가서 그곳에서 나는 다시 외톨이가 된다. 아무도 내가 돌아오기를 기다리는 사람은 없다. 그러나 그곳 말고 내가 돌아갈 곳은 없다.

공중전화로 사쿠라의 휴대전화에 전화를 건다. 그녀는 한창 일하는 중이다. 잠깐 동안은 괜찮다고 말한다. 그렇게 오래는 이야기할 수 없지만. 나는 "잠깐이면 돼" 하고 대답한다.

"이제 난 도쿄로 돌아가려고 해. 지금은 다카마쓰역에 있어. 이 말을 하려고."

"가출은 이제 포기한 거지?"

"그렇게 될 거야."

"사실 열다섯 살은 가출하기엔 조금 이른 나이잖아" 하고 그녀가 말한다. "도쿄에 돌아가서 어떻게 할 건데?"

"아마 학교로 돌아가겠지."

"멀리 보면 그것도 나쁘지는 않을 거야."

"사쿠라 씨도 도쿄로 돌아갈 거지?"

"그래, 아마 9월쯤. 여름에는 어딘가로 여행을 떠날 생각이야."

"도쿄에서 만나 줄래?"

"좋아, 물론이지" 하고 그녀가 말한다. "네 전화번호를 가르쳐 줄래?"

나는 우리 집 전화번호를 가르쳐 준다. 그녀는 그걸 적는다.

"얼마 전에 네 꿈을 꿨어" 하고 그녀가 말한다.

"나도 사쿠라 씨 꿈을 꿨어."

"그런데 그거 혹시 무척 야한 꿈 아니었어?"

"그럴지도 모르지" 하고 나는 시인한다. "하지만 결국 그건 그냥 꿈일 뿐이야. 사쿠라 씨의 꿈은 어땠어?"

"내 꿈은 그런 야한 꿈은 아니야. 다무라 군이 미로처럼 넓은 집 안을 혼자 돌아다니는 꿈이었어. 너는 어떤 방인지 특별한 방을 찾고 있지만, 그 방을 전혀 찾을 수 없는 거야. 그런데 그 집 안에는 반대로 너를 찾아 헤매고 있는 누군가가 있었어. 난 소리쳐서 너한테 알려 주려고 했지만 내 목소리가 너한테 잘 닿지 않더라. 굉장히 무서운 꿈이었어. 꿈속에서 계속 큰 소리로 외쳤기 때문인지 깨니까 엄청 피곤하더라. 그래서 네가 무척 마음에 걸렸어."

"고마워" 하고 나는 말한다. "하지만 그것도 그냥 꿈이야."

"나쁜 일은 아무것도 일어나지 않은 거지?"

나쁜 일은 아무것도 일어나지 않았어, 나쁜 일은 아무것도 일어나지 않았어, 나는 자신에게 그렇게 말해 준다.

"잘 가, 카프카 군" 하고 그녀가 말한다. "이제 슬슬 하던 일을 계속해야 할 것 같은데, 나랑 이야기하고 싶거든 언제든 이리로 전화해도 좋아."

"잘 있어" 하고 말한 후 나는 "누나" 하고 덧붙인다.

다리를 지나고, 바다를 건너, 오카야마역에서 신칸센으로 갈아탄다. 그리고 자리에 앉아 눈을 감는다. 열차의 진동에 몸을 맡

식의 폭력과
대한 책임을 탐색한 대작

(문학평론가)

이야기이자 꿈과 과거에 대한 이야기

현대 정신분석가인 자크 라캉은 우리의 삶이란 끄덕
가 깜빡 깨어나고 다시 끄덕끄덕 조는 것이라고 말한
간은 현실이 견딜 수 없어 늘 꿈을 꾼다. 저것만 얻으
소망이 없겠지. 그러나 막상 그것을 얻는 순간 퍼뜩
그리고 손에 쥔 것이 스르르 미끄러지는 것을 발견한
손을 참을 수 없어 다시 꿈을 꾸기 시작한다.
미 하루키에게도 삶은 꿈이다. "우리는 늘 꿈을 꾸며
"꿈속에서 책임은 시작된다". 노르웨이의 깊은 숲속
함정이 있듯이 『상실의 시대』는 우리 마음속에 우물
성의 신비를 통해 보여 준다. 그리고 『태엽 감는 새』
을 과거의 군국주의와 현재의 경쟁사회와 연결시키

긴다. 발밑에는 단단하게 포장된 그림 「해변의 카프카」가 놓여 있다. 나는 계속 발로 그 감촉을 느낀다.

"다무라 군, 오래도록 나를 기억해 주면 좋겠어" 하고 사에키 씨가 말한다. 그러고는 내 눈을 똑바로 본다. "다무라 군만 나를 기억해 준다면 다른 모든 사람이 다 나를 잊어도 괜찮아."

비중이 있는 시간이 많은 의미를 지녔던 옛날의 꿈처럼 너에게 덮쳐 온다. 너는 그 시간에서 벗어나려고 계속 이동한다. 설사 세계의 맨 끝까지 간다고 해도, 너는 그 시간으로부터 자유로울 수는 없을 것이다. 하지만 만일 그렇다 하더라도, 너는 역시 세계의 맨 끝까지 가지 않을 수 없다. 세계의 끝까지 가지 않고서는 할 수 없는 일도 있으니까.

나고야를 지날 무렵부터 비가 내리기 시작한다. 나는 어두운 유리창에 선을 그리며 떨어지는 빗방울을 바라본다. 그러고 보니 도쿄를 떠날 때도 비가 내리고 있었다는 생각이 난다. 나는 숱한 장소에 내리는 비를 생각한다. 숲속에 내리는 비와 바다 위에 내리는 비, 고속도로 위에 내리는 비와 도서관 지붕 위에 내리는 비, 그리고 세계의 맨 끝에 내리는 비.

눈을 감고 전신의 힘을 빼고, 딱딱하게 굳은 근육을 푼다. 열차가 달리며 울리는 단조로운 소리에 귀를 기울인다. 아무런

예고도 없이 한 줄기 눈물이 흘러내린다. 그 따뜻한 감촉을 뺨 위에 느낀다. 내 눈에서 넘쳐 나와 뺨을 타고 흐르던 눈물이 입 가에 머물다가 시간이 지나면서 말라 간다. 걱정할 것 없다고 나 자신에게 말한다. 단지 한 줄기 눈물일 뿐이다. 아무리 생각해 도 그것은 내 눈물이 아닌 것처럼 느껴지기도 한다. 그것은 유리 창을 때리는 비의 일부처럼 느껴지기도 한다. 나는 옳은 일을 한 것일까?

"너는 옳은 일을 한 거야" 하고 까마귀라고 불리는 소년이 말한다. "너는 가장 옳은 일을 했어. 다른 어느 누구도 너만큼 잘 할 수는 없었을 거야. 그도 그럴 것이 너는 진짜 세계에서 가장 터프한 열다섯 살 소년이니까 말이야."

"하지만 난 아직도 산다는 것의 의미를 모르겠어" 하고 나 는 말한다.

"그림을 보면 알게 돼" 하고 까마귀라고 불리는 소년이 말 한다. "바람의 소리를 듣는 거야."

나는 고개를 끄덕인다.

"너에겐 그걸 할 수 있는 능력이 있어."

나는 고개를 끄덕인다.

"너는 이제 잠을 자는 것이 좋겠어" 하고 까마귀라고 불리 는 소년이 말한다. "잠을 자고 다시 눈을 떴을 때, 너는 새로운 세계의 일부가 되어 있을 거야."

이윽고 너는 잠이 든다.
세계의 일부가 되어 있다.

긴다. 발밑에는 단단하게 포장된 그림 「해변의 카프카」가 놓여 있다. 나는 계속 발로 그 감촉을 느낀다.

"다무라 군, 오래도록 나를 기억해 주면 좋겠어" 하고 사에키 씨가 말한다. 그러고는 내 눈을 똑바로 본다. "다무라 군만 나를 기억해 준다면 다른 모든 사람이 다 나를 잊어도 괜찮아."

비중이 있는 시간이 많은 의미를 지녔던 옛날의 꿈처럼 너에게 덮쳐 온다. 너는 그 시간에서 벗어나려고 계속 이동한다. 설사 세계의 맨 끝까지 간다고 해도, 너는 그 시간으로부터 자유로울 수는 없을 것이다. 하지만 만일 그렇다 하더라도, 너는 역시 세계의 맨 끝까지 가지 않을 수 없다. 세계의 끝까지 가지 않고서는 할 수 없는 일도 있으니까.

나고야를 지날 무렵부터 비가 내리기 시작한다. 나는 어두운 유리창에 선을 그리며 떨어지는 빗방울을 바라본다. 그러고 보니 도쿄를 떠날 때도 비가 내리고 있었다는 생각이 난다. 나는 숱한 장소에 내리는 비를 생각한다. 숲속에 내리는 비와 바다 위에 내리는 비, 고속도로 위에 내리는 비와 도서관 지붕 위에 내리는 비, 그리고 세계의 맨 끝에 내리는 비를.

눈을 감고 전신의 힘을 빼고, 딱딱하게 굳은 근육을 푼다. 열차가 달리며 울리는 단조로운 소리에 귀를 기울인다. 아무런 예고도 없이 한 줄기 눈물이 흘러내린다. 그 따뜻한 감촉을 뺨 위에 느낀다. 내 눈에서 넘쳐 나와 뺨을 타고 흐르던 눈물이 입가에 머물다가 시간이 지나면서 말라 간다. 걱정할 것 없다고 나 자신에게 말한다. 단지 한 줄기 눈물일 뿐이다. 아무리 생각해도 그것은 내 눈물이 아닌 것처럼 느껴지기도 한다. 그것은 유리창을 때리는 비의 일부처럼 느껴지기도 한다. 나는 옳은 일을 한 것일까?

"너는 옳은 일을 한 거야" 하고 까마귀라고 불리는 소년이 말한다. "너는 가장 옳은 일을 했어. 다른 어느 누구도 너만큼 잘할 수는 없었을 거야. 그도 그럴 것이 너는 진짜 세계에서 가장 터프한 열다섯 살 소년이니까 말이야."

"하지만 난 아직도 산다는 것의 의미를 모르겠어" 하고 나는 말한다.

"그림을 보면 알게 돼" 하고 까마귀라고 불리는 소년이 말한다. "바람의 소리를 듣는 거야."

나는 고개를 끄덕인다.

"너에겐 그걸 할 수 있는 능력이 있어."

나는 고개를 끄덕인다.

"너는 이제 잠을 자는 것이 좋겠어" 하고 까마귀라고 불리는 소년이 말한다. "잠을 자고 다시 눈을 떴을 때, 너는 새로운 세계의 일부가 되어 있을 거야."

이윽고 너는 잠이 든다. 그리고 눈을 떴을 때, 너는 새로운 세계의 일부가 되어 있다.

작품 해설

무의식의 폭력과
삶에 대한 책임을 탐색한 대작

권택영(문학평론가)

현재 우리의 이야기이자 꿈과 과거에 대한 이야기

프랑스의 현대 정신분석가인 자크 라캉은 우리의 삶이란 끄덕끄덕 졸다가 깜빡 깨어나고 다시 끄덕끄덕 조는 것이라고 말한 바 있다. 인간은 현실이 견딜 수 없어 늘 꿈을 꾼다. 저것만 얻으면 더 이상 소망이 없겠지. 그러나 막상 그것을 얻는 순간 퍼뜩 깨어난다. 그리고 손에 쥔 것이 스르르 미끄러지는 것을 발견한다. 텅 빈 손을 참을 수 없어 다시 꿈을 꾸기 시작한다.

무라카미 하루키에게도 삶은 꿈이다. "우리는 늘 꿈을 꾸며 살고", 또 "꿈속에서 책임은 시작된다". 노르웨이의 깊은 숲속에 우물의 함정이 있듯이 『상실의 시대』는 우리 마음속에 우물이 있음을 성의 신비를 통해 보여 준다. 그리고 『태엽 감는 새』는 그 우물을 과거의 군국주의와 현재의 경쟁사회와 연결시키면서 깨어 있음이라 믿는 것이 꿈이고, 의식이 잠든 사이 무의식이 활개 치는 것이 역사요 현실이 아니냐고 묻는다. 그래서 그의 작품들은 꿈과 현실, 과거와 현재의 경계가 모호하고 서술도 그런 경계를 넘나든다.

『해변의 카프카』 역시 현재 우리의 이야기면서 꿈에 대한 이야기이자 과거에 대한 이야기다. 열다섯 살 소년 다무라 카프카는 오늘날 우리의 모습이지만 자신의 그림자이기도 한 나카타 사토루를 벗어나지 못한다. 그렇기에 소설은 두 인물이 교대로 서술되면서 살인 사건을 통해 연결되고 마지막에 하나가 되면서 끝난다. 오이디푸스 신화를 연상케 하는 카프카의 모험, 전쟁의 폭력과 뗄 수 없이 연관된 나카타의 모험, 카프카가 사랑하는 사에키, 카프카를 돕는 오시마, 나카타를 돕는 호시노 등이 소설은 두 인물과 그들을 돕는 주변 사람들로 구성되지만 우화적이고 초현실적이다.

사랑과 성의 신비로운 차이를 1960년대 학생운동과 연결시킨 『상실의 시대』, 고양이의 가출과 아내의 가출을 계기로 시작되는 도루의 긴 모험을 그린 『태엽 감는 새』를 떠올리면서, 『해변의 카프카』를 만나 보자. 결코 쉽게 풀리지 않는 정교한 서술 구조 속에서 하나의 실마리를 잡으면 모든 게 스르르 풀린다. 그 실마리는 무엇일까. 한 작가는 일생 동안 아무리 다르게 써도 같은 사상의 주변을 맴돌기 쉽다.

실마리를 찾아서: 열다섯 살 소년이 왜 집과 학교를 떠나 떠도는가

책 읽기를 무척 좋아하는 다무라 카프카는 도쿄의 집을 떠나 고전 시문학 자료를 소장한 고무라 기념 도서관에 소속되어 마음껏 책을 읽는다. 열다섯 살 소년이 왜 집과 학교를 떠나 떠돌까. 한편 육십대 초반인 나카타 사토루는 아홉 살이었던 1944년 전쟁 중에 산에 버섯을 따러 갔다가 원인을 알 수 없는 혼절을 겪은 후 기억을 잃는다. 그는 계산도 할 줄 모르고 글자도 읽지 못해 도청에서 장애인에게 주는 보조금으로 생활하지만 고양이와 대화할 줄 알고 하늘에서 물고기가 떨어지게 할 수 있다. 나카타는 집을 나간 고양이를 찾아 주는 일을 하면서 용돈을 번다. 그러던 중 고양이를 잔인하게 죽여 심장을 먹고 머리를 잘라 냉장고에 넣어 두는 조니 워커를 만나, 그의 소원대로 그를 죽이고 고양이들을 구출한다. 그런 뒤 자신의 살인 행위를 경찰서에 알리지만, 경찰관은 정상적인 정신 상태가 아닌 사람의 허위 신고라고 받아들여 그를 믿지 않는다. 그후 그는 도쿄를 벗어나 차를 얻어 타고 자꾸만 먼 곳으로 간다.

다무라와 나카타는 똑같이 도쿄를 떠나야 했다. 나카타가 죽인 조니 워커는 바로 조각가인 다무라의 아버지였고, 그가 죽던 날 다무라의 옷에도 피가 묻는다. 두 사람이 같은 사람을 죽인 것이다. 초현실적으로 묘사된 이 살인은 『태엽 감는 새』에 나오는 도루의 살인 장면을 연상시킨다. 그는 환상 속에서 와타루를 죽였다고 믿었는데, 현실에서 와타루는 연설 도중 의식을 잃고 쓰러진다. 꿈속에서 일어난 살인이지만 현실로 나타난다. 이 소설에서도 마찬가지다. 나카타와 다무라는 조니 워커의 죽음을 계기로 그림자처럼 연결된다.

숲속 오시마의 오두막에서 아이히만에 관한 책을 읽고 잠자리에 들며 다무라는 자신이 마스터베이션을 억제할 수는 있지만, 몽정은 어찌할 수 없다고 생각한다. 꿈은 의식이 조정하지 못하는 무의식이다. 몽정은 꿈속에서 저지르는 살인이다. 그렇지만 아침에 일어나 자신의 옷이 젖은 것을 발견했을 때 그는 꿈속에서 저지른 일에 책임을 져야 한다.

도서관에 머물도록 도와준 오시마는 다무라에게 많은 것을 일깨워 주는 스승이다. 다무라는 오시마가 데려다준 숲속 오두막에서 음식을 해먹고 차를 마시며 아이히만의 재판에 관한 책을 읽고 음악을 듣는다. 오시마는 슈베르트의 소나타에 관한 이야기를 해준다. 아이히만과 슈베르트의 소나타는 어떤 연관이 있을까. 오시마는 여성이지만 남성적인 특징을 지니고 태어나 남성으로 살고 있다. 그렇기에 오두막에는 성욕이 아닌 관조와 우정이 감돈다.

아이히만은 방탄막이 쳐진 피고석에 앉아, 자신은 히틀러의 명령을 충실히 지켰을 뿐이라고 말하며 고개를 갸웃거린다.

그는 자신이 무엇을 잘못했는지 모른다. 명령을 받았을 때 그의 머릿속에 떠오른 생각은 "단기간에 얼마나 적은 비용을 들여서 유대인을 처리할 수 있느냐는 것뿐", 그 일이 옳은가 그른가를 따지지 않는다. 아이히만에게는 인간의 아픔에 대한 상상력이 없고 효율성만 있었다. 책임은 상상력에서 나온다. "꿈속에서 행해진 일에 대해 너는 책임을 져야 한다. 결국 그 꿈은 네 영혼의 어두운 통로를 통해서 숨어 들어온 것이니까."

다무라는 평화로운 숲속 어딘가에 어두운 폭력이 숨어 있음을 느낀다. 마치 그가 마스터베이션의 강렬한 충동을 느끼는 것처럼. 그리고 꿈속에서 짊어지기 시작할 책임을 두려워한다. 나카타는 악인인 조니 워커를 죽였고 그 폭력은 그의 천진한 몸속에 숨어든다. 그 옛날 버섯을 따러 갔을 때, 폭력이 숨어들었을 때처럼. 학생들을 인솔했던 선생은 그 전날 밤 꿈에서 곧 전사할 남편과 폭발적인 성적 희열을 맛보고, 다음 날 생리를 하게된다. 그리고 바로 나카타가 주워 온 자신의 피 묻은 수건을 보고 불같이 화를 내며 그를 심하게 때린다. 폭력은 그 순간 어린 나카타의 몸 안으로 숨어든다. 전쟁, 에로스, 피는 나카타의 기억을 마비시킨다. 다무라에게도 폭력은 가장 평화스러운 순간에도 숲의 이면에서, 그리고 무엇보다 그의 내면에서 꿈틀거린다. 그러면 왜 다무라는 도쿄를 떠나야 했던가.

카산드라의 예언: 현실로 드러나는 피할 수 없는 저주

그리스의 신들은 인간처럼 정신적인 결함을 가지고 있다. 아폴론 신은 트로이의 공주 카산드라에게 예언의 능력을 주면서 그녀의 육체를 요구했다가 거절당하자, 저주를 내린다. 그녀가 하는 예언은 언제나 옳지만, 아무도 그 예언을 믿지 않을 것이라는 저주였다. 배신, 죽음, 몰락 등 늘 불길한 예언을 하는 그녀를 사람들은 아무도 믿지 않았으며, 경멸하고 증오했다. 카산드라의 저주는 우리의 의식이 맹렬히 거부하지만 언제나 들어맞았다. 다무라에게도 그럴까?

그의 아버지는 훌륭한 조각가였으나 주변 사람들에게 많은 희생을 요구했다.

아버지에게 난 어쩌면 하나의 작품에 지나지 않았을 거예요. 조각과 마찬가지로, 만든 다음 부숴 버리든 상처를 내든 그건 아버지의 자유인 거죠.

완결된 조각품을 만드는 만큼 그는 그것의 독소로 주변 사람들을 괴롭히고 상처를 줬다. 아들에게도 저주의 예언을 한다. 너는 아버지를 죽이고 어머니와 관계를 맺을 것이라고. 아버지는 카산드라처럼 불길한 예언을 했고, 다무라는 그 예언을 피하기 위해 집을 나온다. 그러나 아버지는 살해되고 자신의 옷엔 피가 물든다. 저주의 예언은 이미 반이 현실로 드러난다. 그는 어머니와 관계를 맺을 것인가?

오이디푸스왕처럼 예언을 피하려고 집을 떠나 고무라 도서관을 찾은 다무라에게 평화는 잠시뿐, 아름다운 소녀가 유령처럼 나타난다. 그녀는 바로 현재 도서관장인 사에키의 과거 소녀 시절의 모습이었다. 사에키는 「해변의 카프카」라는 노래로, 돈과 명성을 얻는 순간 연인을 잃는다. 고무라 가문의 장남이었던 연인은 학생운동이 한창일 때, 친구에게 먹을 것을 전해 주려다가 반대파로 오인돼 구타당해 죽는다. 그후 사에키는 정신적인 성장을 멈춘다. 사에키는 고무라 도서관을 맡아 관리하는 어른스러운 여성이지만, 비현실 속의 그녀는 청초하고 아름다워도 꿈을 꾸지 못하는 소녀다. 다무라는 어머니뻘인 사에키에게 운명적으로 빠져든다. 꿈속의 소녀는 현실의 사에키였고, 어머니와 아들은 한 몸이 된다. "모두가 꿈속에서 살고 있다."

다무라는 오이디푸스왕처럼 저주의 예언을 피하려고 집을 떠났지만 결과적으로 예언은 실현되고 만다. 우리가 자신의 그림자를 떠나지 못하듯, 불길한 예언을 피하지 못한다. 의식은 그런 예언이 터무니없다고 저주하지만 카산드라의 예언은 정확히 들어맞는다. 의식 너머에 무엇인가 우주를 움직이는 강력한 힘이 있다. 프로이트는 오이디푸스 신화를 인간의 무의식으로 해석했고 '꿈은 무의식으로 가는 왕도'라고 말했다. 라캉은 삶을 지배하는 것은 우리의 믿음과 달리, 의식이 아니라 무의식이라고 말한다. 무의식이 삶을 지배한다. 그 위력은 카산드라의 예언만큼 정확하고 운명적이다. 이것이 무라카미 하루키의 작품을 풀어내는 하나의 실마리다.

무의식과 친해지기: 경계를 넘는 거대한 바다, 카프카의 해변

무의식은 공격적인 '성적 쾌락의 욕망'이다. 또 정신분석에서 인간의 모든 행위의 근원이 되는 심적 에너지와 모든 본능적 에너지의 본체로서 생명력 또는 성욕으로 풀이되기도 하는 '리비도'다. 프로이트는 그것을 '이드'라 불렀고, 이드는 일본어로 우물을 가리키는 '이도#戸'와 발음이 같다. 이드는 연인과 하나 되어 정지하고 싶은 에로스적 충동이요, 자신을 파괴하여 흙으로 돌아가고 싶은 죽음 충동이다. 무의식은 전쟁, 증오, 분노, 잔인성뿐 아니라, 사디즘과 마조히즘의 속성을 지닌 권력이다. 그렇다면 과거의 군국주의도 현재의 성욕도 무의식이 아닌가. 『태엽 감는 새』에서 고양이는 성욕 때문에 집을 나가고, 구미코도 성욕 때문에 집을 나갔다. 그녀를 찾던 도루도 야구방망이로 와타루를 죽일 수밖에 없었다. 와타루에게 죽지 않으려면 그를 죽일 수밖에 없는 운명. 이것이 확대된 것이 전쟁이다. 만주와 몽골의 국경에서 인간의 가죽을 벗기던 잔인함, 중국에서 사람들을 쳐 죽이던 야구방망이. 도루가 우물 속에서 곁에 놓은 것은 바로 그 방망이였다. 그들의 과거는 바로 그의 현재였다. 무의식에서 인간은 하나다.

『해변의 카프카』에서도 무의식은 다무라와 나카타를 비롯해 양성성의 오시마, 비극적인 사에키, 그리고 더 나아가 인간과 자연까지 하나로 묶는다. 무의식은 모든 생물과 무생물이 하나로 용해돼 숨 쉬는 거대한 바다였다. 카프카의 해변이었다. 만일 인간이 무의식의 폭력을 피할 수 없다면 우리는 삶에 대한 책임감을 어디에서 구해야 하는가. 이것이 작가 무라카미 하루키의 궁극적인 탐색이다.

무라카미 하루키 문학에서 몸은 무의식의 집이고, 성은 사랑이라는 이름으로 배출되는 폭력이다. 『상실의 시대』에서 나오코는 연인이 죽은 뒤 그 연인의 친구와의 하룻밤 정사에서 강렬한 쾌락을 경험한다. 그리고 그런 자신과 타협하지 못한다. 반대로 폭력을 요구하는 몸과 타협을 잘하는 사람들은 아무런 문제 없이 경쟁사회를 리드한다. 자신의 몸 안에 우물이 있음을 모르는 사람들이 오히려 비정상인데, 사회는 그런 사람들에 의해 움직인다. 와타루와 같은 정치가, 조니 워커와 같은 예술가, 그리고 군국주의를 이끌어 간 사람들이 그렇다. 그들은 상상력이 없어 무의식을 볼 줄 모른다. 반대로 나오코는 너무도 깊이 그 아픔을 감지해서 현실에서 적응하지 못한다. 그의 소설에서 중심

인물들은 우물을 깨닫고 무의식에 대해 책임을 지는 사람들이다. 『태엽 감는 새』의 도루와 구미코, 『해변의 카프카』에서 다무라 카프카와 나카타 사토루가 그렇다. 물론 나카타는 일상적인 능력을 상실한 채 늙은 몸이 됐기 때문에, 그를 대신해서 호시노가 이 소설의 핵심적 구도의 일부인 '입구의 돌'을 닫는다. 이들은 보이지 않지만 분명히 존재하는 무의식의 그림자를 느끼기에 매사에 조심스럽다. 무의식이 저지르는 폭력에 대해 책임을 져야 하기 때문이다.

성과 폭력 그리고 사랑과 운명에 대한 새로운 조명

『해변의 카프카』에서 가장 압도적인 장면은 마지막 부분이다. 죽은 나카타의 몸에서 꿈틀꿈틀 나온 흰 물체는 무엇일까. 우리는 '입구의 돌'을 닫는 힘든 일을 누군가가 수행했기에 다무라가 다시 학교로 돌아갈 수 있고 소설이 결말을 내릴 수 있게 됐음을 안다. 무라카미 하루키는 이 작품에서 성과 폭력, 사랑과 운명의 문제를 또 다른 시각으로 조명한다. 다무라는 '까마귀라고 불리는 소년'을 통해 결코 무의식에서 벗어날 수 없음을 경험하고 새롭게 태어난다. 다무라는 세상의 어떤 오해와 불이익과 억울함을 견디고 강하게 살아남는 우리 자신의 모습이다. 무의식의 바다와 친해졌기 때문이다. 도루가 우물과 친해지듯이 다무라는 해변과 친해진다.

슈베르트의 음악이 미완성이기에 위대하듯이 무의식은 우리가 불완전하다는 것을 알려 주는 끔찍한 매혹이다. 오시마는 말한다.

질이 높은 치밀한 불완전함은 인간의 의식을 자극하고 주의력을 일깨워 주거든. 이 이상은 존재하지 않는다고 말할 수 있을 법한 완벽한 음악과 완벽한 연주를 들으면서 운전을 하다간, 눈을 감고 그대로 죽어 버리고 싶어질지도 몰라. 하지만 난 D장조 소나타에 귀를 기울이며, 인간이 영위하는 한계를 듣게 되지. 어떤 종류의 완전함이란 불완전함의 한없는 축적이 아니고서는 실현할 수 없다는 걸 알게 되는 거야. 그게 나를 격려해 주는 거야.

카산드라의 예언은 언제나 정확하지만, 사람들은 아무도 믿지 않았다. 그런데 어떻게 삶에서 완전함이 있을 수 있는가. 아이히만은 완전함을 추구했지만 역사의 심판을 받는다. 그러므로 무라카미 하루키는 삶의 이해할 수 없는 신비함을 존중하고 타인을 아는 것이 얼마나 어려운 일인가를 작품 속에서 되풀이해서 보여 준다. 그의 소설이 꿈과 현실을 넘나드는 이유도 삶의 정교한 씨줄과 날줄을 한 올이라도 빠트리지 않으려는 조심스러움에서 온다.

무라카미 하루키는 이 소설을 발표하면서 "『해변의 카프카』는 내가 지닌 모든 것을 쏟아부은 나의 가장 만족스러운 작품이다"라고 말했다. 무라카미 하루키의 문학적 경륜의 열정이 담긴 작품인 만큼, 21세기 세계문학에 커다란 울림을 주리라 예상한다.

작가적 성숙을 실감케 하는
무라카미 하루키의 탁월한 작품

흥분마저 느끼게 한 신작 발표 소식

무라카미 하루키의 신작 『해변의 카프카』가 출간됐다는 소식을 듣고 나는 기대감을 넘어선 야릇한 흥분을 느꼈다. 그가 무려 칠 년 만에 발표하는 대작 장편소설이기도 하거니와, 그의 작품을 여러 편 번역하면서 그의 작가적 역량이 무한히 성장해 가는 느낌을 받았기 때문이다. 나는 역자이기 이전에 독자로서의 즐거움을 번역이 끝나는 순간까지 시종 만끽할 수 있었다.

나는 1991년, 그의 첫 작품 『바람의 노래를 들어라』의 역자로서 처음 무라카미 하루키와 인연을 맺었다. 이후 『오후의 마지막 잔디밭』, 『밤의 거미원숭이』 등을 번역하면서 그의 작품이 문체와 구성, 주제 면에서 점점 더 완숙해지고 세련돼 가는 것을 느꼈으며, 세계적 작가로서의 그의 역량을 가늠해 볼 수 있었다. 이런 생각이 이번에 『해변의 카프카』를 번역하면서 더욱 확고해졌음은 두말할 나위가 없다.

눈을 뗄 수 없는 긴장감, 퍼즐을 맞추는 듯한 설렘을 주는 작품
『해변의 카프카』는 때론 수수께끼가 얽히면서 모험에 이끌려 들어가는 그의 전작 『양을 쫓는 모험』, 『세계의 끝과 하드보일드 원더랜드』와 같은 계열의 작품이다. 이 작품은 두 인물의 이야기가 교대로 진행된다. 한 인물은 네 살 때 누나만을 데리고 집을 나간 어머니에게 버려진 열다섯 살 소년 다무라 카프카고, 한 인물은 초등학교 시절 불가사의한 현상에 휘말려 삼 주간 혼수상태에 빠진 후 톨스토이의 '바보 이반'과 같은 이상적 인물이 된 나카타 사토루다.

　주인공 소년 다무라 카프카는 무라카미 하루키의 전작 속 주인공들이 겪은 것과 마찬가지로 수많은 우여곡절과 신비스러운 일들을 겪은 후, 시작이기도 하고 끝이기도 한 이계異界—죽은 사람들이 사는 세계—에서 빠져나와 재생을 위한 고독한 길을 터프하게 걸어갈 결심을 한다.

　결말 부분의 "난 아직도 산다는 것의 의미를 모르겠어"라는 소년의 말에 까마귀라고 불리는 소년이 "그림을 보면 알게 돼", "바람의 소리를 듣는 거야"라고 대답하는 부분은 무라카미 하루키의 데뷔작 『바람의 노래를 들어라』의 결말 부분과 호응

한다. 죽음이라는 형태로 확실하게 상실된 사랑의 상처를 안고, 사랑하는 사람이 남겨 준 그림 「해변의 카프카」를 든 채로 주인공은 일상생활이 기다리는, 가출했던 집으로 돌아간다. 그러나 다무라 카프카는 사랑하는 사람이 남겨 준 "오래도록 나를 기억해 주면 좋겠어"라는 말을 가슴에 품고 살아갈 수 있으므로, 결말 부분에서 무라카미 하루키의 전작과는 상당히 다른 분위기를 느낄 수 있다.

여기에 갈등을 일으키는 요소로서, 무라카미 하루키가 종종 말하는 대로 우리 내부에 있기도 하고 지하에 있기도 한 "압도적인 편견을 가지고 단호하게 말살해야" 하는 으스스한 존재가 등장한다. 하루키는 악의 근원인 지하 세계를 반복해 그림으로써, 그가 결코 현실에서 눈을 돌리지 않고 있음을 보여 주고 있다. 실존하는 이 세계에는 풀어야 할 문제가 너무나 많고, 극복하지 않으면 안 될 것 또한 너무 많기 때문이다.

그의 장편소설이 대부분 그렇지만 특히 『해변의 카프카』는 마치 퍼즐을 맞추는 것과 같은 설렘을 독자에게 선사한다. 그의 전작들에 등장한 작은 조각들을 복사, 확대, 재해석하여 새로 엮어 내는 것은 물론, 무라카미 하루키 문학의 트레이드마크와도 같은 음악과 음식, 패션에 대한 그만의 독특한 표현은 더욱 섬세해졌고, 일본의 고전과 그리스 신화에 이르기까지 여러 가지 소스를 풍부하게 다루고 있다. 무라카미 하루키가 새로 내놓은『해변의 카프카』는 다른 어떤 작품보다도 풍성하게 독자의 구미를 채워 준다.

무라카미 하루키가 이 작품의 출간 이후 가진 어느 인터뷰를 통해 "다른 어떤 작품보다도『해변의 카프카』는 심혈을 기울여 완성했고, 내가 지닌 모든 것을 쏟아부은 작품이며, 지극히 만족스러운 작품"이라고 표현한 것에 대해 나는 백 퍼센트 공감할 수밖에 없었다.

트레이드마크인 간결한 문체와
독특한 분위기를 살리기 위해 심혈을 기울인 대작

무라카미 하루키는 1994년에 발표한『태엽 감는 새』이후 칠 년 만에 장편『해변의 카프카』를 발표했다. 그 사이에 발표한『스푸트니크의 연인』은『해변의 카프카』를 쓰기 위한 준비 작업으로, 더욱 새롭게 의욕적으로 대장편을 쓰기 위해서는 지금까지의 문체에서 벗어나야겠다는 생각으로 썼다고 한다.

무라카미 하루키가『해변의 카프카』에서 삼인칭 소설을 시도한 이유는 종전의 일인칭 소설 방식으로는 다양한 인물의 묘사와 목소리를 담아내기에 부적절하다는 생각이 들었기 때문이라고 한다. 따라서『해변의 카프카』는 무라카미 하루키 자신이 지닌 문학적 역량을 남김없이 발휘해 전심전력을 다한 대작이자, 불후불멸의 명작을 만들고 싶다는 의지의 결정체라고 볼 수 있다.

하지만 이렇게 풍부한 내용을 담고 있는 만큼 역자로서의 고충 또한 적지 않았다. 무라카미 하루키의 저작 대부분을 독파하고, 그중 몇 편을 국내에 번역·소개하기까지 했던 번역자로서 나름대로 그의 작품에 대한 지식을 갖추었다고 생각하고 있었지만, 그만의 섬세하고 간결한 문체를 살리면서 그 속에 담긴 심오한 철학까지 전달하기에는 부족한 점이 있지 않았나 염려스럽다.

『해변의 카프카』는 일본에서 출간될 당시 826쪽에 이르는 방대한 양의 저작이었기 때문에, 번역하는 데 예상보다 오랜 기간이 소요되었다. 무라카미 하루키가 여섯 달간 매일 일정량의 원고를 써나간 후, 다시 여섯 달간 대여섯 번이나 다시 쓰며 퇴고를 거듭할 만큼 심혈을 기울인 작품이므로, 나 또한 초벌 번역을 한 후 오랜 기간 퇴고를 거듭하며 문장을 가다듬었다.

극히 세련된 문장력을 항상 유감없이 보여 주는 무라카미 하루키는 『해변의 카프카』에서 이제까지 보기 어려웠던 독특하고 미려하며 환상적인 여운을 담은 문장체를 보여 주고 있다. 나는 가능하면 한 글자, 한 구절도 소홀히 하지 않고 원문의 뜻은 물론 그 뉘앙스와 분위기를 살리는 데 최선의 노력을 다했다.

하지만 직접적인 번역이 어려운 문장은 그 뜻을 한국의 독자에게 정확히 전달하기 위해 어떤 용어와 표현을 쓸 것인가를 놓고 고심했다. 결국 한국에 없는 말이나 한국에서 쓰지 않는 표현은, 한국의 작가라면 과연 이 대목을 어떻게 표현하겠는가 하는 잣대로 어려움을 해소했다.

무라카미 하루키는 작품을 마치고 난 후에 가진 인터뷰에서 "내가 소설을 쓸 때 가장 강하게 의식하는 것은 '몇 번 읽어도 읽을 때마다 새로운 의미와 재미, 그리고 깊은 뜻을 느낄 수 있는 소설을 쓰고 싶다'는 것"이라며 "특히 『해변의 카프카』는 여러 번 읽어 주기를 바라고 있다"고 말했다. 아무쪼록 독자가 이 작품을 여러 번 읽게 되기를 바라 마지않는다.

옮긴이 **김춘미**

이화여자대학교 영문학과 및 한국외국어대학교 대학원 일본어과를 졸업했다. 고려대학교 대학원에서 국문학과 박사과정을 수료하고, 일본 도쿄대학교 비교문학 연구실 객원교수, 일본 국제문화연구센터 객원연구원 등을 역임했다. 현재 고려대학교 일어일문학과 명예교수이자 글로벌일본연구원 일본번역원장이다. 옮긴 책으로는 『일요일 오후의 잔디밭』 『손바닥의 바다』 『물의 가족』 『밤의 거미원숭이』 등이 있다.

해변의 카프카 2

1판 1쇄   2003년 7월 25일
2판 1쇄   2008년 5월 22일
3판 1쇄   2024년 6월 10일
3판 2쇄   2024년 7월 19일

지은이   무라카미 하루키
옮긴이   김춘미

펴낸이   임지현
펴낸곳   (주)문학사상
주소   경기도 파주시 회동길 363-8, 201호(10881)
등록   1973년 3월 21일 제1137호

전화   031)946-8503
팩스   031)955-9912
홈페이지   www.munsa.co.kr
이메일   munsa@munsa.co.kr

ISBN 978-89-7012-547-3 (04830)
      978-89-7012-545-9 (세트)